이니미니

Eeny Meeny

M. J. 알리지 지음 | 전행선 옮김

EENY 이니 미니

MEENY

BOOK PLAZA

Eeny Meeny에 보내는 평단의 찬사

"사건이 실타래처럼 얽혀 있어 끊임없는 범인과의 두뇌게임을 요하는 이 작품은 쉴 새 없이 책장을 넘기도록 만든다. 빠르게 질주하는 지옥행 롤러코스터를 탄 듯한 이 작품을 접한 순간 당신은 책장을 덮을 때까지 손에 땀을 쥐게 될 것이다."

　　타미 호그Tami Hoag, 뉴욕 타임스 베스트셀러 1위 《콜드 콜드 하트》의 저자

"뛰어난 상상력을 보여주는 작품이면서도 유머러스한 에피소드도 적잖이 포함돼 있고, 철학적 깊이 역시 갖추고 있는 소설이다. 한번쯤 삶의 어두운 이면으로 기꺼이 여행해 보고픈 독자에게 좋은 선물이 될 것이다."

　　　　　　　　　　　　　　　　　　　　　　　　　　　머큐리The Mercury

"의심할 여지가 없다! 《이니 미니》는 범죄 시리즈물 주인공 중에서도 단연 최고라 평가할 만한 헬렌 그레이스 형사를 데뷔시켰다. 단호하고 강인하지만, 상처를 간직한 그녀는 살인마가 자신에게 특별한 메시지를 전달하기 위해 희생자들을 쌍으로 납치해서 범죄를 저지르는 동안 끔찍한 수수께끼를 해결해 나간다. 매혹적이다!"

　　리사 그래너Lisa Gardner, 뉴욕 타임스 베스트셀러 1위 《크래시 & 번》의 저자

"이 얼마나 훌륭한 전제인가! …… 《이니 미니》는 연쇄살인범 이야기로는 신선하고 뛰어난 출발이다. 헬렌 그레이스 경위 또한 최근 몇 년간 등장한 뛰어난 주인공들과 어깨를 나란히 한다."

　　제니퍼 디바Jeffery Deaver, 뉴욕 타임스 베스트셀러 1위 《스킨 컬렉터》의 저자

"M. J. 알리지는 헬렌 그레이스 경위라는 실로 참신한 여주인공을 탄생시켰다…… 그는 범죄의 어두운 진상을 뼛속까지 얼어붙게 만드는 한 폭의 태피스트리처럼 엮어 나가면서, 독자들이 그 끔찍한 세부사항을 그대로 경험하게끔 한다."

데일리 메일Daily Mail

"날카롭고 영화적인 느낌을 주는 방식의 문체로 긴장감을 조성해 나가는 M. J. 알리지의 소설은 시종일관 독자들의 목줄을 죄어 온다."

크라임 타임Crime Time

"이 긴장감 넘치고 속도감 있는 M.J. 알리지의 작품은 두말할 필요 없을 만큼 뛰어나다."

더 선The Sun

"거침없이 질주하는 롤러코스터를 탄 듯한 작품이다. 각 챕터마다 새로운 전개와 새로운 사건, 그리고 새로운 단서가 등장한다 …… 범죄소설 팬들에게 강력히 추천하고 싶은 작품이며 별점을 매겨야 한다면 4.5점을 주겠다. 진정 뛰어난 추리소설이다."

라이프 스루 북스A Life Through Books

"처음부터 충격적인 사건이 벌어지고 인정사정없이 몰아치는 충격이 마지막까지 독자들의 시선을 사로잡아 놓아주지 않는다."

렛즈 톡 어바웃 북스Let's Talk About Books

"이 소설에는 능숙하게 뽑아낸 많은 소설적 장치가 있다. 매우 사악한 전제가 등장하고, 헬렌 그레이스라는 이루 말할 수 없이 매혹적인 형사도 등장한다. 내용은 지옥에 떨어진 듯이 끔찍하다. …… 《이니 미니》는 독자를 극한으로 몰아가는 암울하기 그지없는 스릴러다."

윌 라벤더Will Lavender, 뉴욕타임스 베스트셀러 《오베이던스》의 저자

선택의 기로에 선 두 사람!

eeny meeny miny moe
이니 미니 마이니 모

어느 것을 고를까요, 알아맞혀 보세요. 딩동댕.

1

샘은 잠이 들었다. 지금 당장이라도 난 그를 죽일 수 있다. 나를 등지고 누워 있으니, 그리 어려운 일도 아니다. 혹시 내가 움직이면 깨어날까? 깨어나서 자길 죽이지 못하도록 막을까? 아니면, 이 악몽을 끝낼 수 있다는 생각에 도리어 **기쁨**을 느낄까?

아니, 이런 식으로 생각해서는 안 된다. 난 무엇이 현실이고, 무엇이 최선인지 판단해야 한다. 감금당한 사람의 하루는 영원과 같고, 희망이야말로 가장 먼저 사라져버리는 감정이다.

암울한 생각을 멈추게 해줄 행복한 기억을 떠올리려 애썼다. 하지만 그런 기억은 갈수록 불러내기가 힘들어졌다. 우리는 이곳에 고작 열흘 동안 갇혀 있었다. 아니, 열하루째인가? 어쨌든 그런데도 불구하고 평범한 삶은 이미 머나먼 기억 저편의 일처럼 느껴졌다.

그 일이 일어났을 때, 우리는 런던에 있는 어느 공연장에서 집으로 돌아가기 위해 차를 얻어 타려고 길가에 서 있었다. 비가 퍼붓고 있었지만 수많은 차들이 우리에게 눈길 한 번 보내지 않고 그냥 지나쳐 갔다. 우리는 흠뻑 젖어버렸고, 어쩔 수 없이 그냥 돌아서려던 찰나에 마침내 밴 한 대가 우리 앞에 멈춰 섰다. 차 안은 따뜻하고 쾌적했다. 심지어 보온병에 있던 커피까지 얻어 마셨다. 커피 향만으로도 기운이 넘치는 듯했다. 맛도 지금껏 마셔본 그 어느 커피보다 뛰어났다. 우리는 그것이 마지막으로 느끼는 자유의 맛이라는 사실을 깨닫지 못했다.

정신을 차리자 머리가 깨질 것처럼 쿵쿵 울려댔다. 입 안에는 피가 말라붙어 있었다. 더는 따뜻한 그 승합차에 타고 있는 게 아니었다. 춥고 어두운 공간이었다. 내가 꿈을 꾸고 있는 걸까? 뒤쪽에서 들리는 소리에 나는 소스라치게 놀랐다. 하지만 그건 샘이 두 발로 일어서려 애쓰는 소리였다.

우리는 노상 강도를 당한 게 분명해. 다 빼앗기고 길가에 버려진 거야. 나는 재빨리 앞으로 나아가서 우리를 에워싸고 있는 벽을 할퀴고 더듬어봤다. 차고 단단한 타일 벽이었다. 나는 샘의 품 안으로 무너져서 미칠 듯이 사랑하는 그의 냄새를 호흡하며 잠시 그대로 안겨 있었다. 그러고 나서 잠시 후, 우리는 처해 있는 상황의 끔찍함을 깨달았다.

우리가 갇힌 곳은 현재 사용되지 않는 다이빙 풀장 속이었다. 유기되어 더는 사랑받지 못하는 수영장에는 다이빙대며 안내판, 심지어는 계단까지도 다 뜯겨 나가고 없었다. 뭐가 됐든 도주에 이용될 수 있는 건 다 사라지고 없었다. 기어오르기 불가능한 깊고 매끄러운 물탱크만이 남아 있었다.

그 악마의 자식이 우리의 비명을 듣고 있었을까? 분명히 그랬을 것이다. 우리가 마침내 비명 지르기를 멈췄을 때, 그때 그 일이 일어나지 않았던가. 우리는 휴대전화 벨이 울리는 소리를 들었고, 아주 잠깐이지만, 누군가 우리를 구조하러 오고 있다는 눈부시게 아름다운 기대를 품었다. 그러나 그때 우리는 수영장 바닥, 우리가 있는 곳 가까이에 놓인 휴대전화 액정 화면이 빛을 발하는 것을 볼 수 있었다. 샘은 움직이지 않았다. 그래서 내가 달려갔다. 왜 그게 나였어야 했을까? 왜 늘 그런 건 내가 해야만 하는 거지?

"안녕, 에이미."

수화기 저편에서는 실제 사람의 목소리가 아니라 변조된 기계음이 들려왔다. 나는 자비를 구걸하고 싶었다. 당신이 사람을 착각해서 실수한 거라는 사실을 설명해주고 싶었다. 하지만 그가 내 이름을 알고 있다는 사실은 확신을 품고 날 선택했다는 의미 같았다. 나는 아무 말도 하지 않았다. 그러자 목소리가 말을 이었다. 끈기 있고 차분하게.

"살고 싶니?"

"당신 누구야? 우리한테 무슨 짓을 저지른……."

"살고 싶니?"

나는 잠시 동안 대답할 수 없었다. 혀가 움직이지 않았다. 하지만 그때…….

"네."

"바닥에 전화기가 놓여 있던 자리 옆에 총이 있을 거야. 총알은 하나만 장전돼 있어. 샘을 죽이든, 네가 자살하든 알아서 해. 그게 네가 자유를 얻으려면 치러야 할 대가야. 살기 위해 죽여야만 하는 거지. 살고 싶니, 에이미?" 나는 대답할 수 없었다. 구역질이 날 것 같았다. "어서 대답해봐, 살고 싶어?"

그러고 나서 전화가 끊겼다. 그때 샘이 물었다.

"뭐라 그래?"

샘은 내 곁에 잠들어 있다.

나는 지금 그를 죽일 수 있다.

2

여자는 고통에 비명을 질렀다. 그리고 조용해졌다. 검푸른 자국이 그녀의 등을 가로지르고 있었다. 제이크가 다시 채찍을 들어 올렸다가 세게 내리쳤다. 여자가 경련하듯 몸을 튕기며 비명을 지르더니 말했다.

"다시."

여자는 그 말 외에 거의 아무 말도 하지 않았다. 워낙에 수다스러운 스타일도 아니었다. 그녀는 제이크의 몇몇 다른 고객들과는 달랐다. 관리직 종사자, 회계사, 점원 등 애정이 결핍된 성적 관계를 이어가는 그의 다른 고객들은 **절박하게** 대화를 나누고 싶어 했다. 매질을 당하고 돈을 지불하는 여자들은 매질해 주는 남자에게 사랑받고 싶은 마음에 필사적으로 매달리는 게 보통이다.

하지만 그녀는 달랐다. 어떤 사람인지 파악하기 힘든 사람이었다. 어디서 제이크의 존재에 관해 알게 됐는지, 그리고 왜 제이크를 찾아왔는지 등에 관해 한 번도 언급한 적이 없었다. 그저 자신이 필요로하는 것만 간결하고 건조하게 지시 내리고는 제이크에게 시작하라고요청할 뿐이었다.

그는 늘 그녀의 손목을 결박하고 시작했다. 장식용 금속징이 박혀있는 두 개의 가죽끈으로 팽팽하게 잡아당겨 묶었다. 그렇게 여자의두 팔은 벽에 매달려 있었다. 철로 만든 발목 족쇄가 두 다리를 바닥에 고정시켰다. 그녀의 옷은 옆에 놓인 의자 위에 깔끔하게 얹혀 있었다. 그렇게 그녀는 사슬에 묶인 채 속옷 차림으로 서서 매질을 기다렸다.

역할극 같은 것은 없었다. "제발 때리지 마세요, 아빠"라든지, "난 못됐어요, 아주 못돼 처먹은 계집애예요" 같은 말은 들려오지 않았다. 그녀는 그저 그가 상처 주기만을 바랐다. 어떤 면에서 보자면 그건 그에게 일종의 위안이었다.

모든 직업은 일정 기간이 지나면 판에 박힌 과정이 반복되기 마련이었다. 따라서 가끔은 매질 당하기를 갈망하는 이들의 슬픈 성적 판타지에 동조하지 않아도 될 때면 매질하기가 훨씬 편했다. 동시에 그와 정상적인 성관계를 시작하길 거부하는 그녀가 그를 당황스럽게 만들기도 했다.

에스 엔 엠(Sadomasochism: 고통과 모욕을 주고받는 행위에서 쾌감을 얻는 가학·피학성 변태 성욕 – 옮긴이)의 만남에서 가장 중요한 요소는 믿음이었다. 피지배자들은 그들이 안전한 사람과 함께 있다는 사실을 알아야만 하고, 지배자는 피지배자의 성향과 욕구를 알아야만 양측 모두에게 편안함을 주는 환경에서 성취감이 느껴지는 경험을 하게끔 할 수 있었다. 만약 그렇게 할 수 있는 상황이 되지 않는다면, 에스 엔 엠 만남은 빠르게 일방적인 폭행의 상황이 되어 버리거나 심지어는 학대가 되어 버렸다. 그리고 그것은 두말할 것도 없이 **절대로** 제이크가 지향하는 목표가 아니었다.

그래서 그는 여기서 이런 질문 하나, 저기서 저런 질문 하나, 이런 식으로 질문을 조각조각 나누어 던졌다. 그리고 기본적인 사항들은 시간이 지나는 동안 추측해냈다. 그녀가 원래 사우샘프턴 출신이 아니라는 사실도, 가족이 하나도 없다는 것도 알아냈다. 그리고 나이가 마흔에 가까워져 온다는 것에 전혀 개의치 않는다는 사실도 알게 됐다.

그는 또한 두 사람의 만남 동안 고통은 그녀만의 것이라는 사실도 알게 되었다. 섹스는 끼어들 자리가 없었다. 그녀는 성적으로 자극받는 것도 흥분도 원치 않았다. 오직 엄격한 처벌만을 원했다. 매질이 극한까지 치닫는 일은 없었지만, 그래도 고통스러웠고, 끊임없이 이어졌다. 그녀는 그런 고통쯤은 얼마든지 견뎌낼 만한 신체 조건을 갖추고 있었다. 키는 크고 근육질에 몸매도 탄탄했다. 그리고 과거의 흉터들이 그녀가 에스 엔 엠 경험이 처음이 아님을 알려주었다.

그러나 진실을 캐보기 위해 그동안 어렵사리 말을 만들어 슬쩍 던진 여러 질문에도 불구하고, 제이크가 그녀에 관해 확실히 알아낸 사실은 고작 한 가지에 불과했다. 언젠가 그녀가 옷을 입는 동안, 신분증이 재킷 주머니에서 미끄러져 바닥으로 떨어졌다. 제이크가 확실히 알아볼 새도 없이 그녀는 거의 빛의 속도로 신분증을 낚아챘다.

그러나 제이크는 그것을 봤다. 이제껏 그는 자신이 어느 정도는 사람 보는 눈이 있다고 생각해왔지만, 이번에는 그도 놀라고 말았다. 신분증을 보지 못했다면 그는 여자가 경찰이라는 사실을 아예 짐작조차도 못했을 것이다.

3

에이미는 내게서 몇 걸음 떨어진 곳에 쪼그리고 앉아 있다. 이제는 어색함 같은 것은 느껴지지 않는다. 그녀는 전혀 부끄러워하지 않고 바닥에 오줌을 누었다. 나는 가느다란 오줌 줄기가 타일 바닥을 치는 것을 바라본다. 작은 오줌 방울이 튀어 그녀의 더러운 스니커즈 위에 올라가 앉는다. 몇 주 전이었다면 나는 이런 장면에서 고개를 돌렸을 테지만, 지금은 아니다.

그녀의 오줌이 수영장 구석 깊은 곳에 쌓여 있는 다른 배설물의 악취 나는 웅덩이 쪽을 향해 뱀처럼 구불구불하게 흘러가고 있다. 나는 그 모습에서 눈길을 떼지 않았고, 마침내 마지막 오줌 방울이 사라지면서 재밋거리도 끝나고 말았다. 에이미가 뒤로 물러나 자기 구석 자리로 돌아간다. 사과의 말 한마디도 없고, 내게 눈길 한 번 주지 않는다. 우리는 동물이 되었다. 자기 자신은 물론이고 서로의 존재에 대해서도 아무런 주의를 기울이지 않는다.

늘 이랬던 것은 아니다. 처음에는 우리도 분노하고 반항했다. 절대로 여기서 개죽음을 당하지는 않겠노라고, 반드시 함께 살아서 나가리라고 다짐했었다. 에이미가 내 어깨 위로 올라갔고, 수영장 가장자리에 닿기 위해 애를 쓰느라 그녀의 손톱이 타일을 긁어대다가 부러지는 소리가 들려왔다. 그렇게 해서는 도저히 탈출할 수 없다는 것을 알게 되자, 그녀는 내 어깨 위에서 위로 뛰어오르려 시도했다. 그러나 수영장의 깊이는 거의 4.5미터나 그 이상 될 듯했다. 그러니 우리의 구원은 영원히 불가능해 보였다.

우리는 전화기를 이용해보려 시도하기도 했지만, 비밀번호를 풀어야 했다. 몇 개의 조합번호를 시도해보자 전원이 바로 나가 버렸다. 우리는 목이 잠겨 더는 아무 소리도 낼 수 없을 지경이 될 때까지 살려달라고 고래고래 비명도 질러봤다. 그러나 외치는 소리에 돌아온 대답이라고는 우리를 조롱하는 메아리뿐이었다. 때로 우리는 주변 수 킬로미터 내에 다른 인간이라고는 하나도 없는 외딴 행성에 버려진 듯한 기분이 들었다. 크리스마스가 다가오고 있었기에 사람들이 우릴 찾고 있을 것이 분명했지만, 한없는 고요에 둘러싸인 이 끔찍한 곳에서 그 사실에 믿음을 두기란 쉬운 일이 아니었다.

탈출은 불가능했다. 따라서 이제 우리는 그저 생존해 갈 뿐이었다. 우리는 손가락에서 피가 날 때까지 손톱을 물어뜯어 흐르는 피를 탐욕스럽게 빨아 마셨다. 새벽이면 타일 바닥에 맺히는 이슬을 핥아 먹었지만, 여전히 텅 빈 위는 쓰리기 한이 없었다. 우리는 옷이라도 씹어 먹어야 하는 건 아닐까 함께 이야기해 봤다. 하지만 그러지 않는 게 낫겠다는 결론을 내렸다. 밤은 몹시도 추웠고, 우리가 저체온증으로 사망하지 않게 지켜주는 것은 입고 있는 얼마 안 되는 옷가지와 서로에게서 얻는 체온뿐이었다.

하지만 둘이 껴안고 있어도 더는 따뜻하게 느껴지지도, 더는 안전하게 느껴지지도 않는 것은 단지 나만의 상상에 지나지 않을까? 이리로 끌려온 이래로 우리는 밤낮없이 서로 붙어 앉아 함께 살아나가길 간절히 소망해왔고, 이 끔찍한 장소에 홀로 남겨지지 않기를 필사적으로 기도했다. 우리는 시간을 보내기 위해 게임을 했다. 구조대가 도착하면 무엇을 할지 상상해본 것이다. 무엇을 먹고, 가족들에게는 뭐라고 말하고, 크리스마스에는 어떤 선물을 받을지 등등. 그러나 우리가 어떤 목적 하에 이곳으로 끌려왔으며, 당연히 우리에게 해피엔딩 같은 것은 없으리라는 사실을 깨닫게 되면서 이런 게임도 점차 맥 빠지는 기분만 느끼게 했다.

"에이미?" 아무 대답이 없다. "에이미, 제발 무슨 말이라도 좀 해봐."

　그녀는 나를 바라보지 않는다. 내게 말도 하지 않는다. 내가 에이미를 영영 잃어버린 것일까? 나는 그녀가 무슨 생각을 하고 있을지 상상해보려 애를 썼지만, 전혀 짐작도 할 수 없었다.

　어쩌면 더는 할 말이 아무것도 남지 않았는지도 모르겠다. 우리는 모든 것을 다 시도해봤다. 도주의 수단이 될 만한 것을 찾아 수영장 구석구석을 다 탐색해봤다. 우리가 아직 건드려보지 않은 단 한 가지는 총이었다. 그것은 지금도 우리를 향해 손짓하며 처음 놓여 있던 자리에 그대로 남아 있었다.

　고개를 들어 올려보니 에이미가 그것을 바라보고 있다. 그녀가 내 눈을 바라보더니 곧 시선을 떨구었다. 에이미가 총을 집어 들 수 있을까? 2주 전만 하더라도 나는 절대 그럴 리 없다고 장담했을 것이다. 그렇다면 지금은? 신뢰란 빈약하기 이를 데 없는 감정이다. 얻기는 힘들지만, 잃기는 쉽다. 이제 나는 아무것도 더는 확신할 수 없다. 내가 아는 것이라고는 우리 중 한 명이 죽게 되리라는 사실뿐이다.

4

서늘한 저녁 공기 속으로 걸어 나오면서, 헬렌 그레이스는 편안하고 행복한 기분을 느꼈다. 발걸음을 늦추면서 그녀는 자신을 에워싸고 있는 쇼핑 인파 너머로 행복한 시선을 던지며 이 평화로운 순간을 맘껏 음미했다.

그녀는 사우샘프턴에 있는 크리스마스 시장으로 향하는 중이었다. 해마다 이맘때면 웨스트키 쇼핑센터 남쪽 측면을 따라 시장이 형성됐다. 그리고 그곳에서 아마존 위시리스트에는 올라 있지 않은 독창적인 수공예 선물을 살 수 있었다. 헬렌은 크리스마스가 싫었지만, 매년 한 번도 거르지 않고 애나와 마리에게 줄 선물을 준비했다. 헬렌의 입장에서는 1년에 단 한 번 누리는 축제였기에, 그 기분을 최대한 만끽하곤 했다. 그녀는 보석과 향초, 그리고 자질구레한 장신구 따위를 샀다. 그렇다고 먹을거리에 인색하지도 않았다. 대추야자, 초콜릿, 값비싼 크리스마스 푸딩, 그 외에도 마리가 특히나 좋아하는 예쁘게 포장된 페퍼민트 크림도 덥석덥석 집어 들었다.

그녀는 웨스트키 주차장에 세워 놓았던 가와사키 오토바이에 올라 시동을 걸고 출발해서 시 중심부의 차량을 헤치고 웨스콘을 향해 남동쪽으로 빠르게 달려갔다. 고조된 흥분과 풍요로움에서 빠르게 멀어져 박탈과 절망을 향해 가차 없이 이끌려가는 중이었다. 그곳에는 다섯 채의 고층아파트가 하나의 거대한 덩어리를 형성한 채 스카이라인을 지배하고 서 있었다. 오랫동안 그 아파트는 초현대적이고 멋진 모습으로 당당하게 서서 바다를 통해 사우샘프턴으로 들어오는 사람들을 환영하는 역할을 담당했었다. 그리고 한때는 그런 영예를 누릴만한 자격이 있었다. 하지만 그것도 다 과거지사였다.

이제 멜버른 타워는 다 허물어져 가는 낡은 건물에 지나지 않았다. 4년 전, 불법 마약 제조공장이 6층에서 일으킨 폭발 사건으로 건물은 심장부가 날아가 버리면서 막대한 피해를 입고 말았다. 시의회는 건물을 재건하기로 약속했지만, 경기불황이 그 계획을 망쳐버렸다. 지금도 여전히 재건 계획이 잡혀 있기는 했지만, 그 일이 실제로 일어나리라 믿는 사람은 이제 아무도 없었다. 따라서 건물은 과거 그곳에 살았던 엄청난 수의 가족들에게 버림받아 상처받고 사랑받지 못한 채로 남아 있었다. 이제 그곳은 마약중독자와 무단점유자, 그리고 아무 데도 갈 곳 없는 사람들의 영역이 되어버렸다. 한마디로 형편없고, 모두의 기억에서 잊힌 장소였다.

헬렌은 타워에서 안전한 거리를 두고 오토바이를 주차한 후 타워까지 걸어갔다. 일반적으로 여자들은 밤에 그 지역을 걸어 다니는 일이 드물었지만, 헬렌은 안전 같은 건 걱정해본 일이 없었다. 그녀는 이 지역에서 거의 유명인이나 다름없었다. 오히려 사람들이 그녀를 피해 가는 경향이 있었다. 그러나 헬렌은 개의치 않았다. 오늘 밤은 사방이 고요했다. 주위에는 불타버린 차 주변을 킁킁거리며 냄새 맡는 떠돌이 개 몇 마리를 제외하고는 아무도 없었다. 헬렌은 버려진 주삿바늘과 콘돔을 지나쳐 앞으로 걸어가서 멜버른 타워의 층계를 올라갔다.

4층에서 그녀는 408호 문앞에 멈춰 섰다. 한때는 쾌적하고 편안한 공영아파트였던 이곳도 이제는 포트 녹스(미국 켄터키 주에 있는 군용기지 - 옮긴이)처럼 보였다. 현관문은 이중 자물쇠로 잠겨 있었고, 그보다 더 눈에 띄는 것은 현관문의 안전을 강화할 목적으로 덧붙여 설치한 금속 격자 틀이었는데, 그것도 맹꽁이 자물쇠로 단단하게 걸려 있었다. 아파트 벽에 적혀 있는 저능아, 병신, 잡종 같은 낙서들이 왜 이 아파트가 이런 식으로 안전하게 보호되어야 하는지에 관한 단서를 주고 있었다.

이곳은 마리와 애나 스토리의 집이었다. 애나는 장애가 심해서 말도 할 수 없었고, 혼자 밥을 먹거나 화장실에 갈 수도 없었다. 이제 열네 살이 된 애나는 중년의 엄마가 모든 것을 대신 해주어야 했다. 물론 엄마는 그녀가 할 수 있는 최선을 다했다. 장애인 수당과 지원금으로 살아가면서, 식재료는 인근의 가장 저렴한 슈퍼마켓인 리들에서 사고, 난방도 최소한으로 틀었다. 그게 그들이 헤쳐 나가야 할 엄연한 현실이었지만 마리는 그 사실 때문에 비통해하지 않았다. 계속 그렇게 살아간다고 해도 전혀 개의치 않을 터였다.

하지만 지역 불량배들은 그녀를 그냥 내버려 두지 않았다. 마리와 애나가 직업도 없이 다 무너져 가는 건물에서 근근이 생을 이어 나간다는 사실은 아무런 변명거리가 되지 못했다. 불량배들은 야비하기 그지없는 폭력배들이었고, 힘없고 가진 것 없는 가여운 여자와 아이들을 무시하고 괴롭히고 공격해대는 일에서 희열을 느꼈다.

헬렌은 이들 모녀에게 특별한 관심을 기울였기에 이 모든 사실을 알고 있었다. 불량배 중에 스티븐 그린이라는 여드름투성이 인생 낙오자 한 녀석이 그들의 아파트에 불을 지르려 시도한 적이 있었다. 소방차가 제시간에 도착해서 피해는 복도와 문간방에서 그쳤지만, 마리와 애나에게 미친 영향은 거의 상상도 못할 만큼 파괴적이었다. 헬렌이 그들의 진술을 듣기 위해 찾아갔을 때, 모녀는 말 그대로 겁에 잔뜩 질려 있었다. 이 사건은 두말할 필요 없이 살인미수였기에 누군가에게 책임을 추궁해야만 했다. 헬렌은 최선을 다했지만, 사건은 목격자가 없어서 법정까지 나아갈 수 없었다. 헬렌은 마리에게 이사하라고 적극 권유했지만, 마리는 단호했다. 그녀에게 그 아파트는 가족의 둥지였고, 거동이 불편한 애나가 살아가기 편하도록 특별히 이런저런 설비를 해놓은 곳이었다. 그러니 왜 이런 곳을 버리고 이사를 하겠는가? 마리는 자신이 가지고 있는 물건 중에 그나마 값이 나가는 것을 팔아 아파트를 안전하게 강화하는 데 사용했다. 그리고 4년 후, 마약 제조 공장이 폭발했다. 그전에는 승강기도 제대로 작동했고, 408호는 기본적으로 행복한 가정이었다. 하지만 이제 이곳은 감옥이나 다름없었다.

사회복지국에서 그들을 돕기 위해 정기적으로 방문하기로 되어 있었지만, 그들조차도 이 장소를 마치 역병이라도 창궐한 곳인양 피해다녔고, 찾아온다 하더라도 쫓기듯이 잠깐 들렀다 갈 뿐이었다. 그래서 밤이 되어도 딱히 집에 들어가야 할 이유가 없는 헬렌이 찾아가기로 마음을 먹었다. 그리고 마침 헬렌이 그곳에 있을 때, 스티븐 그린과 그 패거리들이 끝내지 못한 작업을 마무리 짓기 위해 타워를 다시 찾았다. 그는 평소와 마찬가지로 약에 취해 있었고, 휘발유 깡통 하나를 손에 움켜쥔 채 직접 만든 도화선에 불을 붙이려던 참이었다. 그러나 제때 기회를 잡지 못했다. 헬렌의 경찰봉이 그의 팔꿈치를 강타했고, 연이어 목을 내리쳐서 그를 바닥에 뻗어 버리도록 만들었다. 방심하고 있던 패거리도 갑작스러운 경찰관의 등장에 놀라 휘발유 폭탄을 떨어트리고 혼비백산 달아났다. 그중 몇몇은 가까스로 도망쳤지만, 나머지는 그럴 수 없었다. 헬렌은 달아나는 용의자의 다리에 발을 걸어 쓰러트리는 기술을 상당히 잘 습득하고 있었다. 그녀는 패거리의 공격을 무산시켰고, 머지않아 스티브 그린과 녀석의 가장 친한 친구 세 명이 상당 기간의 실형을 선고받는 모습을 지켜보는 쾌감을 맛볼 수 있게 되었다. 경찰직이 가끔은 정말 큰 보람을 느끼게 하기도 했다.

헬렌은 몸이 떨려 오는 것을 꾹 눌러 참았다. 우중충한 복도, 부서져 버린 삶, 낙서, 그리고 더러움은 헬렌의 몸이 반응하게 만들었다. 그것들은 그녀의 어린 시절 성장 환경을 고스란히 떠오르게 하는 매개체였다. 그동안 억누르려 무던히도 애써온 아픈 기억이 다시 떠올랐다. 그러나 헬렌은 가까스로 그것을 다시 억눌렀다. 오늘은 기분을 망칠만한 소지가 있는 것은 무엇이든 다 거부할 작정이었다.

그녀는 문을 세 번 노크했다. 그들만의 암호였다. 잠시 후 문이 활짝 열렸다.

"식사 배달 왔습니다."

헬렌이 먼저 농담을 건넸다. 그러자 예상했던 대답이 돌아왔다.

"식사 안 시켰거든요!"

헬렌은 마리가 그녀를 위해 외부 격자문을 여는 동안 미소를 지어 보였다. 이미 어두운 생각들은 저만치 밀려 나가버린 후였다. 마리의 '따뜻한' 환영은 늘 그녀에게 효과를 나타냈다. 일단 안으로 들어가자, 헬렌은 가져온 선물을 나누어주고 자신의 선물을 받아 들었다. 그 어느 때보다 평화로운 기분이었다. 짧은 순간이나마, 아파트 408호는 어둠과 폭력의 세상에서 그녀를 구원해주는 성소가 되어주었다.

5

비가 그녀의 눈물을 씻으며 쏟아져 내렸다. 깨끗해지는 기분을 느껴야 정상이겠지만, 그렇지 않았다. 그런 느낌을 얻기에는 지저분한 정도가 이미 한계치를 넘은 지 오래였다. 그녀는 나아가는 방향에 개의치 않고, 바닥에 얽혀 있는 낙엽을 헤치며 미친 듯이 앞으로 걸어갔다. 무조건 앞으로 나아가야만 했다. 멀리, 멀리, 멀리.

가시가 얼굴을 할퀴고, 돌멩이가 발을 찢어 놓았다. 그러나 그녀는 앞으로 걸어갔다. 눈으로는 누군가, 혹은 무언가를 필사적으로 찾고 있었다. 하지만 눈에 보이는 것이라고는 나무뿐이었다. 잠시 끔찍한 생각이 떠올랐다. 내가 아직 영국에 있기는 한 걸까? 그녀는 도와달라고 비명을 질렀지만, 외침 소리는 너무도 가늘게 새어 나왔다. 비명의 기능을 하기에는 그녀의 목이 너무 쉬어 있었다.

놀이공원에 온 인파들은 산타 동굴에 들어가기 위해 오래도록 줄을 서서 기다리고 있었다. 놀이공원이라고 해봐야 전체 면적은 질퍽이는 농장 부지에 불과했다. 그리고 급하게 세워 놓은 그리 크지도 않은 대형 천막 하나가 전부였다. 그러나 아이들은 그나마도 좋은 모양이었다.

놀이공원에 온 네 아이의 아버지인 프레디 윌리엄스는 주전부리로 산 민스파이를 한입 베어 물었을 때, 그녀의 모습을 발견했다. 퍼붓는 빗줄기 사이로 그녀가 유령처럼 나타났다. 천천히 다리를 절며 시선을 그에게 고정한 채 의도적으로 공원부지를 가로질러 걸어오는 중이었다. 그동안 프레디의 파이는 공중에 그대로 멈춰 있었다. 자세히 바라보니 유령은 아니었다. 그저 비에 흠뻑 젖어 후줄근하고 피를 흘려 시체처럼 창백해 보이는 불쌍한 모습이었다. 프레디는 그런 여자가 다가오는 것이 전혀 반갑지 않았다. 완전히 미친 사람처럼 보였다. 하지만 다리가 움직이려 들지 않았다. 잡아먹기라도 할 듯이 맹렬하게 바라보는 그녀의 시선에 두 다리가 바닥에 들러붙기라도 한 듯 꼼짝도 하지 않았다. 여자는 그의 예상보다 빠르게 공원부지의 남은 거리를 가로질러 왔고, 그녀가 눈앞에 도착한 순간 그는 자신도 모르게 뒷걸음질을 쳤다. 민스파이가 공중제비를 넘듯이 비가 쏟아져 내리는 하늘로 올라갔다가 물웅덩이 속으로 아주 찰진 **철퍽** 소리를 내며 떨어져 내렸다.

놀이공원 임시 사무실에서, 담요로 몸을 감싸고 앉은 후에도 그녀는 전혀 제정신으로 보이지 않았다. 자신이 어디에 있었으며, 어디서 왔는지 등에 관해서도 전혀 털어놓지 않았다. 심지어 지금이 무슨 요일인지조차 모르는 듯 보였다. 그들이 여자에게서 들을 수 있었던 전부는 그녀의 이름이 에이미이고 그날 아침 자기 남자친구를 살해했다는 사실뿐이었다.

헬렌은 브레이크를 밟아 사우샘프턴 중앙경찰서 앞에 멈춰 섰다. 유리와 석회석으로 지은 초현대적인 건물이 도시와 부두 위로 환상적인 전망을 제공하며 그녀 앞에 우뚝 솟아올라 있었다. 지은 지 1~2년 정도밖에 되지 않은 경찰서 건물은 어느 모로 보나 매우 인상적이었다. 이곳은 최신 설비의 구급시설과 왕립검찰청, 스마트워터 시험 설비(SmartWater: 맨눈으로는 볼 수 없고 적외선을 비추어야만 밝게 빛을 내는 용액으로, 이 용액을 분사하면 지문 등이 선명히 드러나 용의자를 가려내는 데 결정적 증거를 찾아내는 역할을 한다 - 옮긴이) 등 현대 경찰이 필요로 하는 것을 모두 갖추고 있었다. 그녀는 오토바이를 주차하고 안으로 걸어 들어갔다.

"근무 중에 자는 거야, 제리?"

졸다가 벌떡 일어난 내근 경사가 가능한 한 바쁘게 보이려고 애를 썼다. 헬렌이 들어설 때면 그들은 평소보다 훨씬 꼿꼿한 자세로 앉아 있곤 했는데, 그것은 단지 그녀가 직급이 높은 경위이기 때문은 아니었다. 그보다는 그녀에게서 풍기는 분위기와 관련이 있었다. 오토바이를 타는 사람의 전형적인 가죽 복장을 하고 180센티미터의 큰 키로 건물에 들어서는 헬렌에게서는 야망과 에너지가 온몸에서 걷잡을 수 없이 발산되는 듯했다. 생전 늦는 법도 없었고, 숙취도 없었으며, 아파 보이지도 않았다. 헬렌은 항상 모든 경찰이 꿈에서나 가져볼 법한 사나운 열정으로 자기 일을 해냈다.

헬렌은 강력범죄수사팀 사무실로 곧장 향해 갔다. 사우샘프턴의 중앙경찰서는 세월과 함께 꽤나 변해왔을지 모르지만, 그것이 오랫동안 감시해 온 이 도시는 거의 아무런 변화가 없었다. 담당 사건을 조사해 나가는 동안 헬렌은 시종일관 예측 가능한 뻔하디 뻔한 사건들에 약간은 맥이 빠지는 기분이었다. 하나는 두 사람의 삶을 끝장내고 어린아이 하나를 양육시설로 보내버린 살인사건이었다. 가정폭력이 죽음으로 막을 내린 것이다. 또 하나는 원정 응원을 온 리즈유나이티드 팬들이 세인츠 팬 하나를 살해하려다 미수에 그친 사건이었다. 그리고 가장 최근에는 강도질을 하려다 실패한 남자가 여든둘의 노인을 잔인하게 살해한 사건이 있었다. 노인을 공격한 자는 현장에서 도망치던 와중에 훔친 지갑을 떨어트렸다. 그래서 경찰에게 선명한 지문을 남겨 놓아 빠른 신원 확인이 가능하게 도와주었다. 잡고 보니 범인은 사우샘프턴 경찰에게는 매우 잘 알려진 자였다. 그는 자신들에게 불행이 닥치리라고는 전혀 의심조차 않고 있던, 크리스마스 준비에 한창이던 순진한 가족을 완전히 파괴해버린 또 하나의 밑바닥 인생에 불과했다. 오늘 아침 헬렌은 사건 세부사항에 관해 브리핑하기로 돼 있었다. 그녀는 파일을 열어보고 나서 이 저질

살인범 사건이 철저하게 수사돼야 한다고 결론 내렸다.

"너무 늘어져 있지는 마세요. 사건 들어왔습니다."

마크 풀러 수사관이 다가왔다. 잘생기고 재주도 많은 마크 경사는 지난 5년간 헬렌과 긴밀한 협조 하에 살인사건, 아동 유괴, 강간, 성매매 사건 등을 맡아 처리해왔다. 그는 헬렌이 수없이 많은 불쾌한 사건을 해결하는 데 도움을 주었으며, 헬렌도 그의 헌신과 직관, 용기에 상당히 크게 의지해왔다. 하지만 지저분한 이혼과정에서 큰 타격을 입은 탓인지 근래 마크는 상당히 변덕스럽고 의지할 수 없는 사람으로 변해 가고 있었다. 헬렌은 그가 다시 술 냄새를 풍기고 다닌다는 사실을 알아차리고는 기분이 우울해졌다.

"젊은 여자애가 자기 남자친구를 죽였다고 주장하고 있어요."

마크가 자신의 서류 뭉치에서 사진 한 장을 꺼내 헬렌에게 건네주었다. 사진 맨 위 오른쪽 모퉁이에는 실종자 수색 담당 부서 직인이 선명하게 찍혀 있었다.

"피해자 이름은 샘 피셔예요."

헬렌은 사진 속의 젊고 건강한 남성의 얼굴을 내려다봤다. 말쑥하고 낙관적이며 순진해 보이기까지 하는 얼굴이었다. 마크는 헬렌이 사진을 찬찬히 들여다보도록 잠시 아무 말도 하지 않았다. 그리고 얼마 후 사진 한 장을 더 내밀었다.

"이게 우리의 용의자, 에이미 앤더슨입니다."

헬렌은 사진 속의 얼굴을 보는 순간 놀란 마음을 숨길 수가 없었다. 아름다운 보헤미안의 느낌이 물씬 묻어나는 소녀였다. 기껏해야 스물한 살쯤 돼 보였다. 길게 휘날리는 머리칼, 매혹적인 짙은 청록색 눈동자, 섬세한 입술까지, 눈에 보이는 모든 것이 젊음과 순수함을 한마디로 정의하는 듯한 모습이었다. 헬렌은 외투를 집어 들었다.

"그럼, 가지."

"직접 운전하실래요? 아니면……."

"내가 할게."

그들은 주차장까지 말없이 함께 걸어갔다. 가는 길에 헬렌은 실종자 수색 담당 부서와 계속 연락을 취해왔던 자신의 수사팀 수사관에게 연락을 했다. 늘 활력이 넘치는 샬린 '찰리' 브룩스는 실력 있고 부지런하며 기백이 넘치는 수사관이었다. 경찰 티를 팍팍 풍기는 옷차림을 결단코 거부하는 멋쟁이이기도 했다. 오늘은 스키니 가죽 바지 차림이었다. 그녀의 차림새에 이러쿵저러쿵하는 일은 헬렌의 소관을 넘어서는 일이었지만, 그럼에도 헬렌은 늘 한마디 하고 싶은 욕구를 느끼곤 했다.

차 안에 앉아 있자 마크의 호흡에서 풍기는 술 냄새가 더 역하게 느껴졌다. 헬렌은 창문을 내리기 전에 그가 있는 쪽으로 흘끗 시선을 던졌다.

"그래, 어떤 사건이야?"

그녀가 물었다. 찰리는 이미 파일을 열어 놓고 있었다.

"에이미 앤더슨. 2주 전쯤 실종 신고가 들어왔어요. 마지막으로 런던의 한 공연장에서 목격됐고요. 12월 2일 저녁에 에이미가 자기 엄마에게 샘과 함께 도로에서 차를 얻어타고 집에 돌아갈 예정이라 자정 전에는 집에 도착할 거라고 이메일을 보냈습니다. 그러고는 감감무소식이라 에이미의 엄마가 실종 신고를 해왔습니다."

"그런 다음에는?"

"오늘 아침 놀이공원에 나타났어요. 자기가 남자친구를 죽였다고 자백하고 나서는 한마디도 안 하고 입을 꾹 다물고 있습니다."

"그럼 지금까지 어디 있었던 거래?"

마크와 찰리는 서로를 마주 봤다. 그리고 마침내 마크가 입을 열었다.

"저희도 놀이공원 관계자만큼이나 아는 게 없습니다."

그들은 놀이공원 주차장에 차를 대고 공원 임시 사무실을 향해 걸어갔다. 낡아빠진 사무실에 들어서자마자, 헬렌은 그곳에서 자신을 기다리는 피의자의 모습에 충격을 받았다. 다 해진 담요 아래 웅크리고 앉은 젊은 여성은 거칠고 불안정해 보일 뿐 아니라, 고통스러워 보일 만큼 비쩍 말라 있었다.

"에이미? 난 헬렌 그레이스 수사반장이야. 그냥 헬렌이라고 부르면 돼. 좀 앉아도 될까?" 아무 대답이 없었다. 헬렌은 맞은편에 놓인 의자에 조심스럽게 걸터앉았다. "샘에 관해서 얘기를 좀 나눴으면 해. 괜찮겠어?"

여자가 고개를 들었다. 두려움의 표정이 피폐한 얼굴 위로 번져 나갔다. 헬렌은 그녀의 얼굴을 골몰히 바라보며 오기 전에 전달받았던 사진과 마음속으로 비교해봤다. 상대를 꿰뚫어 보는 날카로운 푸른 눈동자와 턱에 있는 흉터만 아니라면, 신원을 확인하는 데 어려움을 겪었을 것이 분명했다. 한때 윤기 흐르던 머리칼은 엉키고 기름이 잔뜩 낀 채 길게 늘어져 있었다. 손톱은 길고 더러웠다. 얼굴과 팔과 다리에는 자해를 가한 듯한 상처투성이였다. 그리고 특이한 냄새가 있었다. 그녀를 보자마자 처음 감지했던 것도 바로 냄새였다. 달콤하고, 톡 쏘는 듯하면서 역겨운 냄새였다.

"우린 샘을 찾아야만 해. 그가 어디 있는지 말해줄 수 있겠어?" 에이미는 눈을 감았다. 눈물 한 방울이 그것을 가두고 있던 곳에서 달아나 볼 위로 흘러내렸다. "샘은 어디 있어, 에이미?"

긴 침묵이 흐르고 마침내 그녀가 기어들어가는 목소리로 대꾸했다.

"숲 속에."

에이미는 죽어도 공원 임시 사무소를 떠나려 하지 않았기에, 헬렌은 어쩔 수 없이 수색견을 이용해야 했다. 그녀는 찰리에게 에이미를 돌보도록 하고, 마크에게 함께 가자고 지시했다. 리트리버종 경찰견 심슨은 에이미가 입고 있던 피투성이 누더기에 코를 박아 넣고 킁킁거리더니 곧 숲 속으로 쏜살같이 달려갔다. 에이미가 있던 곳을 찾는 일은 어렵지 않았다. 어찌나 맹목적으로 험하게 숲을 관통해 나왔는지, 그녀가 거쳐 간 곳은 무성한 덤불이 다 뜯겨 구멍이 듬성듬성 뚫려 있었다. 길에는 천 조각은 물론이고 살점도 여기저기 뜯겨 떨어져 있었다. 심슨은 낙엽 위를 껑충껑충 뛰어 돌아다니며 그 흔적들을 찾아냈다. 헬렌은 심슨 뒤에 바짝 붙어 따라갔고, 마크는 헬렌을 앞지르지 않으려 조심하며 그 뒤를 따랐다. 하지만 조심하고 자시고 할 필요도 없었던 것이, 그는 땀을 비 오듯이 흘려대며 힘겹게 걸음을 옮겨놓고 있었다. 마치 땀으로 체내의 알코올을 모두 배출해 내기라도 하려는 것 같았다.

외딴 건물 하나가 시야에 들어왔다. 오래전에 철거가 결정된 지역 수영장 시설로, 이제는 지나가 버린 좋은 시절의 슬픈 유산이었다. 심슨이 맹꽁이 자물쇠가 채워진 문을 앞발로 긁어대다가 뒤로 물러나더니, 건물 주변을 뛰어 돌아다녔다. 그러다가 마침내 깨진 창문 옆에 자리 잡고 앉아 쉬기 시작했다. 갓 흘린 핏자국이 깨진 유리창에 묻어 있었다. 그들은 에이미가 감금돼 있던 곳을 찾아냈다.

안으로 들어가기는 쉽지 않았다. 버려진 건물임에도 모든 출입구가 봉쇄돼 있었다. 대체 뭘 보호하기 위해 막아 놓은 것일까? 근처에는 인가라고는 없었다. 어쩔 수 없이 그들은 자물쇠를 무력으로 끊어버리고, 평소 하던 대로 발레를 시작했다. 무균커버를 씌운 신발이 바닥을 스케이트 타듯이 미끄러져 갔다.

그의 모습이 보였다. 그들이 서 있는 곳에서 4.5미터 아래 있는 다이빙 풀 속에 누워 있었다. 긴 사다리를 찾느라 잠시 지체한 후, 헬렌이 수영장 안으로 내려갔고, 에이미의 '샘'을 내려다보고 섰다. 그는 로펌 입사를 앞둔 약간은 융통성 없는 청년이었지만, 누워 있는 모습만 봐서는 절대로 그런 사실을 추측해낼 수 없을 터였다. 그의 시신은 길에서 흔히 볼 수 있는 부랑아의 시체처럼 보였다. 옷에는 소변과 대변이 얼룩져 있었고, 손톱은 다 깨지고 더러웠다. 그리고 그의 얼굴. 그 수척한 얼굴은 흉측하게 일그러져서 그 뒤틀린 모습 속에 두려움과 고뇌, 공포를 담고 있었다. 살아 있을 때 그는 잘생기고 전도유망한 청년이었지만, 죽어 있는 그의 모습은 혐오스럽기 그지없었다.

6

그들이 가하는 고문이 언젠가 멈추기는 할까?

에이미는 사우샘프턴 종합병원에 온 이상 이제는 자신이 안전하리라 생각했다. 홀로 남아 치료를 받으며 슬퍼할 수 있으리라는 생각도 들었다. 그러나 의료진은 그녀를 괴롭히느라 여념이 없었다. 아무것도 먹지도 마시지도 못하게 했다. 죽자 사자 애원을 해도 소용없었다. 그들 말로는 그녀의 혀가 너무 많이 부어올라 있었고, 위는 너무 심하게 수축되어서 만약 음식이 통과하면 장이 파열돼 버릴지도 모른다고 했다. 그래서 그들은 에이미의 몸에 주삿바늘을 끼워 영양분이 호스에서 한 방울씩 떨어져 내리게끔 해놓았다. 어쩌면 이게 옳은 방식일지는 모르겠지만, 결코 그녀가 원하는 것은 아니었다. 그들이 음식 없이 두 주나 되는 기간을 견뎌보기는 했을까? 대체 자기들이 뭘 안다고 이러는 걸까?

에이미는 모르핀 주사도 맞았다. 그게 어느 정도는 도움이 되는 듯했다. 물론 의사들은 절대로 정량을 초과하지 않게끔 고지식하게 주의를 기울였다. 에이미는 왼손에 조작 단추를 쥐고 너무 고통스러울 때면 단추를 눌러 모르핀이 흘러나오도록 했다. 오른손은 침대에 수갑이 채워져 있었다. 간호사들은 그렇게 해놓은 것이 엄청나게 좋은 모양이었다. 마치 연극무대에서 배우들이 그러듯이 큰 소리로 쑥덕거리며 그녀가 무슨 짓을 저질렀을지 추측하곤 했다. 자기 애를 죽인 거 아닐까? 아마 남편을 죽였다지? 그들은 진심으로 에이미의 상황을 즐겼다.

그러다가 그들이 에이미의 엄마를 들여보냈다. 아, 신이시여 엄마를 도우소서. 엄마를 보자마자 에이미는 광포하게 날뛰며 고래고래 비명을 질러댔다. 엄마는 당황한 채로 의사들의 지시에 따라 밖으로 나갈 수밖에 없었다. 대체 이 사람들은 무슨 생각을 하는 거야? 그녀는 엄마를 만날 수 없었다. 이런 몰골로는 절대 아니었다.

에이미는 너무나 혼자 있고 싶어 주변에 놓인 사물에 맹렬히 집중했다. 베갯잇의 복잡한 면직물 문양을 뚫어져라 바라보기도 하고, 침대 옆 탁자에 놓인, 최면을 거는 듯이 빛을 뿜어내는 램프 속의 필라멘트를 몇 시간 동안이나 바라보기도 했다. 그렇게 멍해진 상태로 에이미는 머릿속에 떠오르는 이런저런 생각을 밀어낼 수 있었다. 그러다가 갑자기 샘의 모습이 불쑥 떠오르기라도 하면, 그녀는 모르핀 단추를 눌렀고, 잠시 후에는 더 행복한 장소를 떠다닐 수 있었다.

그러나 에이미는 자신이 오랫동안 평화로운 상태에만 머물 수 없다는 사실을 잘 알았다. 악마가 주변을 맴돌면서 그녀가 남겨두고 온 죽느니만 못한 비참한 삶 쪽으로 계속 그녀의 등을 떠밀었다. 에이미는 경찰이 그녀를 심문할 기회를 얻기 위해 병실 밖에서 기다리고 있다는 사실을 알았다. 경찰들은 그녀가 심문 같은 것에는 결코 아무런 대답도 하지 않으리라는 사실을 이해하지 못한 걸까? 경찰의 심문이 아니더라도, 그녀가 충분히 고통받았다는 사실을 모르는 걸까?

"지금은 경찰을 만날 수 없다고 해줘요." 바쁘게 에이미의 차트를 살피던 간호사가 고개를 들었다. 에이미가 말을 이었다. "열이 심해서 안 된다고. 내가 잠이 들……."

"나도 경찰이 오는 건 막을 수가 없어요." 간호사가 차분한 목소리로 대꾸했다. "어차피 해야 할 거면, 부딪쳐서 끝내 버리는 게 낫지 않겠어요?"

그녀는 더는 고통받을 수 없을 만큼 극심하게 고통받았다. 에이미는 그 사실을 잘 알았다. 그녀는 사랑하는 남자를 죽였고, 그걸 되돌릴 방법 같은 것은 없었다.

7

"수영장에서 어떻게 빠져나왔는지 말해줄래, 에이미?"

"사다리."

"거기에 사다리는 없던데."

에이미는 인상을 찌푸리며 고개를 돌렸다. 병원 담요를 턱밑까지 끌어당겨 덮고는 다시 한번 자기 안으로 침잠해 들어갔다. 헬렌은 흥미롭다는 듯이 에이미를 가만히 쳐다봤다. 만약 지금 하는 말이 전부 거짓이라면, 그녀는 정말 실력이 뛰어난 배우가 틀림없었다. 헬렌은 마크 쪽으로 잠시 시선을 던졌다가 다시 말을 이었다.

"어떤 종류의 사다리였어?"

"밧줄 사다리. 아래로 내려왔어요. 내가 막……."

에이미의 눈에 눈물이 맺히더니 고개가 가슴 앞으로 떨어졌다. 그녀의 양 손바닥에는 가벼운 화상 자국이 있었다. 밧줄 사다리를 타고 위로 기어오른 사람의 손에서 발견될 만한 상처와 일치하는 자국이 아닐까? 헬렌은 자신에게 정신 차리라고 속으로 말했다. 대체 뭐 하자고 그런 가능성을 고려하는 걸까? 에이미가 들려주는 이야기는 정상이 아니었다. 그녀에 따르면, 그들은 도로에서 차를 얻어 탄 후 마취를 당해 납치되었고, 그 후 계속 굶주렸다. 그런 다음 살인을 저지르도록 강요당했다. 대체 누가 그런 짓을 한단 말인가? 겉으로만 볼 때 에이미와 샘은 둘 다 좋은 젊은이들이었지만, 이 끔찍한 범죄의 해답은 분명 그들의 삶 속에 놓여 있을 것이다.

"에이미, 샘과의 관계에 관해 나한테 얘기해 봐."

이 말에 에이미는 다시 흐느끼기 시작했다.

"아무래도 오늘은 그 정도만 하는 게 좋지 않을까요, 반장님?"

에이미의 변호사였다. 변호사가 동석하는 게 좋겠다고 고집을 부린 사람은 에이미의 엄마였다.

"아직 안 끝났어요."

헬렌은 그의 말을 딱 잘라 거절했다.

"그렇지만 보시다시피 제 의뢰인이 너무 지쳐 있습니다. 그러니 다음……."

"내 눈에 보이는 거라고는 죽은 샘 피셔라는 남성뿐이에요. 등 뒤에 총을 맞고 죽은 청년이죠. 그것도 근거리에서. 당신의 의뢰인 손에."

"제 의뢰인은 총을 쏜 것을 부인하지는……."

"그렇지만 **왜** 총을 쐈는지 그걸 털어놓지 않잖아요."

"**왜 그랬는지 얘기했잖아요.**"

에이미가 따지듯이 반박했다.

"그래, 했지. 아주 대단한 이야기였어, 에이미. **그렇지만 도무지 말이 되지가 않잖아.**"

헬렌은 더는 말을 잇지 않았다. 그녀의 직접적인 언급은 없었지만, 마크는 은밀한 신호를 감지하고 바통을 이어받아 압박의 강도를 조금씩 올려보기로 했다.

"두 사람을 목격한 사람이 아무도 없어. 밴을 본 사람도 없어, 에이미. 트럭 기사들도 본 기억이 없대. 교통경찰도 마찬가지야. 그 도로에서 차를 얻어 탄 사내애들이 몇 명 더 있었는데, 그 애들도 본 기억이 없대. 그러니 이제 쓸데없는 잡소리는 집어치우고 왜 남자친구를 죽였는지 털어놓는 게 어때, 에이미? 그가 널 때렸어? 협박했어? 그가 왜 너를 그 끔찍한 곳으로 데리고 간 거야?"

에이미는 아무 말도 하지 않았고 심지어 시선을 들어 쳐다보지도 않았다. 마치 마크가 아무 말도 하지 않은 듯했다. 헬렌이 바통을 이

어받아 부드러운 목소리로 말을 이었다.

"네가 처음이라고 생각지는 마, 에이미. 정말 근사한 남자에게 홀딱 반해 버렸는데, 알고 보니 그가 가학적이고 폭력적인 남자로 변해 버린 경우는 수없이 많아. 네 잘못이 아니야. 아무도 널 속단하지 않아. 나한테 뭐가 어떻게 어디서부터 잘못됐던 건지 털어놓으면, 내가 널 도와준다고 약속할게. 그가 널 폭행했어? 다른 사람도 관련 있는 거야? 그가 널 왜 그리로 데려갔어?"

여전히 아무 말이 없었다. 처음으로 헬렌의 목소리에서 조바심의 기운이 흘러나왔다.

"두 시간 전에, 난 샘의 어머니에게 그가 총에 맞아 사망했다는 사실을 전해야 했어. 그녀에게 필요한 건, 그리고 샘의 어린 남동생과 여동생에게 필요한 건, 어떻게 해서 그런 일이 일어나게 됐는지 설명해 줄 사람이야. 그리고 지금 당장은 네가 그걸 설명해줄 수 있는 유일한 사람이라고. 그러니 샘의 가족뿐 아니라, 너 자신을 위해서라도 헛소리는 그만 집어치우고 진실을 말해봐. 왜 그랬니, 에이미? 왜?"

긴 침묵이 이어졌다. 그리고 한참 후 에이미가 고개를 들었다. 눈물이 고인 두 눈에는 분노가 활활 타오르고 있었다.

"그 여자가 그렇게 하게 했어요."

8

"반장님은 어떻게 생각하세요?"

살면서 처음으로, 헬렌은 대답할 수 없었다. 그렇다, 아니다, 유죄다, 무죄다. 헬렌 그레이스는 늘 대답이 준비된 사람이었다. 그러나 이번에는 아니었다. 이번에는 뭔가 달랐다. 지금까지의 모든 경험이 에이미가 거짓말을 하고 있음을 알려주었다. 납치 이야기만으로도 완전히 미친 소리에 지나지 않았는데, 납치범이 한 명의 여성이라는 주장은 거의 결정타에 해당했다.

여성 살인자들은 보통 남편이나 자녀, 혹은 자신이 돌보는 사람을 살해한다. 그들은 낯선 사람을 납치하지도 않고, 에이미가 설명한 것과 같은, 희생자의 수가 훨씬 많은 위험성이 큰 시나리오 같은 것을 선호하지도 않는다. 설사 에이미의 말이 사실이라고 쳐도, 어떻게 여자 혼자서 두 명의 성인을 밴에서 끌어내려 다이빙 풀 속에 집어넣는다는 말인가? 헬렌은 에이미에게 책이라도 집어 던지고 싶은 것을 꾹꾹 참아야 했다. 어쩌면 에이미가 살인혐의에 직면하게 되면, 그제야 사실을 털어놓을지도 모른다는 생각이 들었다.

하지만 사실이 아니라면, 대체 에이미는 왜 그런 이야기를 지어낸 것일까? 에이미는 똑똑하고 정신병력 같은 것도 전혀 없는 온전한 여성이었다. 이야기하는 내내, 그녀의 증언은 일관되고 명확했다. '납치범'에 관한 묘사도 지저분한 금발 머리에 선글라스, 짧고 더러운 손톱 등으로 세부적이었고, 거의 종교적 믿음이라 할 만큼 그 주장을 고수했다. 납치범이 낮은 기어에서 엔진의 속도를 과잉 회전시킨다든가 하는 등의 세부사항에 이르기까지 어느 것 하나 놓치지 않았다. 그리고 에이미가 샘을 사랑했으며, 그것도 진심으로 사랑했으며, 샘의 죽음에 완전히 황폐해졌다는 사실도 부인의 여지가 없었다. 그들의 주변 사람 모두 두 사람이 한 덩어리의 절반씩을 차지하고 있는, 도저히 떨어질 수 없는 사이라고 증언했다. 그들은 브리스톨 대학에서 처음 만났고, 졸업 후에는 직장을 구하지 않고 각자 워릭 대학 공학석사 과정에 지원함으로써 헤어져 살 가능성을 물리쳐 버리고 함께 지낼 수 있게 되었다. 두 사람은 가진 돈은 많지 않았지만, 함께 지내는 동안 차를 얻어타고 전국을 돌아다녔고, 다른 사람과 휴가를 보내는 일은 거의 드물었다.

과학수사대가 총에 남은 지문이 에이미의 것임을 확인했기에, 그녀가 총을 쏜 것에는 의심의 여지가 없었다. 그러나 그들은 두 사람이 포로로 잡혀 있었다는 진술이 사실이라는 것 또한 밝혀냈다. 그들의 물리적인 상태, 즉 머리카락이나 손톱 같은 것은 물론이고 탱크 안에 남아 있는 인간의 분비물도 에이미가 샘을 죽이기 전에 적어도 두 주 이상 그들이 다이빙 풀 안에 갇혀 있었다는 사실을 증명해 보였다. 그래서 두 사람이 희망을 버리고 제비뽑기를 한 것일까? 아니면 거래를 한 것일까?

"왜 네가 아니라 샘이었어?"

에이미의 마음이 다시 무너져 내렸지만, 헬렌은 다시 그 질문을 던졌다. 마침내 에이미가 기운을 차리고 대답했다.

"그가 내게 그렇게 하라고 했어요."

그렇다면 그의 결정은 사랑에서 나온 행위였다. 자기희생이었다. 만약 그 말이 사실이라면…… 양심에 걸릴 게 뭐가 있겠는가. 그리고 바로 그 사실, 그러니까 벌어진 사건 때문에 에이미가 완전히 파괴되어 버렸다는 너무도 자명한 사실, 바로 그것이 헬렌의 신경을 계속 거슬리게 했다. 그냥 심리적 외상 정도가 아니었다. 그녀는 완전히 파괴되었다. 죄책감의 무게 때문에 내면에서부터 철저히 폭발해

버렸다. 그것은 헬렌이 너무도 잘 알고 있는 감정이었다. 모든 사실에도 불구하고, 헬렌은 에이미에게 연민을 느꼈다. 어쩌면 자신이 이 상처 입기 쉬운 가여운 소녀에게 지금껏 너무 심하게 굴었는지도 모를 일이었다.

사실일 리가 없다. 대체 어느 누가 무슨 이유로 이런 일을 벌인다는 말인가. 세상에 이런 짓을 통해 그들이, 아니 '그 여자'가 얻을 게 무엇일까? 심지어 에이미의 말에 따르면 그 여자는 살인 현장을 지켜보지도 않았다. 그렇다면 그런 일을 시킨 이유가 뭘까? 사실일 리가 없었지만, 그럼에도 마크가 매우 단도직입적으로 질문을 던졌을 때, 헬렌은 자신이 이렇게 말하는 소리를 들었다.

"내 생각에는 그녀가 진실을 말하는 것 같아."

9

벤 홀란드는 매주 본머스까지 가는 이 여행을 죽도록 혐오했다. 그에게는 아무 의미도 없는, 그저 하루를 버리는 여행일 뿐이었다. 그러나 회사는 여러 지사에 근무하는 직원들이 함께 만나 대화하는 시간을 매우 중시했다. 따라서 1주일에 한 번씩 포츠머스 지부의 벤과 피터는 본머스에 있는 말콤과 엘리너, 런던에 근무하는 헬리와 사라 등과 함께 앉아 샌드위치와 커피를 들며 대화를 나누었다. 그들은 해상법, 금융소송법, 국제 공증법 등의 세부적인 항목에 관해 토론을 벌이다가 자기 고객을 이리저리 헐뜯는 대화로 넘어가곤 했다. 그런 대화가 가끔은 유용한 정보를 던져 주기도 했고, 또 간혹 매우 즐겁기도 했지만, 포츠머스에서 그 먼 거리를 달려갔다가 다시 되돌아와야 한다는 사실을 감안해보면, 그저 엄청난 시간 낭비에 불과했다.

이번 여행은 특히 그 어느 때보다도 더 끔찍했다. 늘 그랬듯이 이번에도 벤이 피터를 태우고 본머스에서 열리는 회의 장소까지 운전해갔다가 돌아가는 중이었다. 그럼으로써 선배인 피터는 점심시간에 술을 한 잔 할 수 있었다. 피터는 두뇌 회전이 빠른 파트너였고, 결과를 얻어내는 데도 발군의 기량을 보였다. 그는 또한 상스럽고 지루했으며, 암내로 고생하고 있기도 했다. 따라서 피터와 한 회의실에 앉아 있는 것만으로도 아주 끔찍했다. 그런데 이제 그는 차 안에서 두 시간 동안 꼼짝없이 그와 함께 앉아 있어야만 했다. 적어도 중간에 기름이 떨어지지만 않았더라면, 그렇게 했을 터였다.

벤은 숨죽여 욕설을 내뱉으며 전화기를 꺼내 들었다. 그의 눈이 당황스러움에 크게 벌어졌다.

"신호가 안 잡히네요."

"뭐라고?"

피터가 대답했다.

"신호가 안 잡혀요. 선배님은요?"

피터가 자신의 전화기를 확인해봤다.

"안 잡히네."

긴 침묵이 흘렀다.

벤은 분노를 억누르려고 무던히도 애를 썼다. 대체 전생에 무슨 대단한 죄를 지었기에 해도 저물어가는 이 시간에 피터와 함께 뉴포레스트 숲 한가운데서 발이 묶여 버렸단 말인가. 벤은 본머스를 막 빠져나온 지점에 있는 에소주유소에서 기름을 가득 채웠다. 그곳이 기름값이 가장 싼 곳이었다. 그런데 채 한 시간도 지나지 않아 탱크가 비어버린 것이다. 그는 기름이 떨어져 간다는 경고등에 불이 들어왔을 때 믿지 않았다. 어쨌든 사우샘프턴에 도착할 정도로는 기름이 충분히 남아 있으리라고 확신했기 때문이었다. 그러나 기름 경고등에 불이 들어온 지 얼마 지나지도 않아, 차가 털털거리며 멈춰 섰다. 때로 인생은 계속해서 당신에게 발길질을 해대기도 한다. 이제 주유소까지 걸어갔다 와야 할까? 아니면 피터와 함께 차에서 밤을 보내야 할까?

"AA등급의 플래티넘 신용카드면 뭐해, 그걸 어디다 써먹냐고?"

피터가 무기력하게 툴툴거렸다. 벤은 고개를 들어 조용한 숲길을 바라봤다. 피터는 굳이 언급하지 않고 있었지만, 뉴포레스트를 통과해 가자고 제안한 사람은 벤이었다. 그는 늘 사우샘프턴을 돌아가는 M27 도로를 피해 칼모어 밖으로 자신을 데려다줄 지름길로 돌아다녔다. 그러나 오늘은 그 선택이 역효과를 낳고 말았다. 벤은 언젠가는 이 일이 언급되겠지만, 일단은 이 시련이 끝나고 난 후가 되리라고 예상했다. 피터는 이번 일을 반드시 이용해 먹을 인간이었다. 지금은 때를 기다리고 있을 뿐이었다.

"자네가 걸어갔다 올 텐가, 아니면 내가 갈까?"

피터가 물었다. 그러나 정식 질문이라기보다는 그저 수사학적인 질문이었다. 선후배 법칙에 더해서 피터는 '무릎 관절'도 안 좋았다. 따라서 벤이 가야만 했다. 지도를 살펴보다가 그는 2~3킬로미터 정도만 가면 민박집이 몇 채 있다는 사실을 알아차렸다. 서두르면 어두워지기 전에 그곳에 닿을 수 있을지도 몰랐다. 추위에 대비해 목깃을 올려세우고, 그는 피터 쪽으로 고개를 끄덕인 후, 길을 따라 터벅거리며 걸어갔다.

"우린 다시 만나리……."

피터가 노래 불렀다. 재수 없는 인간, 벤은 생각했다.

그러나 바로 그때, 너무도 갑작스럽게, 뜻밖의 행운이 닥쳐왔다. 어스름 속에서 벤은 두 개의 아주 작은 불빛을 알아봤다. 그래, 의심의 여지가 없어. 전조등 불빛이었다. 그날 들어 처음으로 벤은 온몸에 힘이 풀리는 듯한 기분을 느꼈다. 신이 존재하는 게 분명했다. 그는 손을 들어 힘차게 흔들었지만, 승합차는 이미 속도를 늦추고 도움을 주기 위해 다가오는 중이었다. 하느님 고맙습니다, 벤은 생각했다. 도움의 손길을 보내주시다니.

10

　다이앤 앤더슨은 3주 동안이나 딸의 모습을 보지 못했다. 그리고 에이미를 숨 막힐 듯이 가슴에 꼭 껴안고 있는 지금도 여전히 딸아이를 볼 수 없었다. 그들은 병원에서 에이미를 씻겼다. 딸아이가 샤워도 하고 머리도 감게 했다. 하지만 그럼에도 아이는 여전히 에이미처럼 보이지 않았다.

　찰리라는 매력적인 경찰관이 그들의 집까지 동행해 주었다. 찰리는 그것이 에이미를 돕기 위해서라고, 그녀가 바깥세상과 다시 만나는 동안 안전함을 느끼게 하기 위해서라고 말했지만, 사실 그녀는 스파이였다. 다이앤은 그 사실을 확신했다. 기다리고 감시하고 보고하기 위해 그들과 함께 있을 뿐이었다. 에이미는 아직 궁지에서 벗어나지 못했다. 집 앞을 지키고 있는 두 명의 정복 경찰이 그 사실을 확실히 알려주고 있었다. 그들이 에이미를 보호하기 위해 지키고 있는 걸까, 아니면 딸아이가 도망가지 못하게 막아서 있는 것일까?

　아직까지 적어도 기자들의 모습은 보이지 않았다. 오직 쓰레기 같은 지역신문사 기자 하나가 우편함을 열고 상상할 수 있는 가장 저속한 표현을 쓰며, 왜 에이미가 남자친구를 죽였는지 소리쳐 물었을 뿐이었다. 그런데 그 기자가 젊은 아가씨라는 사실이 상황을 더 끔찍하게 만들었다. 대체 이 사람은 무슨 귀신이 씌어서 이러는 걸까?

　"에이미가 샘을 쐈습니다."

　그게 헬렌 반장이라는 붙임성 없어 보이는 경찰이 해준 말이었다. 그건 도대체 말이 되지 않았다. 에이미는 샘은 고사하고 누구도 총으로 쏠 수 있는 애가 아니었다. 총이라고는 잡아본 적도 없었다. 여기는 총기소지가 자유로운 미국이 아니지 않은가.

그녀는 남편 리처드 쪽을 돌아봤다. 그가 경찰의 말이 틀렸다고 정정하고 상황을 정리해 주길 바랐다. 하지만 남편의 얼굴은 그녀의 얼굴을 거울로 바라본 것이나 다를 바 없었다. 완전히 충격에 휩싸인 표정이었다. 잠시 분노가 그녀의 전신을 훑고 지나갔다. 리처드는 한 번도 필요할 때 곁에 있어 준 적이 없었다. 그녀는 다시 마음을 추스르고 쓰디쓴 현실과 마주했다.

에이미는 샘을 **사랑했다.** 그동안 한가할 때면, 다이앤은 두 아이가 결혼하게 되면 어떨까 행복한 마음으로 상상해보곤 했다. 그녀는 늘 에이미가 요즘 트렌드에 따라 결혼식 없이 동거를 하게 되리라고 생각했었다. 그러나 에이미는 언젠가 때가 되면 반드시 결혼식을 올리리라고 말함으로써 엄마를 놀라게 했다.

물론 평소 에이미의 스타일답게 평범한 결혼식을 꿈꾸고 있지는 않았다. 흰 옷을 입으리라는 사실에는 의심의 여지가 없었지만, 에이미는 아빠가 아닌 엄마 다이앤의 손을 잡고 식장에 입장하리라는 의사를 분명히 밝혔다. 리처드가 그 사실을 받아들일까? 하객들은 그 사실을 좋아할까? 이상하게 생각지는 않을까? 불현듯 다이앤은 자신이 백일몽을 꾸고 있었다는 사실을 깨달았다. 절대로 일어날 리 없는 결혼식에 관해.

전부 다 도무지 말이 안 되는 일이었다. 샘은 전혀 폭력적이거나 공격적이지 않았다. 그러니 자기방어였을 리는 없었다. 울화가 치밀어 오를 만큼 헬렌 그레이스 반장은 입을 꾹 다물고 무슨 일이 있었는지 전혀 말해주지 않았다.

"때가 되면 에이미가 직접 말하는 걸 듣는 게 나을 겁니다."

그러나 에이미는 단 한마디도 하지 않았다. 벙어리나 다름없었다. 다이앤은 에이미에게 몰트 셰이크를 만들어주거나 어린 시절에 무척이나 좋아하던 프렌치 팬시(영국 키플링사에서 제조 판매하는 초콜릿

케이크 과자 종류 - 옮긴이) 몇 개를 건네주었다. 또, 그들이 함께 앉아 있는 침실에 딸아이의 어린 시절 장난감과 인형, 자그마한 장식품 같은 것을 가져다 두기도 했다. 그럼으로써 딸과의 소통을 시도해봤다.

그러나 아무것도 효과가 없었다. 따라서 그들은 셋이 함께 가만히 앉아 어색하게 서로를 바라볼 뿐이었다. 찰리 수사관은 들고 있는 찻잔을 엎지르지 않으려 애를 쓰며 소파 끄트머리에 웅크리고 앉아 있었고, 다이앤은 아무도 원치 않는 케이크를 접시에 담아 들고 앉아 있었으며, 에이미는 한때 생기 넘치는 소녀였던 자신의 껍질을 뒤집어 쓴 채 멍하니 허공만 응시했다.

11

그것은 매복이었다. 헬렌이 차 밖으로 나왔을 때, 숨어서 기다리던 그 여자가 갑자기 튀어나왔다.

"잠시 시간 좀 내주실 수 있죠, 형사님?"

헬렌은 심장이 덜컥 내려앉았다. 이미 시작된 모양이었다.

"반가워요, 에밀리아. 그렇지만 아시다시피 제가 좀 바쁘거든요."

헬렌은 앞으로 움직이려 했지만, 팔 하나가 불쑥 튀어나와 길을 막아섰다. 헬렌은 눈을 부라렸다. 정말 이러기야? 그러자 상대방도 그녀의 기분을 알아채고는 천천히 손아귀의 힘을 풀었다. 그러고는 전혀 아무렇지도 않다는 듯이 에밀리아 개라니타가 환하게 미소 지었다.

그녀의 모습은 몹시도 충격적이었다. 젊고 늘씬했지만, 여기저기 상하고 일그러진 외모였다. 십 대 소녀 시절에는 뭇 남성들의 가슴에 불을 지피던 여성이었지만, 열여덟이라는 어린 나이에 흉포한 황산 공격을 받은 까닭이었다. 왼쪽에서 바라보면, 에밀리아는 예쁘고 매력적이었다. 그러나 오른쪽에서 바라보면, 동정심만 일으킬 뿐이었다. 얼굴은 뒤틀려 있었고, 성형으로 복구해 놓은 눈은 전혀 움직이지 않았다. 이 지역에서 에밀리아는 '미녀와 야수'로 불렸고, '사우샘프턴 이브닝 뉴스'의 범죄 전문 취재 부서의 부장기자였다.

"에이미 앤더슨 사건 말이에요. 에이미가 그를 죽였다는 건 아는데, 왜 죽였는지 모르겠거든요. 그가 에이미에게 무슨 짓을 **저지른** 건가요?"

헬렌은 경멸의 표정을 감추려 몹시도 애를 썼다. 그녀는 일찍이 다이앤 앤더슨 씨의 집 우편함에 대고 소리를 질러댄 사람이 에밀리아라는 확신이 들었다. 그러나 수사 초기에 언론에 적대적으로 구는 것은 현명한 처사가 아니었다.

"성적인 문제가 결부돼 있나요? 그가 에이미를 때렸어요? 혹시 사건과 관련된 다른 사람을 찾고 있는 건가요?"

에밀리아는 계속 질문을 퍼부었다.

"절차를 알고 있잖아요, 에밀리아. 뭔가 언론에 발표할만한 거리가 생기면 바로 공보관이 연락할 거예요. 그러니 난 이만……."

"난 경찰이 왜 에이미를 풀어줬는지 그게 궁금해서 그래요. 그렇다고 보석도 아니잖아요. 보통은 이보다 오래 잡아두고 피의자가 제법 애먹게끔 한 후에야 풀어주잖아요, 아닌가요?"

"우린 아무도 '애먹게' 한 적 없습니다, 에밀리아. 나는 '규칙대로' 하는 사람이에요. 잘 알면서 왜 이래요. 그래서 언론과의 소통도 정규 경로를 통해 하게 될 거라는 말이죠, 알겠어요?"

헬렌은 지어 보일 수 있는 가장 환한 미소를 지어 보이고는 가던 길을 **재촉**했다. 그녀는 기나긴 전투가 될 것이 분명한 이 싸움에서 처음 벌어진 소규모 접전을 승리로 이끈 셈이었다.

에밀리아의 몸에는 뼛속까지 범죄의 피가 흐르고 있었다. 6남매 중 장녀인 그녀는 마약 밀매상이었던 아버지가 자기 아이들을 마약 운반책으로 이용한 죄로 18년 형을 선고받았을 때 유명해졌다. 아주 어린 시절부터 에밀리아와 그녀의 동생들은 코카인이 가득 든 콘돔을 삼키게끔 강요받았다. 그러고는 카리브 해 유람선을 타고 사우샘프턴 부두에 있는 집까지 여행해야만 했다.

에밀리아의 포르투갈인 아버지가 감옥에 갔을 때, 그의 두목은 손실을 메꾸기 위해 에밀리아를 다시 운반책으로 이용하려 압박을 가했지만, 그녀는 거부했다. 그러자 그들은 에밀리아에게 처벌을 가했다. 두 발목을 부러뜨리고 얼굴에 반 리터의 황산을 쏟아부었다. 에밀리아는 그에 관해 책을 썼고, 그 덕에 기자가 될 수 있었다. 여전히 다리를 쩔뚝이며 걸어 다녀야 했음에도, 그녀는 아무도 두려워하지 않았고, 기삿거리를 쫓는 데도 전혀 지치는 법이 없었다.

"연락 좀 하고 지내요."

헬렌이 경찰서 부검실 입구를 통과해 들어가는 동안 에밀리아가 소리 질렀다. 헬렌은 방금 인생이 조금 더 힘들어졌다는 사실을 알아차렸다. 그러나 그 점에 관해 깊이 생각하고 있을 시간이 없었다.

헬렌은 시체와 데이트 약속이 있었다.

12

그는 유령처럼 보였다. 페이스북에서 환하게 빛을 발하는, 걱정이라고는 전혀 없을 것 같은 잘생긴 얼굴은 지금 헬렌이 마주 보고 있는 움푹 꺼진 시체의 얼굴과는 전혀 비슷하지도 않았다. 샘의 수척해진 몸이 한때는 행복하고 희망에 차 있던 그 자신의 모습을 조롱하며, 그녀 앞에서 부검실 침대 위에 누워 있었다. 너무도 비참한 광경이었다.

헬렌은 법의학자 짐 그리브스의 작업 과정을 살펴보기 위해 돌아섰다. 이 분야에서 30년 동안이나 일해오고 있음에도, 짐은 여전히 부검하기 전에 오랜 시간을 들여 청결하게 손을 씻고 복장을 갖춰 입었다. 끊임없이 손을 씻는 행위는 그를 현대판 맥베스 부인(약간 과체중 버전의 부인이기는 했다)처럼 보이게 만들었다. 그가 살균한 장갑 속으로 손을 끼워 넣는 모습을 지켜보고 있으면, 누구라도 그냥 앞으로 걸어가서 직접 장갑을 끼워주고 싶은 욕구를 느꼈다. 간혹 성질 급한 경찰은 정말 그렇게 하기도 했다. 그리고 다른 사람들은 짐도 이제 한물갔다고 생각했다. 그러나 헬렌은 그러지 말아야 한다는 사실을 잘 알았고, 그러기에 아무런 재촉도 하지 않았다. 짐은 충분히 기다려줄 만한 가치가 있는 사람이었다. 문신까지 한 덩치 크고 무거운 미련 곰탱이 같은 사람이, 지금껏 헬렌이 수도 없이 많은 사건을 해결할 수 있게끔 도와주었던 가운을 입은 예리한 법의학자로 천천히 변신해 가는 과정에는 묘하게 호기심을 불러일으키는 뭔가가 있었다.

"지금 들려주려 마음먹고 있던 말은 내가 평소에 했던 여러 경고 사항 속에 다 포함돼 있어요. 또다시 재촉을 받는 상황에서 어쩔 수

48

없이······."

헬렌은 짐의 투덜거림에 익숙해 있었기에 미소를 지어 보이며 그가 하던 말을 계속하게 내버려 두었다. 물론 그녀는 짐을 재촉하고 있었다. 하지만 가끔은 하기 싫은 일도 해야 할 때가 있는 법 아닌가.

샘의 어머니에게 아들의 죽음을 알리는 일은 너무도 끔찍했다. 해줄 말이 **거의 없었기** 때문이었다. 올리비아 피셔는 몇 년 전에 혼자가 되었고, 지금은 그녀를 지탱해 줄 배우자가 없었다. 그녀가 그렇게 홀로 아이들이 사랑하는 큰오빠의 죽음을 받아들일 수 있게끔 도와야 했다. 그리고 테일러 부인이 그렇게 할 수 있도록 적당한 도구를 건네주어야 할 사람이 바로 헬렌이었다. 따라서 그녀는 에이미의 이야기에 동조하든 그 논리를 파괴하든 간에 빠르게 결정을 내려야 했다.

짐이 투덜거리기를 멈췄다. 그가 샘의 시신 쪽으로 돌아서서 자신이 내린 결론을 요약해 들려주기 시작했다.

"등 쪽에 총상 하나가 나 있어요. 탄환은 오른쪽 어깨뼈 아래로 들어가서 흉곽에 박힌 채 빠져나오지 못했습니다. 전문용어를 사용해서 설명하고 있으니까, 혹시라도 이해 안 되는 부분이 있으면 바로 알려주세요, 알았죠?"

헬렌은 아무 말도 안 하고 내버려 두었다. 짐의 빈정거리는 태도는 지금껏 그녀가 참석했던 모든 부검 현장에서도 전형적으로 나타났던 특징이었다. 그는 헬렌의 대답을 기다리지 않고 다시 말을 이었다.

"사망 원인은 심장마비입니다. 출혈이 원인이 되었을 수도 있지만, 그보다는 총상의 충격 때문일 가능성이 더 커요. 총을 맞기 전에도 몸은 이미 약해질 대로 약해져 있었으니까요. 상체와 사지와 얼굴에 쇠약함의 증거가 널려 있습니다. 푹 꺼진 눈과 잇몸에 엉겨 붙은 피,

탈모 등이 그 예라고 할 수 있죠. 방광과 장은 완전히 비어 있고, 위에는 천 조각, 머리카락, 타일 유향수지, 그리고 인간의 살점 같은 게 들어 있어요."

짐이 샘의 오른팔을 들어 보이기 위해 탁자를 빙 돌아갔다.

"위에 들어 있는 살점은 본인 거예요. 자기 오른쪽 팔뚝을 뜯어 먹은 거죠. 보시면 아시겠지만, 목숨을 포기하기 전까지 적어도 서너 번 정도 입 안 가득 물어뜯어 삼킨 것 같아요."

헬렌은 눈을 감았다. 샘이 숨을 거두기 전 마지막 며칠간 느꼈을 두려움이 온몸으로 느껴지는 듯했다. 잠시 후 그녀는 억지로 다시 눈을 떴다. 짐이 누더기가 된 샘의 팔뚝을 헬렌이 잘 볼 수 있도록 들어 올렸다가 조심스럽게 다시 내려놓았다.

"적어도 두 주나 그보다 더 오랫동안 음식을 적절히 섭취하지도 물을 마시지도 못했을 것으로 추정됩니다. 그 기간 피해자의 몸은 체내에 축적돼 있던 지방을 연소시키며 버텼을 거예요. 그러다가 지방이 다 없어져 버리자 내장에서 영양분이 추출되기 시작했을 테죠. 사망 당시 그의 장기는 완전히 손상된 상태였어요. 그리고 병원을 통해 전해 들은 바에 따르면, 여성 피의자의 상태도 거의 같은 과정으로 나아가는 중이더군요. 며칠만 더 지났으면, 둘 다 그 상태로 자연사했을 겁니다."

짐이 다시 한번 말을 멈췄다. 이번에는 서류를 들춰보기 위해서였다.

"혈액 검사의 결과도 빠르게 장기부전으로 나아가며 극도의 탈수 증세에 시달리는 사람에게서 예상할 수 있는 모든 걸 보여주고 있습니다. 유일하게 특이한 구성물이 하나 발견되기는 했는데, 아주 미량의 벤조디아제핀 원소예요. 아마 여성 피의자의 혈액 속에서도 미세한 흔적이 발견될 겁니다. 두 사람의 배설물에서는 상당량이 발견될

걸요."

헬렌은 고개를 끄덕였다. 감식반에서도 수영장 안에서 거둬온 배설물 속에서 이미 그 강력한 진정제의 흔적을 발견해 낸 참이었다. 헬렌은 점점 커져만 가는 불안감을 억눌렀지만, 이제 사건은 한쪽으로 나아가고 있었다. 짐은 그로부터 10분 정도 더 설명을 이어갔고, 그 후 헬렌은 그만 끝내자고 제안했다. 이제 필요로 하는 것은 모두 얻었기 때문이었다.

모든 예상을 뒤엎고, 에이미의 이야기가 사실이라는 증거가 계속 쌓여가고 있었다. 과학수사대는 수영장 구석에서 밧줄 조각을 발견해냈다. 에이미의 도주 수단이 되어준 밧줄 사다리의 존재를 확인시키는 증거였다. 더 나아가, 수영장에서 거둬들인 옷가지에는 흙바닥에서 구른 듯한 짙은 자국이 남아 있었다. 그것은 에이미와 샘이 밴에서 끌어내려진 후 멀리 떨어진 수영장까지 바닥으로 질질 끌려갔음을 암시했다. 여자 혼자 힘으로 몸무게가 75킬로그램이 넘는 샘을 끌어갈 수 있었을까? 아니면 공범이 있었던 것일까?

사우샘프턴 중앙경찰서로 다시 돌아가는 동안, 헬렌은 앞으로 이 사건이 자신을 완전히 연소시키고 말리라는 생각이 들었다. 그녀는 이 이상한 범죄를 해결하기 전까지는 절대로 편히 쉬지 못할 터였다. 사건 수사본부로 들어서면서, 헬렌은 마크가 벌써 부하들을 닦달해대기 시작한 것을 보고는 흡족한 마음이 들었다. 경찰서 내에는 이런 주요 수사를 방해하는 실제적이고 관료주의적인 문제들이 수도 없이 많았다.

그러나 헬렌은 모든 것이 순조롭게 진행되기를 바랐다. 마크는 모두가 한 곳을 향해 일렬로 움직여가게 하는 데 뛰어난 능력을 보이는 전형적인 수사관이었다. 다시 말해, 거칠지만 효율적인 도구와도 같았다. 그는 브리지스, 그라운즈, 샌더슨, 맥앤드루 같은 실력 있는 수사관들뿐 아니라 보조 직원들도 팀원으로 모아두었고, 수사는 이미 그녀의 눈앞에서 생기를 얻어가고 있었다. 마크는 헬렌이 들어서는 모습을 보고는 급하게 그녀 쪽으로 다가왔다.

"언론에는 뭐라고 얘기할까요?"

좋은 질문이었다. 짐 그리브스의 부검실을 떠나온 이래로 헬렌도 계속 곱씹어 온 질문이기도 했다. 에밀리아 개라니타는 절대로 순순히 물러날 사람이 아니었다. 행여 한 발 뒤로 물러선다고 하더라도 그녀 뒤에는 다른 기자들이 대기하고 있었다. 한 젊은 여성이 외딴 장소에서 자신의 남자친구를 총으로 쐈다. 너무도 끔찍한 사건 아닌가. 그렇기에 아주 매력적인 카피 문구이기도 했다.

"가능한 한 적게. 우리가 상황을 완전히 통제할 수 있게 되기 전에는, 이 사건에 제삼자가 개입해 있다는 사실을 흘려 내보내서는 안돼. 그러니 그냥 연인 간의 폭력 사건으로 처리하고 세부사항은 적당한 선에서 가볍게만 흘리도록 해. 언론은 샘에 관해서 그리고 왜 에이미가 그를 죽였는지에 관해서 온갖 억측을 해대려 들 거야."

"하지만 불필요하게 그의 이름에 먹칠을 하고 싶지는 않은 거잖아요."

"그렇지. 샘과 그의 어머니는 그보다는 더 나은 대접을 받을만한 자격이 충분한 분들이야."

"좋아요, 당분간은 빗장 수비를 펼치도록 하죠."

이렇게 말하고 마크는 다시 업무로 돌아갔다. 그는 의심할 여지 없이 거친 기질의 형사였다. 외모도 팔다리가 길쭉길쭉하고 다부졌으며 면도도 잘 하지 않았다. 그러나 지금까지의 실력으로 보자면, 마크는 함께 팀을 이루어 일하기에 정말 좋은 수사관이었다. 헬렌은 계속 그렇게 되기를 바랐다.

수사본부의 틀이 제대로 잡혀가는 데 만족하며 헬렌은 잠시 쉬기로 하고 차 한 잔을 준비했다. 그녀는 피곤했다. 에이미와의 면담은 너무도 힘들었고, 시체안치실 방문은 그보다 더 힘이 들었던 탓이었다. 잠시 모든 것을 한쪽으로 미뤄두고 무심히 앉아 있고 싶었지만, 그녀의 머리가 그것을 허락지 않았다. 샘의 끔찍한 죽음이 뇌리에서 떠나지 않았고, 차갑게 식어 뒤틀린 그의 얼굴을 떨쳐버릴 수가 없었다. 그러니 샘의 어머니가 보기에는 그 모습이 얼마나 끔찍하겠는가.

너무도 깊이 생각에 잠겨 있던 탓에, 헬렌은 찰리가 말 그대로 그녀의 머리 바로 위에 서 있게 될 때까지 그 사실을 알아차리지 못했다.

"반장님, 이거 한번 보셔야 할 것 같아요."

이미 종일 이런저런 불쾌한 놀라움을 겪고 난 후였지만, 헬렌은 자신이 또 한 번 놀라게 되리라는 사실을 직감적으로 알아차렸다.

찰리가 사진 두 장을 건넸다. 말쑥한 정장을 차려입은 두 남성의 사진이었다. 한 명은 30대, 다른 한 명은 그보다 꽤 나이 들어 보였다.

"벤 홀란드와 피터 브라잇스톤이에요. 사흘 전에 실종 신고가 들어왔어요. 법률 회사 직원들로 본머스에서 열린 모임에 참가하고 이쪽으로 돌아오는 길이었는데, 집에 도착하지 않은 거죠."

헬렌은 갑자기 온몸에 소름이 돋는 듯한 기분이 들었다.

"타고 갔던 차량은 뉴포레스트에서 발견됐어요. 지역민과 산림 경비원들이 숲 속을 이 잡듯이 뒤졌지만, 아무런 흔적도 발견하지 못했답니다."

"그리고?"

헬렌은 아직 보고가 끝나지 않았다는 사실을 감지했다.

"외투니 가방이니 지갑이니 하는 소지품은 전부 차 안에 남아 있었어요. 두 사람의 휴대전화도 근처에서 발견됐는데, USIM 카드를 일부러 손상해 놨다고 해요."

그렇다면 또 한 건의 납치였다. 그리고 이번에는 처음보다 더 이상했다. 두 명의 성인 남성이라. 똑똑하고 강하고 자기 몸 하나쯤은 얼마든지 건사할 능력이 되는 남자 둘이 허공으로 사라져 버렸다.

13

가위눌려 있을 때는 어떻게 혼자 힘으로 꿈에서 빠져나와야 하는 거지? 악몽의 한가운데 서 있을 때면, 어떻게 그 심연에서 기어올라야 하는 걸까?

벤 홀란드의 머릿속에서는 이 생각만 끊임없이 반복되고 있었다. 그는 꿈을 꾸고 있는 게 분명했다. 그래 꿈을 꾸는 거야. 혹시 그와 제니가 근무를 끝내고 주류판매점에 가서 보드카 한 병을 사 왔던 것은 아닐까? 그래서 지금 보드카에 취해 꿈을 꾸고 있는 건가? 지금 당장에라도 그는 골이 지끈지끈 쑤시는 채로 만면에 바보스러운 미소를 짓고 두 눈을 번쩍 뜨게 되겠지⋯⋯.

벤은 퍼뜩 눈을 떴다. 그는 이곳의 악취가 참을 수 없을 만큼 심하다는 사실을 내내 인식하고 있었다. 그러니 어떻게 자신이 다른 곳에 있다고 생각할 수 있겠는가. 설령 그렇게 생각하려 애를 쓴다고 해도, 피터가 끊임없이 끙끙거리는 소리 탓에 다시 현실로 돌아올 수밖에 없었다. 납치를 당한 이래로 계속, 벤은 분노했다가 도저히 믿을 수 없다며 불신하는 등 감정의 격발에 휩싸여 있었다. 그러나 피터는 절망하는 쪽을 선택했다.

"피터, 제발 입 좀 다물어 줄래요. 젠장⋯⋯."

"엿 먹어."

돌아오는 대답이라야 이 정도였다. 그 잘난 리더십 기질은 몽땅 어디에다 내팽개친 건가, 벤은 앙심을 품고 생각했다.

그들은 갇혀 있었다. 말이 안 되는 것 같았지만, 사실이었다. 처음에는 승합차에 올라타서 안심하고 행복해했는데, 어느 순간 잠에서 깨어보니 이곳에 있었다. 정신은 혼미했고, 멍이 잔뜩 든 온몸에는 두꺼운 먼지가 앉아 있었다. 벤은 전혀 못 믿겠다는 표정으로 어둠을 꿰뚫어 주변 상황을 살펴보기라도 하려는 듯이 허공에 시선을 고정하고 비틀거리며 두 발로 일어섰다. 그들은 일종의 거대한 사일로로 (거대한 탑 모양의 저장고로 곡식이나 핵무기 등을 보관하는 용도로 사용한다 - 옮긴이)나 창고 시설 같은 곳에 갇혀 있는 듯했는데, 바닥은 석탄으로 덮여 있었다. 그리고 바로 그 석탄 가루가 그들의 온몸을 뒤덮고 귀와 눈 속까지 기어들었으며, 혀를 텁텁하고 더럽게 만들었다.

벤은 본능적으로 벽에 붙어서기 위해 옆걸음질을 쳤다. 나아가는 길을 찾기가 절대 쉽지 않았다. 발밑에서 바닥이 끊임없이 요동치는 것 같았다. 그렇지만 어쨌든 그는 마침내 벽에 붙어 섰다. 차갑고 부드러운 강철 벽이었다. 그는 혹시라도 문이나 해치(위로 들어 올리는 문 - 옮긴이), 혹은 도주 수단 같은 것을 발견할지도 모른다는 희망을 품고서 벽을 따라 비틀거리며 발걸음을 옮겨 놓았다. 그러나 벽은 끊어짐 없이 부드럽게 이어지기만 했고, 그는 두어 바퀴쯤 돌다가 결국 포기했다. 시선을 위로 들어 올렸을 때야 비로소 거대한 해치의 가장자리 틈새로 가느다란 빛이 쏟아져 들어오는 것이 보였다.

그제야 벤은 자신의 얼굴과 상체가 베이고 멍든 자국으로 뒤덮여 있음을 알아차렸다. 해치에서 바닥까지의 깊이는 적어도 6미터 이상 되는 듯했고, 꽉꽉 들어 차 있는 석탄 때문에 바닥은 온통 울퉁불퉁했다. 충격은 점차 약해졌지만, 만신창이가 된 그의 몸은 반항하고 있었다. 갑작스러운 소음에 그의 고개가 돌아갔다. 피터가 비틀거리며 곁으로 다가왔다. 그의 둔하고 바보 같은 얼굴에 경악의 표정이 떠올라 있었다. 뭔가 설명을 기다리고 있는 게 분명했지만, 벤에게서는 아무 말도 듣지 못할 게 분명했다. 그리고 바로 그때, 그들이 지치고 무기력한 상태로 서 있을 때, 전화벨이 울렸다. 두 사람은 잠시 얼어붙었다가 동시에 전화기를 찾기 시작했다. 벤이 간발의 차로 먼저 전화기를 집어 들었다.

수화기를 통해 그 지독한 최후통첩을 받고 나서 그들은 마치 이 모든 일이 터무니 없는 장난이라도 된다는 듯이 동시에 미친 듯이 웃어젖혔다. 하지만 천천히 웃음이 잦아들었다.

"사무실에 전화를 걸죠."

갑자기 벤은 이 구덩이를 빠져나가야겠다는 생각을 했다.

"좋은 생각이야. 캐롤에게 전화를 걸면 뭘 어떻게 해야 할지 알려 줄 거야."

벤의 기운을 북돋우며 피터가 대답했다. 벤은 익숙한 전화번호를 눌렀다. 그러나 전화기는 비밀번호 입력을 요구했다. 겨우 네 자리 숫자 하나가 그들을 자유에서 멀리 떼어놓고 있었다.

"뭘 눌러볼까?"

이미 벤의 시선은 배터리 잔량이 표시된 전화기 맨 위쪽으로 움직이고 있었다. 남은 배터리는 얼마 되지 않았다.

"몇 번의 기회밖에는 없을 거예요. 비밀번호가 뭘까요?"

벤의 목소리는 긴장해 있었고, 이미 그들이 맡은 임무를 해결할 가능성이 없다는 사실을 인식하기 시작했다.

"글쎄. 1, 2, 3, 4?"

벤의 표정이 위축되었다.

"젠장, 나도 모르겠어." 피터가 화난 목소리로 대꾸했다. "자네 태어난 해가 언제야?"

절망적인 순간이기는 했지만, 그래도 가장 그럴듯한 추측이기는 했다. 벤은 피터의 출생 연도를 집어 넣어보고, 다음으로는 그의 것을 넣었다. 그가 세 번째로 암호를 넣는 순간 전화기의 전원이 나가 버렸다.

"젠장."

그 말이 동굴 같은 내부에서 메아리쳤다.

"이제 어쩌지?"

두 사람은 위쪽에 잠겨 있는 해치를 쓸쓸히 바라보면서 조용히 서 있었다. 문틈으로 빛이 비쳐 들어서 그들 사이에 점잖게 놓인 총을 반짝이게 했다.

"없어요. 아무것도 할 게 없⋯⋯."

벤이 돌아서서 어둠으로 들어가 버리는 동안 그의 목소리가 차츰 잦아들었다. 석탄 속으로 푹 꺼져 들어가면서, 그는 갑자기 절망에 압도당해버렸다. 왜 그들에게 이런 일이 일어났을까? 그들이 대체 무슨 짓을 저지른 것이지?

그는 맞은편의 피터를 흘낏 바라봤다. 혼잣말을 하며 앞뒤로 오가는 중이었다. 벤은 피터를 한 번도 좋아해 본 적이 없었지만, 그렇다고 그를 죽이고 싶지도 않았다. 절대로 그럴 수는 없었다! 어쩌면 저건 가짜 총이 아닐까? 그는 확인해보고 싶었지만, 매섭게 바라보는 피터의 시선이 그의 몸을 뻣뻣하게 만들었다.

벤은 자신이 만든 지옥 속에 홀로 들어앉아 있었다. 그는 답답한 공간에 갇혀 있는 것을 좋아하지 않았다. 어떤 상황에서라도 비상탈출구가 어디 있는지 확실히 알아두어야만 직성이 풀리는 사람이었다. 그러나 지금 그는 꽉 막힌 공간에 갇혀 있었고, 더 끔찍한 것은 그곳이 지하라는 사실이었다. 산 채로 매장된 것이나 다름없었다. 이미 그의 손은 떨리기 시작했다. 머리도 어지러웠고, 땀도 흐르고 있었고, 눈앞에서 불빛이 춤을 추는 것 같았다. 근래 몇 년 동안은 공황장애를 일으킨 적이 없었지만, 지금 그는 그것이 오고 있음을 직감했다. 세상이 그의 주위로 좁혀들고 있었다.

"난 여기서 나가야 해요." 벤이 비틀거리며 다시 일어섰다. 피터는 깜짝 놀라 불안한 시선으로 그를 바라봤다. "제발, 피터, 난 여기서 나가야 해요. **사람 살려! 누구 없어요! 제발 도와줘요!**"

그는 고래고래 소리를 질러대면서 공황장애의 공격을 물리치려 애를 썼지만, 현기증이 느껴져서 멈춰야만 했다. 조만간 누군가 그들을 찾아내서 구해주지 않을까? 그래야만 했다. 다른 대안은 있을 수 없었다.

14

마크 풀러는 찰리가 폭탄을 투하하고 난 직후 바로 경찰서를 떠났다. 완전히 새로운 노선의 수사가 시작됐지만, 아직은 데이터 컴파일러(자료를 수집하고 분석해 걸러내거나 통계 등을 내는 업무를 담당하는 사람 - 옮긴이)와 사건분석반 경찰들이 그들의 짐을 대신 지고 있을 단계였다. 우선 사실을 이중 삼중으로 엄중하게 확인하는 과정을 거쳐서, 일단 두 남성의 실종에 뭔가 의심스러운 부분이 있다는 사실이 확인되어야만 형사과 소속 수사관들이 배치될 터였다. 내일은 마크와 찰리, 나머지 팀원들에게 매우 힘든 하루가 될 예정이었기에 헬렌은 잠시나마 잠을 자두라고 모두를 집으로 돌려보냈다. 그러나 마크는 잠을 잘 생각이 전혀 없었다.

그는 도심을 가로질러 교외의 셜리 지역으로 운전해 가서 조용한 주택가에 차를 세웠다. 이곳에 올 때 마크는 자기 차를 이용한 적이 한 번도 없었다. 정체가 드러나지 않도록 하기 위해서였다. 창에 색유리를 끼운, 거의 고물이나 다름없는 폭스바겐 골프 차량은 그 진짜 목적을 숨겨 사람들의 관심을 돌리기 위한 용도의 차량이었기에 마크의 목적에 제대로 부합했다. 지나는 사람들은 차의 색유리 창이 고물 자동차를 재미있게 만들기 위해 십 대 애들이 꾸며 놓은 것이라 간주했다. 한 마디로 누구의 눈에도 띄지 않고 감시 임무를 수행하기에는 최적의 차량이었다.

일곱 살짜리 소녀 하나가 창가에 나타났다. 마크는 자리에 앉은 채로 소녀에게서 시선을 떼지 못했다. 아이는 도로 쪽을 살피더니 커튼을 닫아 바깥세상을 차단해 버렸다. 마크는 자신의 불운을 저주했다. 어떤 날은 엘시가 20분 넘게 창가에 서 있기도 했기 때문이다. 그럴 때면 아이의 시선은 이곳저곳으로 움직여 다녔다. 시간이 흐르는 동안 마크는 엘시가 자신을 바라보고 있다는 사실을 확신하곤 했다. 물론 환상에 불과했지만, 그것이 그의 영혼에 양식이 되어주었다.

포장도로를 걸어오는 하이힐 소리에 그는 차량 좌석에서 미끄러져 내려 몸을 아래로 숨겼다. 아무도 차 안을 들여다볼 리 없었기에 한심한 짓이기는 했다. 그러나 수치심은 사람을 이상하게 만드는 법이었다. 이런 자신의 모습을 그녀에게 들킬 수는 없었다. 그는 늘씬한 서른두 살의 여성이 집을 향해 걸어가는 모습을 지켜봤다. 그녀가 열쇠를 문에 꽂아 넣기도 전에 문이 열리더니 키 큰 근육질의 남자가 그녀를 품에 안았다. 두 사람은 오랫동안 격렬하게 키스를 나누었다.

그 장면이 모든 것을 요약해 보여주었다. 그의 전처는 다른 남성의 품에 안겨 집 안으로 들어갔고, 마크는 추위 속에 그대로 남아 있었다. 전신으로 주체하기 힘든 분노가 퍼져 나갔다. 그는 그 여자에게 **모든 것**을 다 주었지만, 그녀는 그의 심장을 짓밟고 가버렸다. 그녀가 짧았던 그들의 결혼 생활에 종지부를 찍었을 때 뭐라고 말했더라? 맞다, 더는 그를 충분히 사랑하지 않는 것 같다고 했다. 그 어떤 말보다도 크게 상처가 되는 인신공격이나 다름없었다. 그는 잘못한 게 없었다. 그저 **불충분**했을 뿐이었다.

그들은 너무 어린 나이에 결혼했다. 아이도 너무 일찍 낳았다. 그러나 한동안은 부모가 되어 처음 겪는 혼란과 감정적 동요가 부부 사이를 더 끈끈하게 엮어주었다. 제대로 돌보지 않으면 어느 날 갑자기 아이가 숨을 쉬지 않을지도 모른다는 두려움이나, 뭔가 제대로 하고 있지 않은 것 같다는, 잠까지 앗아가는 편집증적인 걱정도 있었다. 하지만 자그마한 딸아이가 점점 성장해가는 데서 오는 기쁨 또한 엄청났기 때문이다.

그러나 크리스티나는 반복되는 일상과 고난을 견뎌내며 해나갔던 열정적인 부모 역할에 점차 싫증을 내기 시작했다. 결국, 그녀는 다시 직장으로 돌아갔다. 그것이 격렬하게 진행됐던 양육권 공판에서 펼친 그녀의 주장이 더욱 가당찮게 들렸던 이유였다. 크리스티나는 엄마라는 카드를 최대한 이용했다. 사우샘프턴 경찰관으로 생활하는 마크의 예측 불가능하고 위험한 삶과 비교해서 자신은 천성적으로 사랑이 많은 사람이며, 잘 정돈된 생활을 해나가고 있고, 보수도 많은 좋은 직장에 다니고 있다고 강조했다. 거기에 마크의 음주습관과 관련된 몇 가지 일화를 선별해서 털어놓는 것도 잊지 않았다. 그렇게 해서 엘시의 단독 양육권을 가져간 후 그녀가 한 일이 뭐냐고? 곧장 회사 근무를 상근직으로 바꾸어 버렸고, 아이의 양육은 동거하는 애인에게 맡겨 버렸다. 한때는 온 마음을 다 바쳐 마크를 사랑한다고 주장했던 그 여자가 기만적이고 앙심만 잔뜩 품은 쓰레기 같은 여자가 돼 버린 것이다.

크리스티나와 스티븐은 이제 안으로 들어가 버렸고 주변은 너무도 조용했다. 엘시는 이미 샤워를 마치고 잠옷으로 갈아입었을 것이다. 그가 사준 포근한 헬로키티 잠옷을 입고 슬리퍼도 신은 채, 〈시비비즈 잠자리 동화〉를 듣기 위해 TV 앞에 웅크리고 앉아 있을지도 몰랐다. 아주 어린 아이들을 대상으로 하는 프로그램이라 엘시가 듣기에는 너무 시시한 얘기들이었지만, 아이는 유난히 그 프로를 좋아해서 절대로 놓치는 법이 없었다. 갑자기 마크는 분노가 가라앉는 느낌이 들었다. 대신 가슴이 미어질 듯한 슬픔에 압도당했다. 그 역시도 아이를 키우는 일은 힘들다고 느꼈었다. 목욕, 재우기, 동화 읽어주기, 놀이 데이트, 그 외에도 수없이 많은 의무가 끝도 없이 반복되었다. 그러나 그는 지금이라도 그 일을 다시 하도록 아이를 돌려받을 수만 있다면 자신이 가진 모든 것을 다 줄 수도 있을 것만 같았다.

이곳까지 찾아오는 게 아니었다. 마크는 차에 시동을 걸고 **빠르게** 엘시가 있는 집에서 멀어지며 자신의 고뇌도 그 자리에 그대로 남겨 두고 갈 수 있기를 소망했다. 하지만 운전을 하는 동안, 고뇌는 마치 원숭이처럼 머릿속에 우글우글 모여들어 그의 실패와 하찮음, 외로 움을 들먹이며 그를 들들 볶아댔다. 집으로 향해가다가 그는 갑자기 차의 방향을 바꾸어 캐슬 웨이를 쏜살같이 달려 내려갔다. 부두 근 처에 영업시간 이후에도 불법으로 문을 걸어 잠그고 운영하는 술집 이 하나 있었다. 자정쯤 그곳에 들어가면 밤새 술을 마실 수 있었다. 그것이 정확하게 마크가 의도하는 바였다.

15

피터 브라잇스톤의 집은 부촌인 이스트리 지역에 있는 인상적인 빅토리아 양식의 주택이었다. 헬렌은 화가 잔뜩 나서 실망한 채로 집 밖을 서성이고 있었다. 그녀는 아침 9시 30분에 마크와 집 앞에서 만나기로 약속돼 있었다. 그런데 이미 시간은 10시가 다 돼가고 있었고, 그는 나타날 기미도 보이지 않았다. 헬렌은 전화를 걸어 음성메시지를 세 건이나 남겨 놓았다. 그러다가 결국 더는 기다리지 못하고 피터 브라잇스톤의 집 초인종을 눌렀다. 대체 마크는 왜 이런 식으로 사람을 엿먹이는 걸까?

사라 브라잇스톤이 문을 열었다. 40대 중반쯤 돼 보이는 아름다운 여성이었다. 고급스러운 옷차림에 깔끔하게 화장을 한 그녀는 문 앞에 서 있는 경찰의 모습에도 전혀 동요하지 않았다. 그녀가 헬렌을 집 안으로 안내했다.

"언제 남편 분의 실종 신고를 하셨죠?"

예의를 차린 인사말이 오가고 난 후, 헬렌이 단도직입적으로 물었다.

"이틀 전에요."

"그 전날 남편이 집에 돌아오지 않았는데도 신고를 하지 않으셨네요?"

"피터는 인생을 즐기며 사는 사람이에요. 그러기에 가끔은 도가 지나칠 때도 있죠. 그에게 본머스 출장은 거의 관광 여행이나 마찬가지였어요. 전체 팀원이 고주망태가 될 때까지 술판을 벌인 후에 인근 모텔 같은 곳에서 하룻밤 묵고 오는 건, 남편에게는 지극히 자연스러운 일이에요. 하지만 그렇다고 냉담한 사람은 아니에요. 다음 날 아침이면 어김없이 전화를 걸어서 저와 통화를 하고 아이들도 바꾸라고 하고 그랬어요."

"그렇다면 지금 남편 분이 어디에 있을지 짐작 가는 곳이라도 있으신가요?"

"보나 마나 길을 잃었을 거예요. 차가 고장 나 주저앉아서 정비소까지 걸어가려다가 그랬을 가능성이 커요. 술을 너무 많이 마셔서 가다가 발목을 삐었거나 그랬을 거예요. 그게 피터답죠. 계획에 따라 조직적으로 움직이고 그러는 사람이 아니거든요."

사라는 완전히 확신에 차서 얘기하고 있었다. 남편이 살아 있으며 무사하다는 사실을 전혀 의심조차 안 하는 게 분명했다. 헬렌은 그녀의 의연함에 감동했지만, 동시에 흥미로운 기분도 들었다.

"몇 명이나 수색에 참여하고 있는 건가요?"

사라가 물었다.

"가능한 인력을 총동원하고 있습니다."

적어도 여기까지는 거짓말이 아니었다. 수색은 전면적으로 진행 중이었다. 그러나 지금까지 발견된 것은 아무것도 없었고, 시간이 지날수록 그들의 안전에 대한 헬렌의 두려움은 커져만 갔다. 두 실종자가 들어섰던 길은 칼모어 숲 밖으로 그들을 이끌어 갔을 터였다. 거리는 멀어도 걷기가 그다지 힘들지는 않은 산책로였다. 춥기는 해도 쾌청한 날이었으니 두 사람은 아마도……

헬렌은 에이미의 시련과 피터의 실종 사건이 서로 관련돼 있다는 것을 마음속으로 확신했지만, 아무에게도 그런 사실을 암시조차 하지 않았다. 아직 공식적으로 이 수사는 실종사건 수사였다. 헬렌은 자신이 살인사건을 담당하는 수사관이라는 사실을 사라에게 말하지 않았다. 후에 털어놓을 기회가 있을 터였다.

"남편 분이 근래 신경 쓰는 일 같은 게 있었나요? 아무거라도 고민거리 같은 거요."

헬렌이 다시 물었다. 사라는 고개를 저었다. 헬렌은 잘 정돈된 실내를 여기저기 둘러봤다. 피터의 연봉은 상당히 높았고, 사라는 골동품 중개업을 하고 있었다. 따라서 그들에게 금전적인 문제는 없었을 것이다.

"최근 남편 분에게 돈을 빌려달라고 부탁한 사람이 있나요? 근래 들어 재정상태에 어떤 변화 같은 걸 감지하시지는 않았어요? 돈이 더 들어왔다거나, 덜 들어왔다거나?"

"아니요, 모든 게…… 평소와 다름없어요. 우린 안정적이에요. 늘 그래 왔어요."

"그렇다면 두 분의 결혼생활에 관해서는 어떻게 설명하시겠어요?"

"서로 사랑하고, 신뢰하고, 강하게 결속돼 있어요."

사라는 헬렌의 질문에 살짝 기분이 상했다는 듯이 마지막 단어를 강조해서 대답했다.

"직장에서는 아무 문제 없는 것 같던가요?" 헬렌은 방향을 바꾸어 질문했다. 피터와 벤은 해상법에 특화된 일류 로펌에서 근무했다. 따라서 선적과 관련된 장기 소송 건이라도 맡게 되면 거금이 관련되는 경우가 많았다. 그들의 실종은 누군가에게 득이 될 수도 있었다. "맡은 소송 건에 관해 특별히 압박감을 느꼈다거나 그럴 수 있잖아요."

"제가 아는 한은 아니에요."

"근래 들어 평소보다 오랜 시간 일하거나 그런 적은요?" 사라가 약하게 고개를 저었다. "맡은 소송 건에 관해 부인과 상의하고 그랬나요?"

사라는 피터의 소송에 관해서 자신은 전혀 아는 바가 없다고 주장했다. 헬렌은 그의 회사로 찾아가서 좀 더 알아봐야겠다고 생각했다.

그러나 사라와 대화를 나누는 내내 헬렌은 자신이 지푸라기라도 움켜잡으려 발악을 하는 듯한 묘한 불쾌감이 느껴졌다.

영감을 얻기 위해 벽을 자세히 훑어 보던 그녀의 시선이 햇살 좋은 해변에 앉아 있는 피터의 모습을 찍은 사진에 가서 멈췄다. 액자에 끼어 있는 사진 속에는 단체 여행객 한가운데서 미소 짓는 가장의 모습이 담겨 있었다. 사라가 그녀의 시선을 따라가서 사진의 배경을 설명해 주었고, 이야기는 부활절에 보스턴에 가기로 예정돼 있던 그들의 가족여행 계획의 대략적인 내용까지 설명하는 것으로 이어졌다.

사라는 피터가 반드시 돌아와서 모든 게 다시 평소대로 돌아가리라는 사실을 확신했다. 헬렌도 그 사실을 믿고 싶었지만, 그럴 수가 없었다. 마음속 깊은 곳에서 그녀는 사라가 남편을 다시는 못 보게 될지도 모른다는 두려움을 느끼고 있었다.

16

한밤중이었다. 피터 브라잇스톤은 뼛속까지 얼어붙은 듯한 기분이 들었다. 그는 워낙에 땀이 많은 사람이라 한겨울에도 늘 얇은 정장을 입고 다녔다. 그리고 지금은 그 습관을 뼈저리게 후회했다. 뉴포레스트 어딘가에 벤의 차가 놓여 있었고, 그 안에는 사라가 그의 생일에 선물로 사주었던 두툼하게 안감을 덧댄 외투가 있었다. 격렬하게 욕설을 내뱉으며 그는 양복 재킷을 몸 주위로 더욱 단단히 여몄다.

그가 무겁게 숨을 내뱉을 때마다 하얗게 얼어붙은 입김이 눈앞에서 춤을 추듯 흔들렸다. 사실상 그것이 그가 볼 수 있는 전부였다. 오늘 밤은 사방이 칠흑같이 어두웠다. 벤이 근처에 있는 것을 느낄 수는 있었지만, 그의 모습을 볼 수는 없었다. 그는 뭘 하고 있을까? 평소 벤은 나무랄 데 없이 괜찮은 친구였지만, 좁은 공간을 두려워하는 모양이었다. 처음에는 공황장애 비슷한 상태가 되어 거의 정신을 잃을 것처럼 보였고, 자면서도 비명을 질러댔다. 그들을 에워싸고 있는 강철벽이 그의 야경증을 더욱 악화시켰고, 덕분에 모든 상황이 더욱 악몽처럼 느껴졌다. 따라서 피터의 배짱도 점차 줄어들어 무디지만 계속되는 공포감을 느끼고 있었다. 그들이 제때 사람들에게 발견될 수 있을까? 아니면 이 끔찍한 구덩이 속에서 생을 마쳐야 하는 걸까?

피터는 벤이 앉아 있던 방향을 흘낏 바라보고는 어둠을 이용해서 주머니 속으로 손을 집어넣었다. 그는 여행을 떠날 때면 늘 박하사탕한 팩을 챙겨갔다. 그러면 술 냄새를 풍기며 집으로 돌아가지 않아도 되기 때문이었다. 그는 천천히 조심스럽게 마지막 남은 사탕 한 알을 포장지에서 꺼냈다. 그리고 재빨리 입 안으로 털어넣었다. 처음 이곳에 감금당했을 때, 그의 주머니에는 사탕 반 팩이 남아 있었다. 그는 벤에게는 아무 말도 하지 않고 혼자 그것을 다 해치웠다. 벤에게 사탕이 있었다면, 그도 마찬가지로 했을 것이 분명했다. 그러니 자신이라고 못할 이유가 무엇이란 말인가. 간혹 느껴지는 양심의 가책 같은 것은 위 속에서 느껴지는 극심한 굶주림에 의해 잠잠해지곤 했다. 그는 사탕을 입 안에서 굴리고 또 굴려서 당분이 천천히 녹아 식도로 넘어가게 했다. 따뜻하고 달콤하고 위안도 돼주었다.

이제는 어쩌면 좋을까? 그의 보잘것없는 식량도 다 떨어졌다. 그리고 그는 잠을 잘 수 없었다. 그것이 허기를 더욱 심해지게 만들었다. 젠장, 이제 그는, 아니, 그들은 무엇을 먹어야 한단 말인가? 석탄? 그는 쓸쓸하게 웃다가 웃음을 삼켜버렸다. 메아리가 이상하게 들렸다. 그는 이미 충분히 우울했다. **어떻게든 마음을 진정시켜야 한다.** 지난 5년간 그는 두 번이나 심근경색을 일으켰던 터라 또다시 그 위기를 겪고 싶은 생각은 없었다. 적어도 이곳에서는 아니었다.

처음에 그는 감금된 상황에 충격을 받았지만, 그 이후부터는 도주 수단을 찾기 위해 필사적으로 몸을 움직이며 애를 써왔다. 강철 사일로의 벽면은 군데군데 녹이 슬어 있었다. 그는 여기저기 이음새를 수없이 당겨봤고, 마침내는 금속판을 비틀어 5센티미터 정도 뜯어낼 수 있었다. 그걸로 뭔가 해낼 수도 있을 듯했다. 그는 뜯어낸 금속판으로 벽을 마구 두드려댔다. 벽에 구멍을 뚫어볼 작정이었다. 심지어 그것을 아이젠처럼 이용해 벽을 타고 오르려는 시도도 해봤다. 그러나 전부 소용없었다. 그는 패배감에 바닥으로 주저앉았다.

갑자기 눈물이 양 볼을 타고 흘렀다. 아들 녀석들과 멀리 떨어져 공기도 안 통하는 구덩이 속에서 죽음을 맞이하게 될지도 모른다는 생각이 그의 마음을 가눌 수 없는 절망감으로 채워 놓았다. 그는 안락한 삶을 영위해왔다. 좋은 일도 많이 했다. 아니, 하려고 애쓰며 살았다. 그는 **이런 일**을 당할 이유가 없었다. 그뿐만이 아니라, 어느 누구도 이런 끔찍한 일을 당할 이유가 없었다. 피터는 석탄을 거칠게 옆으로 밀어내고, 작은 공간을 만들어서 밤을 보낼 준비를 했다.

벤은 아직도 자는 걸까? 아무 소리도 들리지 않았지만, 피터는 그가 자고 있는지 확신할 수 없었다. 벤이 야경증으로 힘겨워하는 동안 그를 위로해 주었어야 했나? 혹시라도 그러지 않았다고 벤이 그에게 억하심정을 품은 것은 아닐까? 그래서 그의 생각에 어떤 영향을 미친 것은 아닐까. 그들은 둘 중 하나…… 피터는 그쯤에서 생각을 멈추었다. 최악의 경우까지 예측하고 싶지 않았다. 그러나 사실 그는 벤이 무슨 생각을 하고 어떤 기분을 느끼는지 전혀 알지 못했다. 그와 벤은 동료로만 알고 지냈을 뿐, 인간적인 친분은 없었다. 벤은 자신의 과거에 관해서는 거의 털어놓지 않았다. 왜 그랬을까? 혹시 벤이 그들이 여기 갇히게 된 이유일까? 거기까지 생각이 미쳤을 때, 피터는 벤을 불러 물어보려 하다가 불현듯 그래서는 안 된다는 생각이 들어 입술을 깨물었다. 쓸데없이 그를 비난해서는 안 된다. 그가 어떻게 반응할지 전혀 모르지 않는가.

차가운 석탄 침상에 누워 있는 동안, 피터는 그동안 벤과 친해지려 애쓰지 않았던 자신의 무관심을 질책했다. 그러나 솔직히 말해 인간은 절대로 다른 사람에 관해 진정으로 알 수는 없는 법 아닌가.

피터는 밤새 그 생각을 하며 깨어 있었다.

17

사건 수사본부는 한창 부산하게 돌아가는 중이었다. 에이미와 샘의 사진이 보드 위에 핀으로 고정돼 있었고, 그 옆에 붙여 놓은 지도 위에는 런던에서 햄프셔까지 두 사람의 동선이 표시돼 있었다. 버려진 수영장의 설계도를 도표화한 자료와 사진도 붙어 있었다. 그리고 두 사람의 친구와 친척에 관한 정보도 첨부돼 있었다.

샌더슨, 맥앤드루, 브리지스 수사관은 잠재적인 목격자를 추적하느라 여기저기 전화를 돌리고 있었고, 컴퓨터 기사들은 이번 납치 사건의 세부사항을 방대한 경찰 데이터베이스에 저장된 수없이 많은 범죄 사건과 상호대조하면서 HOLMES$_2$(범죄 수사용 대형 컴퓨터 - 옮긴이)에 관련 항목을 입력하고 있었다. 그라운즈 수사관은 그들 뒤에 서서 부지런히 결과물을 확인했다.

마크는 안으로 들어서지 못하고 복도에서 어슬렁거렸다. 머리는 쿡쿡 쑤셔댔고, 속은 계속 뒤집어질 듯이 구역질이 올라왔다. 수사본부 내의 부산한 움직임도 머리를 아프게 했다. 그는 뒤돌아서서 달아나고 싶은 욕구를 느꼈지만, 비난을 달게 받아야 한다는 사실도 잘 알았다. 그는 안으로 들어가 곧장 찰리의 책상 앞으로 갔다.

"잠깐만요." 그녀가 밝게 대답했다. "10분 후에 팀 브리핑 시작이에요. 내가 들어가서 잘난 척 좀 하려고 했는데, 선배가 왔으니……."

이럴 때면 마크는 찰리가 정말로 좋았다. 그의 비난 받아 마땅한 행동과 프로답지 못한 처신에도, 찰리는 그를 비난하거나 임의로 판단한 적이 한 번도 없었다. 그녀는 늘 도움을 주려 했고 한결같았다. 그런 찰리를 실망하게 했다는 생각에 아픈 후회가 밀려들었다.

"내가 커피 한 잔 가져다줄까요? 머리 좀 맑게 하고 함께 궁리해

보자고요."

이렇게 말하고 찰리가 막 자리에서 일어섰을 때, 헬렌의 목소리가 크고 명확하게 들려왔다.

"마크 풀러 경사, 출근해줘서 고마워요."

그는 심장이 내려앉는 것 같았다. 그에게 내려진 처형 연기 결정이 막 취소돼 버린 듯한 기분이었다. 그는 홱 돌아서서 전날 입었던 복장 그대로 헬렌의 사무실까지 긴 거리를 걸어갔다. 팀원들은 부산하게 움직이는 와중에도 다들 유죄선고를 받은 그를 향해 흘끔거리는 시선을 던졌다.

마크는 뒤로 문을 닫고 헬렌을 마주 봤다. 상사는 앉으라는 말도 하지 않았다. 그는 그대로 서 있을 수밖에 없었다. 헬렌은 나머지 팀원들이 그의 모습을 확실히 볼 수 있게 하고 싶은 모양이었다. 마크의 수치심이 한 단계 더 상승했다.

"죄송합니다, 반장님."

헬렌이 하던 일에서 눈을 들었다.

"뭐가 죄송한데?"

"아침 약속도 못 지키고. 프로답지 않게 행동하고. 또⋯⋯."

마크는 경찰서로 오는 길에 할 말을 연습해 뒀지만, 갑자기 아무것도 기억나지 않았다. 그는 열심히 머리를 쥐어짜 봤지만, 그럴수록 준비해뒀던 말은 더 멀리로 도망가버릴 뿐이었다. 머리가 쿵쿵 울려댔고, 현기증이 심해졌다. 그가 바라는 것은 어서 이곳에서 멀리 달아나는 것뿐이었다.

헬렌이 그를 빤히 바라봤지만, 무슨 생각을 하는지 읽어내기는 힘들었다. 화가 난 걸까? 실망? 아니면 그냥 지긋지긋한가? 오랜 침묵이 흘렀다. 그리고 마침내 그녀가 입을 열었다.

"좋아," 마크는 헬렌이 무엇을 원하는지 확신치 못하고 그저 그녀를 바라보기만 했다. "대체 무슨 일인지 나한테 말해주기는 할 거야? 지금 취해 있잖아. 젊은 사람이 꼭 그렇게 형편없는 몰골을 하고 다녀야겠어?"

그 점에는 반박의 여지가 없었기에 마크는 아무런 대꾸도 하지 않았다. 헬렌이 화가 잔뜩 나서 퍼부어댈 때는 변명을 늘어놓지 않는 게 최선이라는 사실을 그는 경험을 통해 잘 알고 있었다.

"자네가 힘든 시기를 보내고 있다는 건 나도 알아, 마크. 그렇지만 내 말 새겨들어. 지금 얼마나 얼빠진 짓을 저질렀는지 알기나 해? 휘태커 총경이 자넬 팀에서 제외해버릴 구실만 찾고 있을 거라고, 내 말 믿어. 그리고 난 정말 그런 일이 일어나게 하고 싶지 않아. 그러니 무슨 일인지 털어놔 봐. 우린 지금 궁지에 몰려 있고, 난 내 부하의 몸과 마음이 동시에 여기에 있었으면 좋겠어."

"밤에 나가서 술을 한 잔……."

"다시 말해 봐."

마크는 머리가 점점 더 크게 울리는 기분이었다.

"그래요, 술을 엄청나게 마셨습니다. 그렇지만 친구들 몇 명을 만나서……."

"다시 말해. 그리고 만약 한 번만 더 거짓말했다가는 내가 직접 수화기 집어 들어서 총경에게 전화 걸 줄 알아."

마크는 바닥을 빤히 내려다봤다. 그는 자신의 음주 습관이 가혹하게 평가받는 것이 속상했다. 그리고 헬렌이 못마땅해 하는 것도 느낄 수 있었다. 그녀가 술을 마시지 않는 것은 모두가 알고 있었다. 그러니 어떻게 그녀에게 한심한 인간으로 비춰지지 않을 수 있겠는가? 또 자신이 매일 밤 무너져 내린다는 사실을 무슨 수로 그녀에게 납득시킬 수 있겠는가?

"어디 갔었어?"

"유니콘이요."

"맙소사, 그래서?"

"어젯밤 8시부터 오늘 아침 8시까지 마셨어요. 라거, 위스키, 보드카."

마침내 그는 문제를 털어났다.

"얼마나 오래된 거야?"

"두 달이요. 아니, 어쩌면 석 달쯤 됐을 겁니다."

"매일 밤?"

마크는 어깨만 으쓱해 보였다. '맞아요'라고 대답해야 했지만, 차마 소리 내서 그 말을 할만한 배짱은 없었다. 그가 알코올중독자가 되는 과정을 밟고 있다는 사실은 이제 마크 자신에게뿐 아니라 헬렌에게도 명백해졌다. 그는 헬렌 뒤쪽 유리벽에 비친 자신의 모습을 흘낏 바라봤다. 원래대로라면 키 크고 팔다리가 길쭉길쭉하고 숱 많은 곱슬머리를 한, 1년 전의 잘생긴 청년이 비춰야 맞았다. 그러나 실제 유리에 비친 모습은 지독히도 형편없었다. 피부는 생기를 잃었고, 눈동자도 흐리멍텅했다. 면도도 하지 않아 더욱 엉망진창이었다.

"아무래도 더는 안 될 것 같아요." 불쑥 이 말이 튀어나왔다. 입 밖으로 내려고 의도하지 않았던 말이었다. 자신의 심정을 이런 식으로 드러내고 싶지 않았다. 그러나 그는 진심으로 누군가와 대화를 나누고 싶었다. 헬렌은 늘 그에게 공정한 상사였다. 따라서 그녀에게는 솔직해야만 했다. "이 일로 시간을 질질 끄는 건 반장님이나 팀원들에게 못할 짓 같아요……."

헬렌이 그를 유심히 바라봤다. 오늘 대화를 시작한 이래 처음으로 마크는 그녀의 표정이 풀어지는 것을 느낄 수 있었다.

"자네 기분이 어떤지는 잘 알아, 마크. 잠시 휴가를 내고 싶으면 그렇게 해. 하지만 그만두는 건 나한테 무책임한 짓이야." 그녀의 목소

리에서는 강철 같은 단호함이 묻어났다. "다 내팽개치고 그만두기에
는 자네 실력이 너무 좋아. 내가 함께 일해 본 경사 중에는 최고야."

마크는 무슨 말을 해야 할지 난감했다. 그는 조소를 예상했지만,
그녀의 어조는 친절했고, 돕고자 하는 제안도 진심인 듯했다. 그들
둘이 수많은 사건을 함께 해결해 온 것은 사실이었다. 작년에 패킷
거리에서 일어난 살인사건을 해결한 것은 마크의 경력에 정점을 찍
어주기도 했다. 그러면서 둘 사이에는 끈끈한 프로 세계의 유대감이
형성돼왔다. 여러 방면에서 헬렌의 친절함은 엄한 꾸짖음보다 훨씬
받아들이기 힘들었다.

"난 자넬 돕고 싶어, 마크." 그녀가 말을 이었다. "그러려면 자네가
여기서 나와 함께 일해야만 해. 우린 지금 한창 살인사건을 수사 중
이라고. 그러니 내가 아침 9시 30분에 만나자고 하면, 부디 그 시간
에 나타나는 게 신상에 좋을 줄 알아. 그렇게 할 수 없으면, 아니, 그
러고 싶지 않으면, 난 자넬 다른 부서로 보내 버리거나 정직시키는
수밖에 없어. 내 말 이해했지?"

마크는 고개를 끄덕였다.

"이제 아침식사로 보드카 마시는 건 금지야." 헬렌이 말을 이었다.
"점심시간에 술집 다녀오는 것도 금지고. 더는 거짓말도 안 돼. 자네
가 날 믿는다면, 내가 자넬 도와줄 거야. 함께 헤쳐나가 보자고. 그렇
지만 정말로 자네가 날 믿어줄 필요가 있어. 날 믿는 거지?"

마크가 시선을 들어 그녀의 눈을 바라봤다.

"물론이에요. 믿어요."

"좋아, 그럼 이제 일 시작하지. 5분 후에 브리핑 시작할 거야."

그러고 나서 헬렌은 다시 업무로 돌아갔다. 마크는 허를 찔린 채로
사무실을 나왔지만, 마음만은 한없이 편했다. 헬렌 그레이스는 그를
놀라게 하는 데 한 번도 실패한 적이 없었다.

18

　도심에 있는 아파트까지 오토바이를 타고 가는 동안, 헬렌은 마크
와 나누었던 대화를 머릿속에서 다시 되돌려 봤다. 너무 모질게 굴
었나? 아니, 너무 무르게 대했나? 전에도 했던 실수를 또 반복한 건
아니었을까? 헬렌은 집 현관문을 등 뒤로 닫을 때까지도 그 일을 곱
씹었다. 문에 체인을 걸고, 그녀는 욕실로 직행했다. 48시간 동안이
나 연속 근무를 한 참이라 어서 샤워를 하고 싶은 마음이 굴뚝같았
다.

　헬렌은 앞쪽을 바라보고 섰다. 물줄기가 목과 가슴을 내리치는 것
을 느끼다가 그녀는 뒤로 돌아섰다. 김이 오르는 뜨거운 물이 등을
때리기 시작하자 아픔이 전신으로 퍼져나갔다. 처음에는 고통스러웠
지만, 천천히 쓰라림이 무뎌지면서 다시 한번 기분이 차분해지는 것
을 느꼈다.

　수건으로 물기를 닦아내면서, 헬렌은 다시 침실로 걸어 들어갔다.
몸을 다 말리고 나서 수건을 바닥에 떨어트린 다음에는 전신 거울
에 자신의 모습을 비춰봤다. 나신으로 서 있는 모습은 매혹적이었지
만, 이런 그녀의 모습을 바라본 사람은 거의 없었다. 친밀함을 경계
하고, 또 어쩔 수 없이 답해야 하는 질문들을 경계해온 까닭에, 그녀
는 대부분 가볍고 오래가지 않는 관계만을 이어왔다. 남자들도 딱히
그것에 신경 쓰지 않았다. 대체로 그들은 쉽게 잠자리에 들었다가 가
볍게 안녕을 고하고 떠나는 여성을 발견했다는 사실에 극히 만족하
는 듯했다.

　헬렌은 옷장을 열어서 일렬로 걸려 있는 청바지와 셔츠를 하나하
나 젖히고는 트레이닝 바지와 상의를 꺼내 입었다. 잠시 후에 박스컴

뱃(빠른 음악에 맞추어 권투 동작을 취하는 피트니스 트레이닝의 일종 - 옮긴이) 수업이 있었기에 옷을 두 번 갈아입을 필요는 없을 듯했다.

헬렌은 깨끗한 양복 가방 안에 말끔히 개어 보관해 놓은 경찰복을 잠시 가만히 바라봤다. 순찰 근무를 하던 시절에 입었던 정복이었다. 그 시절이 지금의 그녀를 만들었다고 해도 과언이 아니었다. 머리를 뒤로 올려 질끈 묶고 방탄조끼를 갖춰 입은 후 거리로 나섰던 근무 첫날이 그녀의 삶에서 가장 행복했던 하루 중 하나였다. 태어나서 처음으로 헬렌은 자신이 어딘가에 속해 있다는 느낌을 받았다.

참으로 소중한 느낌이었다. 그녀는 정복을 입을 때마다 자신의 외모는 물론이고 정서적 감정까지도 변하는 것이 좋았다. 정복을 착용함으로써 얻게 되는 중성적 익명성이 정복 차림의 든든함, 강인함과 동맹을 맺는 것을 한껏 만끽했다. 마치 변장을 하는 것 같은 기분이었지만, 모두가 인정하고 이해하는 그런 변장이었다. 지금도 마음속에는 그 시절로 돌아가고 싶은 소망이 아주 작게나마 남아 있었다. 하지만 순찰대원으로 오래 남아 있기에 그녀는 불안하기도 했고 야망도 너무 컸다.

과거의 향수는 그대로 남겨두고, 그녀는 차 한 잔을 타서 거실로 나갔다. 매우 크고 검소해 보이는 방이었다. 벽에 걸려 있는 사진도 없었고, 바닥에 던져 놓은 잡지 같은 것도 없었다. 모든 것이 제자리에 깔끔하게 정돈돼 놓여 있었다.

헬렌은 책 한 권을 골라 읽기 시작했다. 책꽂이는 빽빽이 꽂힌 책의 무게로 신음하고 있었다. 범죄 행동, 연쇄 범죄, 콴티코 기지의 역사에 관한 서적 등이 주를 이루었고, 모두 손때가 묻어 있었다. 사실 헬렌은 소설을 읽을 만한 시간은 거의 낼 수 없었고 해피엔딩 같은 것도 전혀 믿지 않았지만, 무엇보다도 지식을 소중하게 여기는 사람이었다. 그녀는 가장 좋아하는 범죄 심리학에 관한 두꺼운 책을 훑어보면서 담배에 불을 붙였다. 그동안 여러 차례 끊어보려 애를 썼지만, 늘 마음이 약해져서 실패해온 탓에 이제는 끊으려는 시도조차도 포기한 습관이었다. 사실 흡연에서 얻을 수 있는 기쁨이 너무 큰 까닭에 헬렌은 자기 불신 정도는 얼마든지 견뎌낼 수 있었다. 모두가 더러운 습관 한두 가지쯤은 가지고 있는 거야. 그녀는 혼잣말을 했다.

그러자 갑자기 마크의 얼굴이 머릿속에 떠올랐다. 그녀의 경고가 효과를 발휘했을까? 아니면 지금도 그가 술집 유니콘에 앉아서 슬픔을 달래고 있을까? 그의 더러운 습관은 그가 직장은 물론이고 인생까지 말아먹게 할 수 있었다. 헬렌은 부디 그가 위기에서 자신을 구해낼 수 있기를 진심으로 바랐다. 마크를 잃고 싶지 않았다.

헬렌은 책에 집중하려 애썼지만, 그럴 수가 없었다. 의미는 전혀 이해도 못 하고 글씨만 읽어내린 탓에 논리의 끈을 놓쳐서 방금 읽었던 곳을 다시 읽어봐야 했다. 그녀는 한가하게 앉아 있는 데는 재주가 없었다. 심하다 싶을 정도로 열심히 일하는 것도 다 그 때문이었다. 헬렌은 담배를 더 깊이 빨아들였다. 왠지 친숙하게 느껴지는 불쾌감이 다시 온몸을 타고 오르는 듯한 기분이었다. 담배를 비벼 꺼버리고, 헬렌은 책을 커피 탁자 위에 내려놓은 후 체육관 가방을 움켜잡고 오토바이를 세워 놓은 곳으로 달려 내려갔다. 체육관으로 가는 도중에 수사본부에 전화라도 걸어봐야 하는 것은 아닐까? 어쩌면 무슨 일이 생겼을지도 모른다. 어쨌든 간에 헬렌은 족히 두 시간은 자신을 바쁘게 할 수 있었고, 그럼으로써 마음속에 어둠이 드리워지지 않게 할 수 있었다.

19

아빠가 엄마를 때리는 모습을 처음 본 게 언제였는지 나는 기억하지 못한다. 사실 그 외에도 나는 내가 본 것을 제대로 기억하지 못한다. 가장 잘 기억하는 것은 소리다. 주먹이 얼굴을 두드리는 소리. 몸이 부엌 식탁에 부딪혀 무너지는 소리. 두개골이 벽에 부딪히는 소리. 신음. 비명. 끊임없는 학대의 소리.

그런 소리에는 결코 무뎌질 수가 없다. 그러나 언제 그것이 올지 예상할 수는 있다. 그리고 매번 그 일이 벌어질 때마다 점점·더 분노하게 된다. 그리고 조금 더 무기력해지는 듯한 기분을 느낀다.

엄마는 한 번도 맞서 싸우지 않았다. 그 사실이 날 더 화나게 했다. 엄마는 그냥 맞기만 했다. 마치 자기는 맞아도 싸다는 듯이. 엄마가 정말 그렇게 생각하고 있었을까? 뭐가 어떻게 됐든, 엄마는 아빠에 맞서지 않으려 했지만, 난 아니었다. 다음번에 아빠가 엄마를 때리기 시작했을 때, 내가 끼어들었다.

그때까지 오래 기다릴 필요도 없었다. 아빠의 가장 친한 친구였던 조노가 헤로인 과다복용으로 사망했고, 장례식이 끝난 후, 아빠는 36시간 동안 쉬지도 않고 술을 퍼마셨다. 마침내 엄마가 그만 마시게 하려 하자, 아빠는 박치기로 엄마의 코뼈를 부러뜨렸다. 난 참을 수가 없었다. 그래서 그 멍청한 인간의 사타구니를 걷어찼다.

그는 내 팔을 부러뜨리고, 앞니를 부서뜨렸으며, 허리띠로 거의 죽기 직전까지 내 목을 졸랐다. 나는 그가 정말로 나를 죽일 작정이라고 생각했다.

언젠가 한 번은 심리치료사가 그 기억이 내가 남자들과 의미 있는 관계를 형성하지 못하게 하는 근본 원인이라고 이야기했다. 나는 그저 고개를 끄덕였지만, 속으로는 그 여자의 눈에 침이라도 뱉고 싶었다.

20

두려움 때문에 정말 죽을 수도 있을까? 피터는 몇 시간째 움직이지 않고 있다.

"피터?"

여전히 아무 대답이 없다. 벤의 심장 속에 희망이 솟아오르기 시작했다. 어쩌면 피터의 심장이 극적인 자기 연민에 압도당해 더는 살기를 포기해버렸는지도 모르는 일이었다. 그래, 그런 거야. 그렇게만 된다면 얼마나 좋을까. 강한 자가 살아남는 것이다.

벤은 즉시 암울한 기분이 들었다. 누군가가 죽기를 소망하다니. 지금까지 평탄하게 잘 살아왔는데, 왜 그런 생각을 한단 말인가. 한심하기 이를 데 없는 일이었다. 그리고 그가 그렇게 죽는다고 하더라도, 그런 죽음을 쳐주기는 할까? 납치범이 그를 풀어줄까? 그가 피터를 죽인 게 아니지 않은가.

벤의 생각은 납치범 쪽으로 흘러갔다. 그가 아는 여자는 아니었다. 기다란 검은 머리채와 육감적인 분홍색 입술이 매혹적인, 놀랄 만큼 아름다운 여자였다. 대체 그런 여자가 왜 그들을 선택한 것일까? 혹시 이 모든 게 역겨운 리얼리티 TV 프로그램 같은 것은 아닐까? 그렇다면 곧 누군가 나타나서 총 속에 탄환이 하나도 들어 있지 않다는 사실을 폭로할지도 모른다. 하지만 전화기를 통해 들려온 여자의 목소리는 그 반대의 상황을 암시했다. 그녀는 피를 원하는 것이다.

벤은 흐느끼기 시작했다. 그가 살아온 여정은 고군분투의 역사이기에 이런 식으로 삶을 마감한다는 것은 너무도 잔인한 일이 아닐 수 없었다.

지금이다. 왜 안 되겠는가? 그냥 피터가 죽었는지 살았는지만 보면 된다. 그는 죽은 것처럼 보였다. 그러니 확인만 해보는 게 무슨 해가 되겠는가?

"피터……, 피터?"

벤은 조심스럽게 자리에서 일어섰다. 조용히 하기는 불가능했기에, 그는 일부러 부산스럽게 소리를 냈다. 기지개를 켜고 하품도 했다. 그리고 말했다.

"나 큰 거 봐야 할 것 같아요, 피터, 미안해요." 아무 대꾸도 없었다. 벤은 총 있는 곳으로 한 걸음 다가갔다. 그리고 한 걸음 더. "내 말 들려요, 피터?"

벤은 천천히 주저앉았다. 관절에서 뚝뚝 꺾이는 소리가 났다. 사일로 안에 그 소리가 메아리쳤다. '젠장.' 그는 잠시 동작을 멈췄다. 그런 다음 천천히, 그리고 조용히 총을 집어 들었다. 혹시라도 피터가 의심스러운 기운을 느끼고 벌떡 일어나 앉을지도 모른다는 생각에 피터 쪽을 흘낏 바라봤다. 그러나 아무 반응도 없었다. 솔직히 벤은 피터가 반응해주길 바랐다. 그러면 적어도 싸움이 되지 않겠는가.

그는 총의 안전장치를 풀었다. 그런 다음 피터의 등에 총을 겨누었다. 아니, 이렇게는 안 돼. 탄환이 빗나갈지도 몰라. 그냥 상처만 입히고 말 수도 있어. 이 금속 항아리 속에서 튕겨 나온 총알이 무슨 짓을 할지 누가 알겠는가. 둘 다 죽으면 어쩌지? 그래, 그러면 정말 웃기기는 하겠네. 쓸데없는 헛소리는 그만두자. 벤은 한 발 더 가까이 다가갔다.

"피터?"

그는 정말 죽은 것이다. 그래도 확실히 하기 위해 어쨌든 마무리를 짓는 게 나으리라. 그래야 여기서 빠져나갈 수 있게 될 테니. 그때 갑자기 제니 생각이 머릿속에 휙 스쳐 지나갔다. 그의 약혼녀. 그녀가 산산조각 나 버리겠지. 이제 곧 만나게 될 거야. 그녀는 그를 용서해 줄 리 없음이 분명했다. 난 지금 상황에서 해야만 하는 일을 하는 거잖아. 다른 사람도 다 마찬가지로 했을 테니까.

한 발 더 가까이 다가갔다.

벤은 총신이 거의 피터의 뒤통수에 얹힐 지경이 될 때까지 총을 낮추었다. 그래 하자, 그는 생각했다. 그리고 방아쇠를 잡은 손가락에 힘을 주기 시작했다. 바로 그때였다. 피터가 갑작스럽게 팔을 뻗어 날카로운 금속 조각 하나를 벤의 왼쪽 눈 깊숙이 찔러 넣었다.

21

헬렌은 체육관에서도 결국 중도에 나와야 했다. 수사본부 안으로 한 발을 들여놓자마자 찰리가 그녀를 붙잡아 세웠다. 늘 쾌활하기만 하던 찰리 수사관의 얼굴에 심각한 그림자가 드리워 있었다. 잠시 후 쉬쉬거리는 대화를 나누며 두 사람은 밖으로 걸어나갔다.

"두 분이서 함께 나가시는 걸 보니, 체육관에서 레즈비언의 밤이라도 보내시려나 봐요." 브리지스 수사관이 이성애자인 찰리의 바지를 내리고 싶은 자신의 속마음을 숨기면서 던진 농담이었지만, 그런다고 숨겨질 것은 아니었다.

헬렌과 찰리는 도심의 복잡한 차량 행렬을 뚫고 과학수사대 건물로 운전해 갔다. 평소 5분이면 도착할 거리가 출퇴근 시간대에는 족히 25분 정도 걸렸는데, 크리스마스 쇼핑객과 들뜬 행인들이 사우샘프턴에 홍수처럼 밀려나온 오늘은 출퇴근 시간대와 맞먹는 시간이 걸렸다. 망년회 시즌이 정점에 달해 있었다.

헬렌은 버스 차로에 줄지어 몰려 서 있는 대형버스 행렬에 당황스러움을 감추지 못하고 투덜거렸다. 결국, 그녀는 경찰차의 비상 경광등을 켰고, 마지못해 길 하나가 눈앞에 열렸다. 길에는 취객들이 방금 토해놓은 토사물이 여기저기 잔뜩 쌓여 있었다. 헬렌은 속도를 내서 그 길을 곧장 뚫고 지나가 구토를 쏟아 놓은 자들이 놀라서 흩어지게 만들었다. 찰리는 짐짓 웃음을 참아야 했다.

헬렌과 찰리가 과학수사대 본부로 들어섰을 때, 벤 홀란드의 은색 렉서스가 검사대 위에 올라앉아 조사를 기다리고 있었다.

"찰리 수사관이 기본적인 사항은 말씀을 드렸을 테지만, 아무래도 이건 직접 보셔야 할 것 같습니다."

그들은 검사대에 올려진 차 아래로 걸어 들어가 문제되는 부분을 살폈다. 샐리가 펜 손전등으로 오른쪽 뒷바퀴 위쪽의 휠 아치(바퀴의 탈착을 쉽게 하거나, 타이어의 방향을 변경할 때 방해가 되지 않도록 측면 패널에 반원형으로 뚫려 있는 개구부(開口部) – 옮긴이) 부분을 비추었다.

"예상하셨겠지만, 이 부분도 차량 주인이 늘 운전해 돌아다니는 도로만큼이나 매우 더럽습니다. 하지만 이 차의 휠 아치는 보기에도 물론이고 냄새도 다른 차량의 휠 아치보다 훨씬 더 더럽습니다. 휘발유가 범벅돼 있어서 그렇거든요."

이렇게 말하고 샐리는 다시 밖으로 나가라는 몸짓을 해 보였고, 모두가 차 밑에서 빠져나오자 차의 높이를 모두의 눈높이로 낮춰 놓았다.

"여기 왜 그런지 이유가 있습니다."

부관의 도움으로 샐리는 차량 오른쪽 측면 날개 부분을 조심스럽게 풀어 놓았다. 고급 차량의 내부가 적절한 절차에 따라 그 모습을 드러냈고, 이제 샐리는 손전등으로 기름탱크를 정조준했다. 헬렌의 눈이 커졌다.

"기름탱크가 뚫려 있습니다. 그리 큰 구멍은 아니지만, 탱크 바닥이 뚫려 있었기 때문에 시간이 지나면서 기름이 완전히 다 새나가 버린 거죠. 휠 아치에 고여 있는 기름의 양으로 판단해 보건대, 실종자들이 본머스에서 출발했을 때쯤에는 기름이 거의 꽉 차 있었을 겁니다. 아주 빠르게 지속적으로 기름이 새나간 거죠. 제 추산으로는 분당 1.5리터 정도씩은 흘러나갔을 거예요. 그건 다시 말해서 이 차의 운전자가 대략 뉴포레스트를 절반쯤 통과해 갔을 때, 기름이 다 떨어져 버렸다는 의미가 되죠. 물론 왜 그 길로 갔는지는 저도 잘 모르겠지만 말입니다."

헬렌은 아무 말도 하지 않았다. 이미 머릿속이 왱왱 울리면서 이 새롭게 드러난 사건의 국면을 어떻게든 처리해보려 애를 쓰는 중이었다.

"반장님의 다음 질문은 아마도 구멍이 어쩌다 우연히 뚫린 것 아닌가 하는 거겠죠? 물론 어느 쪽이든 가능하지만, 저는 우연이 아니라고 답하겠어요. 구멍이 너무 깨끗하고 동그랗게 뚫려 있습니다. 마치 누군가 탱크 바닥에 못을 대고 망치로 때려 뚫어 놓은 듯해요. 만약 누군가 두 사람을 곤경에 처하게끔 일부러 해놓은 방해공작이라면, 정말 간단하고 효과적인 방법인 거죠."

이 말과 함께 샐리는 다음으로 넘어갔다. 그녀의 임무는 이유를 찾아내는 것이 아니었다. 그저 사실만을 전달해 주면 끝이었다. 헬렌과 찰리는 서로를 바라봤다. 두 사람이 같은 생각을 하고 있으리라는 사실은 불을 보듯이 뻔했다. 막 기름을 채워 넣었으니, 벤은 연료계를 주시하지 않았을 테고, 연료가 거의 다 새버려서 너무 늦어버린 시점까지 문제를 깨닫지 못했을 것이다. 심지어 연료 부족 경고등에 불이 들어왔을 때, 벤에게 남은 시간이라고는 겨우 1~2분밖에 되지 않았을 터였다.

"범인도 그 사실을 알았던 게 분명해." 헬렌은 큰소리로 혼잣말을 했다. "그 여자는 벤과 피터가 매주 그 여행을 다닌다는 사실도 알고 있었던 거야. 그리고 벤은 늘 그 에소주유소에서 기름을 넣었겠지. 범인은 미리 조사해놓았던 거야. 탱크의 크기, 연료 소비율, 필요한 구멍의 크기……"

"그래서 두 사람은 정확히 범인이 원하던 장소에서 멈춰 서게 된 거고요."

헬렌의 생각을 찰리가 마무리 지었다.

"여자가 두 사람을 스토킹했던 거야. 그게 우리의 시작점이 돼야 할 것 같아. 에이미의 가족에게 연락해서, 그동안 불쾌한 관심이나 의심스러운 침입 같은 게 없었는지 확인해 봐. 벤 홀란드와 피터 브라잇스톤의 가족에게도 마찬가지고."

헬렌은 수사의 첫발을 내디뎠다. 그녀는 이것이 사건 해결에 큰 도움이 되기를 바랐지만, 느낌상으로는 이 게임이 범인 쪽에 유리한 매우 치명적인 격전이 될 것만 같았다. 그들이 상대하고 있는 자가 매우 조직적이고 영리하며 치밀하기까지 하다는 점은 확실했다. 범인이 범죄를 저지르는 동기는 의문으로 남아 있었지만, 살인자로서의 역량에는 의심의 여지가 없었다. 이제 남아 있는 가장 큰 의문은 벤인가 피터인가였다. 둘 중 하나라도 살아 돌아올 수 있을까?

22

그 일이 일어나고 몇 시간이 지났지만, 여전히 그의 몸속에서는 아드레날린이 솟구치고 있었다. 아직은 분노가 죄책감보다 훨씬 압도적이었기에, 피터 브라잇스톤은 앞뒤로 오가며 자신의 희생자에게 욕설을 내뱉었다. 벤이 그를 총으로 쏘려 했다. 그의 뒤통수에 총알을 박아 넣으려 했다. 젠장, 그것 말고 뭘 더 예상했다는 말인가?

그는 벤에게 회사의 일자리를 주던 때를 떠올리며 씁쓸하게 웃음을 터트렸다. 그보다 능력도 훨씬 뛰어나고 두루 자격도 갖춘 여러 후보자를 마다하고 그를 선택한 이유는 배짱과 열정이 마음에 들던 까닭이었다. 그런데 이게 그런 은인에게 보답하는 방식이란 말인가? 벤은 두 번 생각하지도 않았다. 그냥 단번에 그의 머리를 날려버릴 참이었다. 미친 자식. 그러니 피터가 손에 쥐고 있던 금속 조각을 정확히 그것이 있어야 할 자리에 박아 넣었을 때, 고통에 비명을 질러대던 벤은 받아 마땅한 벌을 받은 것이었다.

피터의 주먹이 무기를 움켜잡았다. 벤의 피가 그 표면에서 천천히 응고되는 중이었다. 가장 끔찍한 일이 처리됐음에도, 피터는 그것을 쥔 손에 힘을 풀지 않았……, 아니 풀 수 없었다.

정당방위였어. 물론이고말고. 피터는 자신에게 계속 이렇게 말해주어야 했다. 하지만 그는 극도로 주의를 기울이면서 너무도 조용하게 그 무기를 만들어 냈다. 그런데도 그 행동이 전혀 계획된 일이 아니었다고 자신을 설득시키려 한단 말인가? 피터는 벤이 그를 싫어한다는 사실을 알았다. 벤은 그를 존경하지도 않았다. 등 뒤에서 그를 조롱하곤 했다.

벤이 자기 자신을 늘 1순위로 간주한다는 사실에 의심의 여지가 있기는 했던가? 피터는 그 사실을 잘 알고 있었기에 그에 따라 계획을 세웠다. 그 방법밖에는 없었다. 그에게는 아내와 아이들이 있지 않은가. 그렇지만 벤이 가진 것은 무엇이지? 골 비고 욕심 많은 여자라는 걸 세상천지가 다 아는 약혼녀 하나뿐이지 않은가. 그들의 결혼식은 케이티 프라이스(영국의 유명 모델 - 옮긴이)의 한심한 결혼식에 필적할 만큼 요란스러울 예정이었다. 분홍색 꽃수레, 머랭 드레스, 당나귀와 결혼식 화동, 그리고 오랫동안 회자될 깜짝쇼 등이 준비돼 있었다.

벤은 죽었다. 피가 그의 얼굴에 뚫린 구멍에서 흘러나오는 중이었다. 이제 결혼식 같은 건 없을 것이다.

고요했다. 피터가 경험한 것 중 가장 끔찍하고 외로운 고요함이었다. 살인자가 자신의 희생자와 단둘이 앉아 있다니. 아, 맙소사.

그때 눈이라도 멀게 할 듯한 환한 빛줄기가 내리비쳤다. 해치가 끼익 소리를 내며 열렸고, 문이 다 열리기도 전에 햇살이 쏟아져 들어와 눈동자를 불태웠다. 뭔가 무거운 것이 그의 머리 위로 떨어져 내렸다. 밧줄 사다리였다.

폐 속으로 산소와 함께 신선한 공기가 흘러들었다. 온몸이 희열로 경련을 일으킬 것만 같았다. 그는 이제 자유였다. 살아 있었다. 생존한 것이다.

그는 쩔뚝이며 조용한 시골 길을 걸어갔다. 주변에 인적이라고는 없었다. 그러니 그가 구조자를 만나게 될 확률은 얼마나 될까? 비록 자유를 얻기는 했지만, 그는 이것도 무슨 속임수 같은 것은 아닐까 여전히 의심했다. 격렬히 항의하는 몸을 질질 끌고 길을 따라 걸어가는 동안 그 여자가 자신을 비웃고 있는 것은 아닐까 의심스러웠다. 다시 사냥감처럼 따라 잡히는 것은 아닐지 두렵기도 했다. 피터는 그

어두운 구덩이 속에서 죽음을 맞이하리라 체념하고 있었다. 그 여자가 정말 그들과 맺은 약속을 지킬 예정이었을까? 정말 그걸 믿어도 좋은 걸까? 피터는 앞쪽에서 뭔가 생명의 신호를 감지하고 걸음 속도를 빨리했다.

그것을 보았을 때, 피터는 웃음을 터트렸다. "어서 오세요"라는 글씨가 편의점 문 위쪽에 의기양양한 활자체로 적혀 있었다. 그 문구가 얼마나 친절하던지 그는 울음을 터트렸다. 그는 문을 부술 듯이 밀치고 들어가 놀란 얼굴들의 환영을 받았다. 연금 생활자들과 어린 학생들이 그들 앞에 나타난 흉측스러운 남자의 모습에 충격을 받았다. 얼굴에는 온통 피가 튀어 있고, 온몸에는 오줌 냄새가 진동하는 채로, 피터는 계산대를 향해 달려갔다. 하지만 채 그 앞에 도착하기도 전에 정신을 잃어 판촉용으로 전시해 놓은 과자 더미 위로 쓰러져 버렸다. 아무도 그를 돕기 위해 움직이지 않았다. 그는 그저 시체처럼 보였다.

23

던스톤 발전소는 사우샘프턴 워터(영국 솔렌트와 아일오브와이트 하구에 있는 삼각강 - 옮긴이) 서쪽 끄트머리에 당당하게 서 있었다. 한때는 석탄을 때워 가동하는 이 발전소가 남부해안은 물론이고 그 너머까지도 전력을 공급했다. 그러나 2012년 정부의 영국 내 에너지 공급 재정비계획의 희생물이 되어 예비 시설로 가동이 보류되었다. 던스톤은 너무 오래되고 비효율적이며, 영국 전역에 건설된 저탄소 대체 시설들과 비교해 경쟁력이 떨어졌다. 직원들은 다른 시설에 고용되었고, 시설은 봉쇄되었다. 앞으로 2년 동안은 철거 계획이 없었으므로, 지금은 단지 영광스러운 과거를 돌이켜보게 하는 텅 빈 기념물에 지나지 않았다. 그 거대한 중앙 굴뚝이 범죄 현장 위로 긴 그림자를 드리우고 있었다. 헬렌은 몸을 부르르 떨며 바닷바람에 거세게 펄럭이는 경찰 저지선 쪽으로 다가갔다.

사건 현장으로 서둘러 걸어가는 동안 마크는 헬렌과 보조를 맞추어 걸음을 옮겨 놓았다. 그는 주유소에서부터 사건 현장까지 헬렌을 대신해 운전하겠다고 고집을 부렸다. 그동안 술도 마시지 않았고, 마음도 이전보다 훨씬 편안해진 듯했다. 어쩌면 헬렌의 조언이 효과를 나타내고 있는지도 몰랐다. 둘이 나란히 걸어가는 동안 헬렌의 시선은 다양한 가능성을 타진해보며 이쪽저쪽으로 빠르게 옮겨 다녔다. 원래 이 시설에는 경보장치가 설치돼 있었지만, 구리 도둑이 그것을 여러 차례 못쓰게 망가뜨려 버린 탓에, 이제 더는 경보장치를 설치하지 않는 쪽으로 결론이 났다. 조금이라도 돈이 될 만한 물건들은 이미 다 도둑을 맞은 상태이기도 했다.

그건 다시 말해서 '그 여자'도 정문의 체인을 뜯어내고 차를 운전해 들어가야 했음을 의미했다. 그렇다면 혹시 타이어 자국이 남아 있지는 않을까? 발자국은? 석탄 사일로 위쪽에 달린 해치는 일단 부지 안에 들어서기만 하면 쉽게 열고 들어갈 수 있었다. 물론 혼자 힘으로 들어 올리기에는 너무 무거웠지만, 밴 같은 승합차에 체인을 걸어 당기면 일도 아니었을 것이다. 사일로 주변에 남아 있는 깊은 타이어 자국이 그 사실을 정확히 증명해 보였다. 피해자들을 태우고 온 운송수단이 남긴 자국이었다.

"어떻게 남자 둘을 밴에서 끌어내려 사일로 안으로 밀어 넣었을까요?"

마크가 헬렌의 마음을 읽어내고 물었다.

"벤은 키가 180이 넘긴 하지만 좀 마른 편이야. 어떻게 생각해? 75킬로그램쯤 나갈까?"

"그럴 겁니다. 그 정도 무게면 여자 혼자 힘으로 옮길 수도 있겠죠. 그렇지만 피터는……."

"적어도 90킬로그램은 될 것 같아. 어쩌면 더 될지도 모르고."

헬렌은 자세히 살펴보기 위해 허리를 굽혔다. 해치 근처의 흙바닥은 확실히 여기저기 많이 파헤쳐져 있었지만, 그게 두 명의 희생자를 바닥으로 끌어가며 생긴 자국일까, 아니면 겁에 질린 피터가 몸부림을 치다가 남긴 흔적일까?

참으로 한심한 일이 아닐 수 없었다. 경험 많은 수사관이 범죄의 특성이나 범인의 정체에 관해 민첩하고 직관적인 판단을 전혀 내릴 수가 없다니. 하지만 헬렌은 이것이 두 번째 살인사건이라는 사실만은 확신했다. 벤의 차에 일부러 뚫어 놓은 구멍을 증거에서 제외해 버린다 할지라도, 피터 브라잇스톤의 이야기는 에이미의 진술과 너무나도 비슷했기에 두 사건의 관련성은 부인할 수가 없었다.

그들이 피터를 구조했을 때, 그의 얼굴에 드러난 고통과 죄책감,

두려움의 표정은 에이미의 것과 전혀 다르지 않았다. 이들은 누군가의 사디즘(다른 사람에게 고통과 굴욕을 주는 가학적인 행위에서 쾌락을 얻는 일종의 성적 도착 - 옮긴이)을 만천하에 증언하는 살아 있는 명함이자 인간 증거였다. 단지 그것이 범인이 말하고자 하는 전부일까?

이제 그들이 연쇄 살인마를 상대하고 있다는 사실은 자명해졌다. 헬렌은 연쇄 살인에 관한 사례 연구와 논문도 읽어봤지만, 그 무엇도 이번 사건 해결에 도움이 될 것 같지 않았다. 보통은 범죄 동기라든가 희생자 간의 관련성은 쉽게 추론해 낼 수 있었지만, 이번에는 아니었다. 이 사건은 여성 혐오에서 비롯되지도 않았고, 성범죄도 아니었으며, 희생자들의 나이나 성별, 사회적 지위 간에도 아무런 연결고리가 없었다. 헬렌은 길고 어두운 터널 속으로 깊숙이 빨려 들어가는 듯한 기분이었다. 우울의 파장이 그녀를 공격해왔다. 헬렌은 거기서 빠져나가기 위해 자신을 꼬집어야 했다. 그녀는 이 범죄의 책임을 물을 당사자를 반드시 잡고 말리라 다짐했다. 무슨 일이 있어도 찾아낼 것이다.

헬렌과 마크는 사일로 입구로 다가갔다. 헬렌은 사다리를 가져다 달라고 요구했다. 한시라도 빨리 아래로 내려가 최악의 상황을 자신의 눈으로 확인하고 싶어 조바심이 났다. 해치는 이미 열려 있었기에, 그녀는 안쪽을 들여다봤다. 깊숙한 어둠 속에 시체가 놓여 있었다. 피터가 살해한 벤 홀란드였다.

"내려가 보실래요, 아니면 제가 내려갈까요?"

마크는 진심으로 묻고 있었다. 그는 상사의 권위에 도전하지 않으려 무던히도 애쓰고 있었다. 그러나 헬렌은 반드시 자신의 눈으로 봐야만 했다.

"괜찮아, 내가 갈게. 오래 걸리지 않을 거야."

그녀는 조심스럽게 사다리를 타고 사일로 안으로 걸어 내려갔다.

아래는 냄새가 지독했다. 석탄 먼지와 배설물의 악취가 가스와 뒤섞여 있었다. 과학수사대는 샘과 에이미의 배설물에서 강력한 진정제인 벤조디아제핀의 흔적이 짙게 남아 있는 것을 발견했었다. 그리고 여기서도 아마 그 흔적을 발견하게 될 것이 분명했다. 헬렌은 시체 쪽으로 관심을 돌렸다. 그는 얼굴을 바닥으로 하고 누워 있었다. 그의 머리 주변으로 피 웅덩이가 엉겨 붙어 있었다. 시신을 건드리지 않도록 주의하면서, 헬렌은 무릎을 꿇고 앉아 희생자의 얼굴을 보기 위해 목을 길게 빼고 돌렸다.

역겨움이 먼저 엄습해왔고, 곧 놀라움이 그녀를 강타했다. 왼쪽 눈이 있던 자리에 생겨난 피투성이 구멍은 역겨웠다. 그러나 놀라움은 누워 있는 시체가 벤 홀란드가 아니라는 사실을 깨달은 데서 왔다.

24

제이크는 얼마 지나지도 않아 그녀를 다시 만났다는 사실이 놀라웠다. 지금까지 그녀는 거의 규칙적인 주기로 찾아 왔었다. 한 달에 한 번, 한 시간. 처음 벨 소리를 들었을 때, 그는 내다보고 싶지 않다는 유혹을 느꼈다. 밤 11시가 넘은 시간이었고, 안전상의 이유로 모든 방문자는 늘 사전 예약을 하고 찾아오기 때문이기도 했다. 그러나 화면에 비친 그녀의 얼굴을 보는 순간, 그는 걱정이 되기도 했고, 호기심도 일었다.

무슨 일이 생긴 게 분명했다. 아파트로 들어서는 동안 그녀는 그를 쳐다보지도 않았고, 늦은 시간에 찾아온 것에 대해 이러쿵저러쿵 변명도 없었다. 평소에는 그에게 살짝 미소를 지어 보이거나 적어도 가볍게 안녕이라는 인사라도 했다. 그러나 오늘 밤은 아니었다. 뭔가에 정신이 팔려 자기 안으로 침잠해 들어간 듯했고, 심지어 평소보다 더 말이 없었다. 그녀는 탁자 위에 돈을 올려놓고는 그를 바라보지도 않고 옷을 벗었다. 그런 다음 브래지어와 팬티를 벗고 그의 앞에 알몸으로 섰다. 이건 아니라는 생각이 들었다. 보통 이런 행위는 섹스를 제안하는 몸짓이 아니던가. 하지만 제이크는 몸을 파는 사람이 아니라 '지배자'였다. 서비스를 제공하는 입장이기는 했지만, 그런 종류의 서비스를 제공하는 것이 아니었다.

그녀가 다가오는 동안 그는 할 말을 준비하고 기다렸다. 그러나 그녀는 그의 곁을 그냥 지나쳐서 무기고 쪽으로 향해 갔다. 또 하나의 규칙을 어긴 것이다. 오직 그만이 처벌의 방식을 정할 수 있다. 한마디로 그게 그의 일이었다. '피지배자'는 원래 자신이 어떤 식으로 처벌받게 될지 정확히 알지 못해야 한다. 그러나 제이크는 아무 말도 하지 않았다. 그녀의 행동에서 오늘 밤에는 언쟁을 허용하지 않겠다는 의지를 읽어낸 까닭이었다. 그는 약간의 전율과 흥분을 느꼈다. 마치 게임의 주객이 전도되어 처음으로 그가 지배자가 아닌 듯한 기분이 들었다.

그녀는 평소 쓰던 평범한 채찍은 무시하고, 곧장 징이 박힌 채찍 쪽으로 향했다. 그리고 잠시 손가락으로 이것저것 쓰다듬어 보다가 그중에서도 가장 무시무시해 보이는 채찍을 선택했다. 그것은 정말 지독한 피학대 성도착자들을 위한 것이지, 그녀를 위한 것이 아니었다. 그러나 그녀는 자신이 고른 것을 그에게 건네주고는 벽을 향해 걸어갔다. 그는 여자에게 수갑을 채웠다. 여태 두 사람은 한 마디도 나누지 않았다.

그는 무슨 게임을 할 작정인지 전혀 짐작도 못하는 사람처럼 이상하게 망설임이 느껴졌다. 그래서 처음에는 가볍게 시작했다.

"세게." 그는 시키는 대로 했지만, 그래도 여자는 성에 차지 않는 모양이었다. **"더 세게."**

그는 여자가 원하는 대로 하기로 했다. 이번에는 피가 배어 나왔다. 그녀의 몸이 고통으로 움찔거렸다. 그러고는 등에서 피가 흘러내리는 동안 다시 편안해지는 듯했다.

"다시."

이게 대체 어디쯤에서 끝이 날까? 알 수 없었다. 그가 확신하는 한 가지는 오늘 이 여자는 피를 흘리고 싶어 한다는 것이었다.

25

"무슨 일이 있었는지 다시 한번 얘기해 줄래요."

에이미는 눈을 감고 고개를 늘어뜨렸다. 찰리는 좋은 사람 같았고, 그녀를 매우 조심스럽게 대했다. 하지만 에이미는 왜 자신이 이 과정을 다시 한번 겪어야 하는지 알 수 없었다. 경찰서에서 풀려난 이래로 그녀는 그 일을 생각하지 않기 위해 닥치는 대로 아무거나, 전부다 시도해봤다. 처음에 엄마는 마치 블러드하운드(후각이 매우 뛰어난 개로 실종 어린이나 등산객 수색에 주로 투입된다 - 옮긴이)처럼 에이미의 뒤를 졸졸 따라다녔지만, 그녀가 한바탕 벌컥 화를 내고 난 후에는 한 발 뒤로 물러났다.

잠시나마 엄마의 그늘에서 벗어난 후, 그녀는 파티에서 남은 술을 찾아내 마시고, 엄마가 '몰래' 숨겨둔 신경안정제를 찾아 먹었으며, 그것도 효과가 없을 때는 아빠의 수면제에 의지했다. 그러나 수면제는 정말 큰 실수였다. 꿈속에서, 아니, 악몽 속에서, 샘은 여전히 그 자리에 있었다. 그녀에게 미소를 지었고, 웃기도 했다. 도저히 참을 수가 없었기에 그녀는 비명을 지르며 깨어났고, 그럴 때면 자신이 밖으로 도망치기 위해 현관문 체인을 필사적으로 덜그럭거리고 있는 모습을 발견하곤 했다. 결국, 그녀는 남은 평생을 그냥 깨어 있기로 했다. 절대로 잠들지 않을 것이며, 더는 다른 인간과 접촉하지도 않을 작정이었다. 그러나 경찰이 다시 찾아왔다. 그러고는 그 끔찍한 배반 행위를 다시 상기시키고 있었다.

"차를 얻어 타려고 기다리고 있었다고 했잖아요. 비가 내리고 있었고요. 그때 승합차 한 대가 가까이 다가왔다는 거죠?" 에이미는 아무 말도 없이 고개만 끄덕였다. "그 승합차에 관해서 설명해줄래요?"

"이미 다 얘기했잖아요. 내가……."

"부탁이에요."

무겁고 가쁜 한숨이 새어 나왔다. 질식할 것만 같았다. 그리고 또다시 갑작스럽게 눈물이 터져 나왔다. 에이미는 억지로 눈물을 참았다.

"수송용 승합차였어요."

"브랜드는 뭐였죠?"

"포드? 복스홀? 그런 비슷한 차였어요. 흰색이고요."

"그 여자가 무슨 말을 했죠? 정확한 단어로 말해줄래요?"

에이미는 잠시 머뭇거리다가 마지못해 기억 속으로 다시 빠져 들어갔다.

"'구해줄까요?' 그게 그 여자가 한 말이었어요. '구해줄까요.' 그리고 조수석 문을 열었어요. 세 명이 타도 충분히 넓은 공간이어서 우린 둘 다 운전석 옆으로 올라갔어요. 젠장, 타지 않았으면 정말 좋았을 텐데."

그리고 이번에는 참았던 눈물이 쏟아져 나왔다. 찰리는 에이미가 잠시 울도록 내버려 두고는 휴지 한 장을 건네주었다.

"말투에 억양이 있던가요?"

"남부 쪽이었어요."

"좀 더 정확히는 모르겠어요?" 에이미가 고개를 저었다. "그 다음에는 여자가 무슨 말을 했나요?"

에이미는 차근차근 전에 했던 말을 다시 들려주었다. 그 여자는 자신이 난방 장치 기술자이고 긴급 출장 서비스를 나갔다가 집으로 돌아가는 길이라고 했다. 에이미는 승합차에 로고나 이름이 적혀 있는 것은 본 기억이 없었다. 어쩌면 있긴 있었는데, 보지 못했을 수도 있었다. 승합차의 주인은 아무짝에도 쓸모없는 자기 남편에 관해서도 얘기했고, 두 명의 아이에 관해서도 들려줬다. 그녀는 이 추운 겨울밤에 어디로 가고 있는 건지 그들에게 질문을 건넨 후 마실 것을 권했다.

"정확히 어떤 말로 권했나요?"

"내가 약간 몸을 떨고 있는 걸 알아차리고는 '몸을 좀 따뜻하게 해야겠네요'라고 말했어요. 그게 끝이었어요. 그러고는 보온병에 들어 있는 커피를 권했어요."

"뜨거웠나요? 냄새는 어땠어요?"

"보이는 대로 냄새가 났어요. 커피."

"그럼 맛은요?"

"괜찮았어요."

"여자의 외모를 설명해 줄래요?"

대체 언제쯤 끝나는 걸까?

"짧은 금발 머리였고, 미러 선글라스를 머리 위에 올려 쓰고 있었어요. 작업복 차림에 단추형 귀걸이를 하고 있었던 것 같아요. 손톱은 짧고 더러웠어요. 핸들을 잡고 있어서 볼 수 있었는데, 손도 더러웠어요. 얼굴은 옆모습만 봤어요. 강해 보이는 코, 두툼한 입술. 화장은 안 했고, 키는 평균쯤. 평범해 보였어요. 정말 빌어먹게 평범해 보였다고요, 됐어요?"

그러고 나서 에이미는 거실을 나가서 위층으로 곧장 올라가 버렸다. 터져 나오려는 울음을 억지로 참아내느라 숨쉬기도 힘들 정도였다. 너무도 끔찍한 죄책감에 압도당한 채, 그녀는 불끈 치밀어 오르는 분노에 자신을 맡겨 버렸다. 샘은 훨씬 수월하게 모든 것을 끝냈다. 그는 죽었다. **그의** 고통은 다 끝나 버렸다. 그러나 에이미는 앞으로 계속 견뎌 나가야 할 것이다. 그녀는 자신이 저지른 짓을 절대로 망각할 수 없을 것이다. 다락방 침실 창문 앞에 서서 바깥의 포장도로를 내려다보면서, 에이미는 자신이 샘의 곁으로 가기로 한다면 그가 환영해 줄까 생각해봤다. 갑자기 에이미는 그 생각에 사로잡혀서 창문 손잡이를 당겼지만, 창문은 잠겨 있었고, 열쇠는 어딘가로 사라지고 없었다. 심지어는 가족마저도 그녀를 고문하고 있었다.

26

"여자가 어떻게 생겼던가요?"

피터 브라잇스톤은 떨고 있었다. 그들에게 구조된 이래로 그는 계속 떨고 있었다. 그것도 뭔가 원시적인 느낌이 나는 이상한 방식으로 자신의 심리적 외상을 밖으로 표출하는 리듬에 박자를 맞추어 온몸을 떨어댔다. 헬렌은 그가 조만간 정신을 잃으리라고 확신했다. 그런데도 병원 의사들은 그와 면담을 해도 좋다고 허가를 해주었다. 그러니…….

그는 헬렌을 바라보지 않으려 했다. 자신의 몸에서 촉수처럼 뻗어나와 있는 정맥 내의 관을 잡아당기면서 손만 바라봤다.

"여자가 어떻게 생겼나요, 피터?"

한참 후에 그가 앙다문 이빨 사이로 말했다.

"눈이 돌아갈 만큼 매력적으로 생겼어요."

헬렌이 기대하고 있던 대답이 아니었다.

"생김새를 묘사해보세요."

깊은 한숨을 쉬고 그가 대답했다.

"키가 크고 근육질에……, 검은 머리……. 까마귀처럼 검은 머리였어요. 길어요. 어깨 아래로 내려가는 긴 머리. 꽉 끼는 흰색 티셔츠. 풍만한 가슴."

"얼굴은요?"

"화장했어요. 두툼한 입술. 눈은 못 봤어요. 선글라스를 썼어요. 프라다 브랜드."

"프라다라고 확신해요?"

"마음에 들어서 기억해뒀어요. 결혼기념일에 사라에게 선물해주면 좋겠다고······."

그가 울음을 터트렸다.

헬렌은 그에게서 정보를 좀 더 얻어낼 수 있었다. 여자는 남편 앞으로 돼 있다는 붉은색 복스홀 무바노를 몰았다. 그녀는 남편과 세 아이와 함께 손힐에 산다고 말했다. 그리고 한창 본머스로 이사하는 중이었는데, 돈을 아끼려고 승합차를 이용해서 직접 짐을 나르고 있다고 했다. 그녀는 말도 많고 경쾌했으며, 장난기도 많았다. 그게 바로 그녀가 글로브박스 안쪽 지도 밑에 남편이 형편없는 솜씨로 감춰두었던 휴대용 술병을 꺼내 그들에게 술을 권한 이유이기도 했다. 피터는 당연히 그 제안을 받아들여 술을 들이켠 후, 벤에게로 술병을 넘겼다. 거기까지 증언을 하고, 피터는 다시 한번 얼어붙었다.

헬렌은 찰리에게 그를 돌보는 임무를 안겨주고 자신은 밖으로 나왔다. 찰리는 남자들과 매우 잘 지냈다. 그녀는 헬렌보다 훨씬 전형적인 쪽으로 예뻤으며, 대하기 쉽고 위협적이지 않은 성격이었다. 그러니 남자들이 그 주변으로 모여드는 것도 이상할 게 없었다. 평소 기분이 좋지 않을 때면, 헬렌은 찰리가 별 매력이 없는 여성이라고 느꼈다. 하지만 그럼에도 찰리는 나름의 효용이 있었고, 언젠가는 훌륭한 경찰이 되리라는 데도 의심의 여지가 없었다. 그러나 마크야말로 헬렌에게는 다시없을 최고의 파트너였다. 따라서 지금 그녀에게 필요한 사람은 마크였다.

화이트베어는 병원 뒤편 골목길 안쪽에 깊숙이 자리 잡고 있었다. 헬렌은 일부러, 그리고 도발적으로 일종의 시험 삼아 이 술집을 마크와 만날 장소로 택했다. 지금까지는 마크도 슬림라인 토닉 워터(설탕이 거의 들어가지 않은 토닉 워터 - 옮긴이) 한 잔만을 마시며 잘 버텨주고 있었다. 술집에서 만나니 마치 데이트를 하는 것처럼 두 사람다 기분이 이상했다. 하지만 그들 앞에는 더 큰 문제가 놓여 있었다.

"그래, 무슨 문제예요?"

마크가 먼저 입을 열었다. 그는 헬렌의 마음이 최근 예기치 않게 알아낸 사실들을 이해하느라 몹시도 혼란스럽다는 것을 알고 있었다.

"벤 홀란드는 벤 홀란드가 아니야. 그의 본명은 제임스 호커라고 해."

제임스를 떠올릴 때마다, 헬렌은 늘 온몸에 피를 뒤집어쓴 채로 완전히 넋이 나가 서 있는 젊은 남성을 떠올렸다. 충격으로 긴장증세를 보이는 남자 말이다.

"그의 아버지는 사업가였어. 공상가에 사기꾼이기도 했지. 조엘 호커는 형편없는 거래로 가진 걸 모두 잃고 그 비난을 달게 받는 대신에 가족 모두를 데리고 세상을 뜨기로 한 거야……. 그는 집에 있는 말들을 먼저 죽이고, 반려견을 죽인 다음 마구간에 불을 놓았어. 이웃 사람들이 999(영국의 긴급 전화번호 - 옮긴이)에 신고를 했지만, 내가 가장 먼저 도착했었거든."

그 장면이 다시 떠오르는지 헬렌의 목소리가 약간 떨려 나왔다. 마크는 강렬한 시선으로 그녀를 바라봤다.

"그 당시 나는 순찰대원이었거든. 연기가 올라가는 게 보이고 집 안에서는 비명이 들렸어. 그래서 그냥 무턱대고 안으로 들어갔지. 내가 도착했을 때, 조엘 호커의 아내와 큰딸, 딸의 남자친구는 이미 죽어 있었고, 조엘은 식칼을 들고 제임스를 죽이려 하는 중이었지."

헬렌은 잠시 말을 멈췄다가 다시 시작했다.

"나는 그를 제압했어. 필요 이상으로 오래 그리고 심하게 두드려 팼지. 그리고 그 일로 표창을 받았지만, 동시에 앞으로는 어떤 식으로 처신해야 할지에 관해 경고도 들었지."

헬렌은 슬프게 미소 지었고, 마크도 마찬가지로 답해주었다.

"그렇지만 난 신경 쓰지 않았어. 그를 더 심하게 두드려 패지 못한 게 후회스러울 뿐이었지."

"그래서 제임스가 이름을 바꾼 건가요?"

"자네라면 안 그러겠어? 그런 식의 유명세가 남은 평생 뒤를 졸졸 따라다닐 텐데 말이야. 그는 한동안 심리치료를 받으면서 그 충격에서 벗어나려 애를 썼다. 하지만 본심은 그 일이 아예 일어나지도 않은 척하며 살아가길 바랐다. 나는 그와 연락을 하며 지내려 했지만, 그 살인사건이 일어나고 한두 해쯤 지나고 나서 제임스 쪽에서 연락을 끊어버렸어. 그날 일을 다시 떠올리고 싶지 않았던 거야. 난 슬펐지만, 그래도 그의 심정을 이해했기 때문에 잘 지내기만을 빌어줄 수밖에 없었어. 그리고 실제로도 그는 잘 지냈어."

사실이었다. 제임스는 공부도 잘했고, 좋은 학교를 나와 좋은 직장에 취직했으며, 마침내는 그와 결혼하길 바라는 순진하고 아무런 해가 될 리 없는 여자도 만났다. 지독하게 끔찍하고 비참한 시작을 하긴 했지만, 그는 혼자 힘으로 앞길을 개척해 풍요로운 삶을 살아가고 있었다. 누군가 그의 동료에게 그의 눈에 금속 조각을 박아 넣게끔 강요하기 전까지는 말이다. 물론 정당방위이기는 했지만, 그 때문에 더 끔찍한 사건이었다. 제임스, 아니, 벤은 폭력을 증오했다. 무엇이 그로 하여금 피터의 목숨을 앗아 가려는 시도를 하게 했을까?

이 사건은 말로 풀어내기에는 너무도 뒤틀리고 불운했다. 그러나 이것이 헬렌과 마크가 해결해야만 할 사건이었다.

"그 두 사건이 관련돼 있다고 생각하는 거예요? 조엘 호커의 살인과 벤…… 아니, 제임스의 죽음이?"

마크가 헬렌의 사색 속으로 뛰어들어 물었다.

"그럴지도 모르지. 하지만 에이미와 샘은 그 일과는 아무 관련이 없잖아. 혹시 그들도 연루된 걸까?"

침묵이 둘 사이로 파고들었다. 어쩌면 에이미와 샘도 관련이 있을지 모르겠지만, 지금 당장은 그 연관성을 찾아내기가 힘들었다.

그렇다면 그들에게 남은 것은 무엇일까? 극도로 잔인하고 서로 아무 관련도 없어 보이는 두 건의 동기 없는 살인사건이 있다. 그리고 누구는 꾀죄죄한 금발의 난방장치 기술자라고 하고, 또 누구는 까마귀처럼 새까만 머리를 길게 기른 가슴이 풍만하고 장난기 많은 주부라고 진술한 범인이 있다. 다시 말해, 그들에게 남겨진 것이라고는 골치 아픈 상황뿐이었고, 두 사람 다 그 사실을 잘 알고 있었다.

술집 내부를 둘러보는 동안 술을 마시고 싶은 마크의 갈망은 점점 커져만 갔다. 그의 주위에는 온통 남녀가 둘러앉아 웃고 농담을 던지며 술잔을 기울이고 있었다. 그들은 와인, 맥주, 양주, 칵테일, 체이서 등을 흥에 겨워 목으로 털어 넣었다.

"정말 잘 견뎌내고 있는 거야, 마크."

헬렌의 말이 그를 다시 현실로 돌아오게 했다. 그는 의심스러운 눈빛으로 그녀를 바라봤다. 그가 죽어도 원치 않는 것이 동정이었다.

"힘들다는 거 알아. 그렇지만 이게 종말의 시작이야. 도와줄 테니, 함께 헤쳐 나가자고. 알았지?"

마크는 고맙다는 의미로 고개를 끄덕였다.

"내 도움이 필요 없으면 그렇다고 솔직히 말해. 대신 알코올 중독자 갱생회에 들어간다고 해도 얼마든지 이해해 줄게. 사람들은 우리가 매일 어떤 일들을 겪고 있는지 잘 몰라. 그게 우리에게 어떤 영향을 미치는지도 모르지. 그래서 내가 도우려는 거야. 언제라도 터넣고 얘기할 상대나 도움이 필요하면, 난 항상 곁에 있을 테니까 주저하지 말고 얘기해. 가끔은 그런 때가 있을 거야. 아니, 자주 그런 때가 있을 거야. 정말 술이 마시고 싶은 때. 원하든 원하지 않든 반드시 그런 때가 찾아올 거라고. 사실 그럴 때는 좀 마셔도 상관없어. 단, 조건이 있어. 반드시 내가 있을 때 마셔. 그리고 내가 그만 마시라고 하면, 그만 마시는 거야. 어때?"

마크도 마다할 이유가 없었다.

"그렇게 이겨나가면 될 거야. 하지만 만약 자네가 이 규칙을 어기는 날에는, 그리고 내게 거짓말을 하는 날에는, 내가 자넬 돌멩이처럼 그냥 떨어트려 버릴 거야. 알겠지? 좋아."

헬렌은 바 있는 쪽으로 사라졌다가 맥주 한 병을 손에 들고 돌아왔다. 그리고 병을 탁자 맞은편으로 밀어주었다. 병을 집어 드는 순간 마크의 손이 살짝 떨렸다. 그는 병을 입술로 가져갔다. 시원한 라거가 목구멍으로 흘러들어 갔다. 그러나 바로 그 순간 헬렌이 술병을 빼앗았다. 잠시 동안, 그는 헬렌을 한 대 치고 싶었다. 그러나 곧 알코올이 위에 도달했다. 그리고 잠시나마 기분이 훨씬 나아졌다. 그는 헬렌이 여전히 그의 손을 잡고 있다는 사실을 깨달았다. 본능적으로 그는 엄지손가락으로 그녀의 손을 어루만졌다. 헬렌이 손을 빼냈다.

"한 가지만 확실히 하고 넘어갈게, 마크. 이건 '우리'에 관한 게 아니야. 자네에 관한 거야."

그는 상황을 오해했다. 그리고 이제는 자신이 바보처럼 느껴졌다. 상관의 손을 애무하듯이 쓰다듬다니. 미친놈이 아닌가. 잠시 후 그들은 술집을 나왔다. 헬렌은 그가 차를 몰고 멀어지는 모습을 지켜보며 서 있었다. 그가 다시 차를 돌려 술집으로 들어가지 않도록 확실히 하기 위해서였다. 맥주 한 모금이 가져다준 오후 나절의 따스한 희망은 이미 다 사라져 버리고, 이제 마크는 외롭고 가슴이 텅 빈 듯 느껴졌다.

땅거미가 질 무렵, 마크의 폭스바겐 골프 차량이 한때 가족의 보금자리였던 집 앞에 멈춰 섰다. 엘시는 아직 깨어 있을 터였다. 방 안의 초록색 야간등 불빛 속에서 졸린 눈을 하고 앉아 있을 것이다. 눈으로는 볼 수 없었지만, 그는 아이가 그곳에 있음을 알고 있었고, 그 사실이 그를 사랑으로 가득 채워 놓았다. 그 정도로는 충분치 않았지만, 참는 수밖에 없었다. 지금 당장은.

27

헬렌이 사우샘프턴 중앙경찰서로 다시 돌아왔을 때, 마이클 휘태커 총경이 그녀를 기다리고 있었다. 그는 야외활동을 즐기는 덕에 구릿빛의 건강미를 자랑하는 마흔다섯 살의 매력적인 남성이었다. 당연히 여성 내근 직원들 사이에서 가장 인기가 많았고, 모두가 성공가도를 달리는 이 혈기 왕성한 남성을 차지할 수 있기를 열망했다.

그는 또한 자신의 경력에 도움이 되거나 방해가 될지도 모르는 것들을 찾아내는 데 특화된 매우 예리한 시각을 가진 영리한 사람이기도 했다. 현장에서 근무하던 시절, 그는 거의 완벽에 가까운 경찰이었다. 그러다가 미수로 끝난 은행 강도 현장에서 벌어진 끔찍한 총격전 탓에 폐의 절반이 날아가 버렸고, 그 길로 내근직에 들어앉아야만 했다. 현장에 나가 작전을 지휘할 수 없게 되자, 그는 자신이 생각하기에 수사가 너무 느리게 진행되거나 통제할 수 없는 지경에 이르렀다는 판단이 들 때면 쓸데없이 권위를 내세워 영향력을 행사하려 들기 시작했다. 그는 늘 세밀한 부분까지 주의를 기울임으로써 오랫동안 살아남았고, 또 승승장구해온 인물이었다.

"대체 범인은 어떻게 그렇게 한 거야?" 그가 헬렌을 향해 짖어대듯이 물었다. "그 여자 혼자 한 거야, 아니면 공범이 있었어?"

"아직은 답하기 곤란합니다." 헬렌이 대꾸했다. "아무의 눈에도 띄지 않았고, 흔적도 전혀 남기지 않았거든요. 그것만 보면 단독범행인 것 같아요. 상당히 신중하고 정확한 인간이 분명한데, 그렇게 주의 깊게 계획한 범행에 누군가를 관련시켰을 것 같지가 않거든요. 자기 희생자들을 완력으로 제압한 게 아니라 약물을 이용했어요. 그 사실도 범인이 다른 사람의 도움을 원하지도 필요로 하지도 않았다는 의미가 되죠. 한 가지 의문점은 여자 혼자 몸으로 어떻게 피해자들을 옮겼을까 하는 겁니다. 피해자들은 뭔가를 은밀히 실어나르기에 딱 적당한 수송용 승합차에 실려 납치됐고 목적지에 도착하기 전까지는 약에 취해 있었어요. 범인은 멀리 떨어진 인적 드문 버려진 장소에 피해자들을 감금해 두었기 때문에, 승합차에서 그들을 끌어내릴 때도 아무에게 들키지 않을 수 있었던 거예요. 납치한 사람들을 옮기는 데 도움이 필요했을까요? 물론 필요했을지도 모르죠. 다만 피해자들의 발목 주변에 압력 때문에 생긴 화상 자국이 남아 있다는 게 좀 생각해볼 문제이기는 해요. 그건 다시 말해서 그들이 발목을 결박당한 채로 질질 끌려갔다는 의미거든요. 다리와 상체, 머리에도 땅바닥에 끌리면서 생긴 상처와 긁힌 자국이 남아 있지만, 끌고 가기가 쉽지는 않았을 겁니다. 예를 들어, 피터 브라잇스톤의 발목을 끈이나 밧줄 같은 거로 결박했다고 하더라도, 여전히 90킬로그램이나 나가는 축 늘어진 남자의 몸을 등 뒤로 끌고 가야 하는 거잖아요. 물론 가능하기는 하겠지만, 쉽지 않은 일이죠."

"승합차에 관해서는 뭐 건진 것 좀 없어?"

휘태커 총경이 헬렌에게 잠시 한숨 돌릴 여유를 주며 질문을 던졌다.

"아직 확실한 건 없습니다. 에이미는 밴이 어느 회사 차량인지 확신을 못 하고 있고, 그들이 끌려갔던 지역에는 수사에 도움이 될 만한 교통 카메라도 전혀 달려 있지 않았어요. 피터는 복스홀 무바노 차량에 실려 갔다고 확신하지만, 햄프셔 한 곳에서만 해도 매달 수십 대가 도난당하는 걸요. 차량 색깔은 빨간색입니다. 수사에 도움은 되겠지만, 차량 색이야 얼마든지 다시 칠할 수 있는 거니까요. 피터와 벤이 뉴포레스트에서 범인의 차에 올라탄 후 시골 길을 통해 던스톤 발전소까지 납치되었지만, 교통 카메라는 고사하고 수사에 도움이 될 만한 CCTV 화면도 전혀 구할 수 없었습니다."

휘태커가 한숨을 쉬었다.

"자네를 그렇게 서둘러 승진시키는 게 아니었어, 헬렌." 그의 어조는 변함이 없었다. "자네가 언젠가는 나를 따라잡아 주기를 바랐는데⋯⋯. 이런 사건은 경력을 무너뜨리는 법이야. 우리는 범인을 체포해야 한다고, 헬렌."

"예, 알고 있습니다."

"그 망할 에밀리아 개라니타 기자가 빌어먹을 앞마당에서 진을 치고 앉아 있으니, 동네 기자란 기자가 전부 다 몰려와 있다고. 심지어 오늘 아침에는 전국지 두 군데서도 한 몫 끼어 보려고 시도를 해왔어. 공보관 얼간이들은 '타임스'에서 전화만 걸어왔다 하면, 혼비백산해서 나한테 곧장 달려오거든. 그럼 내가 타임스 기자에게 뭐라고 답을 해줘야 하는 건데?"

"샘의 죽음은 그냥 연인 간의 다툼에서 비롯된 문제라고 기자들에게 알렸습니다. 그러니 범인을 수색하거나 그러지 않는다는 의미를 전달한 거죠. 그리고 벤의 죽음은 사고사라고 얘기했습니다. 그와 피터 브라잇스톤이 회사 출장으로 본머스에 다녀오다가 비극적인 교통사고를 당했고, 하는 식으로요. 지금까지는 언론도 그 말을 믿는 것 같아요."

휘태커는 아무 말도 없었다. 상관들이 자신을 들들 볶아댄다는 말을 입 밖으로 내는 것은 그의 자존심이 허락지 않았다. 그러나 헬렌은 상황이 어떻게 돌아가는지 잘 알고 있었다. 이런 사건의 경우 위에서 내려오는 닦달이 밑으로 내려갈수록 점점 더 심해진다는 것은 불을 보듯 뻔한 일이었다.

"언젠가는 언론 쪽으로 새나가게 될 테니까, 적당한 때가 되면 우리 쪽에서 먼저 언론에 털어놓는 게 나을지도 모릅니다. 사건에 제삼자가 관련돼 있다는 사실을 알리고, 언론의 힘을 빌리는 게……."

"너무 일러." 휘태커가 말을 끊었다. "아직은 우리 쪽에서 알아낸 게 너무 없잖아. 경찰이 무슨 저능아 집단처럼 보일 거야."

"알겠습니다."

헬렌은 그의 불안한 심정은 물론이고 불쾌감도 읽어낼 수 있었다. 그리고 그 사실이 놀라웠다. 평소 그는 이보다는 침착하고 냉정한 사람이었다. 헬렌은 그의 두려움을 누그러뜨려 주고 싶었다. 전에는 늘 그렇게 할 수 있었다. 그러나 지금은 아무것도 내놓을만한 것이 없었다. 압박감이 심해지면 휘태커는 무조건 반대하고 보는 경향이 있었고, 그것이야말로 지금 그녀가 정말 원치 않는 반응이었다. 그래서 헬렌은 지금까지 그들이 살인자를 잡기 위해 해온 모든 노력에 관해 하나도 빠짐없이 세부사항을 털어놓으며 그를 안심시키려 애를 썼다.

그러자 휘태커도 천천히 마음을 놓기 시작했다. 그는 늘 헬렌을 신뢰했기에 누군가 수사를 제대로 진행해 나갈 수 있는 사람이 있다면 그녀가 바로 그 장본인이라는 사실도 잘 알았다. 비록 휘태커 같은 사람이 자기 입으로 직접 인정하는 일이야 없을 테지만, 헬렌이야말로 정확히 고위간부들이 사랑해 마지않을 그런 류의 경찰이었다. 여성이고 술은 입에도 대지 않으며 일 중독자에 아이 갖는 일에는 관심조차도 없었다. 그러니 알코올 중독자가 될 위험도 없고, 뇌물을 받아 문제가 될 리도 없으며, 출산휴가는 물론이고 그 외의 이런저런 불쾌한 사건으로 일을 그만두어야 할 가능성도 거의 없는 사람이었다. 헬렌은 발전기처럼 일했고, 거의 혼자서 부서 내의 사건 해결률을 높여 놓았다. 따라서 이따금 그녀가 실수해서 그들을 엿먹인다 하더라도, 모두 그 정도는 참고 넘어가야 했다. 헬렌은 최고 중의 최고들과 어깨를 나란히 하는 경찰이었다.

그녀는 꽤 그럴싸하게 말을 이어나갔고, 덕분에 자신의 말에 잠시 기분이 들뜨기까지 했다. 그러나 오토바이를 타고 집으로 돌아가는 동안 그 거짓 자신감은 다 수증기처럼 날아가 버리고 말았다. 내일은 크리스마스이브였기에 사우샘프턴 전체가 축제 분위기에 휩싸여 있었다. 덕분에 저녁 뉴스에 등장한 끔찍한 사건들에 관해서는 무시해 버리고 대신 행복한 축제를 기념하자고 모두가 한마음으로 결의라도 맺은 듯했다. 구세군 악단이 계절에 어울리는 음악을 쏟아내듯이 연주하고 있었고, 상점마다 화려한 불빛이 행복하게 번져나왔으며, 사방에 돌아다니는 아이들의 얼굴에서는 흥분과 미소가 떠나지 않았다.

그러나 헬렌은 크리스마스 축제 분위기를 느낄 수 없었다. 그녀의 눈에는 모든 게 그저 천박한 가장행렬처럼 보일 뿐이었다. 저 너머 어딘가에는 양심도 없이 사람들을 죽이고 아무런 흔적도 남기지 않는 살인마가 돌아다니고 있었다. 지금쯤 그 여자가 다음번 희생자를 미행하고 있지는 않을까? 아니면 이미 희생자들이 감금당해 자비를 애걸하고 있지는 않을까? 헬렌은 이렇게까지 자신이 무기력하게 느껴진 적이 없었다. 이 사건에는 결정적인 증거도, 안전한 가정 같은 것도 없었다. 앞으로 더 많은 피가 흩뿌려질 것이 분명했지만, 지금 헬렌이 할 수 있는 일이란 그저 가만히 기다리다가 다음번에는 어떤 일이 일어나는지 지켜보는 것뿐이었다.

28

우리가 기억하는 것들은 가끔 웃길 때가 있다. 아니 그러한가? 왜 그 크리스마스 순록이 머릿속에서 떠나지 않는 거지? 그때도 양모펠트원단으로 만든 녀석의 몰골은 말이 아니었다. 눈은 지칠 대로 지쳐 있었고 행색은 너무나 초라했다. 거의 죽기 직전에 이른 듯이 보였다. 그러나 우리가 길게 줄 서서 기다리는 동안 나는 그 녀석에게서 눈을 뗄 수가 없었다. 어쩌면 너무 가여워 보여서 그랬는지도 모르고, 아닐지도 모른다. 보통 이런 일은 확대해석하기 마련 아닌가.

때는 크리스마스였고, 그날만큼은 그래도 인생이라는 게 살만했다. 아빠는 야반도주했다. 어딘가 다른 곳에 크리스마스를 함께 보낼 또 다른 가족이라도 있었던 것일까? 어쨌든 나야 알 길이 없었다. 그래서 집에는 우리 여자들뿐이었다. 엄마는 술을 마시고 있었지만, 그래도 나는 엄마가 너무 취하지 않게 하려고 나름의 계획을 세워둔 참이었다. 나는 엄마의 수고를 덜어주기 위해 내가 술을 사오겠다고 제안했다. 그리고 골목 모퉁이에 있는 구멍가게로 가서 맥주 캔 몇 개를 집어 들었다. 하지만 뭔가 요기가 될 만한 것도 챙겼다. 빵, 과자 등등. 집에 돌아가서 나는 여전히 술을 마시고 있는 엄마 앞에 자리잡고 앉았다. 엄마는 내 앞에서 술을 마시고 있자니 기분이 이상했던 모양이었다. 게다가 조금씩이라도 음주량을 줄여서 어떻게든 술을 끊어보라고 잔소리를 해대는 아빠도 없지 않은가. 사실 난 엄마와 살갑게 지낸 적이 한 번도 없었다. 하지만 그해 크리스마스에는 그럭저럭 잘 지냈다. 그게 바로 엄마가 우리를 쇼핑몰에 데리고 간 이유였다.

반복해서 틀어주는 음악, 싸구려 장식품, 그리고 두려움의 냄새가 기억난다. 하나가 지나고 나면 또 하나가 바로 모퉁이를 돌아 달려오는 축제며 명절의 공격 때문에 부모들은 온통 겁에 질려 있었다. 우리의 쇼핑 목록은 짧았다. 그것도 너무 짧았다. 하지만 그럼에도 여전히 시간은 오래 걸렸다. 우리는 엄마가 옷가지나 조잡한 모조 장신구를 우리의 점퍼 주머니에 쑤셔 넣기 전에 BHS(British Home Stores: 영국의 쇼핑몰 - 옮긴이)에 있는 보안요원들이 다른 일에 신경 쓰고 있는지 미리미리 확인해야 했다. 그러고 나서 우리는 산타를 만나러 가는 '선물'을 받기로 했다. 하지만 산타 복장을 하고 있던 사람이 그 동네 가톨릭 학교의 선생님이었다는 사실로 미루어 짐작해봤을 때, 우리보다 산타가 더 큰 선물을 받았던 게 분명했다.

나는 그의 얼굴을 지금도 선명하게 기억한다. 그는 나를 자기 무릎에 앉히고 지을 수 있는 가장 자상한 산타의 표정을 지으며 크리스마스에 가장 원하는 선물이 무엇인지 물었다. 나는 미소를 지으며 그의 눈을 똑바로 바라보면서 말했다.

"아빠가 죽어버렸으면 좋겠어."

우리는 그 후 재빨리 그곳을 떠났다. 우리 같은 백인 쓰레기들에게 모욕적인 말을 집어 던지는 것을 즐기는 못된 여자들, 다시 말해 사색이 된 엄마들과 함께 쑥덕거리는 산타를 뒤로하고 그 앞을 바쁘게 지나치는 동안, 나는 그 초라한 산록에게 오른 주먹을 한 방 먹였다. 물론 피해가 얼마나 됐는지까지는 알지 못한다. 보안요원들이 우리를 따라잡기 전에 문을 빠져나가야 했기 때문이다.

나는 엄마가 날 때리거나 적어도 내게 소리를 질러대리라 예상했다. 하지만 아니었다. 엄마는 그저 흐느끼기만 했다. 버스 정류소에 앉아 울기만 했다. 정말 가여웠다. 그리고 그게 가장 행복했던 내 추억 중의 하나다.

29

그녀의 방문은 예기치 않았던 기쁨이었다. 그들에게는 방문객이라고는 거의 없었다. 제정신이 박힌 사람이라면 왜 이런 곳에 찾아오겠는가? 따라서 찾아오는 사람이라고 해봐야 도둑이나 불량배처럼 전혀 득 될 리 없는 부류였다. 이 지역에는 경찰도 거의 찾아볼 수 없었고, 사회복지국의 도움 같은 것도 그냥 잊어버리는 게 상책이었다. 두 모녀가 뭐 대수라고 이 위험한 곳까지 그들을 만나기 위해 찾아오겠는가.

초인종이 울렸을 때 마리는 소스라치게 놀라 튀듯이 벌떡 일어섰다. 마리는 〈스트릭틀리 컴 댄싱Strictly Come Dancing〉 프로그램에 푹 빠져 있어서 복도를 걸어오는 발자국 소리를 듣지 못했지만, 애나는 그렇지 않았다. 밖에서 무슨 소음이라도 들릴 때마다 그녀의 심장 박동은 빨라지기 시작했다. 같은 층에 사람이 사는 집은 한 곳도 없었기에, 발자국 소리가 들린다는 것은 마약중독자가 빈 아파트를 찾아 헤매는 것이거나, 집시들이 섹스할 곳을 찾고 있다는 것을 의미했다.

그게 아니라면, 목표는 그들이었다. 발자국 소리가 느려지더니 그들의 문 앞에서 멈췄다. 그녀는 엄마에게 경고를 하고 싶었지만, 끙끙대는 소리 외에는 아무 소리도 낼 수 없었다. 그러나 플라비아가 폭스트롯(사교댄스의 일종 - 옮긴이)을 추는 중이라 엄마는 완전히 몰두해 있었다. 바로 그때 초인종이 울렸다. 선명하고 자신감 넘치는 소리였다. 마리는 애나 쪽으로 빠르게 시선을 돌렸다. 그리고 잠시 주저하다가 그냥 무시하기로 작정했다.

애나는 기뻤다. 그녀는 손님이 찾아오는 것이 싫었다. 놀라는 것도 원치 않았다. 그러나 누가 왔는지 궁금하기는 했다. 복도를 따라 내려오는 발자국 소리가 가볍게 똑똑 끊어져 들렸기 때문이었다. 그 소리에 애나는 속으로 웃었다. 매춘부들이 이사를 나간 이래로는 그런 발자국 소리를 들은 지도 꽤나 오래된 까닭이었다.

초인종이 다시 한번 울렸다. 딱 한 번, 정중하지만, 매우 단호하게. 그리고 나서 두 모녀는 그들의 이름을 부르는 목소리를 들을 수 있었다. 그들과 대화를 하고 싶다고 청하고 있었다. 마리는 TV를 껐다. 안에서 인기척이 들리지 않으면, 문밖에 서 있는 여자가 집이 비어 있다고 생각하고 그냥 돌아가 버릴지도 모른다는 계산 하에서였다. 하지만 의미 없는 짓이었다. 그들의 아파트에서 새어나가는 빛과 소음은 마치 어둠 속에서 비치는 봉화불이나 다름없었다. 그때 초인종이 세 번째로 울렸고, 이번에는 마리도 자리에서 일어나 현관문 쪽으로 걸어가기 시작했다. 애나는 엄마가 움직이는 것을 바라봤다. 혼자 남는 것은 정말 싫었다. 밖에서 무슨 일이라도 벌어진다면 어쩌겠는가?

그러나 곧 마리가 되돌아왔다. 뒤에는 봉지 하나를 손에 든 예쁜 여자 한 명이 따라오고 있었다. 느낌상으로는 사회복지사 같았지만, 사회복지사처럼 보이는 옷차림은 아니었다. 그저 깔끔한 차림새였다. 그녀가 방 안을 둘러보더니 애나 쪽으로 다가와서 그녀의 눈높이에 맞춰 바닥에 무릎을 꿇고 앉았다.

"안녕, 애나. 내 이름은 엘라야." 미소가 무척이나 따뜻해 보였다. 애나는 첫눈에 그녀가 좋아졌다. "방금 엄마에게도 말씀드렸는데, 난 '슈팅 스타'라는 단체에서 일하는 사람이야. 어쩌면 우리가 지역 신문에 낸 광고를 읽어봤을지도 모르겠다. 엄마가 네게 글 읽어 주는 걸 좋아하신다고 알고 있거든." 엘라에게서는 사랑스러운 향기가 났다. 장미 향 같았다. "매년 우리는 크리스마스 바구니를 너희처럼 밖에 나가 돌아다니기 힘든 가족들에게 가져다주는 일을 하고 있어. 어때, 괜찮은 것 같지 않니? 마음에 들어?"

"우리는 동정 같은 거 받고 싶지 않아요."

마리가 날카로운 목소리로 끼어들었다.

"이건 동정이 아니에요, 마리." 엘라가 자리에서 일어서며 말했다. "그냥 도움의 손길이에요. 그리고 원치 않으면 거절해도 돼요. 밖에는 이 맛있는 선물 바구니를 받고 싶어 하는 사람들이 수도 없이 많거든요. 내 말 믿어요!"

'맛있는'이라는 단어가 마법을 발휘한 듯했다. 엘라가 가방에서 여러 가지 캔과 포장된 꾸러미를 꺼내 놓는 동안 마리는 조용히 앉아 있었다. 정말 보물 상자나 다름없었다. 다른 무엇보다도 터키식 딜라이트(설탕에 전분과 견과류 등을 섞어 달게 만드는 유명한 터키식 디저트용 과자 - 옮긴이)와 초콜릿 생강과자가 눈길을 사로잡았고, 거기에 애나를 위한 수프와 스무디 음료, 액체 셔벗 등이 들어 있었다. 굉장히 사려 깊게 준비한 선물이었다. 애나는 자신을 위해 누군가 이런 수고를 일부러 사서 했다는 사실이 무척이나 놀라웠다.

배려심은 또 얼마나 깊은지 마리에게 애나에 관해 이런저런 사항을 질문했다. 애나가 어떤 종류의 책을 읽기 좋아하나요? 혹시 트레이시 비커(영국 작가 재클린 윌슨의 책 《The Story of Tracy Beaker》 시리즈의 주인공 - 옮긴이)의 팬인가요? TV에서는 주로 뭘 보나요? 애나는 그녀의 관심을 듬뿍 받았다.

올해 그들은 운이 좋았다. 누군가의 레이더망에 포착되지 않았는가. 마리는 매우 기분이 좋았고, 덕분에 잠시 파티라도 열고 싶은 기분이 들어 셰리주를 찾아 부엌으로 갔다.

애나는 그들의 방문객을 바라봤다. 그녀는 미소를 지으며 고개를 끄덕이고 있었지만, 왠지 긴장한 듯 보였다. 애나는 어쩌면 그녀가 일정이 바빠 그럴지도 모른다고 생각했다. 하지만 마리가 돌아왔을 때, 민스파이 포장을 열자고 주장한 것을 보면 그런 것은 아닌 듯했다. 엘라는 자신은 한 입도 먹지 않고, 마리가 먹는 것을 보고 무척이나 좋아했다. 파이는 만든 지 얼마 되지 않아 신선했다. 세인트메리 도로에 있는 어느 빵집에서 크리스마스 정신을 기리기 위해 무료로 몇 십 개를 구워 나눠준 것이었다.

엘라는 마리가 파이 하나를 다 먹어치우고 나자 마음이 편안해진 듯 보였다. 그리고 바로 그때부터 뭔가가 이상해지기 시작했다. 마리는 속이 불편했다. 머리도 어질어질하고 구역질도 났다. 그녀는 자리에서 일어서려 했지만, 그럴 수가 없었다.

엘라가 그녀를 돕기 위해 뛰어갔지만, 갑자기 아무런 경고도 없이 마리를 바닥으로 밀어버렸다. 저 여자가 무슨 짓을 하는 거지? 애나는 고함을 지르고 비명도 지르면서 싸우고 싶었지만, 마음과는 달리 끙끙거리며 눈물만 흘릴 뿐이었다.

이제 엘라는 애나의 엄마를 바닥에 찍어 누르고 있었다. 그녀의 양손을 등 뒤로 돌리더니 잔인하게도 철사로 거칠게 결박을 했다. 그만, 제발 그만 해요. 그녀는 엄마의 입속으로 뭔가를 밀어 넣으며 뭐라고 소리를 질러대고 있었다. 왜지? 엄마가 뭘 잘못한 거지?

그때 '엘라'가 애나를 바라봤다. 아까와는 완전히 다른 사람이 된 것 같았다. 이제 그녀의 눈은 너무나도 차가웠고, 미소는 그보다 더 차가웠다. 그녀가 애나 쪽으로 걸어갔다. 애나는 속으로 발버둥을 쳤지만, 아무짝에도 쓸모없는 몸뚱이는 무기력하게 얼어붙어 있을 뿐이었다. 그때 여자가 들고왔던 봉지를 소녀의 머리에 씌워 놓았고, 세상이 암흑으로 변해버렸다.

30

산드라 로턴. 서른세 살. 스토커. 헬렌은 파일을 살펴봤다. 산드라 로턴은 퇴짜를 맞으면 더욱 집요하게 변하는 애정강박증 환자였다. 이미 괴롭힘이라는 수단을 이용해 누군가를 폭력의 두려움 속에 몰 아넣은 죄목으로 유죄판결을 받은 것만 세 번이었다. 아무리 치료를 받아도 그녀의 상태는 전혀 좋아지지 않았고, 권위 있는 자리에 오 른 고등교육을 받은 똑똑한 남자들은 모두 자신과 섹스하기를 은밀 히 바란다는 허망한 믿음은 갈수록 더 강해지기만 했다. 그녀는 또 라이이기는 해도, 폭력적이지는 않았다.

이소벨 스크리드. 열여덟 살. 사이버 스토커. 이번에도 헬렌은 아 니라고 판단했다. 이소벨은 매우 작고 비쩍 마른 소녀로 문자 메시지 나 트위터로 연속극에 등장하는 여배우들이나 괴롭히는 데 자신의 인생을 허비하는 아이였다. 예를 들어, 자궁을 다 들어내 버리겠다느 니 하는 메시지를 보내곤 했지만, 그런 협박은 그 아이의 침대 맡을 떠난 적도 없어 보였다. 따라서 이소벨은 제외였다. 그저 전형적인 사 이버 겁쟁이에 불과했다.

알리슨 스테드웰. 서른일곱 살. 공격용 무기 소지. ABH(실질적 신 체 상해 - 옮긴이)**. 다중 성희롱 혐의.** 이번에는 좀 더 가능성이 있어 보였다. 알리슨은 체포되어 정신과 입원 치료형을 선고받기 전에 자 신이 스토킹해오던 회사 동료에게 석궁을 쏘려 시도했던 상습협박범 이었다. 지금은 다시 세상에 나와 돌아다니고 있었다. 물론 보호관찰 을 받는 중이었고, 몇 달 동안은 아무런 문제도 일으키지 않은 상태 였다. 그녀가 이런 계획을 짜서 실행에 옮길 능력이 될까? 헬렌은 의자 등받이에 몸을 기댔다. 말도 안 된다. 알리슨은 잔인한 짓을 할만한 능력은 될지 몰라도, 기술적인 면에서 그다지 정교하지 못했다. 스토킹도 일부러 눈에 띄게 했다. 게다가 전혀 매력적인 여성도 아니었다. 피터 브라잇스톤이 묘사한 까마귀처럼 새까만 머리를 길게 기른 아름다운 여성은 모니터에서 헬렌을 빤히 바라보고 있는, 앞니 사이가 크게 벌어진 멍한 인상의 이 여성일 리가 없었다. 목록에서 또 한 명의 이름이 지워졌다.

헬렌은 지난 10년간 유죄 판결을 받은 영국 내 모든 여성 스토커 자료를 검토하느라 몇 시간 동안이나 HOLMES₂ 소프트웨어를 이용하고 있었다. 그러나 아무 결실도 얻지 못했다. 그들이 찾는 범인은 헬렌이 지금 화면을 통해 바라보는 서툰 스토커들과는 급이 다른 매우 예외적인 인물이었다. 그들의 스토커는 몇 주 동안이나 자신의 희생자들을 미행해 다녔음이 분명했다. 그렇게 해서 에이미와 샘이 주로 차를 얻어타고 다닌다는 사실을 알아냈고, 벤과 피터가 매주 본머스로 출장을 다닌다는 사실도 알아냈다. 휴대전화도 터지지 않는 외진 지역의 도로에서 희생자를 납치하기 위해 범인이 짜낸 다양한 방식은 참으로 인상적이라 할만했다. 하지만 희생자들이 사람들의 눈에 띄거나 그들의 비명 소리가 밖으로 새어 나갈 염려가 전혀 없는 버려진 장소를 찾아내서 그들이 배고픔과 두려움으로 천천히 미쳐가게끔 만든 방식은 인상적인 정도가 아니라 경악하고도 남을 만한 일이었다. 그런 인간은 결코 HOLMES₂ 같은 소프트웨어 속에 묻혀 있을 리가 없었다. 그녀는 이미 경찰세미나나 범죄물 같은 곳에 등장하는 전형적인 인물로 살아 있는 전설이 분명했다.

벤의 차량을 발견한 이후로, 헬렌과 찰리는 스토킹의 증거를 찾아내기 위해 에이미와 피터, 그리고 그들의 가족을 다시 만나러 갔다. 에이미와 샘은 바쁜 대학생활을 해나가던 매우 소탈한 성격의 사람들로 전혀 주변을 경계하지 않았다. 아무것도, 혹은 아무도 이상하게 느껴지지 않았다고 했다. 피터 브라잇스톤은 그렇게 매력적인 여성이 자신을 따라다녔다면 분명히 단번에 알아차렸을 것이라고 말했지만, 왠지 공허한 소리처럼 들렸다. 그는 누군가를 의심하거나 경계할 이유가 없는 사람이었다. 물론 벤은 그와는 전혀 달랐다. 천성적으로 주의 깊고 조심스러웠지만, 그렇다고 주변에 뭔가를 묻고 다니는 사람이 아니었다. 또한, 그의 약혼녀는 그가 납치당하던 시점까지도 그녀에게 아무런 두려움도 표현하지 않았다고 주장했다.

그들에게 작은 돌파구가 찾아온 것은 벤의 차량을 조사한 결과를 받아봤을 때였다. 범인이 벤의 연료탱크에 구멍을 뚫을 만한 시간적 여유는 매우 짧았다. 길어봐야 서너 시간 정도였다. 본머스 사무실에서 열린 회의가 평소보다 매우 짧게 끝났기 때문이었다. 벤은 보통 사무실 주차장에 차를 댔지만, 그날은 고객들과의 점심이 예정돼 있던 탓에 사무실 주차장이 꽉 차 있었다. 그래서 길모퉁이에 있는 공영주차장에 차를 댔다. 벤의 틀에 박힌 일상에 문제가 생겼으니 당연히 범인의 동선에도 문제가 생겼으리라는 것이 헬렌의 직감이었다.

그러니 조사를 해볼 가치가 있었다. CCTV는 벤과 피터가 4층에 주차하는 모습을 보여주었다. 승강기에서 멀지 않은 위치였다. 그들이 차를 떠나고 5분 후에 여자로 보이는 사람 하나가 두꺼운 재킷에 흰색 카파 모자를 쓰고 그 앞을 지나쳐 갔다. 그 장소를 탐색하고 있던 것일까? 물론이었다.

잠시 후, 보안 카메라 앞으로 하얀 장갑을 낀 손이 불쑥 나타나더니 카메라 렌즈에 스프레이 페인트를 뿌려 세상을 시야에서 가려 버렸다. 헬렌은 가능한 정도까지 화면을 확대하고 해상도를 높이기 위해 녹화된 주차장 CCTV 영상을 요구했다. 또, 용의자가 건물 안으로 들어오는 동선을 확인하기 위해 샌더슨에게 공영주차장 인근의

CCTV 영상을 확인하는 임무를 부여했다.

따라서 아직은 가지고 있는 자료만으로 작업해야만 했다. 물론 가진 자료라고 해봐야 별것 없었지만, 살인자가 잠시 나타났다 사라지는 영상만으로도 그들은 에이미와 피터가 범인에 관해 진술한 내용이 모두 사실이라는 것을 대략적으로 확인할 수 있었다. 특히 영상 속의 여자가 바로 '그 여자'라는 점에는 의심의 여지가 없었다. 사실 지금까지는 헬렌의 팀원 중에서도 몇몇이 이 모든 일의 배후에 오직 여자 한 명이 존재한다는 사실을 쉽게 믿으려 하지 않았다. 특히 그라운즈와 브리지스 같은 이들이 그랬지만, 이제는 모두 답을 얻었다.

헬렌은 HOLMES$_2$ 프로그램을 닫고 밖으로 나가서, 길모퉁이에 있는 패럿 앤드 투 체어맨 술집으로 향했다. 경찰서의 크리스마스 파티가 열리고 있는 곳이었다. 헬렌은 지금 맡은 사건의 심각성과 수사의 진행 상황에 비추어 봤을 때, 파티야말로 참으로 부적절하기 이를 데 없는 행사라고 생각했다. 하지만 어쨌든 그녀도 참석하기는 해야 했다. 상급 직원들의 불참은 허용되지 않았기 때문이다. 그런 결정 자체도 참으로 어이가 없는 것이, 느긋하고 여유롭게 파티를 즐기는 말단 직원들이 가장 원치 않는 한 가지가 있다면, 바로 높은 자리에 있는 꼰대들이 주변에 어슬렁거리는 상황 아니겠는가.

헬렌은 팀원들을 발견하고는 사람들을 헤치고 그들이 있는 쪽으로 나아갔다. 모두 할 일을 산더미처럼 쌓아 놓고 파티장에 나와 있는 것이 영 편치 않은 표정이었다. 하지만 즐기려고 애는 쓰고 있었다. 마크는 특히 기분이 좋아 보였다. 슬림 라인 토닉 워터 한 잔을 마치 취하지 않은 맨정신에 수여하는 트로피라도 된다는 듯이 자랑스럽게 들고 있었다. 여전히 컨디션은 최고인 듯 보였다. 얼굴에는 혈색이 돌았고, 눈은 전보다 더 반짝거렸다. 그가 헬렌을 따뜻하게 맞이했고, 여럿이 모여 신년을 맞이하는 악몽이나 이런저런 주제에 관해 서로 농담을 주고받는 자리에 그녀를 끼워 넣고 싶은 눈치였다. 헬렌은 그의 친절이 좀 과하다고 느꼈고, 여러 차례 찰리가 보내는 '다 알지 않느냐'는 듯한 시선을 느낄 수 있었다.

"자, 겨우살이 밑에서 키스를 꿈꾸는 사람?" 휘태커 총경이었다.(영국에서는 크리스마스 때 장식으로 걸어 놓는 겨우살이 나무줄기 아래서 키스를 하는 전통이 있다 - 옮긴이) 그는 사무실만 나서면 완전히 다른 사람이 됐다. 불안감이나 정치 공작 같은 것은 어디론가 다 사라지고, 대신 편안한 친밀감이 그 자리를 차지했다. "미인은 널려 있는데 시간이 너무 짧군."

그가 주위에 둘러선 여성들 쪽으로 짐짓 지어낸 듯한 음탕한 시선을 던졌다.

"난 이미 할 만큼 해봐서, 별 흥미도 없어요." 헬렌이 냉담하게 대꾸했다. "뭐 딱히 자랑하자는 건 아니지만."

"그렇다면, 찰리." 휘태커가 말을 이었다. "내 크리스마스를 풍요롭게 해주지 않겠어?"

찰리는 살짝 취한 듯이 보이는 총경의 장난기 섞인 들이댐에 어떤 식으로 대처해야 할지 몰라서 귀까지 빨개졌다.

"찰리는 결혼했어요, 총경님. 아니, 그와 비슷하다고 할 수 있죠."

헬렌이 끼어들었다.

"내가 듣기로는 여전히 동거 중이라던데. 그건 내게도 아직 기회가 있다는 의미지."

휘태커가 뻔뻔하게 대꾸했다.

"죄송하지만, 사양하겠습니다, 총경님. 바다로 나가시면 더 많은 물고기가 있을 겁니다."

"안타깝군. 그렇지만 사람이란 늘 물러서야 할 때를 알아야 하는 법이거든."

그의 시선이 젊고 매력적인 맥앤드루 수사관 쪽으로 건너갔다.

"그렇게 절박하시다면, 제가 기꺼이 키스를 받아들이죠."

마크가 끼어들었다. 헬렌은 물론이고 둘러선 모두가 웃음을 터뜨렸지만, 휘태커는 그리 즐겁지 않은 모양이었다. 그는 늘 남자 부하들에게는 관심이 없었다. 그의 흥미를 끄는 것은 늘 여자 부하 직원들이었다.

"그냥 포기하는 게 낫겠네. 그럼 난 이만……."

그리고 그는 다른 사람들을 괴롭히기 위해 자리를 옮겼다. 대화가 다시 시작되었고, 샌더슨 수사관은 다들 어디서 크리스마스를 보낼 예정인지 물었다. 헬렌은 그의 말을 이제는 자리를 떠도 좋다는 신호로 받아들였다.

그녀는 자신이 술집에 거의 한 시간 동안이나 머물러 있었다는 사실을 깨닫고는 깜짝 놀랐다. 사실 꽤나 기분전환이 된 듯했다. 잠시 머리를 쉬게 해줄 기회가 되었기 때문이었다. 추운 밤공기를 헤치고 경찰서로 걸어가는 동안, 그녀의 머릿속은 다시 사건에 관한 생각으로 가득 찼다. 헬렌은 벤조디아제핀의 경로를 추적하고 싶었다. 범인은 그 마취제를 어디서 구했을까? 그게 범인에게로 나아가는 길을 열어줄 수 있을까?

헬렌은 텅 빈 사건 수사본부로 돌아가서 아직 꼬리도 잡히지 않는 살인범 사냥을 다시 시작했다.

31

소녀의 분노는 극한까지 치밀어 올랐다. 애나는 폐가 폭발해 버릴 때까지 비명을 지르고 싶었다. 지난 며칠간 애나는 너무도 두렵고 혼란스러웠지만, 그녀와 대화하기를 거부하는 엄마의 태도 때문에 모든 것이 백만 배쯤 더 힘들었다.

엘라가 머리에 봉지를 씌워 놓았을 때, 애나의 머릿속에 가장 먼저 떠오른 생각은 이제 질식해 죽을지도 모른다는 것이었다. 그녀는 고개를 전혀 움직일 수 없었다. 만약 숨구멍이 덮여 버리면 그녀는 천천히 냉혹한 죽음의 손에 끝을 맞이하게 될 터였다. 그러나 다행히도 봉지는 느슨하게 덮여 있었고, 일종의 천연섬유 재질로 만든 것이어서 숨을 쉴 수 있었다.

죽음이 유예된 상태에서, 그녀는 대체 무슨 일이 일어나고 있는지 알아내고자 애를 쓰며 가만히 귀를 기울였다. 그들이 강도를 만난 걸까? 엄마가 살해당한 걸까? 그러나 아무런 증거도 없었다. 앞문이 닫히고, 그 뒤로 철창문이 닫히는 소리를 제외하고는 아무 소리도 들리지 않았다. 엘라가 가버린 걸까? 아니면 엄마가 가버린 걸까? 아, 제발, 신이시여, 저를 이런 상태로 홀로 버려두지 말아 주세요. 애나는 기도했다. 그러나 아무도 그녀의 기도에 답하지 않았기에 애나는 그냥 가만히 홀로 앉아만 있었다. 작은 소녀 혼자 끔찍한 어둠에 휩싸여 남아 있었다.

그녀는 거의 몇 시간을 그렇게 앉아만 있었다. 그러다가 갑자기 머리에 씌워 놓았던 봉지를 누군가 들어 올렸고, 밝은 불빛이 눈이라도 멀게 하려는 듯이 비쳐들었다. 그녀는 고통에 눈을 감았다가 새로이 얻은 자유에 익숙해지려 애를 쓰며 천천히 두 눈을 떴다. 가만히 앉아만 있던 동안 소녀는 온갖 종류의 끔찍한 시나리오를 머릿속으로 그려봤다. 누군가 아파트를 다 뒤져 훔쳐가고, 엄마는 살해되고 등등……. 그러나 이제 주위를 둘러보니 모든 것이 평소와 다름없는 듯 보였다. 도둑맞은 것도 전혀 없어 보였고, 아파트 안에는 다시 엄마와 자신 둘뿐이었다.

처음에는 안도감이 느껴졌다. 그 미친 여자가 뭔가를 훔쳐 달아났을 뿐이며 이제 그들은 다시 괜찮아졌다는 사실을 엄마가 자신에게 설명해 주기만 기다리면 될 것 같았다. 그러나 엄마는 아무 말도 하지 않았다. 애나는 엄마의 관심을 끌기 위해 끙끙거렸다. 그동안 두 눈동자는 쉴 없이 이리저리 움직이며 엄마와 시선을 맞추려 필사적으로 애를 썼다. 하지만 마리는 딸을 바라보지 않았다. 왜일까? 대체 무슨 일이 벌어졌기에 마리가 자기 딸을 바라보기도 부끄럽다고 느끼는 것일까?

애나는 다시 울기 시작했다. 소녀는 열네 살이었다. 지금 무슨 일이 벌어지고 있는지 알지 못했다. 그러나 엄마는 시선을 들어 올리지도 않았고, 딸을 진정시키려 애쓰지도 않았다. 대신 방을 나가버렸다. 엘라가 다녀간 지 사나흘은 지난 것 같았고, 그동안 내내 엄마는 애나에게 의미 있는 말을 단 한마디도 건네지 않았다. 책도 읽어주고 화장실도 데려가고 어서 자라고 재촉하기도 했지만, 말을 걸지는 않았다. 애나는 이토록 심하게 방치된 듯한 느낌을 받아 본 것이 처음이었다. 따라서 정말 말 그대로 암흑 속에 갇힌 것 같았다.

그녀는 늘 엄마에게 무거운 짐이었다. 애나는 그 사실을 알고 있었다. 그리고 자신에게 끝도 없이 인내와 사랑과 자상함을 베푸는 엄마를 진심으로 사랑했다. 그러나 지금 애나는 엄마를 원망했다. 자신을 괴롭히는 엄마의 잔인함을 마음속으로 저주했다.

애나는 배가 고파서 거의 죽을 지경이었다. 위가 끊임없이 뒤틀렸다. 머리는 어지러웠고, 입 안이 너무도 바짝 말라서 피 맛이 느껴질 지경이었다. 그러나 엄마는 애나에게 음식을 주기를 거부했다. 왜지? 그리고 왜 엄마 자신도 굶고 있는 걸까? 대체 무슨 일이 벌어지고 있는 거야!

복도에서 소리가 들려왔다. 끔찍한 두드림과 비명이 들렸다. 주먹으로 쿵쿵 쳐대는 소리와 엄마의 비명 소리였다. 갑자기 마리가 방으로 돌아왔다. 그리고 애나를 지나쳐 곧장 걸어갔다. 엄마의 모습은 거의 실성한 사람처럼 보였고, 몰골도 완전히 엉망이었다.

그녀가 창문을 열었다. 그들은 높은 타워에 살고 있었기에 창문은 중간에 경첩이 달려서 아주 살짝만 열렸고, 따라서 밖으로 몸을 내던질 수도 없었다. 자포자기 성향이 강한 입주민들의 면면을 살펴봤을 때, 매우 적절한 조치가 아닐 수 없었다. 그러나 얼굴에 약간의 바람을 맞는 게 목적이라면 그 정도는 얼마든지 충족할 수 있었다.

이제 마리는 고래고래 소리를 지르며 도와달라고 애원하고 있었다. 누군가에게, 아니, 아무에게라도 제발 올라와서 그들을 구해달라고 비명을 질러대는 중이었다. 그제야 비로소 애나는 모든 것을 깨달았다. 그들은 감금당한 것이다. 그것이 바로 엄마가 애나에게 말하지 않으려 하는 사실이었다. 엘라는 그들을 안에 가두고 감금해 버렸다. 그들은 갇혀 버린 것이다.

이것이 엄마가 한밤중에 소리를 지르는 이유였다. 누구라도 지나가다가 그녀의 소리를 들을 수 있기를 바라고 또 바라면서. 아무라도 제발 그녀의 말에 귀를 기울여 주기를 바라면서. 그러나 애나는 타인의 친절에 기대서는 안 된다는 사실을 경험을 통해 잘 알고 있었다. 엄마가 패배자처럼 바닥에 주저앉아 쓰러져 있는 동안, 애나는 마침내 그들이 집 안에 생매장되었다는 사실을 깨달았다.

32

크리스마스 파티를 취소해야 할까? 이것이 피터가 병원에서 집으로 돌아왔을 때, 사라가 그에게 처음으로 던진 질문이었다. 그녀는 그의 건강에 관해서는 묻지 않았다. 느리기는 해도 점진적으로 건강이 나아지고 있다는 사실을 눈으로 확인할 수 있는 까닭이었다. 그리고 사라는 무슨 일이 있었는지에 관해 남편과 얘기나누고 싶어 하지도 않았다. 그 일에 관해 거론하고 싶어 하는 사람은 아무도 없었다. 그러나 사라는 크리스마스에 뭘 해야 할지에 관해서는 알고 싶었다. 매년 그래 왔듯이 집으로 사촌과 부모님들을 초대해서 파티를 열어도 피터가 좋아할까? 그렇게 하면, '그래도 삶은 계속된다' 내지는 '우리는 당신이 살아 돌아와서 정말 기쁘다'라는 사실을 다시금 되새겨 보는 크리스마스가 될 터였다. 아니면, 삶이 갑작스럽게 암흑천지로 변해버렸으니 축하할 일 따위는 아무것도 없음을 인정하고 그냥 조용히 지내야 할까?

결국, 그들은 예년과 다름없이 파티를 열기로 했다. 피터의 모든 신경조직은 친구나 친척들을 피하고 싶을 뿐이었다. 배려라도 하는 듯이 건네는 위로도 역겨웠지만, 그들의 머릿속을 가득 메우고 있으나 입 밖으로는 절대 꺼내지 않을 질문도 참아낼 수가 없었다. 하지만 그럼에도 크리스마스에 사라와 단둘이만 앉아 있어야 한다는 생각이 더 끔찍했다. 홀로 남겨지는 순간마다 피터의 머릿속에는 어두운 생각과 그보다 더 암울한 기억이 스멀스멀 기어 나와 빠르게 증식해 나갔다. 그는 정신을 팔 무슨 일이라도 하고 있어야 했다. 너무 가식적이고 지루하고 짜증스러운 일이라 할지라도 정신을 집중할 수 있는 무언가를 해야만 했다.

처음에 그는 아내를 미워하고 싶은 유혹을 느꼈다. 아내는 살인자 남편을 어떻게 다루어야 할지 몰라 우왕좌왕하는 게 분명했다. 남편에게 무슨 일이 일어난 것인지 아직 정확히 알지도 못했기에 자신이 남편의 안위를 신경 쓰고 있다는 사실을 보여주기 위해 수없이 많은 사소한 일들을 하며 이리저리 오가기만 했다. 물론 그 모든 노력도 아무 소용이 없었다. 하지만 하루 이틀 시간이 흐르는 동안, 피터는 그런 사소한 노력 때문에 자신이 아내를 사랑한다는 사실을 깨달았다. 그녀는 남편이 저지른 일에 대해 아무런 탓도 비난도 하지 않았다. 그는 아내가 올해 크리스마스 파티 때는 폭죽 터트리는 것을 금했다는 사실을 알게 되었을 때 미소를 짓기도 했다. 아내는 남편이 그 지옥 구덩이에서 어떤 일을 겪어야 했는지 정확히 알지는 못했지만, 그래도 그가 올해만은 시끄러운 축제 분위기를 원치 않으리라는 사실을 본능적으로 느꼈다. 그리고 그 점에서는 아내의 추측이 옳았다. 물론 다른 일에서도 마찬가지였다. 피터는 그저 고마울 따름이었다.

손님들은 평소와 마찬가지로 도착했고, 놀랍게도 평소와 다름없이 활기차기까지 했다. 그들은 현관 앞을 지키고 서 있는 정복 경찰들을 보고도 마치 그들이 존재하지도 않는다는 듯이 자연스럽게 지나쳐 안으로 들어왔다. 그리고 열정적인 듯하면서 동시에 억지로 짜내는 듯한 방식으로 크리스마스의 즐거움을 긍정적으로 내뿜었다. 그리고 모두가 동시에 독한 술이 필요하다고 느끼기라도 한 듯이 수없이 많은 술잔이 오갔다. 선물도 쉴 새 없이 들어왔다. 마치 선물 증정을 잠시 멈추기라도 하면 치명적인 결과를 얻게 된다고 생각하는 듯했다. 포장을 풀지 않은 선물 꾸러미가 방 안의 남은 공간을 전부 다 차지해 버릴 지경이 될 때까지 선물은 계속 쌓여가기만 했다.

불현듯 피터는 밀실공포증을 느꼈다. 그는 벌떡 일어나서 방을 빠저나갔다. 부엌을 향해 간 그는 뒷문을 열려고 했지만, 손이 전부 마비돼 버린 듯한 기분이었다. 저주를 퍼부으며 그는 겨우 문을 열고 얼어붙은 정원으로 나갔다. 차가운 공기가 기분을 달래주었다. 그는 담배를 한 대 피워야겠다고 마음먹었다.

병원에서 돌아온 후로 그는 몇 년 전에 끊었던 습관을 다시 시작했고, 당연히 아무도 그 일에 관해 간섭하지 않았다. 작은 승리에 해당했다. 어느새 애쉬가 그의 뒤에 나와 서 있었다. 가장 큰 조카였다.

"잠시 신선한 공기가 필요해서요. 설마 제가 그거 구걸하러 나온 거로 생각하시는 건 아니죠? 그렇게 생각하신다면 하나 주시든가요."

그가 피터의 담배를 가리키며 말했다.

"물론이지, 애쉬. 네가 빼내서 피워."

피터는 애쉬에게 담뱃갑과 라이터를 건네주며 대꾸했다. 그리고 조카가 어설프게 담배에 불을 붙이는 모습을 바라봤다. 애쉬는 사실 담배를 피우지 않았고, 연기도 형편없었다. 피터는 그를 지켜보라고 안에서 애쉬를 내보냈다는 사실을 즉시 알아차렸다. 병원에서 의사들은 사라를 앉혀 놓고 한 시간이 넘게 피터의 심리상태를 토론했다. 그리고 그것이 사라의 마음속에 악몽 같은 시나리오와 지나친 걱정을 가득 심어 놓았다. 다시 말해, 이제 아내는 입 밖으로 소리 내 말하지는 않았지만, 피터가 자살이라도 할까 봐 늘 전전긍긍했다. 그러나 그건 말도 안 되는 얘기였다. 물론 마음속으로 그런 생각이 여러 번 스쳐 지나가기는 했지만, 지금 당장 피터는 그런 짓을 저지를 기력 자체가 없었다. 애쉬는 옆에서 수다를 떨어댔고, 피터는 가끔 고개를 끄덕이며 미소를 지었지만, 애쉬는 차라리 만다린(고개를 끄덕이는 중국 도자기 인형 - 옮긴이) 인형을 앞에 놓고 이야기를 들려주는 게 낫겠다는 생각이 들었다. 피터는 그가 하는 말에는 아예 관심조차도 없었다.

"안으로 들어갈까?"

애쉬는 정말로 담배를 피우는 것이 고역처럼 보였기에, 피터는 조카를 그 시련에서 구해주어야겠다고 생각했다. 안에서 벌어지는 왁자지껄한 파티에 합류하기 위해 두 사람은 돌아서서 걸어 들어갔다. 음식은 이미 다 말끔히 먹어치운 후였고, 보드게임을 막 시작할 참이었다. 더는 어딘가로 도망갈 곳이 없었기에, 피터는 자리를 잡고 앉아 더욱 느리게 고문을 당하기 시작했다. 그는 즐기려고 최선을 다했지만, 마음은 이미 다른 곳에 가 있었다. 이 도시 어딘가에서 벤 홀란드의 약혼녀는 암울한 크리스마스를 보내고 있을 터였다. 그녀는 인생을 저주하면서 결혼이 몇 주 앞으로 다가온 이 시점에 자신이 사랑하는 사람을 살해한 한 남자를 저주하고 있을 게 분명했다. 그녀는 어떻게 이 순간을 견뎌내고 있을까? 아니, 그들 모두 다 어떻게 견뎌내고 있을까? 피터는 미소를 지으며 주사위를 굴렸지만, 속마음은 타들어 가고 있었다. 양손에 피를 흠뻑 적신 채로 크리스마스를 즐긴다는 것은 쉬운 일이 아니었다.

33

양념 냄새가 강하게 풍겨왔고, 헬렌은 그 향을 깊이 들이마셨다. 헬렌이 크리스마스 때마다 즐겁게 행하는 한 가지는 바로 대세를 거스르고 자신이 원하는 대로 하는 것이었다. 그녀는 사람들이 크리스마스 때면 으레 먹는 칠면조 요리도 싫어했고, 크리스마스 푸딩은 자신이 이제껏 맛본 중에 가장 맛없는 음식이라고 생각했다. 축제 시즌을 싫어하는 사람은 자신의 느낌을 온전히 인정하고 시류를 거슬러 나름의 방식대로 그 기간을 즐기는 게 옳은 일이라 생각했다. 따라서 남들이 장난감 가게에서 싸움을 해대고, 놓아 기른 칠면조 한 마리에 80파운드의 거금을 펑펑 써대는 동안, 헬렌은 다른 길을 택했다. 그것도 가능한 한 완전히 정반대의 길을 따라 걸어갔다. 크리스마스 날에 맘라지 탄도리에서 포장해 온 음식이 그녀가 행하는 연례 반란의 하이라이트였다.

"머그 자프라니(닭고기 카레 요리 - 옮긴이), 패슈리 난(과일과 견과류를 섞어 만드는 납작한 인도식 빵으로 흔히 카레와 함께 먹는다 - 옮긴이), 알루고비(감자와 콜리플라워 요리 - 옮긴이), 필라프(쌀밥 - 옮긴이), 그리고 포파덤(기름에 얇게 구운 빵 - 옮긴이)에 고수 다져서 얹어주세요." 자미르 칸이 부지런히 헬렌의 주문을 포장하기 시작했다. 그는 20년 동안이나 이 인기 있는 레스토랑을 운영해오고 있는 이 지역의 터줏대감이었다. "맛있겠다."

"있잖아요, 오늘은 크리스마스라서 내가 민트 초콜릿 두 개 같이 넣었어요, 어때요?"

"역시 자미르밖에 없어요."

헬렌은 이렇게 말하고 주문한 음식을 받아 들고서 고마움의 표시로 미소를 지어 보였다. 매우 많은 양이었기에, 헬렌은 늘 복싱데이(크리스마스 휴가 이후에 맞이하는 첫 평일 - 옮긴이)까지도 남은 음식으로 식사를 해결했지만, 사실 크리스마스의 기쁨 중 하나는 이 맛있는 인디언 만찬을 부엌 식탁 위에 쫙 펼쳐 놓고 천천히 그리고 일부러 자신의 접시를 음식으로 채워 놓는 일이었다. 포장 용기를 덜그럭거리며, 헬렌은 자신의 아파트로 돌아갔다.

집 안에는 아무런 장식도 돼 있지 않았고, 크리스마스카드 한 장도 없었다. 사실 아파트에 새로 들여놓은 유일한 물건이라고는 집에서 다시 한번 살펴보기 위해 가지고 온 에이미와 피터의 납치 관련 사건 파일이었다. 그녀는 그날 밤 내내 잠시도 쉬지 않고 그 파일들을 살펴봤다. 그러다가 불현듯 배가 너무 고프다는 사실을 깨달았다. 그녀는 음식을 데우기 위해 오븐을 열어 놓은 채 접시를 하나 집어 들려고 돌아섰다. 그 순간 포장해온 음식 꾸러미 봉지를 팔로 툭 쳤고, 봉지는 작업대에서 획 밀려나갔다. 그리고 빠르게 돌로 된 타일 바닥으로 떨어져 내렸다. 조잡하게 만든 포장 용기의 뚜껑들이 전부 열려 음식이 사방으로 튀며 엎질러졌다.

"젠장, 젠장, 젠장."

오늘 아침에 바닥 청소를 했기에 레몬 향 세제 냄새가 인도식 기름과 뒤섞이며 톡 쏘는 불쾌한 향을 만들어냈다. 헬렌은 잠시 충격을 받아 가만히 쳐다만 보고 있었다. 그러다가 눈물을 흘리기 시작했다. 화도 나고 짜증도 났다. 멍청한 음식 용기들을 다 짓밟아버리고 싶었지만, 가까스로 내면의 폭력성을 억누르고 대신 욕실로 도망쳐 들어갔다. 담배에 불을 붙이고, 차가운 욕조 가장자리에 걸터앉았다. 과민반응을 일으킨 자기 자신에게 화가 났다. 그래서 담배를 더 깊이 빨아들였다. 보통은 니코틴이 들어가면 기분이 가라앉곤 했지만, 오늘은 담배 맛이 더 쓰기만 했다. 헬렌은 역겨움을 느끼며 변기 속에 담배를 던져버리고는 물속에서 불꽃이 사그라지는 모습을 지켜봤다. 그녀의 마음 상태를 그대로 보여주는 것만 같았다.

매년 헬렌은 크리스마스 분위기를 따르지 않았고, 매년 우울함이 그녀의 얼굴을 정면으로 후려치곤 했다. 늘 우울한 감정의 소용돌이가 사악하게 휘몰아치는 눈보라처럼 주위를 돌아가다가 그녀가 사랑받지 못하고 아무런 가치도 없는 인간이라는 사실을 다시 떠올리게했다. 올해도 천천히 이런 생각들이 마음을 사로잡았다. 우울함이 뇌를 갉아먹기 시작하는 동안, 헬렌은 욕실 캐비닛 쪽으로 흘낏 시선을 돌렸다. 날카로운 면도날이 은밀히 숨겨져 있는 곳이었다.

칼날이 칠면조 고기 속으로 파고들자 선명한 육즙이 흘러나왔다. 머리에 종이로 만든 고깔모자를 쓰고 있는 찰리는 물 만난 고기 같았다. 그녀는 크리스마스에 관한 모든 것을 다 좋아했다. 낙엽이 떨어지기 시작하는 순간부터, 찰리의 기대감은 차곡차곡 쌓여가기 시작했다. 그녀는 늘 미리미리 준비해 놓는 성격이라 선물은 10월이면 다 사들여 두었고, 칠면조도 11월에 주문을 끝냈다. 그래야 마침내 12월이 오면 축제의 매 순간순간을 철저히 즐길 수 있기 때문이었다. 맘껏 마시고 노는 파티, 캐롤 가수들, 벽난로 옆에서 선물 포장하기, 축제 분위기를 내는 영화 앞에 웅크리고 앉아 있기……. 그녀에게 크리스마스는 한 해의 절정이었다.

"우리 이제 선물 열어보면 안 돼요?"

찰리의 조카 미미가 그 어느 때보다도 조바심을 내며 물었다.

"크리스마스 점심 먹기 전까지는 안 돼. 규칙 알면서 왜 그래."

"그때까지 어떻게 기다려요."

"그렇게 기다려야 마침내 시간이 왔을 때 더 신나고 흥분되는 거야."

찰리는 이런 자신의 의견을 굽힐 의사가 전혀 없었다. 크리스마스라는 게 원래가 기이한 가족 의식 같은 것 아니던가.

"무슨 말도 안 되는 소리야?" 스티브가 끼어들었다. "그래 봐야 불가피하게 맞이할 실망스러운 결말의 시간을 연장하는 것뿐이라고."

"나는 그렇지 않아." 찰리가 남자친구를 찰싹 치며 말했다. "내가 크리스마스 쇼핑에 얼마나 공을 들였는지 알기나 해? 만약 자기도 나만큼 공들이지 않았으면, 각오하는 게 좋을 거야."

"나중에 그 말 취소하게 될걸. 어디 두고 보자고."

그게 스티브의 의기양양한 대답이었다. 찰리는 이미 스티브가 준비한 선물이 무엇인지 알고 있었다. 란제리였다. 언젠가 그가 힌트를 준 적이 있었다. 게다가 근래 그들의 성생활도 지극히 역동적이었다. 그 무엇보다도, 찰리는 아기를 원했다. 이제는 때가 됐다는 느낌이 들었다. 사실 그것이 그녀가 진실로 받고 싶은 선물이었다. 두 사람은 아기를 가지려고 노력해왔지만, 아직 소식이 없었다. 그리고 요즘 들어 처음으로 찰리는 걱정되기 시작했다. 그녀에게 뭔가 이상이 있는 것은 아닐까? 가족을 꾸릴 수 없을지도 모른다는 가능성은 생각만으로도 끔찍했다. 그녀는 적어도 아이를 두셋은 낳고 싶었다.

어쨌든 아직은 크리스마스였다. 불쾌한 생각을 하고 있을 때가 아니었다. 찰리는 애써 걱정을 마음 한편으로 밀어내 버렸다. 오늘은 크리스마스이고, 한 해 중 최고의 날 아니던가. 찰리는 칠면조 고기를 칼로 베어내서 가족들에게 나누어 주는 동안, 지을 수 있는 가장 환한 미소를 지어 보였고, 최선을 다해 크리스마스의 기쁨을 가족들에게 나누어주려 애를 썼다.

이제 조금만 기다리면 된다. 엘시를 다시 볼 수 있다는 생각에 이미 마크의 기분은 한껏 고조되어 있었다. 올해 크리스티나는 복싱데

이를 그에게 양보했다. 내일 아침에 일어나자마자 그는 어린 딸을 데리고 와서 축제 같은 즐거운 하루를 보낼 예정이었다. 올해는 정말 빌어먹을 한 해였지만, 적어도 마지막은 뜻깊게 보내게 되었다. 그는 스케이트장 입장권과 영화표를 예매해 두었고, 치즈버거를 먹기 위해 바이런에 자리도 하나 예약했다. 거창한 식사가 될 예정이었다.

그는 마지막 남은 한 해의 서른여섯 시간을 엘시와 종일 데이트를 하게 됐다는 기대감 덕분에 가까스로 버텨낼 수 있었다. 예년과 마찬가지로 그는 크리스마스이브에 크리스티나의 집까지 선물을 가지고 갔었다. 엘시는 엄마와 함께 지역 교회에서 열리는 크리스팅글 서비스(영국 국교회의 크리스마스 행사로 어린이가 돈이 든 지갑을 아동 협회에 기부하면 양초와 빨간 리본이 달린 오렌지를 받는다 ─ 옮긴이)에 참석하러 가고 없었다. 대신 스티븐 혼자 집을 보고 있었다. 그는 정중하게 선물을 받아들고는 마크에게 들어와서 한잔 하고 가겠느냐고 청했다. 마크는 그의 면상을 주먹으로 갈겨주고 싶었다. 감히 어떻게 마크 자신의 집에서 지가 주인행세를 할 수 있단 말인가. 그리고 함께 마주 보고 앉아 무슨 대화를 한다는 거지? 산타가 크리스마스에 무슨 선물을 가져다줄지에 관해서? 그는 스티븐이 일부러 그런 청을 한 것은 아닌지 의심스러웠다. 보기에는 진심인 듯했지만, 누가 알겠는가, 그가 제법 연기를 할 줄 아는 사람일지. 그러나 마크는 진위를 파악하겠다고 머물러 있지는 않았다. 분노가 치밀어 오를 때는 무조건 그 자리를 떠나버리는 게 상책이라는 것을 그는 경험을 통해 잘 알고 있었다. 그때 이래로 그의 피는 뜨겁게 끓어올랐고, 너무도 천천히 움직이는 시곗바늘을 원망하며 탓한 것도 한두 번이 아니었다. 하지만 이제 마침내 그의 시간이 다가오고 있었다. 기다리는 자에게 복이 있나니.

이제 크리스마스도 끝나고 다음 해가 기다리고 있다.

34

마리는 침대에 누워 천장만 뚫어지게 바라봤다. 이것이 그녀가 죽기 전에 마지막으로 보는 것이 될까? 이 변색되고 울퉁불퉁하며 보잘것없는 천장이? 전에는 단 한 번도 신경에 거슬린 적이 없었지만, 지금은 한 주 내내 그것만 바라보고 있자니 터무니없을 만큼 격렬한 분노가 안에서부터 서서히 고개를 들었다.

그녀는 애나와 함께 문간방에 있었다. 그 일이 생긴 순간부터, 그녀는 딸에게 진실을 말해줘야 한다고 생각했지만, 대체 어떻게 어떤 식으로 말을 한단 말인가. 자신도 너무 끔찍하고 믿을 수가 없는데, 딸에게는 뭐라고 말을 해야 한다는 말인가? 그래서 마리는 입을 다물었다. 끔찍한 하루하루가 지나가고 있었다.

딸아이는 그 지독한 최후통첩은 물론이고 그녀가 탁자 옆에 숨겨 놓은 총에 관해서는 아무것도 모르고 있었다. 애나는 혼란스러움과 비참함에 휩싸여 있었다. 그리고 마리가 진실을 말하지 않았기에, 아니, 말할 수 없었기 때문에 계속 그런 상태에 머물러 있어야만 했다.

그녀는 나쁜 엄마였다. 나쁜 사람이었다. 그녀가 자기 자신과 딸에게 이런 불행이 닥치도록 만든 장본인이었다. 잘못된 상대를 골라 결혼을 하고, 거의 제구실도 하지 못하는 아이를 낳은 것도 자신이었다. 상대를 모욕하거나 화나게 할 아무런 원인도 제공하지 않았음에도, 그녀는 끊임없이 학대받았고, 무자비한 폭행을 당해야만 했다. 그리고 마침내는 이런 상황을 맞이하게 되었다. 이는 지금껏 그들에게 닥친 불행 중에서도 가장 잔인한 것이었고, 결국은 그들의 불행한 삶을 끝마치게 할 그런 상황이었다.

마리는 그들에게 왜 이런 일이 일어난 것인지 궁금해 하기를 포기해 버렸다. 그냥 사는 게 다 그렇지 않던가. 그녀는 싸우기도 포기했다. 엘라가 떠난 이후로는 전화선도 끊어졌다. 문은 밖에서 잠겨 있었고, 아무리 비명을 질러대도 누구 하나 대답하지 않았다. 창문에 매달려 미친 듯이 살려달라고 비명을 질러댔을 때, 그녀는 딱 한 번 사람이 지나가는 모습을 봤다. 어린아이 같았다. 하지만 그 아이는 걸음아 날 살려라 달아나버렸다. 어쩌면 그녀는 상상 속에서 그 모습을 보았는지도 모른다. 깨지 않는 악몽 속에 붙들려 있을 때는, 어떤 게 꿈이고 어떤 게 현실인지 구분할 수 없기 때문이다.

애나가 다시 울고 있었다. 울음은 딸아이가 이용할 수 있는 많지 않은 방법 중 하나였다. 그 소리에 마리는 급소를 얻어맞은 듯한 느낌이었다. 딸아이는 외로움과 공포에 휩싸인 것이다. 마리가 절대로 딸아이가 겪게 하지 않겠다고 다짐했던 두 가지 감정이었다.

마리는 두 발로 일어섰다. 하지만 문 쪽으로 걸어가다가 문득 멈춰 섰다. 이러지 마. 아니, 해야만 해. 그녀는 알고 있었다. 세상을 상대로 그들이 가진 유일한 무기는 사랑과 고독이었다. 그럼에도 마리는 자기 자신의 두려움과 소심함 때문에 어리석게도 그것을 다 박살내 버리고 말았다. 가엾고 한심하기 그지없었다. 그들이 어떤 곤경에 처해 있는지 애나에게 말하지 않기로 했던 까닭에, 이제 마리는 자신이 그것을 해야만 한다는 사실을 알고 있었다. 그것은 그녀의 유일한 무기였다. 그들의 유일한 희망이었다.

여전히 마리는 움직이지 않았다. 자신의 잔인성과 침묵에 관해 변명할 말을 찾아내려 애를 쓰며 서 있었다. 그러나 그런 단어를 찾아낸다는 것은 불가능했다. 따라서 그녀는 용기를 그러모아 침실을 나가서 거실로 갔다. 애나의 비난하는 듯한 시선과 마주치게 되리라 예상했지만, 기적이 일어난 덕인지 딸아이는 잠들어 있었다. 흐느낌이 결국에는 어린 십 대 소녀를 지치게 했고, 덕분에 잠시나마 딸아이는 악몽에서 해방돼 있었다. 애나는 평화로워 보였다.

아이가 이대로 다시 깨어나지 않는다면? 이 생각에 마리는 갑작스럽게 기쁨을 느꼈다. 그녀는 자신이 결코 딸을 향해 방아쇠를 당길 수 없으리라는 사실을 잘 알았다. 그건 불가능했다. 그러나 다른 방법도 있었다. 애나가 병을 진단받은 이래로 몇 년 동안, 마리는 아이가 심각한 장애로 결국 목숨까지 잃는 것을 무기력하게 지켜만 봐야 했던 다른 어머니들에 관한 다양한 사례를 읽어왔다. 그들은 죽음으로 아이가 더는 고통받지 않아도 되었다고 말했지만, 그것이 자신들의 마지막을 의미하기도 했다고 털어놓았다. 사회는 그들을 동정 어린 시선으로 바라봤다. 그러니 왜 마리라고 그러면 안 되겠는가? 무엇이든 간에 이곳에서 천천히 굶어 죽는 것보다는 나을 터였다. 곧 그들의 몸이 의지와는 상관없이 반란을 일으킬 테니 이제 무슨 선택 사항이 남아 있겠는가?

마리는 다시 침실로 돌아갔다. 침대로 다가가서 얇은 베개를 집어 든 후 양손 위에 올려놓았다. 심장이 터질 듯이 두근거렸다. 그녀에게 이것을 해치울 용기가 있을까? 아니면 두려움에 실패하고 말까? 갑자기 구역질이 치밀어 올랐다. 마리는 무릎을 꿇고 주저앉아 빈 깡통에 대고 격렬하게 구토를 했다. 다시 몸을 일으켜 세웠을 때, 그녀는 자신이 여전히 양손으로 베개를 꽉 움켜쥐고 있음을 깨달았다.

망설이지 않는 게 최선이다. 흔들리지 말자. 그래서 마리는 재빨리 침실 밖으로 걸어 나와 딸이 평화롭게 잠들어 있는 방으로 돌아갔다.

35

그렇게 하지 말았어야 했지만, 나도 날 어쩔 수가 없었다. 나는 그를 상처 줄 방법을 헛되이 찾아다녔다. 그러나 한 번도 성공하지 못했다. 그러다가 어느 날 갑작스럽게 그 기회가 내 무릎 위로 곧장 떨어져 내렸다……

엄마는 개 한 마리가 우리 아파트 부지 끄트머리에 있는 쓰레기통 주변을 킁킁거리고 다니는 것을 발견했다. 한쪽 눈에 하얀색 반점이 있는 웃기게 생긴 작은 잡종개였다. 초라하긴 해도 귀여웠다. 엄마는 그 개를 아빠에게 생일선물로 주었다. 관심을 줄 무언가가 생기면 아빠가 집에 자주 들어올지 모른다고 생각한 듯했다. 단순한 작전이었지만, 효과가 있었다. 아빠는 여전히 한 번 집을 나가면 며칠 동안 술 마시고, 싸움하고, 동네 매춘부들과 자고 돌아다녔지만, 그 잡종개를 애지중지했다. 빤히 바라보고 있는 우리 모두를 무시하고 그 녀석만 토닥이고 쓰다듬었다.

어이가 없었지만, 일단 뭔가 나쁜 짓을 저지를 음모를 꾸미고 있으면, 금방 모든 것이 기분 좋게 느껴지기 마련이다. 그럴 때면 약간 현기증이 나면서 행복하고 자유로운 기분이 된다. 아무도 내가 무슨 궁리를 하고 있는지 전혀 짐작도 못 했다. 그러니 아무도 날 멈출 수 없었다. 그건 나만의 더럽고 은밀한 비밀이었다. 그 계획을 실천에 옮기기 직전 며칠 동안, 나는 살면서 가장 행복한 순간을 맛보았다.

결국, 나는 독약을 선택했다. 우리 아파트 경비원은 늘 쥐새끼 때문에 못 살겠다고 투덜거렸다. 쥐약을 아무리 많이 놓아도, 쥐를 퇴치할 수가 없다고 했다. 따라서 쥐약 반 튜브 정도를 슬쩍 하는 건 일도 아니었다. 나는 그게 가장 좋은 방법이라고 생각했다. 그 잡종개는 먹을 거라면 환장을 하는 거렁뱅이 같은 녀석이었다. 따라서 음식이라면 거부하는 일이 없었다. 그래서 나는 녀석을 위해 특별한 음식을 마련했다. 쥐약을 잔뜩 뿌린 가장 싸고 질도 안 좋은 개밥. 녀석은 조금도 남기지 않고 다 먹어치웠다.

나중에 엉망으로 어질러진 집 안을 보고 나는 웃음을 터뜨렸다. 개똥과 토해놓은 음식이 부엌 바닥에 온통 난리도 아니었다. 녀석은 속에 든 것을 위아래로 다 쏟아내고 있었고, 두 시간도 되지 않아 죽어버렸다. 엄마는 미칠 듯이 겁을 집어먹고는 아빠가 돌아오기 전에 녀석의 시체를 쓰레기통에 가져다 버리고 개가 어딘가로 달아나버린 척을 하고 있으려 했다. 하지만 그날따라 아빠는 집에 일찍 들어왔고, 엄마는 맘먹은 일을 하던 중간에 아빠에게 들켜버렸다.

그는 완전히 미친 사람처럼 고래고래 소리를 지르며 엄마를 마구 두드려 패기 시작했다. 그러나 엄마도 혼란스럽기는 마찬가지였다. 마침내 아빠는 바깥에 놓인 쓰레기통에서 빈 쥐약 튜브를 찾아냈다. 정말 한심한 실수였지만, 사실 그때만 해도 나는 어렸다. 그는 튜브를 손에 쥐고 다시 집 안으로 뛰어 들어왔고, 놀랍게도 나는 미소를 짓고 있었다. 그걸로 끝이었다.

그는 내 머리를 짓밟고 복부를 발로 걷어찼으며 두 다리 사이를 부츠 발로 짓이겼다. 그런 다음 내 목을 부여잡고 머리채를 움켜쥔 채 벽난로 쇠살대에 내리쳤다. 들어 올리고, 치고, 들어 올리고, 치고. 얼마나 오랫동안 그렇게 했는지는 모르겠다. 20분 후에 난 정신을 잃었기 때문이다.

36

크리스마스 장식이 철거되었고, 삶도 평소의 모습으로 돌아갔다. 그러나 크리스마스 휴가 기간이 끝난 후에도 여전히 장식용 반짝이가 여기저기 달린 사무실에는 뭔가 독특하게 슬프고 우울한 분위기가 감돌았다. 어떤 사람은 1월 말경까지도 크리스마스 장식을 남겨놓고 싶어 했지만, 헬렌은 그런 부류가 아니었다. 따라서 그녀는 순종적인 부하 직원 하나에게 사무실에 달린 방울과 색테이프를 모조리 떼어내는 임무를 맡겼다. 헬렌은 자신의 수사본부가 어서 본연의 자리를 찾아가길 바랐다. 다시 사건에만 집중하고 싶었다.

예상했던 대로, 휘태커 총경은 최근의 진행 상황을 보고받고 싶어 했고, 헬렌은 곧장 그의 사무실로 향했다. 샘의 살인사건에 관한 언론의 취재 열기가 어느 정도 진정국면에 들어선 듯 보였다. 경찰이 포츠머스 항구에서 코카인을 대량으로 압수하는 쾌거를 올리자 지역 사회부 기자들의 관심이 한동안 그쪽으로 분산되었고, 덕분에 휘태커도 기분이 좋아서 처음으로 헬렌의 보고가 간단하게 끝이 났다.

사건 수사본부로 돌아오자마자, 헬렌은 뭔가 새로운 일이 벌어졌다는 사실을 즉각적으로 알아차렸다. 분위기에 긴장감이 감돌았고, 아무도 헬렌과 시선을 맞추려 하지 않았다. 찰리가 급하게 다가오더니 어떻게 말을 시작해야 할지 몰라 잠시 망설이고 서 있었다. 헬렌은 생전 처음으로 찰리가 말문이 막혀 어찌할 줄 모르는 모습을 가만히 지켜봤다.

"무슨 일이야?"

헬렌이 물었다.

"샌더슨이 순찰대원에게서 연락을 받았어요."

"그런데?"

"다들 멜버른 타워로 출동했어요."

아, 세상에, 안 돼.

"엄마와 딸이 아파트 안에서 시체로 발견됐답니다. 마리 스토리와 딸 애나 스토리예요. 죄송합니다."

헬렌은 마치 찰리가 그녀를 상대로 저질 농담이라도 하고 있다는 듯이 화가 난 듯한 표정으로 그녀를 바라봤다. 하지만 찰리의 얼굴은 너무도 심각하고 고통스러워 보였기에 헬렌은 그녀가 진실을 말하고 있다는 것을 알았다.

"언제?"

"30분 전에 연락이 왔습니다. 반장님은 총경님 방에 계셔서……."

"그럼 들어와서 알렸어야지. 세상에, 찰리, 왜 나한테 달려오지 않았는데?"

"먼저 확인하고 싶은 사항이 있어서요."

"뭘 확인해? 왜?"

"제 생각에…… 모두 생각하기에 이 건이 세 번째 납치 사건 같아서요."

팀원들의 시선이 전부 헬렌 쪽으로 향해 있었다. 그녀는 평정을 유지하기 위해 젖먹던 힘까지 끌어냈다. 우선 통상적인 절차를 밟아나가기 시작했지만, 마음은 이미 시내를 절반쯤 가로질러 달려가고 있었다. 정말 그런 일이 가능하기는 한지 자신의 눈으로 확인해봐야만 했다. 멜버른 타워까지 오토바이를 타고 가면서, 헬렌은 두 모녀와 함께 겪어 왔던 수많은 상황을, 때로는 기쁘기도 하고 때로는 힘들기도 했던 여러 사건을 머릿속에 떠올려봤다. 이것이 정말 그들이 내내 기다리고 있던 그 결말일까? 이것이 수많은 해를 힘겹게 버텨온 그들에게 내려온 보상일까?

정말 가끔은 인생이 우리의 목덜미를 걷어차기도 한다. 헬렌은 찰리에게서 그 소식을 듣는 동안 구역질이 올라오는 것을 느꼈다. 그녀는 진실로 간절하게 부하 직원의 말이 사실이 아니기를 바랐고, 온 마음을 다해서 자신이 시간을 돌려 이 상황을 진실이 아닌 것으로 만들어 놓을 수 있으면 좋겠다고 생각했다. 하지만 그럴 수 없었다. 마리와 애나는 죽었다.

타워 부지를 정찰 중이던 빌딩 폭파 전문가팀이 이상한 구조요청 메시지를 목격했다. SOS가 적힌 침대 시트가 4층 아파트 창문에 매달려 있었다. 그들은 해당 아파트를 살펴봤지만, 아무도 깨울 수가 없었다. 안에는 불도 켜져 있었고, TV도 켜져 있었다. 그래서 그들이 경찰에 전화를 걸었다. 도착한 경찰은 눈앞의 상황에 불쾌감을 드러냈다. 철창을 잘라내는 데만 한 세월이 흘러갔고 현관문도 안에서 단단히 잠겨 있던 까닭에 여러 번 돌진해서 몸으로 부딪혀 열어야 했다. 그동안 그들은 이 모든 수고가 다 쓸데없는 짓으로 드러날 것이 분명하다고 믿었다. 거주민들이 일부러 숨어 있거나, 약에 취해 정신을 못 차리고 있을 게 확실했다. 그러나 집 안으로 들어서자마자, 그들은 어머니와 딸이 거실 바닥에 함께 누워 있는 모습을 발견했다.

처음에 그들은 자살이라고 생각했다. 안으로 문을 잠그고 목숨을 끊은 것이다. 그러나 아무리 살펴봐도 열쇠를 찾을 수가 없었다. 이중 자물쇠의 열쇠는 물론이고, 밖에서 철창을 잠가놓은 맹꽁이자물쇠의 열쇠도 흔적이 없었다. 더 이상한 것은, 희생자들에게는 장전된 총이 있었다. 총은 사용하지 않은 채로 두 모녀 옆 바닥에 놓여 있었다. 결박을 당한 흔적도 없었고, 빈 약병이나 표백제 병 같은 것도 없었다. 다시 말해 자살의 흔적 같은 것은 전혀 보이지 않았다. 외부를 조사해 본 결과 누군가 억지로 들어선 흔적도, 뭔가를 가지고 나간 흔적도 없었다. 모든 게 이상했다. 그들은 그저…… 죽어 있었다. 시체 주변을 날아다니는 파리가 그들이 죽은 지 며칠 됐음을 말해주고 있었다.

헬렌은 정복경찰들에게 건물 주변을 조사해 보라고 지시했다.

"버려진 휴대전화가 있나 찾아봐."

그러고 나서 그녀는 과학수사대와 함께 시체를 살펴봤다. 지금까지 헬렌은 동료 경찰들 앞에서 냉정함을 잃어본 적이 없었지만, 지금은 그렇게 할 수가 없었다. 죽어 있는 두 모녀의 모습을 바라보는 것은 너무 끔찍했다. 참으로 모진 시간을 헤쳐 왔고, 너무도 많이 고통받았지만, 그럼에도 서로에 대한 사랑을 잃지 않았던 사람들이 아니던가. 하루가 멀게 겪었던 수모와 학대에도 불구하고 그들의 얼굴에는 미소와 웃음이 떠나지 않았다. 따라서 헬렌은 그들의 죽음이 자살이 아니라고 확신했고, 곁에 놓여 있는 총의 존재가 그 확신을 더욱 공고히 다져 주었다.

헬렌은 마음의 평정을 찾기 위해 작은 부엌으로 걸어 들어갔다. 천천히 그녀는 찬장과 냉장고를 열어봤다. 음식이라고는 없었다. 심지어 통조림 하나도, 절인 음식도 없었다. 집 안에 먹을 것이라고는 전부 깨끗이 치워져 있었다. 그리고…… 쓰레기통도 비어 있었다. 심지어 포장지나 음료병도 하나 없었다. 머릿속에 그런 생각이 서서히 밀려들기 시작하면서 헬렌은 다시 욕지기가 올라왔다. 억지로 속을 진정시키고, 그녀는 싱크대로 걸어갔다. 수도꼭지를 틀었다. 아무것도 안 나왔다. 예상대로였다. 수화기를 집어 들었다. 끊겨 있었다. 헬렌은 근처에 있는 의자에 주저앉았다.

"같은 범인 짓이라고 생각해요?"

마크가 안으로 들어서며 물었다. 헬렌은 고개를 끄덕였다.

"범인이 두 사람을 집 안에 가뒀어. 음식을 다 가져가고 수도를 끊고, 전화도 끊은 다음 총을 두고 간 거야. 우린 이중 자물쇠의 열쇠도 맹꽁이자물쇠의 열쇠도 찾지 못했잖아. 그 여자가 챙겨 간 거야……"

엄마와 딸은 자기 집 안에 갇혀서 도망갈 수도 없었고, 그들의 안녕에 관심을 쏟고 있을 누군가에게 구조를 요청할 수도 없었다. 이렇게 외로운 죽음이 또 있을까. 이들의 죽음에서 그나마 조금의 위안이라도 찾아낼 수 있다면, 그건 '그 여자'도 이길 수 없는 무엇이 있다는 것이었다. 다시 말해, 범인은 마리가 자기 딸을 죽이도록 할 수 없었다. 그러나 지금 헬렌은 그 위안을 느낄 수 없었다.

37

　오늘은 근래 들어 가장 암울한 날이었다. 그 사건이 일어난 이래 가장 끔찍한 날이었다. 오늘은 벤의 장례식이었다. 처음에 피터 브라잇스톤은 자신이 죽인 희생자와 관련된 일을 마치 역병이라도 되는 듯이 피했다. 그의 약혼녀와 친구들이 얼마나 고통받고 있는지, 그들이 어떤 생각을 하는지 알고 싶지도 않았다. 그러나 하루하루 지나는 동안, 그는 자신이 점점 더 오랜 시간을 온라인상에서 보내고 있음을 깨달았다. 그는 벤의 추모 페이지를 확인하고, 그의 페이스북에 올라온 사연들을 읽으며 자신이 파괴해 놓은 한 남자의 삶 속으로 기어 들어갔다.

　사흘 전, 그는 벤의 가장 친한 친구가 포스팅해놓은 장례식 세부 절차를 읽게 되었다. 장례는 크게 치르지 않는 듯했다. 회사에서는 누가 참석을 할까? 피터는 자신이 그런 것까지 궁금해 하고 있다는 사실을 깨달았다. 이사진 모두와 벤의 팀원들은 당연히 참석할 것이다. 그렇다면 비서진들도 참석할까? 혹시 회사에서 피터만 참석 안 하는 것은 아닐까? 잠시 이성을 잃어버리면, 그는 자신도 가야만 한다고 생각했다가, 곧 그런 생각을 떨쳐 버리곤 했다. 만약 벤의 친구들이 그를 본다면, 사지를 갈기갈기 찢어버리려 하지 않겠는가. 게다가 그들이 그런다고 해도 누구 하나 탓하지 않을 것이다. 하지만 피터의 솔직한 심정은 장례식에 참석하고 싶었다. 작별인사라도 건네고 싶었다. 미안하다고 말하고 싶었다.

　그는 벤의 약혼녀에게 편지라도 써서 보내볼까 생각해봤지만, 사라는 그러지 말라고 남편을 설득했다. 물론 아내의 말이 옳았다.

　가끔 홧김에 그는 아내의 충고를 배반하고 제니에게 편지를 쓰기 위해 자리를 잡고 앉았다. 그러나 정작 한 마디도 쓸 수가 없었다. 그가 쓰고 싶은 말은 '난 정말 그러고 싶지 않았다. 할 수만 있다면 시간을 되돌리고 싶다'라는 말이었다. 하지만 모든 게 공허하고 무의미하게만 느껴졌다. 그가 뭘 원하고 어떻게 느끼는지는 그녀에게 전혀 중요하지도 않고, 그녀가 알 필요도 없었다. 그녀에게 중요한 것은 피터가 혼자만 살기 위해서 그녀 약혼자의 얼굴을 찔러 죽였다는 사실뿐이었다.

그럴만한 가치가 있는 일이었을까? 피터도 이제 더는 확신할 수 없었다. 아드레날린이 분출되고 충격이 지나간 후, 그는 극도의 허무감 외에는 아무것도 느낄 수 없었다. 마치 자신이 미각, 후각, 촉각 등을 다 잃어버리고, 살아 있다기보다는 단지 존재하고 있는 듯한 기분이었다.

이제 그는 어떻게 살아가야 한다는 말인가? 다시 직장으로 돌아갈 수 있을까? 그를 다시 받아주기는 할까? 집에서 천천히 미쳐가는 것보다는 아무거라도 하는 게 나을 듯하기는 했다.

그냥 벤이 방아쇠를 당겨 버렸으면 어땠을까. 그는 당연히 그럴 수 있었다. 시간도 있었다. 겁을 먹고, 혹은 양심에 찔려서 망설이고 있었던 것일까? 만약 그가 방아쇠를 당겼다면 지금 죄책감의 바다에 빠져 허우적대고 있는 사람은 피터가 아니라 바로 벤이었을 터다. 그리고 피터는 땅속에서 안전하게 무사히 묻혀 있겠지. 이기적인 놈.

38

가끔 사람은 일정한 선을 그어야 할 순간을 맞이하게 된다. 그리고 제이크에게 그 순간이란 바로 지금이었다. 이제 그녀와의 만남은 기분 좋거나 재미있거나 혹은 전문적이라고 할 수도 없었다. 그저 통제할 수 없는 불쾌한 상황이라 느껴질 뿐이었다.

그녀가 나타났을 때, 제이크는 다른 고객과 함께 있었지만, 그녀는 전혀 신경 쓰지 않는 듯했다. 제이크가 그 고객과의 세션을 마치는 동안, 그녀는 그의 아파트 밖에서 고개를 푹 숙이고 주저앉아 있었다. 그러나 분위기는 이미 완전히 엉망이 되어버렸기에, 그는 언짢아하는 고객을 집 밖으로 내보내기 위해 다음번 세션은 무료로 진행해주겠다고 약속해야 했다. 이런 식의 고객 응대는 사업에 결코 도움이 되지 않았다. 남부 연안 지역의 에스 엔 엠 업계는 규모가 작아서 소문이 금방 퍼져 나갔기 때문이다.

그녀는 사과했지만, 진심처럼 보이지는 않았다. 말과 행동에 일관성도 없고 정서적으로도 불안해 보였다. 제이크는 그녀가 취했는지도 모르겠다는 생각에 술을 마시고 왔는지 물었다. 헬렌은 기분 나빠하며 그는 지배자일 뿐 의사가 아니라는 사실을 상기시켰다. 제이크는 그녀를 도발하고 싶지 않아 그 건은 그냥 넘어가기로 마음먹고 오늘은 마음을 진정시키는 차원에서 짧고 가볍게 세션을 진행해 나가는 것이 어떻겠냐고 제안했다. 그러고 나서 함께 대화를 나눌 수도 있지 않겠느냐고.

그러나 헬렌은 그럴 생각이 없었다. 한 시간을 꽉 채워 치열한 세션을 진행해 달라고 했다. 그녀는 제이크가 가할 수 있는 가장 심한 고통을 가해주길 바랐다. 그녀가 바라는 정도보다 더 심하게 학대받길 바랐다. 그가 자신에게 악마라고, 끔찍하고 쓸모없는 쓰레기 같은 인간이며 무참히 살해당해도 싼 인간이라고 말해주길 바랐다. 그가 자신을 파괴해 주길 원했다.

제이크가 거절하자 헬렌은 분노했지만, 그는 정직해야만 했다. 어떤 사람들에게는 그들이 원하는 만큼 얼마든지 모멸감을 주고 비참한 기분이 들게 해줄 수 있었지만, 그녀에게는 그럴 수 없었다. 단지 그가 그녀를 좋아하기 때문만은 아니었다. 이것이 그녀가 진정으로 원하는 것이 아니라는 사실을 본능적으로 알기 때문이었다.

그는 헬렌이 어딘가에서 심리치료를 받는 것은 아닐까 가끔 궁금했었다. 만약 그렇지 않다면, 상담을 받아보라고 조언을 해주고 싶은 심정이었다. 고통의 극한으로 치닫기 위해 그와의 세션을 늘리고 강화해 나가는 것은 방법이 아닌 것 같았다. 대신 제이크는 이쯤에서 선을 긋는 게 좋겠다고 느꼈다. 그래야만 그녀가 뭔가 보완적인 다른 방법을 찾을 수 있을 것 같았다.

"지금 장난해요?" 헬렌이 감정을 폭발시켰다. "어떻게 감히 나한테 이래라저래라 하는 거예요?"

제이크는 헬렌의 감정이 너무 격해지는 것을 보고 한 발 뒤로 물러났다.

"그냥 제안해 본 거예요. 싫으면 안 해도 돼요. 하지만 난 이런 식으로 나아가는 건 마음이 편치……."

"당신이 불편해할 필요는 없잖아! 당신도 빌어먹을 매춘부나 다름없다고, 젠장. 그러니 내가 돈 주고 시키는 일은 뭐가 됐든 편하게 해야 하는 거잖아."

그녀가 그를 향해 다가오기 시작했고, 순간적으로 제이크는 그녀가 자신을 공격하려 한다고 생각했다. 그 정도로 헬렌은 감정이 격해 있었다. 그는 늘 전기충격기를 가까운 곳에 보관해 두고 있었지만,

실제로 사용해본 적은 한 번도 없었다. 만약 그것을 지금 그녀에게 사용하게 된다면 상황이 얼마나 어이없겠는가. 하지만 고맙게도 제이크가 전기충격기 쪽으로 조금씩 다가가는 동안 갑자기 헬렌이 방향을 돌려 아파트 밖으로 나가더니 등 뒤로 때려 부술 듯이 세게 문을 닫아 버렸다.

제이크는 헬렌을 따라가고 싶은 충동을 억눌러야만 했다. 그들은 친구가 아니었다. 그녀는 단지 고객에 불과했다. 언젠가 그는 그 선을 넘어가 버린 적이 있었고, 지금까지도 그 일을 후회했다. 지금 헬렌과의 관계를 정리하고 다시는 뒤 돌아보지 않는 게 정답이었다. 지금껏 그녀를 좋아했지만, 폭언을 들으면서까지 관계를 이어가고 싶지는 않았다. 그런 걸 참아넘기기엔 그도 이제 너무 나이를 먹었다. 제이크는 한숨을 쉬며 블라인드를 내리고 자신의 삶에서 그녀의 존재를 완전히 지워버렸다.

39

헬렌은 시속 160킬로미터까지 속도를 높이고 추월 차선으로 들어섰다. 밤늦은 시간이었고, 도시 외곽 순환도로는 거의 비어 있었다. 그녀는 자유를 만끽하며 점점 더 속도를 올렸다. 속도가 마음을 달래주었다. 지난 며칠 동안 일어난 끔찍하고 가슴 아픈 사건들이 잠시나마 머릿속에서 미끄러져 사라지는 듯한 기분이었다.

이제 몇 킬로미터만 가면 도착이었다. 그녀는 목적지에 도착하면 만나게 될 상황에만 집중했다. 그녀에게는 해야 할 일이 있었다. 그리고 잘해야만 했다. 여러 목숨이 운명의 갈림길에 서 있었다. 세 명의 희생자 즉, 벤과 마리와 애나는 그녀가 개인적으로 알고 지내던 사람들이었다. 우연이라고 치부해버리기에는 너무 심한 우연이었다. 그녀가 그들을 알고 있었다는 사실에 뭔가 중요한 단서가 들어 있을까? 아니면 그들이 겪은 과거의 상처들이 살인자의 관심을 끌 만했던 것일까?

하지만 에이미가 걸림돌이었다. 헬렌은 에이미와는 일면식도 없었고, 그녀가 아는 한 에이미는 전과기록도 없었다. 샘도 마찬가지였다. 따라서 만약 헬렌과의 관련성이 중요하다면, 그들은 대체 왜 선택된 것일까? 시간이 늦은 까닭에 에이미의 엄마는 헬렌이 또 질문을 해대겠다고 찾아온 상황을 절대 반기지 않을 테지만, 달리 도리가 없었다.

에이미의 아빠가 마구 욕설을 퍼부어댈 만반의 준비를 하고 문을 열었다. 에이미가 집으로 돌아온 이래 에밀리아 개라니타와 그녀의 동료들이 끊임없이 그들을 괴롭혀 오고 있었기에, 가족 모두가 거의 폭발할 지경에 이르러 있던 탓이었다. 문 앞에 서 있는 사람이 헬렌이라는 사실을 알아본 그는 욕설을 안으로 삼키고 손님을 들어오게 했다.

그녀는 거실로 안내되었고, 다이앤 앤더슨 부인이 침실로 가서 딸을 데려올 때까지 기다리며 앉아 있었다. 헬렌은 뭔가 영감이라도 얻을 수 있을까 싶어서 벽을 이리저리 찬찬히 훑어봤다. 행복한 가족의 모습을 찍은 몇 장 안 되는 사진 속에서 엄마와 아빠와 그들의 소중한 딸이 헬렌을 뚫어지게 바라보면서 그녀의 무지를 비웃었다.

에이미는 극히 공격적으로 보였다. 돌이키고 싶지 않은 악몽 속으로 다시 등 떠밀려 들어가야 한다는 사실이 너무 화가 나는 모양이었다. 그녀는 실로 오랜만에 정말로 잠이 들었던 참이었기에 헬렌은 그녀에게 다시 활력을 불어넣기 위해 무척이나 고생해야 했다.

그러나 에이미는 자신이 악당의 손에 내던져진 것이 아닐지도 모른다는 사실을 천천히 깨달아가기 시작했고, 어느 순간부터는 헬렌의 질문에 매우 열심히, 그리고 정직하게 대답을 해주기 시작했다.

에이미는 살면서 경찰과 곤란한 지경에 이른 적이 한 번도 없었고, 헬렌을 만난 적이 없다는 사실도 확신할 수 있었다. 그렇다면 샘은 경찰에게 심문을 받거나 한 적이 있었을까? 그녀가 아는 한은 없었다. 그는 장래 변호사가 되고자 했고, 따라서 단 한 번이라도 법적인 문제에 휘말리게 되는 날에는 자신이 선택한 직업에 종사하기 힘들게 되리라는 사실을 늘 확실히 인지하고 있었다. 그런 탓에 어떤 이들은 그를 따분한 사람이라고 생각했지만, 에이미는 그의 견실함과 신뢰성을 높이 평가했다. 그는 늘 에이미 편에 서 있는 사람이었다. 그녀가 등 뒤에서 그를 쏘아 죽이기 전까지는.

에이미는 다시 입을 꽉 다물었다. 다시 한번 죄책감이 양심 속으로 파고들어 그녀를 바닥까지 끌어내리는 중이었다. 에이미의 엄마가 딸을 침실까지 데려다주겠다고 했지만, 헬렌은 그녀와 남편이 거실에 남아서 헬렌의 질문에 답해주기를 청했다. 다이앤 앤더슨은 묻는 말에 아주 짧은 답변만을 할 뿐이었고, 마침내 헬렌의 인내심이 바닥을 드러냈다. 그녀는 자리에 앉아 질문에 정확히 답변하지 않는다면 체포를 하겠다는 협박을 해야 했다. 결국, 앤더슨 부인은 헬렌의 말에 수긍했고, 이어지는 30분 동안 헬렌은 그들의 삶에 관해 몇 가지 질문을 던졌다.

에이미의 부모는 혹시 살면서 법적인 문제에 휘말린 적이 있었을까? 전에 한 번이라도 헬렌을 만난 적이 있지는 않을까? 그러나 3년 전 남편 리처드가 딱 한 번 음주운전으로 걸린 것을 제외하고 그들이 법적으로 문제를 일으켰던 적은 한 번도 없었다. 그렇다면 벤과의 관계는? 혹은 마리나 애나와의 관련성은? 헬렌이 여러 각도에서 질문을 던져봤지만, 소용이 없었다. 그들이 살아온 과정과 배경은 다른 희생자들과는 완전히 달랐다.

에이미의 아빠가 헬렌을 문까지 배웅했다. 그녀는 늦은 밤 그들을 방문해서 아무런 결실도 얻지 못한 채 자신의 얼굴에 먹칠만 하고 말았다. 헬렌은 피해자들 간에 뭔가 관련이 있다는 사실은 확신했지만, 아직은 그것이 무엇인지 전혀 감을 잡을 수 없었다.

40

경찰서 주차장에 오토바이를 주차하고 있을 때, 헬렌은 뒤에서 가까이 다가오는 발자국 소리를 들었다. 누군가 어깨 위에 손을 올려놓았을 때, 그녀는 소스라치게 놀랐지만, 곧 그럴 필요가 없다는 것을 느꼈다. 누구인지 감이 왔기 때문이었다.

마크는 헬렌의 휴대전화에 셀 수도 없이 많은 메시지를 남겨 놓았다. 내내 헬렌을 걱정하고 있던 참이었다.

"괜찮아요?"

대답하기 힘든 질문이었기에 헬렌은 그저 고개만 끄덕였다.

"마리의 아파트에서 왜 그렇게 빨리 나가버렸어요? 얘기 나눌 기회도 없었잖아요."

"난 괜찮아, 마크. 그때는 감당하기가 힘들었는데, 지금은 괜찮아. 그냥 잠시 혼자 있고 싶었어."

"그래요, 그 기분 알아요."

그러나 마크는 확신할 수 없었다. 헬렌은 너무도 불안정해 보이면서, 또 한편으로는 너무도 무심한 듯 보였다. 사건 현장에서 헬렌은 눈물을 보였고, 그것은 모두를 놀라게 했다. 그런데 지금 그녀는 정확히 파악하기 힘든 평소의 모습으로 돌아와 있었다. 그는 헬렌이 감정을 밖으로 드러내는 사람이라고는 생각지 않았다. 또한, 그녀가 체육관에서 운동하는 모습을 본 적도 없었다. 게다가 남자친구도 남편도 아이도 없었다. 대체 헬렌은 자신의 감정을 어떤 식으로 발산하는 걸까? 적어도 그는 감정을 발산하는 방식이 확실했다. 술집으로 향하는 것이다. 헬렌은 수수께끼 덩어리였다. 자신에 관해서는 아무것도 드러내지 않았다. 마크는 그 사실이 너무도 당황스러웠다.

"고마워, 마크."

그녀가 그의 팔에 손을 얹어 잠시 꽉 쥐었다가 놓고는 경찰서 안으로 걸어 들어갔다. 잠시 동안 마크는 다시 십 대로 되돌아가기라도 한 듯이 헬렌의 그 사소한 행동에 바보처럼 기분이 들떴다.

"일단 지금 우리가 가진 걸 검토해보지."

헬렌은 증거를 검토하기 위해 팀원들을 모두 수사본부 안으로 집결시켰다.

"목격자?"

"지금까지는 없습니다." 브리지스 수사관이 대답했다. "아직 현장에들 나가 있는데, 대부분이 보상을 바라는 마약중독자와 관심병 환자들밖에 없습니다. 짙은 색 차가 서 있는 걸 봤다는 사람도 있고, 오토바이 한 대를 봤다는 사람도 있고, 또 누구는 UFO를 봤다고 하고……. 제보 전화도 많이 들어오기는 하는데, 할머니나 애들 장난 전화가 대부분입니다."

헬렌은 자신이 대체 무엇을 기대하고 있었을까 한심한 기분마저 들었다. 마리와 애나는 적어도 그곳에 거의 두 주 동안 갇혀 있었던 게 분명했다. 그러니 누가 그렇게 한참 전의 일을 기억하겠는가?

"좋아, 법의학 보고서는?"

찰리가 대답하기 위해 나섰다. 아무리 듣기 좋게 포장한다고 해서 달라지는 게 뭐가 있겠는가.

"희생자 두 명 모두 극도로 쇠약해진 상태였고, 탈수도 극심하게 진행돼 있었답니다. 애나 스토리의 사인은 질식사예요. 아이의 침과 콧물이 묻어 있는 베개가 시체 가까운 곳에서 발견됐습니다."

헬렌은 반응을 보이지 않으려 애를 썼다. 사랑에서 비롯된 행동이었겠지만, 어쨌든 결국 마리가 자신의 딸을 죽인 것이다. 헬렌은 그 사실 때문에 더 마음이 아팠다. 찰리가 계속 말을 이었다.

"마리 스토리는 복합 장기부전에 의한 심장마비로 사망했습니다. 굶주림과 탈수증이 원인이었고요."

마크는 이 간단한 단어들이 헬렌에게 미치는 영향을 가만히 지켜보고 있었다. 방 안에 있는 모두가 다 함께 지켜봤다. 그래서 그는 얼른 자신이 가진 좋은 소식을 털어놓기 시작했다.

"현장 인근에는 CCTV가 한 대도 없습니다. 오래전에 다 파손됐습니다. 과학수사대가 건물 전체를 꼭대기부터 바닥까지 샅샅이 조사해봤지만, 아무것도 나오지 않았다고 합니다. 그런데 타워 출입구 옆에 있는 화단 가장자리에서 부분 발자국 하나를 발견했습니다. 사이즈가 255쯤 되는 하이힐 발자국이에요. 정복 경찰들이 연두색 두꺼운 외투와 카파 모자를 쓴 여자 사진을 하나 들고 탐문 수사를 하고 있습니다. 혹시 사진을 보면 기억나는 게 있을지도 몰라서요."

"좋아. 총에 관해서는 뭐 나온 거 없나?"

헬렌이 물었다.

"발견했을 때 총알이 장전돼 있었습니다. 사용한 흔적이 없더군요." 맥앤드루 수사관이 경찰봉을 뽑아들며 말했다. "스미스 & 웨슨이고, 1990년대 초반에 제조된 것 같습니다. 벤 홀란드의 총은 글록 Glock이었고, 샘 피셔를 죽인 건 개조한 타우러스Taurus였습니다."

"총기는 어디서 다 구한 걸까?" 헬렌이 물었다. "범인이 전직 군인이었을까? 경찰? 지난해 자진신고 기간에 수거한 총기들 중에서 혹시 사라진 게 있지는 않나 확인해 보도록 하지."

맥앤드루가 헬렌의 명령을 수행하기 위해 총총히 방을 나갔다. 내놓을만한 구체적인 증거라고는 하나도 없었다. 사용된 진정제는 처방전 없이도 살 수 있는 종류였고, 전화도 선불폰이라 계약 같은 것이 필요 없었다. 또한, 이 카멜레온 같은 살인마를 설명해줄 목격자의 진술도 전혀 얻을 수가 없었다.

그러니 그들이 매달릴 것이라고는 범행 패턴과 동기뿐이었다. 대체 '그 여자'는 **왜** 이런 짓을 저지르는 걸까? 그녀는 자기 희생자들에게 악마의 이니 미니 마이니 모(eeny meeny miny moe; 아이들이 하는 '어느 것을 고를까요, 알아맞혀 보세요. 딩동댕!'게임과 비슷한 선택 게임 - 옮긴이) 게임을 하도록 강요했다.

희생자보다 총을 쏜 사람이 궁극적으로는 더 고통받게 되리라는 사실을 확신하고 있었다. 생존자가 평생 떠안고 갈 심리적 외상이 목적이고 기쁨이었을까? 헬렌은 이 질문을 펼쳐 놓았다. 만약 그렇다면, 살인자는 자기 희생자들이 고통받는 모습을 지켜보며 승리의 기쁨을 만끽하기 위해 다시 돌아오지 않을까? 그건 다시 말해, 그들이 에이미와 피터의 주위에 더 많은 감시 인력을 보충해야 한다는 의미일지도 몰랐다. 제반 경비가 엄청나게 치솟겠지만, 해볼 만한 가치가 있을 것 같았다.

"어느 쪽이 살해될지 살인자는 어떻게 알았을까요?"

찰리가 물었다.

"좋은 질문이야. 그 여자가 어느 쪽이 살해될지 예측할 수 있을 만큼 정말 그 사람들에 관해 잘 알고 있었으리라고 생각해?"

헬렌이 되물었다.

"아니요, 그럴 수는 없을 겁니다, 안 그래요?

샌더슨 수사관이 대답했다. 헬렌도 그 말에 동의했다.

"그럴 가능성은 희박해. 범인은 극도의 압박 상황에서 사람들이 어떤 식으로 반응할지 전혀 예측할 수 없었을 거야. 그렇게 보면, 희생자들이 완전히 무작위로 선택된 게 아니겠느냐는 생각이 떠오르지 않아?"

그게 훨씬 그럴듯한 가정이었다. 어떤 연쇄살인마는 치밀한 계획하에 희생자를 선택하지만, 대부분은 그저 그때그때 눈에 보이는 희생자를 선택했다. 프레드 웨스트는 히치 하이커들만 납치했고, 이안 브래디는 학교에 무단결석하는 아이들만 선택했으며, 요크셔 리퍼는 닥치는 대로 아무나 잡아가지 않았던가……

그렇지만 헬렌은 희생자 중에 세 명을 개인적으로 알고 있었다. 헬렌은 이 사실을 털어놨다. 그러나 다들 입을 다물고 아무런 반응도 하지 않았다. 헬렌은 대체 무엇을 기대하고 있었을까? 그녀에게 모든 책임을 돌리는 뭔가 획기적인 이론이나 그녀가 희생자들과 개인적인 친분이 있었다는 사실이 중요하다는 것을 강하고 단호하게 부정하는 반응 같은 것을 기대하지 않았을까? 그러나 헬렌은 아무것도 얻지 못했다. 에이미는 한 번도 만난 적이 없었다는 사실을 마크가 지적했기 때문이었다. 물론 그가 옳았다. 헬렌의 이론이 흥미롭기는 했지만, 딱 맞아 떨어지지는 않았다. 에이미가 겉돌았다. 그녀가 포함되면 패턴이라는 게 나오지 않았다.

"희생자들이 모두 손쉬운 표적이라 선택했던 것은 아닐까요?" 찰리가 다시 한번 끼어들었다. "모두 고립돼 있었고, 도움에 목말라 있었잖아요."

동의의 웅성거림이 흘러나왔다.

"에이미와 샘은 조용한 커플이었어요. 에이미는 별로 사교적이지도 않았고, 샘도 마찬가지였죠. 가까운 친구 몇 명하고만 어울리면서 사생활을 중시했어요. 벤 홀란드는 시간이 지나면서 차츰 자신감도 느끼게 되고 약혼도 했지만, 결혼식을 몇 주 앞둔 시점에서도 여전히 외톨이였죠. 애나와 마리는 세상에 단둘밖에 없었고요. 어쩌면 살인자는 희생자들이 외톨이라서 쉽게 상대할 수 있다는 생각에 그들을 목표로 삼은 게 아닐까요?"

헬렌은 자신도 모르게 고개를 끄덕였다. 하지만 찰리의 추론이 완벽한 논리라고는 할 수 없었다. 다시 말해, 그들이 반드시 손쉬운 표적의 반경에 들어가는 것은 아니었다. 에이미는 자기 엄마와 매우 가깝게 지냈고, 샘의 모친은 그의 삶에서 매우 활기찬 영역에 속한 사람이었다. 벤은 곧 결혼할 약혼녀가 있었다. 따라서 외톨이가 아니라, 오히려 외톨이 범주에서 확실히 제외되어도 좋을 사람이었다. 물론 애나와 마리는 누구의 레이더망에도 걸리지 않았겠지만, 그래도 결국에는 사회복지국에서 그들의 시신을 찾아냈을 것이다.

사건 해결의 열쇠는 희생자 간의 관련성을 찾아내는 데 있을 것이다. 아니면, 그들이 단지 쌍으로 다녔기 때문에 납치됐다는 사실을 증명해 내야 했다.

헬렌은 회의를 끝냈다. 그리고 모두에게 임무를 부여했다. 부하들은 헬렌에게 앙심을 품고 있을 가능성이 큰 전과자 모두와, 지독한 가학증이 있으면서 특히 게임 벌이는 데 관심이 많은 살인자의 자료를 모두 뽑아내야 했다. 물론 헬렌은 그중에서 범인이 나타나리라는 기대 같은 건 전혀 하지 않았다.

이것은 그냥 수수께끼였다. 그게 다였다.

41

피터 브라잇스톤이 갑자기 다시 일터로 돌아가겠다고 선언했을 때, 모두가 놀라고 말았다. 그의 동료 이사들은 석 달 정도, 혹은 원한다면 여섯 달까지라도 집에서 쉬는 게 어떻겠냐고 제안했다. 한편으로는 그를 걱정해서 하는 말이었지만, 실은 그를 다시 회사에 받아들이면 사람들이 어떻게 받아들일지 모른다는 사실 때문에 두려움을 느낀 탓이 더 컸다. 사실 피터가 막돼먹은 사람이기는 했지만 기본적으로는 다들 그를 좋아했다. 그가 해상법에 관해서는 손바닥 들여다보듯이 속속들이 다 알고 있기 때문이었다.

하지만 그가 벤을 찔러 죽였다. 동료를 살해했다. 게다가 인사부 매뉴얼에는 그런 직원을 어떻게 다루어야 할지에 관해서는 아무런 지침사항이 없었다. 다들 그가 기소되지 않으리라고 추측했다. 경찰은 그에 대해 아무런 언급이 없었지만, 피터의 사건을 단지 끔찍한 사고에 불과했다고 넌지시 암시하고 있었다. 그리고 피터는 모두가 두려워하면서도 간절히 알고 싶어 하는 사건의 세부사항에 관해서는 입을 꾹 다문 채 경찰이 시키는 대로만 하고 있었다.

그는 몇 주간의 휴식과 회복 후에 다시 나타났지만, 그것은 의사와 상담사의 조언에 반하는 짓이었다. 그러나 피터는 단호했다. 1월은 그들에게 늘 바쁜 달이었다. 그리고 그들이 뭘 어쩔 수 있겠는가? 어떤 혐의로도 기소되지 않은 그를 무조건 내친다고? 사고 하나 냈다고 해서 20년에 이르는 법조계 경력을 끝장내고, 그를 쓰레기처럼 내던져 버린다고? 진실은 아무도 무엇을 어떻게 해야 할지 전혀 알지 못한다는 것이었다. 따라서 그들은 예상대로 아무 조치도 취하지 않았다.

피터는 늘 그랬듯이 월요일 아침에 가장 먼저 회사에 도착했다. 그가 이메일 몇 통을 보내고 몇 잔의 커피를 따라 마시는 동안 회사는 이상하리만치 쉬쉬거리는 분위기였다. 그리고 아무도 그와 미팅 일정을 잡지 않았다. 그저 **서두르지 말고 천천히 업무로 복귀하라**고 한마디씩 할 뿐이었다. 그리고 몇몇은 서둘러 본머스 사무실로 떠날 구실을 찾아냈고, 또 몇몇은 고객과 길게 이어질 점심 약속을 잡고는 밖으로 나갔다. 피터는 회사로 복귀하기 위해 마음을 단단히 먹고 만반의 준비를 했지만, 그의 건강과 안녕을 물어오는 정중한 질문들은 겨우 30분 정도밖에 지속되지 않았고, 그 후로는 모든 게 원래 상태로 돌아갔다.

텅 빈 의자 하나를 제외하고는 그랬다. 아직 벤의 자리가 공석으로 남아 있는 탓이었다. 장례를 치른 지도 얼마 되지 않은 시점이라, 그의 책상과 의자는 텅 빈 채 그대로 놓여 있었다. 그의 개인 물품은 모두 정리되어 약혼녀에게 보내진 후였다. 따라서 그의 자리는 완전히 벌거벗은 나신처럼 보였다. 한때는 사람이 있었던 곳에 텅 빈 구멍 하나만 덩그렇게 남아 있었다.

그리고 그것은 피터의 시선 속에 있었다. 모두의 시선 속에 있었다. 무슨 일이 있었는지 끊임없이 상기시키는 대상이었다. 경영진에서부터 구내식당 직원에 이르기까지 모든 사람이 피터가 힘든 시간을 보내게 되리라고 예상했다. 그러나 아무도 예상치 못했던 것은, 그가 회사로 돌아온 첫날, 오후 3시 30분에 사무실 옥상으로 올라가서 아내의 이름을 외쳐 부르며 난간 위로 몸을 던져 결국 죽음에 이르고 말리라는 사실이었다.

42

일본? 호주? 멕시코?

내가 어렸을 때 집에는 지구본이 하나 있었다. 안쪽에 전구가 있어 불이 들어오는 종류였다. 그게 왜, 그리고 어떻게 해서 우리 손에 들어오게 되었는지는 아무도 몰랐다. 우리는 학식 있는 가족이 아니었다. 엄마의 지리 실력은 근처 주류판매점까지 혼자 갈 수 있는 정도밖에 되지 않았다. 그러나 나는 그 지구본을 정말 좋아했다. 그 위에 내 모든 환상이 얹혀 있었다. 그 부드러운 표면을 손으로 쓰다듬으며 대륙과 대륙 사이를 몇 초 만에 건너뛰다 보면 내가 자유롭다는 상상도 쉽게 할 수 있었다.

나는 긴 여행을 대비해 배낭에 식량을 가득 채운 채로(제이미 도저 비스킷은 반드시 넣어가야 했다) 항구까지 차를 얻어타고 가는 내 모습을 상상해봤다. 나는 내 몸뚱이만큼이나 커다란 고리로 연결된 미끄러운 앵커 체인(선박의 닻에 연결하여 선박의 계류 및 닻을 감아올리는 데 사용하는 사슬 – 옮긴이)을 기어 올라갈 테고, 일단 갑판 위에 도착하면 구명보트 속으로 몰래 들어가 몸을 숨길 것이다. 거대한 선박이 서서히 움직여 육지에서 차츰 멀어지는 동안 내 몸은 기쁨으로 전율할 테고, 배가 대양을 가로질러 가서 대륙을 지나쳐 갈 때면 그제야 나는 안전하다는 사실을 깨닫고 내 작은 은신처에서 기어 나올 것이다.

마침내 우리는 어딘가 머나먼 이국땅에 도착하게 되겠지. 그러면 나는 다시 체인을 타고 아래로 내려가 새로운 땅에 두 발을 딛고 서리라. 나의 새로운 땅에. 이제 새로운 모험이 시작된 것이다.

때로 환상은 위험스러울 만큼 현실 가까이로 방향을 틀었다. 나는 두 개의 비닐봉지를 챙겨 그 안에 삼각형 치즈와 클럽 비스킷과 흰곰팡이가 핀 침낭 하나를 집어넣는다. 그리고 집 밖으로 나가 등 뒤로 조용히 문을 닫는다. 오줌 냄새가 진동하는 복도를 따라가다가 거리로 나선다. 이제 자유다.

그러나 무언가가, 아니 누군가가 날 다시 집으로 돌아가게끔 잡아끌었다. 아파트 부지를 채 벗어나기도 전에 집으로 돌아가게끔 이끌었다.

바로 네가 늘 나를 집으로 돌아가게 했지.

43

목을 길게 빼고 들여다보는 구경꾼들은 늘 손쉬운 표적이다, 안 그런가? 구경꾼이란 다른 사람의 불운을 먹고 사는, 시체를 파먹는 악귀나 다름없다. 그러나 우리 중 어느 누가 자신은 절대로 구경꾼이 되지 않을 자신이 있다고 말할 수 있겠는가? 고속도로에서 일어난 다중 추돌사고 현장을 천천히 지나쳐 가는 동안, 혹은 경찰 저지선 근처를 어슬렁거리는 동안에도 자신은 절대 바라보지 않았다고 누가 떳떳하게 주장할 수 있겠는가? 대체 우리는 무엇을 보고자 하는 것일까? 생명의 징후? 죽음의 징후?

피터 브라잇스톤은 확실히 엄청난 구경꾼을 불러모았다. 그들은 90킬로그램의 살덩어리가 포장도로 위로 추락하면 어떤 모습일까 보고 싶어 안달이 나 있었다. 헬렌과 팀원들은 응급구조대원들이 도착한 직후 바로 현장에 도착했다. 그러나 시체를 수습하는 일을 하는 가여운 사람들과는 달리, 헬렌과 찰리와 마크는 피터에게는 관심이 없었다. 그의 동료들이 그가 뛰어내리는 모습을 목격했으니 사인에는 의문의 여지가 없었다. 그저 단순한 자살 사건이었다. 헬렌의 관심은 구경꾼들에게 있었다. 이 아수라장을 즐겁게 관람하고 있는 사람들이 그녀의 관심을 끌었다.

살인자가 자신이 풀어준 희생자들에게서 완전히 관심을 거두지는 않았으리라는 것이 헬렌의 직감이었다. 피터의 자살은 살인자가 바라는 희망과 꿈의 절정임이 분명했다. 그는 희생자들이 납치범에 의해 강요당한 죄책감에서 헤어나오지 못했음을 여실히 보여주는 증거물이었다. 심지어 이번에는 살인자 자신은 아무 일도 할 필요가 없었다. 그저 뒤로 기대앉아서 자신이 완성해 놓은 작품을 즐겁게 감상만 하면 되는 것이다. 그리고 솔직히 당신도 그 장면이 보고 싶지 않을까?

그렇기에 그들은 카메라를 가져왔다. 그리고 여러 은밀한 위치에서, 예를 들어 높은 장소나 거리 이곳저곳에서 군중을 주시하며, 한 중년 남성의 절망에 쏟아붓는 그들의 소름끼치는 관심을 촬영해 기록했다.

나중에 그 자료 화면을 검토하는 일도 참으로 우울한 일이었다. 그들은 피터의 아내 사라가 나타나는 장면도 볼 수 있었다. 그녀는 거의 미친 사람처럼 정신이 나가 있었다. 사라는 피터가 납치되었다가 기이한 상황에서 풀려나게 된 사건의 충격에서도 아직 벗어나지 못한 상태였다. 또한 남편을 꽁꽁 에워싸고 있던 침울함을 꿰뚫고 들어가지도 못했었다. 그녀는 남편에게 여러 명의 심리상담가를 소개해주었지만, 그럼에도 그의 두꺼운 갑옷을 뚫고 들어가기에는 역부족이었다. 그런데 결국 이런 일이 생기고 말았다. 그녀의 세상 전부가, 그리고 그 속에 있던 그녀의 자리가 몇 주 만에 완전히 다 파괴돼 버리고 말았다. 얼마 전만 하더라도 그곳은 사교육, 스키여행, 고요함과 만족스러움을 만끽할 수 있던 참으로 편안하고 안락한 장소였다. 이제 그 세상은 악과 가학증과 위험만이 가득 찬 암흑천지로 변해 버렸다.

"그 부분 좀 빠르게 감아버리지."

헬렌이 제안했고, 아무도 반대하지 않았다. 화면이 빠르게 지나갔고, 잠시 후 제 속도로 돌아왔다. 응급구조대원과 구경꾼의 행렬이 끝도 없이 이어졌다.

"우린 지금 165에서 175 정도 되는 중간 키에 날씬한 여성을 찾고 있는 겁니다. 매부리코에 입술은 두툼해요. 가슴은 보통에서 풍만한 정도고. 귀에 피어싱을 했어요."

마크가 팀원들에게 찾아야 할 대상을 다시 한번 상기시켰다. 하지만 자기 입으로 말했음에도, 마크 역시 괜히 시간만 낭비하고 앉아 있는 것이 아니겠느냐는 의구심이 일었다. 비록 영상 속에 살인자의 모습이 담겨 있다 하더라도, 그들이 그 여자를 알아볼 수 있었을까? 수사본부 안에는 에이미와 찰리가 함께 조합해서 컴퓨터 합성으로 만들어낸 범인의 몽타주가 보드에 붙어 있었지만, 임시변통으로 급조해 놓은 것이고 머리 색깔도 달랐으며 이런저런 면에서 허술했다. 그러니 살인자를 정면으로 마주 보고 서 있어도 알아보지 못하는 것은 아닐까? 잠시 후 촬영물 상영이 끝이 났다.

"이제 어떻게 하실 거예요, 반장님?"

찰리가 물었다. 그들은 영상을 두 번이나 돌려봤지만, 관심이 가는 대상을 찾아낸 대원은 아무도 없었다. 그러나 영상에 등장하는 모든 사람을 일일이 확인해 보기는 쉽지 않았다. 화면에 너무 많은 사람이 한꺼번에 오가고 있었다. 따라서 잠시 망설이다가 헬렌이 대꾸했다.

"한 번만 더 돌려보지."

그들은 다시 한번 자리를 잡고 앉았다. 마크는 모두에게 자신의 오레오 과자를 돌렸다. 모두 당분이 절실히 필요했기에 마크가 은밀히 감춰두고 혼자만 먹던 군것질거리를 고맙게 받아 들었다. 그들은 다시 한번 화면에 시선을 고정했고, 전보다 더 열심히 집중해서 바라봤다.

"저기!"

찰리가 소리를 질러 마크와 헬렌을 펄쩍 뛰어오르게 했다. 그러고는 영상을 뒤로 돌리다가 갑작스럽게 멈췄다.

"저기 좀 보세요."

찰리는 군중 속에 깊숙이 숨어 있는 한 여성을 가리켰다. 그녀는 응급구조 대원들이 시체가방을 수레에 태우는 모습을 지켜보고 있었다.

"이 화면을 조금만 확대해보면, 훨씬 잘 볼 수 있을……."

"저 여자가 누군데?"

헬렌이 물었다.

"전에도 본 적이 있거든요. 벤 홀란드의 장례식에서요. 혼자 왔다가 장례식이 끝나자마자 사라져 버렸어요. 그때는 별로 관심을 두지 않았었는데, 생각해보니까 당시 저 여자가 누군가와 대화 나누는 걸 전혀 보지 못했거든요."

이제 여자의 얼굴이 화면에 확대되어 있었다. 이것이 바로 그들이 찾는 연쇄살인마를 그들이 처음으로 만나는 것일까? 모두 여자의 얼굴을 자세히 살펴봤다. 마른 얼굴에 높은 매부리코, 금발 단발머리, 잘 차려입은 옷, 점잖아 보이는 외모였다. 몽타주 속의 여자라고 볼 수도 있을 듯했다. 하지만 화면만으로 단정 짓기는 정말 힘들었다. 뭔가를 간절히 원하면 때로 인간의 눈이 자기 자신을 속이는 경우도 있기 때문이다.

앤더슨 가족을 만나러 운전해 가는 동안, 헬렌은 상당히 깊은 안도감을 느꼈다. 그리고 또 한 가지, 희망도 느껴졌다. 마침내 뭔가 할 일이 생겼다는 느낌이었다. 헬렌은 마크가 운전하는 동안 프린트로 출력한 용의자의 모습을 뚫어지게 바라봤다. 대체 이 여자는 누굴까?

그들은 평소와 마찬가지로 별로 환영받지 못하는 분위기 속에 앤더슨 가족의 집으로 들어갔다. 희생자들에게는 경찰의 도움이 절실함에도, 그들이 경찰에게 적개심을 품는 모습을 보면 어이가 없을 때가 많았다. 거실에 앉아 있는 동안, 헬렌은 시간을 낭비하고 싶지 않은 마음에 요점을 털어놨다.

"용의자의 사진 한 장을 가져왔어요. 그러니 에이미가 한번 봐줬으면 좋겠어요." 이 말이 떨어지자마자 가족들의 표정이 달라지며 관심을 드러냈다. 헬렌은 에이미의 부모가 시선을 교환하는 것을 알아차렸다. 그들도 희망을 품기 시작하는 걸까? 그녀가 에이미에게 프린트한 사진을 건네주었다. 에이미는 자세히 들여다보다가 잠시 눈을 감았다. 납치범의 모습이 마음의 눈 속에 다시 떠오르기를 기원하는 듯했다. 침묵이 흘렀다. 그녀가 다시 눈을 떴다. 그리고 다시 사진을 바라봤다. 그렇게 오랫동안, 계속 입을 다물고 있었다. 그리고 말했다.

"그 여자일 수도 있겠어요."

일 수도 있다고?

"얼마나 확신해요, 에이미?"

"글쎄요, 뭐라고 답하기가 그러네요. 확신하려면 눈앞에서 봐야 할 것 같아요. 그렇지만 확실히 그 여자일 수도 있어요. 머리카락, 코……, 그래요, 그 여자일 수도 있어요."

완벽하지는 않았지만 지금은 이 정도면 충분했다. 에이미는 부모님에게 사진을 건넸다. 그들은 자신들의 딸을 납치해갔던 그 괴물의 모습을 보고 싶은 마음에 안절부절못하고 있었다. 헬렌은 그들에게서 사진을 빼앗아 버리고 싶었다. 한가롭게 사진이나 돌려보고 있을 때가 아니라는 생각이 들었다.

"나, 이 여자 알아요."

다이앤 앤더슨의 갈라진 목소리가 선명하게 울려왔다. 잠시 동안 아무도 아무 말도 하지 않았다. 그러다가 헬렌이 대꾸했다.

"지금 그 여자를 전에 본 적이 있다고 말씀하시는 건가요?"

"만난 적이 있어요. 대화도 나눠봤어요. 누군지 알아요."

헬렌은 마크를 바라봤다. 마침내 희생자들 사이에 하나의 관련성이 발견된 것이다. 여기까지 오는 데 너무도 오랜 시간이 걸렸다. 그러나 이제 그들은 유력한 용의자를 찾아냈다. 헬렌은 전신으로 아드레날린이 흘러넘치는 듯한 기분이 들었고, 잠깐이나마 자신이 애초에 경찰이 되고 싶어 한 이유를 떠올렸다.

44

　그녀의 흥분은 오래가지 않았다. 앤더슨 가족의 집을 막 나섰을 때, 헬렌은 에밀리아 개라니타의 선명한 붉은색 피아트 자동차가 두 사람의 출발을 저지하며 차량 진입로를 가로질러 주차된 것을 알아봤다. 그리고 에밀리아가 시치미를 뚝 뗀 표정으로 가까이 다가오는 중이었다.

　"경찰의 업무를 방해하면 어떤 벌을 받게 되는지 알아요, 에밀리아?"

　"그렇지만 이 방법 외에는 달리 대화를 나눌 길이 없잖아요, 안 그래요?" 그녀가 순진한 척 대꾸했다. "전화를 걸어도 답도 안 주시고, 공보관들은 사건에 관해 저보다도 아는 게 없으니, 제가 뭘 어떻게 할 수 있겠어요?"

　"차 치워요."

　마크가 참지 못하고 한 마디 뱉었지만, 돌아온 거라고는 경멸의 시선뿐이었다.

　"피터 브라잇스톤에 관해서 대화를 좀 나누고 싶어요."

　에밀리아가 말을 이었다.

　"비극이죠."

　"벤의 사고가 있은 지 얼마 되지도 않아 자살하다니 이상하잖아요. 벤의 죽음은 그냥 단순 사고였는데, 안 그래요?"

　"그게 우리가 아는 전부예요."

　"그런데 피터의 회사 직원들 몇몇이 그가 벤을 죽였다는 소문을 내고 다니는 것 같더라고요. 이 점에 관해 뭐 하실 말씀 없으세요, 반장님?"

"사람들은 늘 뭔가에 관해 추측을 해대죠. 당신도 잘 알잖아요, 에밀리아." 헬렌은 다른 사람의 손바닥 위에서 놀아나고 싶은 생각이 전혀 없었다. "뭐 달라지는 게 있으면, 나중에라도 알려 드릴게요. 그렇지만 지금은 딱히……."

"두 사람 사이가 왜 벌어진 건가요? 사랑? 돈? 두 사람 게이였어요?"

헬렌은 그녀를 밀치고 지나갔다.

"에밀리아, 시간 낭비하게 하지 마세요. 그리고 내가 지난번에 확인해 보니까 지금 이러는 거 범죄행위에 해당하더라고요."

헬렌과 마크는 아무런 표식이 없는 수사용 경찰차에 올라탔다. 마크가 차에 시동을 걸고는 잡아먹을 듯이 에밀리아를 노려봤다. 그녀는 비웃듯이 그를 바라보고는 천천히 자신의 차로 걸어갔다. 헬렌은 애나와 마리가 좀 전의 대화 속에 등장하지 않았다는 사실이 안심도 되고 기쁘기도 했다. 두 사람의 사인은 자연사로 발표되었고, 아무도 그 사실에 의문을 제기하지 않았다. 아직까지는.

차를 타고 가는 동안, 헬렌은 미행이 붙지는 않았는지 확실히 하기 위해 백미러를 계속 주시했다. 이번에는 에밀리아도 신중하게 행동하는 것이 진정한 용기라는 사실을 깨달았는지 추격을 포기한 듯했다. 헬렌은 깊이 안도의 한숨을 내쉬었다. 이제부터 그녀가 하려고 맘먹은 일에 관객이 한 명이라도 따라붙을 가능성은 전혀 없을 듯했다.

45

헬렌이 해나 미커리의 집 앞에 도착했을 때, 해나는 디너파티 준비에 한창이었다. 그녀는 웹사이트에 등장한 모습과 조금도 다름 없이 매우 점잖고 아름다운 모습이었다. 돈이 인간에게 무엇을 해줄 수 있는지 보여주는 최고의 예시라 할만했다. 손님이 도착하기를 기대하며 미리 디캔팅(와인이 숨을 쉬어 불필요한 이산화탄소나 알코올 향 등이 날아가게 함으로써 본연의 향과 맛을 느낄 수 있게 하려고 넓은 용기에 미리 부어 놓는 과정 - 옮긴이) 해놓은 클로 부조 와인의 향이 부유함의 느낌을 더욱 강화해 주었다.

해나 미커리는 정말 많은 것을 소유하고 있었기에, 헬렌은 그녀가 최상의 신붓감이 되리라고 짐작했다. 그러나 그녀는 혼자 살았다. 그것이 헬렌을 강타한 첫 번째 호기심이었다. 후에, 심문과정에서 해나 미커리는 그것이 자기 일 때문이라고 주장했다. 고객에게 너무 많은 시간을 쏟아 부어야 해서 사교활동이나 데이트에 시간을 낼 여유가 거의 없다는 것이 그녀의 주장이었다. 헬렌이 망쳐버린 디너파티도 그녀의 불규칙한 업무 일정 때문에 벌써 두 번이나 연기했던 것이라고 했다. 무례하게 침입해 들어간 헬렌을 향한 해나의 분노가 방 안으로 날카롭게 퍼져 나갔다.

그녀는 변호사를 대동했다. 그 역시 비싼 변호사였다. 해나 미커리는 항상 그가 끼어들기를 기다렸고, 그가 답변하지 않을 경우에만 자신이 질문에 답을 했다. 그들은 매우 강하고 신중하며 신뢰도 깊은 팀이었다. 그들을 소송까지 이끌어간다고 할지라도 둘의 평판을 떨어트리기는 쉽지 않을 듯했다. 해나 미커리는 자신이 피터의 사망 장소에 있었던 것은 벤과의 인연 때문이라고 했다. 그녀는 벤이 어린 시절 꿈찍한 사건을 겪은 이후 한동안 그를 상담했던 심리치료사였다. 살인 사건은 자살사건보다 훨씬 더 끔찍한 경우였다. 적어도 자살은 그 철저한 공허함과 절망 속에 비극의 차원이 놓여 있었다. 그러나 아버지가 가족을 완전히 파괴해 버리는 모습을 목격한 어린 소년을 어떻게 이끌어 갈 수 있겠는가? 내가 사랑한 사람이 내 가족을 다 살해하고 나 혼자만 이 세상에 남겨 놓았다는 사실을 어떻게 감당해 나갈 수 있다는 말인가?

해나는 어린 벤, 혹은 당시 제임스와의 상담에 진척이 있다고 느꼈다. 그리고 3년 후, 제임스가 더는 그녀와 상담을 진행하지 않게 되었을 때, 그는 자신의 두 발로 다시 일어섰다고 말할 수 있을 정도로 회복돼 있었다. 다시 삶을 살아가기 시작한 것이다.

"그 후로도 계속 연락을 했나요?"

헬렌이 말을 끊고 물었다. 이미 한참 전부터 해나의 애정이 넘치는 듯한 회상의 말투에 심기가 불편해진 참이었다.

"아니요, 하지만 계속 그의 삶을 주시하고는 있었어요. 페이스북이나 그런 걸 통해서요."

"왜죠?"

"왜냐하면, 그를 좋아했으니까요. 그가 잘살아가길 바랐어요. 그래서 결혼한다는 소식을 들었을 때는 얼마나 기뻤는지 몰라요."

"그렇다면 그가 살해됐다는 사실을 '발견'했을 때는 기분이 어땠나요?"

"엄청나게 충격을 받았죠. 그럴 수밖에 없잖아요."

그녀의 대답에는 아무 감정도 실려 있지 않았다. 헬렌은 그것을 확실히 느낄 수 있었다.

"그러다가 그의 살인자가 자살했다는 소식을 그의 친구를 통해 들었을 때, 나는…… 글쎄요, 믿기지 않더군요."

"그래서 본인의 눈으로 확인해보고 싶었던 거군요."

"그래요, 그랬던 것 같아요. 그리 볼만한 광경도, 감탄할만한 구경 거리도 아니었지만, 그래도 보고 싶었어요."

"피터 브라잇스톤이 납치됐다가 풀려났을 때, 그에게 상담을 해주 겠다고 제안했다는 게 사실인가요?"

잠시 침묵이 흘렀다. 해나 미커리는 다시 한번 자신의 변호사를 흘끗 바라봤다. 그러고는 대답했다.

"맞아요."

"그가 당신의 친구 벤을 살해한 사람이었음에도 그랬다는 거군 요?"

"피터는 확실히 심각한 상태였어요. 게다가 기소되지 않고 그냥 풀 려⋯⋯."

"그가 심각한 상태라는 사실은 어떻게 알았나요? 그가 석방된 후 에 만난 적이 있나요?"

이번에는 침묵이 더욱 길었다. 정말 긴 침묵이 흘러갔다.

"그의 집으로 한 번 찾아간 적이 있었어요. 초인종을 누르고 그를 만나고 싶다고 했죠. 그리고 상담을 제안했지만, 그는 별로 관심이 없더군요."

"그가 어디 사는지 어떻게 알았나요?"

"그 정도 알아내는 건 어려운 일도 아니죠. 우리가 흔히 신문이라 고 부르는 것에서 알아냈어요."

"그래서 그의 집까지 그를 몰래 스토킹한 거군요."

"지금 사용하신 단어가 상당히 마음에 안 드네요, 형사님."

변호사가 끼어들었다.

"사과드리죠, 샌디 변호사. 그 정도로 민감하게 반응하실 줄은 미처 몰랐어요. 다이앤 앤더슨 부인은 얼마나 오래 치료하셨나요?"

헬렌이 다시 용의자 쪽으로 관심을 돌리며 물었다.

"두 달 정도요. 동료 한 명이 그 부인에게 날 추천했어요. 부인의 가장 친한 친구가 갑작스럽게 사망하고 나서 도움이 필요하던 시기였거든요. 그렇지만 사실 앤더슨 부인은 별로 내켜 하지 않았어요. '약한' 사람이나 심리치료사와 상담을 하는 거라고 느끼는 것 같더군요."

"그 기간에 에이미를 만나본 적이 있나요?"

"아니요. 그렇지만 그녀의 존재는 확실히 인식하고 있었어요."

"그렇다면 에이미가 당신을 알아볼 만한 이유가 전혀 없는 거군요?"

"형사님……."

변호사가 다시 끼어들었다. 그는 이 심문이 어디로 향하고 있는지 확실히 알 수 있었다. 그러나 헬렌은 어쨌든 해나 미커리가 대답을 하게끔 했다.

"맞아요, 우린 만난 적이 없어요."

그들은 알리바이 쪽으로 움직여 갔다. 해나는 에이미가 납치되던 날 밤에 집에 있었다. 혼자 서류 작업을 하고 있었기에 그 사실을 증명해줄 사람은 아무도 없었다. 그러나 벤이 실종됐을 당시에는 고객과 함께 있었다고 주장했다. 그녀는 비서나 조수 없이 혼자 일했다. 따라서 그날의 알리바이도 그녀의 고객이 직접 확인을 해주거나 부인해야만 했다.

"마리 스토리에 관해 얘기해보죠." 해나와 변호사는 이 질문은 예상치 못했던 것이 분명했다. "몇 년 전에 그녀의 남편이 자살한 직후 그녀를 치료한 적이 있더군요."

마크가 이 사실을 찾아냈다. 팀원들이 이 사건을 중심으로 차츰 하나로 결속돼 가는 모습이 흥미롭지 않은가. 해나 미커리와 변호사

사이에 좀 더 많은 얘기가 오가더니, 잠시 후 그녀가 대답했다.

"햄프셔 사회복지국에서 내게 그녀의 상담 건을 배정해 주었어요. 내 기억으로는 마리의 남편이 표백제를 마시고 자살했을 거예요. 힘겨운 삶을 더는 버텨 나가기가 힘들었을 테죠. 그렇지만 엄마 마리는 강인했죠. 애나를 위해 그래야 했을 거예요."

"그들의 이름은 굉장히 잘 기억하는군요."

"원래 기억력이 좋아요."

헬렌은 잠시 아무 대꾸도 하지 않았다.

"최근에 그들을 만난 적이 있나요?"

"아니요."

"통화한 적은요?"

"없어요. 물론 그들의 죽음에 관한 기사는 읽었어요. 아마 결국에는 애나를 돌보는 일이 너무 힘에 겨웠을 거라는 생각이 들더군요. 그렇지만 신문에 난 기사는 내용이 상당히 모호하더라고요."

"왜 마리의 상담을 그만뒀나요?"

"의료보험공단에서 예산을 삭감했어요. 내 결정이 아니었죠."

"상담을 받는 의뢰인들을 어떻게 바라보시나요? 그저 단순히······ 고객으로만 보나요? 아니면, 환자? 친구?"

"난 고객으로 봐요. 내가 도울 수 있는 사람들인 거죠."

"그 사람들이 싫다고 느껴진 적은 없었나요?"

"없었어요. 그들은 좌절감을 느끼고 있을 수는 있지만, 그야 당연한 거니까요."

"정말로 단 한 번도 그들의 약한 모습을 보고, 그러니까 자기 연민에 빠져 있거나 '아, 너무 슬퍼요'라는 식으로 행동하는 것을 보고 무의식적으로 미움 같은 걸 느껴 본 적이 없었나요?"

"없었어요."

그녀는 전문가처럼 요리조리 잘 빠져나갔다. 그리고 잠시 후, 그녀의 변호사가 시간이 다 됐다고 선언했다. 이제 그녀를 보내줘야 할 시간이었다. 기소할만한 거리가 아무것도 없었다. 그러나 헬렌은 상관없었다. 그녀가 해나를 심문하는 동안, 마크가 그녀의 집과 사무실을 수색할 수 있는 영장을 청구해서 받아 뒀기 때문이었다. 원하는 목적을 달성하는 데 꼭 한 가지 방법만 있는 것은 아니었다.

단 한 명의 여성 용의자. 그녀가 세 명의 다른 희생자들과 관련이 있었다. 개인적으로 그들 모두를 알고, 그들이 얼마나 약한지도 알고 있는 여자였다. 이제 그들에게 필요한 것은 증거였다. 수사가 시작된 이래 처음으로, 헬렌은 그들이 마침내 앞으로 한 발자국 내디뎠다는 생각이 들었다.

46

 참으로 묘한 축하연이 아닐 수 없었다. 그녀는 J₂O(과일 향이 첨가
된 탄산음료 - 옮긴이) 병을 손에 쥐고 있었고, 그는 토닉 한 잔을 따
뜻하게 데워질 때까지 손바닥 안에서 굴리고 있었다. 딱히 로큰롤
분위기는 아니었다. 그럼에도 기분은 좋았다. 둘 다 이런 사건을 맡
아본 것은 처음이었다. 연쇄살인은 드문 일이었고, 일어난다 하더라
도 한바탕 피를 흩뿌리는 단기 연속 살인이 대부분이었다. 모든 것
을 파괴해 버리지만 빠르게 자취를 감춰버리는 분노의 폭발이 원인
이었다.

 이번 살인사건에 범인이 쏟아 붓는 관심과 계획의 정도는 전례를
찾아볼 수 없을 만큼 특별했다. 비록 아무도 입 밖으로 소리 내 인정
하지는 않았지만, 이런 종류의 범죄는 참으로 사람을 불안하게 했다.
아무리 경험 많은 수사관도 아는 게 아무것도 없다고 느끼게 하였
고, 직감도 전혀 맞지 않으며, 지금까지 받은 훈련도 한심할 만큼 부
적절했다고 믿게끔 했다. 이러한 종류의 범죄는 신념을 다치지 않게
지켜주는 공고한 체계 자체를 무너뜨렸다.

 그러나 이제 그들은 단서를 잡았다. 아직 아무것도 결정된 것은 없
었지만, 뭔가 강한 냄새를 맡게 되면 수사관은 늘 기쁨을 느꼈다. 기
소할 만한 무언가, 혹은 누군가를 찾은 것이다. 상관이 신이 나서 사
건에 관해 이야기하는 동안, 마크는 그녀를 가만히 지켜봤다. 헬렌은
늘 매력적이었지만, 지금은 훨씬 더 아름다웠다. 그녀의 낙관과 희망,
따뜻함은 늘 어딘가에 숨겨져 있었다. 하지만 미소가 그 모든 것을
드러내 보였다. 자주 볼 수는 없지만, 결코 쉽게 잊을 수 없는 미소였
다.

그는 자신이 헬렌에게 점점 끌리고 있다는 것을 깨달았지만, 그 느낌을 거부하기로 마음먹었다. 다시는 어떤 여자도 그런 식으로 자신의 마음에 영향을 미치도록 하지 않을 작정이었다. 그러나 마크는 헬렌의 갑옷을 뚫고 들어가 그녀에 관해 더 많은 것을 알아내고 싶었다. 어린 시절 그녀는 무슨 꿈을 꾸었을까? 인기 있는 아이였을까? 집은 부자였을까? 남자애들은 그녀를 좋아했을까?

"이 근처에서 자랐어요?"

참으로 한심하기 이를 데 없는 첫 질문이었지만, 사실 마크는 대화에 능한 편이 아니었다. 그녀가 고개를 저었다.

"런던 남부. 티 안 나?"

지금 나한테 꼬리를 치는 건가?

"사투리 안 쓰는데요."

"연습해서 그래. 친한 경찰 친구 하나가 말투가 세련될수록 승진도 빠르다고 귀띔을 해줬거든. 선입견인 건 분명하지만, 어쨌든 말투가 세련되면 다들 지적이라고 생각하잖아."

"내가 잘 못하는 게 바로 그런 거라니까요."

"마크의 말투도 나쁘지 않아."

그래, 꼬리 치는 게 맞았다.

"이렇게 빈말을 잘하는 분인 줄 몰랐습니다."

"음, 자넨 나에 대해 알려면 아직 멀었어, 그거 모르지?"

그래서 더 알아보라는 건가, 아니면 모르니까 잔말 말라는 걸까? 데이트해본 지가 오래돼서 정말 실력이 형편없어졌네, 마크는 생각했다. 헬렌이 바 쪽으로 가더니 맥주 한 잔을 들고 돌아왔다. 마크는 기대에 들떠 흥분한 채 복합적인 감정으로 헬렌을 바라봤다. 헬렌을 향한 욕망과 술을 향한 욕망이 서로 힘겨루기를 하고 있었다. 그녀가 마크에게 잔을 내밀었다.

"우리 오늘 정말 잘해냈잖아. 그러니 좀 마셔. 규칙 알지? 내가 함께 있는 한은 마셔도 돼."

그는 헬렌에게서 잔을 받아 들었다. 그리고 마셨다. 하지만 짧게 마셨다. 그녀에게 자신이 스스로를 잘 통제하고 있으며 전혀 약하지 않다는 사실을 알려주고 싶었다. 그는 너무도 오랫동안 자신과 자신의 삶을 저주해왔다. 그러나 이제 그 암흑의 구덩이에서 기어 올라오고 있었기에 자신이 강하다는 사실을 보여주고 싶었다. 그가 헬렌에게 다시 잔을 건네줬다. 그녀가 따뜻하고 용기를 북돋우는 미소를 지어 보였다.

"왜 경찰이 된 거야, 마크?"

이제 헬렌이 질문할 차례였다.

"아무도 날 원하지 않아서요." 그 말에 헬렌이 웃음을 터트렸다. "정말이에요. 학교에서 완전히 문제아였거든요. 학교는 정말 좋은 데 다녔어요. 그래머 스쿨(영국에서 공부를 잘하는 11~18세의 학생들이 다니는 학교 - 옮긴이)이었거든요. 그런데 도저히 적응을 못 하겠더라고요. 집중도 안 되고, 그냥 어떡하든 학교 밖으로만 나가고 싶었어요."

"여자애들 쫓아다니느라고?"

"그 밖에도 다른 것도 있었죠. 2년 동안 본드 마시고, 공중전화 부스에 불 지르고……. 결국 아버지가 내쫓아 버렸어요. 누나네 집 마룻바닥에서 사흘을 지내고 난 다음에 생각했죠. '젠장 될 대로 돼라.' 그러고는 경찰에 지원했죠."

"대단한데."

"그 일로 아버지는 거의 심장마비를 일으킬 뻔했어요. 제 말이 농담이라고 생각하셨던 것 같아요. 그런데 제가 모두를 놀래킨 거죠. 경찰 일은 마음에 들었어요. 매일 다른 하루가 기다리고 있다는 사실이 좋더라고요. 어떤 일이 날 기다리고 있는지 전혀 알 수 없다는 사실도 좋았어요. 남자들끼리만 지내는 것도 마음에 들었죠. 당시만 해도 여자 상사는 없었어요."

헬렌이 눈썹을 추어 올렸다. 그러고는 음료를 한 잔씩 더 가지고 오기 위해 바 쪽으로 걸어갔다. 그러니 오늘은 일 끝나고 급하게 한 잔 걸치고 헤어지는 그런 만남이 아닌 것은 확실했다. 마크는 술값을 어떻게 내야 할지 막막했지만, 헬렌이 돌아왔을 때도 딱히 좋은 생각이 떠오른 것은 아니었다. 탁자 위에 맥주잔을 내려놓는 동안 그녀의 가슴골이 그에게 윙크를 해왔다. 이게 우연인지 아닌지는 말하기 불가능했다.

"반장님은 어때요? 왜 경찰이 되기로 했어요?"

잠시 침묵이 흐르다가 그녀가 대답했다.

"사람들을 도우려고."

간단하지만 요점만 짚은 말이었다. 그게 다라고? 그때 헬렌이 말을 이었다.

"벤의 집 안으로 걸어 들어갔을 때, 난 학살현장을 봤어. 그리고 비슷한 운명에 처해 있던 그 소년의 목숨을 구해냈지. 그게 바로 내가 할 일이었어. 멈출 수가 없더라고. 그 사건 이후로는 경찰 일을 그만둘 수가 없었어."

"반장님은 그런 일 잘하잖아요. 내 말은, 사람 구하는 일."

헬렌이 그를 강렬한 시선으로 바라봤다. 그는 잠시 주저하다가 말을 이었다.

"나도 반장님 아니었으면, 벌써 그만두고도 남았을 겁니다. 말은 안 했지만, 솔직히 사직서도 써놨거든요. 마음의 준비도 다 돼 있어요. 포기할 작정이었죠. 그런 날 구해준 겁니다. 날 나 자신에게서 구해낸 거예요."

그는 열정을 담아 솔직하게 털어놨다. 그리고 잠시 동안 너무 드러내놓고 자신의 알몸을 보여준 듯한 기분에 수치심을 느꼈다. 하지만 모두 사실이었다. 헬렌이 아니었다면, 지금 그가 어디에 있을지 누가 알겠는가. 그녀가 갑자기 진지한 표정으로 마크를 바라봤다. 그가 모든 걸 망쳐버린 걸까? 그때 그녀가 테이블을 가로질러 와 그에게 키스했다.

밖으로 나와서, 그는 당장 떠올릴 수 있는 가장 유치한 질문을 그녀에게 던지며 미소 지었다.

"우리 집 아니면……."

"마크의 집."

47

마크의 아파트는 지저분했다. 아침만 해도 상관을 유혹해 데리고 들어올 계획 같은 건 없었기에 집 안에는 지난밤 먹은 음식의 잔해가 널브러져 있었다. 하지만 침대 시트는 아침에 갈아 끼워 놓았기에 깨끗했고, 두 사람이 그 위에 걸터앉자 상쾌한 바스락거림도 느껴졌다.

헬렌은 워낙에 잡담과는 거리가 먼 사람이었고, 마크도 그런 면에서는 전혀 다르지 않았다. 보통 이런 상황에서는 남자가 속도를 조절하거나, 뭔가를 시도하는 게 일반적이었지만, 이번에는 그렇지 않았다. 마크는 자신의 상사가 너무도 확신에 차서 상황을 이끌어 가는 모습에 놀라기도 하고 한껏 흥분되기도 했다.

택시를 타고 아파트까지 오는 동안 두 사람 사이에는 침묵이 흘렀다. 곧 닥쳐올 상황에 대한 기대 덕분에 대화를 나눈다는 사실 자체가 부적절해 보였다. 그들은 서로 만지지도 손을 잡지도 않았지만, 분위기만은 극도로 고조돼 있었다. 일단 집 안으로 들어서고 나자, 그가 늘 그랬듯이(늘 그랬다고? **이런 상황**을 언제 마지막으로 겪었더라?) 농담으로 긴장감을 깨트려 보려 시도했다.

"술을 한 잔 권했으면 좋겠지만―."

그녀는 대꾸조차도 하지 않았다. 그저 방 안을 가로질러 그가 있는 쪽으로 성큼성큼 다가가더니 키스를 해왔다. 그러고는 입고 있던 코트를 바닥으로 떨어트리고 어느 쪽이 침실 방향인지 그에게 물었다. 방으로 들어서자, 헬렌은 그를 침대로 쓰러트리고는 그의 벨트로 손을 뻗었다. 지금껏 마크는 수도 없이 여자와 사랑을 나누었지만, 리드를 당한 것은 이번이 처음이라는 사실을 깨달았다. 왠지 굴복당했다는 생각에 화가 난 그는 헬렌과 위치를 바꾸려고 시도했다. 몹시도 흥분한 상태라서 갑자기 그녀를 지배하고 싶은 생각이 들었다. 거칠게 사랑을 나누면서 그녀가 애원하게 하고 싶었다. 하지만 헬렌은 그의 몸 위에 양다리를 걸치고 올라앉아 꼼짝도 못 하게 찍어 눌렀다.

지금 그녀가 그와 사랑을 나누고 있는 걸까, 아니면 그저 자신의 욕구만을 채우고 있는 것일까? 마크는 갑작스럽게 그 사실이 중요하게 느껴졌다. 심지어 헬렌이 그에게 몸을 숙여와 두 사람의 전신으로 달콤한 전율이 잔물결처럼 퍼져나가고 있는 지금 이 순간에도, 그는 이것이 단지 한순간의 쾌락이 아닌 뭔가 의미 있는 무엇이기를 바랐다. 흔히 남자들은 섹스와 사랑을 서로 분리해서 생각하는 경향이 있다. 감정을 꺼버리고, 자신의 페니스가 이끄는 대로 몸을 맡겨 버리는 것이다. 그러나 마크는 한 번도 그래 본 적이 없었다.

다시 한번 마크는 자신이 위로 올라가기 위해 헬렌의 위치를 바꾸어보려 시도했지만, 그녀는 거칠게 그를 바닥으로 찍어 눌렀다. 확실히 아직은 자신이 바닥으로 내려갈 준비가 안 된 모양이었다. 마크는 헬렌의 뜻에 따르기로 했다. 전투가 끝이 났다. 그러자 그들의 섹스도 훨씬 편안하고 다정하게 변했다. 헬렌이 속도를 천천히 늦추었고, 두 사람의 몸이 동시에 움직였다. 마크는 헬렌이 진심으로 즐기고 있다는 사실에 놀라움을 느꼈다. 그와의 섹스를 즐기고 있는 것이다. 그의 입술에 자신의 가슴을 비비면서, 헬렌은 그의 위에서 앞뒤로 몸을 움직이는 동시에 자신의 다리 사이로도 손을 밀어 넣어 스스로에게 쾌감을 선사했다.

마크는 절정의 순간을 조금이라도 뒤로 미루기 위해 사정하지 않으려 안간힘을 썼다. 상사와 엮이는 것이야 뭐, 그럴 수도 있는 문제였다. 그러나 상사와 잘못 엮이는 것, 혹은 너무 빨리 끝내는 것은 완전히 다른 문제였다. 그래서 마크는 절정에 이르는 순간을 지연하기 위해 숫자 세기나 애국가 부르기 같은 것을 하며 자신과의 싸움을 해나갔다. 그러나 헬렌이 다시 속도를 높였다. 그가 절정에 이르려는 것을 눈치챈 듯했다. 결국, 마크만 절정에 이를 수밖에 없었다.

그는 사과하고 싶었다. 하지만 그래도 될지 확신이 서지 않았다. 그때 헬렌이 그를 도왔다.

"정말 좋았어."

마크는 다시 한번 모든 의구심이 사라지는 기분이었다. 그는 헬렌을 가까이 따뜻하게 끌어당겨 안았고, 그녀가 저항하지 않자, 다시 한번 놀랐다. 헬렌은 정사 후의 행복감에 잠겨 그의 품 안에 편안하게 안겨 있었다.

두 사람은 이불을 덮지 않은 채 함께 누워 있었다. 마크는 눈으로 헬렌의 나신을 훑어봤다. 격하게 사랑을 나누던 중에도 그는 헬렌의 등에 난 긁힌 듯한 상처를 느낄 수 있었지만, 그때는 전혀 관심을 기울이지 않았다. 그러나 이제 평온한 가운데 다시 그 상처들을 자세히 들여다볼 수 있었다. 그는 충격을 받았다. 등을 제외한 헬렌의 전신은 지극히 부드럽고 깨끗하며 거의……, 완벽했다.

마크의 관심을 눈치챘는지, 헬렌이 이불을 끌어당겨 자신의 등을 덮었다. 대화는 시작도 하기 전에 끝이 나버렸다. 그들은 한참 동안 아무 말도 없이 함께 누워 있었다. 그런 다음 헬렌이 그의 쪽으로 돌아눕더니 말했다.

"오늘 일은 우리 두 사람 말고는 아무도 알아서는 안 돼, 알았지?"

명령도 아니었고, 딱히 두려운 요구도 아니었다. 아니, 오히려 주저하며 간청하는 말에 가까웠다. 마크는 다시 한번 놀랐다. 이번이 오늘 하루 놀란 일 중에서도 가장 놀라웠다.

"물론이에요. 당연히 그래야죠."

그러고 나서 헬렌이 욕실로 들어갔다. 마크에게는 묻지 못한 질문만이 한가득 남아 있었다.

48

헬렌은 오토바이를 세워 놓은 곳을 향해 길을 건너갔다. 그녀는 마크가 창문가에서 자신을 바라보고 있다는 것을 알았지만, 아는 체하지는 않았다. 밀당을 하려는 것이 아니었다. 단지 신이 나서 손을 흔들거나 키스를 날려줄 마음의 준비가 돼 있지 않을 뿐이었다. 물론 그가 자신을 바라보고 있다는 사실만은 참으로 기분 좋았기에, 그녀는 몇 초라도 그 순간을 연장하려고 일부러 걷는 속도를 늦추었다.

헬렌은 가와사키 위로 올라타고 시동을 걸었다. 바이커용 가죽옷과 헬멧은 헬렌에게 있어 또 하나의 갑옷이었다. 그녀가 누구에게도 공격받지 않고 혼자 존재할 수 있게 해주는 공간인 셈이었다. 그러나 오늘, 몇 년 만에 처음으로 그녀는 자신에게 그것이 필요 없다고 느꼈다. 이제는 세상에서 자신을 꼭꼭 숨길 필요가 없을 것 같았다. 마크와의 사이에 일어났던 일은 전혀 예기치도 않았던 일이었다. 아마도 그래서 더욱 옳은 일처럼 느껴지는지도 몰랐다.

지금까지 헬렌은 생각할 시간이 많아 신중하게 처신하면 오히려 상황이 쓸데없이 복잡해져서 결국에는 아예 그 일이 일어나지도 않게 되는 경우를 수없이 경험했었다. 그러나 오늘 일은 지극히 당연하게 느껴졌다. 그녀는 마크가 무슨 생각을 할지 궁금했다. 어쩌면 그는 헬렌을 이상한 사람이라고 생각할지도 몰랐다. 물론 그런 사람이 마크 하나만은 아닐 터였다. 아니면, 그녀를 흥미롭다고 느꼈을지도 모르겠다. 이번 사태에서 헬렌이 바랄 수 있는 최선의 결과는 그것이었고, 그 정도면 확실히 만족할 수 있을 듯했다.

이제 떠날 시간이었다. 창가에 서 있는 바보는 여전히 그녀를 바라보고 있었다. 커튼은 그의 알몸을 흐릿하게 가리고 있을 뿐이었다. 자신뿐 아니라 마크를 위해서라도, 헬렌은 어서 출발하는 게 낫겠다고 판단했다. 그녀는 엔진의 회전 속도를 올리고 빠르게 길을 따라 내려갔다. 바람이 몸을 채찍처럼 쳐대는 동안, 헬렌은 오늘 자신의 기분이 평소와는 완전히 달랐다는 사실을 깨달았다. 그녀는 행복했다.

49

마티나는 브래지어를 벗고, 드러난 가슴을 다른 소녀 쪽으로 내밀었다. 소녀의 이름은 캐롤라인이었다. 캐롤라인이 반응을 보이더니 마티나의 가슴을 열정적으로 거의 연극 조의 열정을 보이며 빨기 시작했다. 마티나는 고개를 한껏 뒤로 젖히고 신음을 내뱉었다. 그때 그녀의 눈이 승합차 천장에 찌그러진 부분을 즉시 알아봤다. 언제 생긴 거지?

이 일은 그녀가 너무도 자주 해왔던 터라 계속 정신을 집중해 몰두하기가 불가능했다. 몸이 누군가의 쾌락을 위해 흔들리고 위아래로 튀는 동안에도, 뇌는 한가롭기 그지없었다. 그래서 그녀는 문 닫는 시간 전에 술집에 갈 수 있을지, 휴가 때 이집트 여행을 떠날지, 또는 지금 같이 쇼를 하는 여자애는 저런 가슴을 만드는 데 돈을 얼마나 들였을지 등을 생각해봤다. 인간의 생각이란 것이 참으로 따분하기 이를 데가 없는 것이, 마티나는 캐롤라인(아니, 캐롤일지도 모르겠다)이 오럴섹스를 해주고 있는 상황에서도 고작 그런 생각밖에는 떠오르지 않았다. 마티나는 때맞춰 이따금씩 신음소리를 냈다. 물론 고객들은 절대로 그 사실을 짐작도 못 했다. 그들은 자신들이 바라보고 있는 것, 즉 가슴이 풍만한 두 여성이 서로를 열정적으로 탐닉하고 있는 모습에 정신이 팔려 두 여자 사이에 너무도 선명히 내려앉은 권태의 징후를 전혀 알아차리지 못했다. 물론 알아차렸다고 하더라도 신경 쓰지 않을 터였다.

다만 이번 일은 평소 하던 공연과는 약간 달랐다. 보통 마티나는 외로운 사업가 앞에서 쇼를 했다. 그들은 자신의 레즈비언 판타지가 눈앞에서 현실로 벌어지는 모습을 보며 자위를 하는 부류였다.

그리고 그보다 더 수입이 짭짤한 경우는 자기들도 끼어들고 싶어서 어쩔 줄 모르는 흥분한 두 명의 부유한 남자들 앞에서 일할 때였다. 레즈비언들이 서로를 탐닉하는 모습은 그들에게는 그저 전채 요리에 해당할 뿐이었다. 그들은 여자들의 몸속으로 들어가는 게 목적이었다. 그렇게 동시에 여자들 위에 올라타서 조용히 자신들의 부와 상상력, 그리고 타락한 삶을 함께 축하하고 싶어 했다. 그런 남자들에게 그들은 그저 멍청한 여자애들에 불과했지만, 수입이 짭짤했기에 그런 공연이라면 언제든지 환영이었다.

여자 혼자서 매춘부 둘을 고용하는 일은 흔치 않았다. 특히 신시아처럼 잘 차려입은 여자 고객은 보기 드물었다. 게다가 자신은 전혀 개입하지 않는 것도 좀 남달랐다. 여자 매춘부를 부르는 여자들은 대부분 행복한 결혼생활을 하고 있지만, 성적 욕구를 제대로 충족하지 못하는 부류였다. 유부녀라는 위상과 평범한 가족과의 삶을 유지해 가기를 바라지만, 다른 여성의 손길을 간절히 바라는 그런 여자들이었다. 그들에게는 쇼 같은 건 중요하지 않았다. 단지 접촉이 간절할 뿐이었다.

그러나 신시아는 달랐다. 이번이 그녀와의 네 번째 만남이었지만, 신시아는 여전히 그들의 몸에는 손가락 하나 대지 않았다. 물론 자신의 몸을 더듬지도 않았다. 매번 똑같았다. 신시아는 그녀들을 승합차에 태우고 뉴포레스트까지 운전해 와서는 두 소녀가 거의 나신으로 서로 뒤엉키는 모습을 내내 지켜보기만 했다. 그들도 처음에는 신시아가 뭔가 나쁜 의도를 품고 접근해오는 것이 아닐까 의심했지만, 사실 그녀는 아무런 해도 끼치지 않았다. 따라서 가끔 마티나는 신시아가 머릿속으로 무슨 생각을 하며 앉아 있을까 궁금하기도 했다. 대체 그들을 지켜보고 앉아서 뭘 얻으려는 것일까?

마지막 의아한 점은 그녀가 화대를 내는 방식이었다. 신시아는 처음부터 마티나가 파티 걸이며 클럽 죽순이라는 사실을 파악했다. 그리고 그때부터 절대로 현금을 내지 않았다. 대신 마약을 제공했다. 그녀는 괜찮은 공급원을 확보한 게 분명했다. 신시아가 준 마약의 암거래 가격은 그녀가 원래 지급하기로 되어 있는 금액을 훌쩍 뛰어넘었기 때문이다. 신시아는 그 물건을 싸게, 혹은 공짜로 얻고 있는 게 분명했다. 운 좋은 계집애 같으니라고.

그들은 동시에 그럴싸한 거짓 절정을 연출하며 공연을 끝내고 나서 다시 옷을 걸쳐 입었다. 마티나의 몸매는 매끈하고 강인했다. 그녀는 여자치고는 상당히 큰 키였다. 신시아는 그녀의 몸매를 눈으로 한 번 훑어보고 나서 입을 열었다.

"오늘은 내가 특별한 걸 준비했어."

신시아가 알약이 들어 있는 작고 투명한 봉투를 위로 들어 보였다. 마티나는 봉투를 받아들고 가까이 들여다봤다. 독수리 휘장이 새겨 있는 커다란 하얀색 알약이 봉투에 가득 들어 있었다.

"오덴세(덴마크 남부 핀섬의 항구도시 - 옮긴이)에서 방금 들어온 거야. 아마 마음에 들걸. 이 아름다운 작은 알약만 있으면 더는 각성제 같은 건 필요 없어, 내 말 믿으라고."

마티나는 열정적으로 내밀고 있는 캐롤라인의 손에 절반을 부어 주었다. 그런 다음 두 사람은 주저치 않고 한 알씩을 입에 던져 넣었다. 흔치 않은 맛이었다. 아몬드 향이 나면서도 달콤했다. 그때 캐롤라인이 오늘 밤 다음 일정은 어디인지 물어왔다.

마티나는 동생네 집으로 갈 작정이었다. 그 사실을 다시 한번 캐롤라인에게 상기시켜 주려 하던 차에 그녀는 입 밖으로 소리가 나오지 않는다는 사실을 깨달았다. 갑자기 어지러움도 느껴졌다. 마티나는 갑자기 벌떡 일어나서 현기증을 느낄 때처럼 균형감각을 잃고 집중력도 잃어버렸다. 그녀는 웃음을 터트리며 똑바로 일어서려 애를 썼다. 신시아가 말을 걸어왔다. 괜찮은지 묻고 있었다. 그러나 이미 그녀의 목소리는 윙윙거리며 멀리서 들려오는 듯했다. 손 하나가 그녀의 팔을 잡았지만, 갑자기 그게 너무도 무겁게 느껴졌다. 아니 전신이 물에 젖은 솜처럼 무겁기만 했다. 대체 무슨 일이 벌어지고 있는 걸까? 캐롤라인은 승합차 바닥에 쓰러져 있었다. 언제 쓰러진 걸까? 이게 대체…….

그리고 갑작스럽게 모든 게 암흑으로 변했다.

5.0

헬렌은 자신이 사무실 첫 출근자라고 확신했다. 전날 마크와 함께 있으면서 완전히 자신을 망각해 버린 후, 그녀는 밀려드는 회의감에 압도당해버렸다. 헬렌의 태생적 자질이라 할만한 신중함이 다시 그녀를 공격해오고 있었다. 헬렌은 완전히 닫힌 원과도 같았다. 그녀는 공격해오는 신중함에 맞섰다. 처음으로 그것에 굴복하지 않겠다고 마음먹었다. 그러나 그를 보면 대체 어떤 표정을 지어 보여야 할지 알 수가 없었다. 그래서 자신에게 준비할 시간을 주기 위해 사무실에 일찌감치 도착한 참이었다.

마크는 정확히 제시간에 출근해서 곧장 책상에 앉아 일을 시작했다. 이제는 대부분의 팀원이 자리에 앉아 있었다. 헬렌은 은밀히 마크의 모습을 훔쳐봤다. 근래 들어 그의 신수가 얼마나 훤해졌는지 팀원들도 알아차렸을까 궁금했다. 살도 많이 빠졌고, 혈색도 좋아졌으며, 늘 뭔가에 홀린 듯하던 표정도 완전히 사라진 지 오래였다. 헬렌은 오늘 마크와 자신이 관계의 미묘한 변화를 탐색하느라 점잖게 발뒤꿈치를 들고 서로의 주변을 조심조심 걸어 다니게 되리라고 생각했지만, 찰리가 곧 그 계획을 망쳐 버렸다. 최근의 수사 진행사항을 보고하기 위해 그녀가 그날 일찍 헬렌의 자리로 찾아 왔다.

헬렌은 유서 깊은 수법을 사용했다. 수색영장을 발급받기 위해 용의자를 가능한 한 오랫동안 경찰서에 붙잡아 두었던 것이다. 그럼으로써 해나 미커리는 증거를 없애거나 수색에 맞설 방법을 찾아낼 시간적 여유가 없었다. 그들은 해나 미커리의 컴퓨터를 압수했다. 헬렌은 그녀의 일기와 일지 등을 거의 다 들춰볼 수 있었다. 물론 상담기록 파일은 기밀문서에 해당했기에 열어볼 수 없었다. 그러나 마음만

먹으면 환자들에 관한 정보는 얼마든지 빼낼 방법이 있었다. 물론 그 것도 나중에 할 일이었다.

한 가지는 즉시 명확해졌다. 해나 미커리는 이번 살인사건에 관해 엄청나게 많은 사실을 알고 있었다. 샘과 벤, 마리와 애나의 죽음에 관한 모든 기사는 물론이고 사진까지 전부 다 수집해 두고 있었다. 게다가 지역 신문 기사만 발췌해 모아둔 것이 아니었다. 페이스북과 학교 졸업 앨범 등에서 가져온 자료도 있었다. 아니, 해나 미커리는 살인사건 이후 에이미와 피터의 모습을 찍은 사진도 가지고 있었다. 헬렌은 그녀의 일지를 넘겨보던 중에 휘갈겨 써 놓은 에이미의 전화 번호도 발견했다. 이 번호를 대체 왜 가지고 있는 것일까? 해나 미커 리는 자신이 에이미를 만난 적도 없으며, 그녀와 상담을 할 수 있도 록 허가를 받은 적도 없다고 증언하지 않았던가.

그녀는 피터가 하는 일의 세부사항이나 그의 이메일 주소도 가지 고 있었고, 더 놀라운 사실은 그의 업무 일정까지도 파악해 놓고 있 었다. 비록 피터가 다시 회사로 돌아간 이후의 일정이라서 그녀가 납 치범이라는 사실을 뒷받침할 증거의 구실은 하지 못한다는 사실이 짜증나기는 했지만, 어쨌든 놀랍기는 했다.

해나의 컴퓨터를 열어보는 일은 만만치 않았다. 그녀에게 자진해 서 비밀번호를 털어놓겠느냐고 물어봤지만, 거절의 대답이 돌아왔다. 결국, 헬렌과 팀원들은 어려운 길로 돌아가야 했다. 보통 사람들은 자료를 컴퓨터에 저장해 놓으면 안전하다고 생각하지만, 실은 그렇지 않다. 사실 그들은 합당한 서류작업을 통해 법원의 허가를 받아야만 했지만, 헬렌은 서둘러 밀어붙이기로 마음을 먹었고, 곧 IT 담당 직 원들이 해나의 시스템을 열어 주었다.

찰리가 거의 모든 일을 도맡아 했기에, 그녀는 헬렌이 해나 미커리 의 맥북에어에 저장된 파일들을 하나하나 열어보는 동안 옆자리를 지키고 앉아 있었다. 대부분의 파일은 업무나 가정사와 관련된 지루한 내용이었지만, 그 사이에 보물 상자 하나가 깊숙이 숨어 있었다. 파일 탐색기를 통해서도 찾을 수 없도록 숨김 폴더로 암호를 걸어 잠가 놓은 것으로 폴더명은 간단히 'B'였다. 애타는 순간이 지나갔지만, 역시 폴더를 여는 데는 오랜 시간이 걸리지 않았다.

헬렌은 허리를 꼿꼿이 펴고 앉아 폴더 속에 들어 있는 것을 살펴보기 시작했다. 에이미의 최초 진술 내용이 한 단어도 빠짐없이 기록돼 있었다. 유치장에 있는 동안 헬렌에게 들려줬던 내용이었다. 헬렌은 도저히 믿을 수 없는 심정이 되어 눈을 가늘게 떴다. 그녀는 역시 'B' 폴더 안에 들어 있는 동영상 플레이어 아이콘을 클릭했다. 그녀가 상상할 수 있는 최악의 공포가 현실화되었다. 엄청난 충격에 휩싸인 에이미가 헬렌에게 진술하는 장면을 촬영한 영상이 고스란히 들어 있었다. 그녀가 누구고, 무엇이든 간에, 해나 미커리는 경찰에 끄나풀이 있었다. 그녀에게 이 영상 파일을 전달해준 누군가가 경찰에 있는 것이다. 그렇지만 무슨 목적으로 건넨 것일까?

찰리가 큰 소리로 한숨을 내쉬었다. 이제 수사는 중요하지만, 잠재적으로 파괴적일 수 있는 방향으로 한 발자국 크게 움직였다. 부패일까? 결탁일까? 아니면, 설마 이 연쇄살인에 경찰이 관련된 것일까?

"컴퓨터 끄고, 밖에 나가서 아무한테도 얘기하지 마."

찰리가 고개를 끄덕였고, 헬렌은 자리에서 일어나 조용히, 그리고 주변을 살피며 상관에게 보고하기 위해 자리를 떴다.

51

머릿속이 안개로 가득 찬 것 같았다. 그녀는 혼미한 정신으로 비틀거리면서 몸을 일으켜 세우려 애를 쓰다가 몸을 부르르 떨었다. 시야는 아직도 뿌옇게 흐려 있었지만, 축축한 공기를 호흡할 수 있었고, 한기가 전신을 훑고 지나는 것도 느낄 수 있었다. 지금 여긴 어딜까?

천천히 장면들이 머릿속에 떠올랐지만, 각각의 장면이 끔찍할 만큼 심한 숙취의 고통처럼 온몸을 날카롭게 찔러왔기에 그녀는 다시 자리에 주저앉았다. 바닥은 단단하고 편치 않았다. 승합차와 신시아, 그리고 캐롤라인의 모습을 떠올리다가 그녀는 손목에 차고 있는 시계를 흘낏 바라봤다. 그리고 소스라치게 놀랐다. 정말 자신이 스물네 시간을 넘게 계속 잠들어 있었을까?

구역질을 해대는 소리에 그녀는 고개를 들었다. 캐롤라인이 있었다. 방금 구토를 해대고는 자신의 토사물 속에 앉아 우는 중이었다.

정신을 차리자. 깨어나야 해. 하지만 이건 꿈이 아니었다. 현실이 아니라고 하기에는 너무도 이상했다. 신시아가 그들을 이리로 데려온 것일까? 마티나는 고함을 질렀지만, 윙윙거리는 메아리만이 돌아올 뿐이었다. 그들은 지하 저장고 같은 곳에 있었다. 벽돌로 쌓은 둥근 천장이 오래된 랜턴 불빛을 받아 흐릿하게 빛났다. 비좁고 썩은 내가 진동했다. 대저택 같은 곳의 숨겨진 골방일지도 몰랐다. 도대체 말이 안 된다. 이 모든 게 도무지 이해가 되지 않았다.

문은 밖에서 잠겨 있었다. 단단한 금속문이었지만, 어쨌든 그녀는 쾅쾅 두드리기 시작했다. 손이 쑤시고 골이 울릴 때까지 두드려봤다. 그러다가 결국 바닥으로 쓰러졌다.

"캐롤라인?"

마티나가 소리 내 불렀지만, 대답이 없었다. 그녀는 자리에서 일어나 캐롤라인 쪽으로 움직여 갔다. 무슨 일이 일어나고 있는지는 모르겠지만, 어쨌든 그들은 함께 있었다. 가는 길에, 마티나의 발에 뭔가 단단한 것이 부딪혔고, 발에 채인 그 물건이 바닥으로 빠르게 미끄러졌다. 마티나는 고통스러움에 비명을 질렀다. 그리고 그때 자신이 뭔가를 밟고 서 있다는 사실을 깨달았다. 휴대전화였다.

마티나는 그것을 집어 들었다. 그녀의 것도 아니었고, 캐롤라인의 것도 아닌 듯했다. 버튼 하나를 누르자 액정화면에 선명한 녹색 불빛이 들어왔다. **1개의 새로운 메시지가 도착했습니다.**

마티나는 본능적으로 OK를 눌렀다.

전화기 옆에 총이 하나 놓여 있어. 안에는 단 하나의 총알이 들어 있지. 마티나의 것이 될 수도, 캐롤라인의 것이 될 수도 있을 거야. 둘이 상의해서 누가 살고, 누가 죽을지 정해. 오직 죽음을 통해서만 한 사람이 풀려날 거야. 희생 없이는 승리도 없는 법이니까.

그게 끝이었다. 마티나의 눈이 자신이 방 저편으로 차버렸던 물건 쪽을 쏘아봤다. 총이었다. 빌어먹을 총.

"네가 꾸민 일이야?" 그녀는 캐롤라인에게 소리 질렀다. "이걸 장난이라고 지금 꾸민 거냐고?"

그러나 캐롤라인은 그저 흐느끼며 고개만 저을 뿐이었다.

"무슨 말이야. 난 지금 무슨 일이……."

그쯤에서 마티나는 전화기를 던져 주었다.

"읽어봐."

캐롤라인이 초조한 표정으로 전화기를 집어 들었다. 메시지를 읽어 내려가는 동안 그녀의 손이 부들거리며 떨렸다. 손에서 전화기가 미끄러지더니 덜그럭거리며 바닥으로 떨어졌다. 캐롤라인은 고개를 가슴에 파묻고 다시 흐느꼈다. 마티나는 구역질이 올라왔다. 캐롤라인은 정말 아무것도 모르는 게 분명했다.

눈앞에서 호흡이 하얗게 얼어붙는 걸 볼 수 있었다. 이러다가 구조되기도 전에 얼어 죽는 것은 아닐까?

마티나는 이런 식으로 삶을 끝낼 수는 없었다. 이런 퀴퀴한 구덩이에서 죽음을 맞이하기에는 지금까지 너무도 힘든 시련을 겪어왔기 때문이었다.

산산이 조각난 암담한 심정으로 마티나의 눈이 천천히 총 위로 내려앉았다.

52

그녀는 감시당하고 있었다.

수송용 승합차 한 대가 며칠째 같은 자리에 주차돼 있었다. 그러나 뭔가 진행되고 있는 듯한 징후는 주변에서 찾아볼 수 없었다. 차량 측면에는 배관회사 로고가 붙어 있었지만, 주위에 배관공이라고는 얼씬도 하지 않았다. 게다가 회사 이름을 온라인에서 검색해봤지만, 존재하지 않았다. 경찰이 여전히 그녀의 컴퓨터를 가지고 있었기에, 그녀는 이 모든 일을 새로 장만한 스마트폰으로 처리해야 했다.

해나 미커리는 커튼의 갈라진 틈새로 승합차를 세심하게 살펴봤다. 지금도 경찰이 선팅한 유리창 너머로 그녀를 감시하면서 사진을 찍어대고 있을까? 아니면, 해나가 그저 피해망상에 빠진 것일까?

수색하는 동안 집 안에 너무 많은 사람이 들어와 있었기 때문에 그들 모두를 예의 주시하고 있기란 거의 불가능했다. 혹시 집 안에 도청 장치도 심어 두었을까? 경찰이 돌아가고 난 후, 해나는 도청 장치를 숨겨놓기에 좋을 만한 장소는 모두 다 뒤져봤다. 그러나 아무것도 찾아낼 수 없었다. 어쩌면 도청이라는 게 평범한 경찰이 하기에는 너무 과한 일이어서 그럴지도 몰랐다.

그러나 위태로운 상황에서는 아무리 조심해도 모자람이 없는 법 아니던가.

아마 지금쯤 그 오만한 헬렌 그레이스가 그녀의 컴퓨터를 마구 뒤져 보고 있을 것이 분명했다. 해나는 차라리 비밀번호를 알려줄 걸 그랬다는 후회가 일었지만, 솔직히 어차피 알아낼 거라면 고생 좀 하다가 알아내는 게 더 고소할 것 같았다. 어쨌든 지금쯤은 경찰이 그 폴더를 발견해 냈을 것이다. 그 안에 모아 놓은 것을 마치 전문적인 관심사인 듯, 혹은 소름 끼치는 취미 같은 것 인양 꾸며대기는 힘들 것 같았다. 하지만 그렇다고 경찰이 그녀를 기소할만한 혐의점을 찾아낼 수 있을까? 당연히 그럴 리 없었다.

하지만 그럼에도 조심하기는 해야 했다. 이제 위험요소가 너무 많았기에 한 가지 실수가 모든 것을 망쳐버릴 수도 있었다. 오랫동안 숙고해서 계획한 결과물이었다. 지금 다 들통이 나면 형사 소송 감이었다.

어둠이 내려앉고 있었다. 이제 오래 걸리지는 않을 것이다. 그들이 해나의 통화내용도 감청하고 있을까? 그렇다면 뉴스 오브 더 월드 (News of the World: 168년의 역사를 자랑하는 영국의 타블로이드 일요신문. 머독 회장의 도청 파문으로 2011년 7월 폐간이 결정됨 - 옮긴이) 기삿감으로도 충분할 테니⋯⋯.

해나는 경찰이 감청하고 있기를 바랐다. 그러면 그녀 쪽에 유리해질 터였다. 빠져나가기가 수월해질 것이다. 해나는 오싹한 흥분을 느꼈다. 게임이란 양쪽이 팽팽하게 맞서고 있을 때면, 한 걸음 한 걸음이 모두 전율이었다.

53

캐롤라인은 추위를 물리치기 위해 두 무릎을 가슴에 붙여 꽉 끌어안고 있었지만, 떨림은 멈추지 않았다. 그녀를 떨게 하는 것이 추위일까? 아니면 두려움일까? 캐롤라인은 더는 어떤 것 때문인지 확신할 수 없었다. 그녀는 모든 것을…… 놓아버렸다. 지금이 낮인지 밤인지도 알 수 없었다. 얼마나 오랫동안 감금돼 있었는지도 전혀 감잡을 수 없었다. 그들이 뭘 잘못 했고, 왜 여기에 갇혀 있는지도 알지 못했다. 그저 모든 게 고통스럽다는 사실만 알고 있을 뿐이었다.

위는 음식을 갈구하며 뒤틀렸고, 목구멍은 바짝 말라 있었으며, 뼛속까지 추위가 사무쳤다. 눈을 감으면 어둠 속에 이상한 형체들이 춤을 추듯 떠다녔다. 형형색색의 문양이 나비로 변했다가 새로 변하기도 했고, 심지어는 무지개로 보이기도 했다. 그녀는 환각을 보기 시작했다. 몸이 기능을 상실해가고 있는 것일까? 운이 좋다면 그럴 수도 있으리라. 어쩌면 풀어지기 시작한 것은 그녀의 마음인지도 몰랐다. 피해망상과 광기가 서서히 시작되고 있는지 몰랐다. 아, 하느님, 제발 그러지 않게 해주세요.

처음에 그들은 개미를 잡아먹어서 허기를 물리치려 애를 써봤다. 캐롤라인이 생리 중이라 그녀의 월경혈이 방 저편 구석 바닥에 엉겨 붙어 있었다. 그 끈적이는 달콤함이 벌레들을 끌어모았고, 마티나와 그녀는 서로를 밀쳐가며 앞다투어 벌레들을 쓸어 먹었다. 하루쯤 전에 그녀는 바퀴벌레 한 마리를 잡았고, 입 안에 넣어 씹어 먹는 동안 그 바삭한 식감에 전율까지 느꼈다. 그러나 이제 먹을 거라고는 전혀 없었다. 그들에게 남은 것이라고는 역겨운 냄새뿐이었다. 그리고 끔찍한 추위와 외로움도 남아 있었다.

그들을 찾는 사람이 있기는 할까? 매춘부 두 명쯤 사라졌다고 해서 그리워할 사람은 아무도 없을 것이다. 마티나는 거의 혼자서만 지내는 편이었고, 친구가 있다 하더라도 극소수였다. 캐롤라인은 매클즈필드 출신의 샤론이라는 여자와 아파트를 함께 사용하고 있었지만, 친구라고 할만한 사이가 아니었다. 그녀가 경찰에 신고해줄 만큼 상식 있는 여성일까, 아니면 벌써 새로운 룸메이트를 구하기 위해 전단지를 붙이러 나간 것은 아닐까? 후자가 더 가능성이 크게 느껴졌다. 샤론은 캐롤라인이 돈을 벌려고 하는 일을 못마땅해 했으니, 그녀를 내쫓을 기회를 얻게 된 것이 무척이나 기쁠 것이다. 이미 그녀의 짐을 다 치워버렸을지도 모른다. 나쁜 년.

마티나에게는 여동생이 있었다. 그들이 가까운 사이일까? 캐롤라인은 알 수 없었다. 그녀는 몇 년 만에 처음으로 가족이 그립다고 느꼈다. 집에서 도망쳐 나올만한 이유는 충분했다. 물론 가족들은 그 사실을 전혀 모르고 있었지만, 어쨌든 지금 그녀는 자신의 선택을 가슴 아프게 후회했다. 캐롤라인의 엄마는 무능했지만, 그렇다고 야비한 사람은 아니었다. 아빠는, 아니, 사실 그는 아빠나 남편이라고 불릴만한 자격도 없는 사람이었지만, 그래도 캐롤라인이 잘못되길 바랄 사람은 아니었다. 왜 다시 가족과 연락을 하며 지내지 않았을까? 부모님의 60번째 생일은 물론이고 크리스마스와 부활절도 여러 번 지나갔다. 다시 연락해서 화해할 기회는 수도 없이 많았지만, 캐롤라인은 그런 노력조차도 하지 않았다. 연락했더라면 부모님이 왜 야반도주를 했는지 그 이유를 설명하라고 닦달을 해왔을까? 지금 그녀가 어떻게 살아가는지 알게 되었다면, 그 사실을 역겨워했을까? 가슴속에서 분노가 치밀어 올랐다. 캐롤라인은 자신이 왜 부모님께 다시 연락할 생각을 하지 않았는지 정확히 알고 있었다. 늘 부모님 탓만 해왔기 때문이었다. 알아주지 않는다고. 그녀를 보호하지 않는다고. 캐롤라인은 지금도 그들의 무관심에 분노해 있었고, 그게 바로 그녀가 세상에 홀로 내던져진 이유였다. 그게 바로 지금 그녀를 찾는 사람이 아무도 없는 이유였다. 그녀나 마티나에게 살아갈 목표나 살아가게 하는 소중한 누군가가 있을까? 마티나는 여동생과 얼마나 가까웠을까? 그녀는 묻고 싶었지만, 안다고 해서 무슨 소용이 있겠는가. 이건 경쟁이 아니었다. 아니, 경쟁인가?

54

예상대로 휘태커 총경은 그 소식을 침착하게 받아들이지 못했다.

"대체 무슨 말도 안 되는 소리를 하는 거야? 지금 **경찰**이 이걸 그 여자에게 전달했다고 말하는 거야?"

이번 살인 사건은 그 섬뜩한 특성 때문에 모든 정보가 철저하게 기밀로 처리되고 있었다. '사우샘프턴 이브닝 뉴스'와 두 개의 주요 전국지가 지역 사망자 수의 갑작스런 증가를 알아차리고는 좀 더 알아보기 위해 이리저리 헤집고 다녔다. 하지만, 아직은 이 끔찍한 범죄를 진두지휘하는, 소위 꼭두각시 인형을 부리는 사람이 누구인지에 대해서는 아무런 정보도 얻지 못한 상태였다. 과학수사대와 다른 업무보조 직원들은 희생자들에게 전달된 끔찍한 최후통첩에 관해서는 전혀 모르고 있었다.

피의자나 용의자와의 전화통화와 인터뷰 영상, 그리고 영상을 글로 기록해 놓은 녹취록에 접근할 수 있는 자격은 매우 엄격하게 제한돼 있었다. 휘태커와 헬렌은 당연히 접근할 수 있고, 마크와 찰리, 그리고 나머지 팀원 중에서 두 명의 핵심 인원도 접근할 수 있었지만, 그들이 전부였다. 따라서 정보처리부서 직원 중 한 명이 그 내용에 관해 귀띔을 받았거나, 우연히 발견한 것이 아니라면, 정보가 새어나간 원천을 찾아내기 위해 그들은 가까이 있는 동료들을 조사해 봐야 했다. 휘태커는 괜히 에둘러 말하지 않았다. 부패나 공모의 증거를 찾기 위해 팀원 모두가 조사 대상이 되리라고 선언했다. 이번 조사는 반드시 공정하고 빠르게 진행되어야 한다는 말도 잊지 않았다.

헬렌은 빠르게 다음 순서로 넘어갔다. 요즘은 인터뷰를 테이프나 미니 플로피디스크 같은 데 저장하지 않는다. 그런 구식 물건들은 사라진 지 오래였다. 녹화된 인터뷰 영상은 보안 디지털 네트워크에 바로 저장되었다. 인터뷰가 끝이 나면, 그 디지털 파일은 암호화되어 그들의 보안 서버에 업로드되었다. 저장된 파일과 녹취록은 승인받은 사용자만 접근할 수 있었다. 그리고 그 파일은 오직 하나의 서버에만 올리기 때문에, 흔적을 남기지 않고 파일에 접근할 방법은 전혀 없었다.

인터뷰 영상은 수사의 일환으로 수도 없이 여러 번 돌려졌기 때문에, 헬렌이 조사를 위해 검색 기록을 열어 스크롤을 굴리기 시작하자 파일을 돌려본 사람의 목록이 한없이 길게 이어져 내려갔다. 그러나 실제로 영상을 내려받거나 디스크를 구워가거나 USB에 옮겨간 사례는 고작 세 건뿐이었다. 그리고 그중 두 건은 헬렌이 동석해 있는 상황에서 이루어졌으며, 지금도 헬렌은 그 다운로드 파일을 가지고 있었다. 그러니 승인받지 않은 다운로드 건은 단 한 건이라는 결론이 났다. 이런 일을 저지르면서 자신의 행적을 지우기란 서버 전체를 파괴하지 않고는 불가능한 일이었다. 따라서 흑백 글씨가 다음과 같이 알려주고 있었다.

"1월 11일 수요일, 오후 4시 15분."

말도 안 되는 것 같지만, 우연히도 그날 정보처리부서 직원들은 모두 노동쟁의 단체행동에 들어가 있었다. 그러나 어쩌면 그 때문에 도둑이 바로 그날짜를 선택했는지도 모를 일이었다. 휘태커는 자리에 없었고, 헬렌은 오후 내내 법의학 연구실에 나가 있었다. 그날 하급 직원들은 호별 방문 수사를 하고 있었다. 물론 헬렌은 다음에 다시 이 사실을 확인해볼 참이었다. 어쨌든 이렇게 따지고 보면 그날 건물 안에 누가 있었으며, 누가 보안 서버에 접속했는지 알고 있을 직원은 두 명이 남았다. 마크와 찰리였다.

헬렌은 자기 자신에게 너무 화가 났다. 거짓 변명거리를 만들어서라도 어떻게든 마크와의 저녁 약속을 취소해야 했지만, 마크는 급하게 사무실을 나서려는 헬렌을 붙잡았다. 그의 감정을 상하게 하거나, 의심을 살만한 행동을 하지 않고서는 도저히 저녁 약속을 취소할 방법이 없을 듯했다. 그래서 그냥 그의 뜻에 따르기로 했다. 마크는 자신이 헬렌에게 인상적인 모습을 보이고 싶어서 얼마나 애를 쓰는지에 관해 농담을 해왔고, 그것이 지금 두 사람이 사실상 침묵 속에 마주 앉아 새우 부카티니를 입 안으로 욱여넣고 있는 이유였다. 헬렌은 함께 보낸 열정적인 하룻밤이 누더기처럼 너덜너덜해지는 모습을 바라보는 마크의 실망감과 어색함이 얼마나 큰지 온몸으로 느낄 수 있었다.

하지만 영상 유출 사건에 관한 생각을 멈출 수가 없었다. 그녀가 완전히 틀린 게 아니라면, 찰리나 마크 둘 중 한 사람이 지독하게도 동료들을 배신하고 수사 내용을 외부인에게 공개했을 가능성을 배제할 수 없었다. 만약 부패한 경찰이 누구든 간에 목적이 돈이었다면, 그 정보를 언론에 흘렸을 가능성이 더 컸다. 따라서 이것은 다른 경우가 분명했다. 협박. 섹스. 또는 그보다 더 사악한 무언가.

헬렌은 자아가 둘로 찢어지는 듯한 기분이었다. 마크에게 솔직히 털어놓고 싶은 마음이 간절했지만, 그건 자신의 목을 내놓는 것이나 다를 바 없을 터였다. 이제 이 문제는 내사 건이었기에, 만약 그녀가 '용의자'와 정보를 공유하게 된다면, 헬렌 자신도 부패경찰로 낙인 찍힐 게 분명했다. 그래서 헬렌은 입술을 깨물고 점잖게 대화를 이어나갔다. 그들은 얼마 후 식사를 포기하고 거실로 자리를 옮겼다. 헬렌은 벽난로 선반 근처에서 서성였다. 행복한 가족과 전처의 사진은 이미 치워지고 없었다. 선반 위에는 셀 수도 없이 많은 어린 소녀의 사진만 놓여 있었다. 짧게 자른 금발 머리를 한 귀여운 소녀가 함박

웃음을 웃고 있었다.

"엘시예요."

"몇 살이야?"

"일곱 살이요. 애 엄마와 사는데, 여기서 멀지 않아요."

그러나 마크가 원하는 거리와 비교하면 너무도 멀었다. 헬렌은 아이에 관해 몇 가지 관심이 가는 질문을 던졌고, 마크는 딸이 자랑스러워 어찌할 줄 모르는 부모만이 보일 수 있는 그런 반응을 보이며 답을 해왔다. 엘시가 얼마나 영리하고 또 무엇을 좋아하는지 보여주는 여러 사건들. 아이의 별난 성격과 남다른 성향을 보여주는 일화들. 헬렌은 가만히 듣고 있기가 안쓰러웠다. 딸과 떨어져 지내면서 그가 느끼는 쓸쓸함이 너무도 크게 다가왔다. 1년 전만 하더라도 그는 사랑하는 아내와 오직 그만을 바라보는 작은 천사처럼 아름다운 딸을 둔 성공적인 경찰관이었다.

그러나 지금은 다른 남자, 즉 전처의 연인 스티븐에게 모든 것을 빼앗긴 가여운 남자에 불과했다. 결혼을 끝장낸 것은 그들의 불륜이었음에도, 추위 속으로 쫓겨난 것은 마크였다. 그는 혼인서약 따위는 아무것도 아니라는 듯 무심하게 위반해버린 누군가에게 깊이, 아주 깊이 상처 입었다. 그녀는 모든 언약을 다 파기해 버렸다. 마크에게 남은 것이라고는 월세 아파트와 2주에 한 번 딸을 방문할 수 있는 권리였다.

헬렌은 그를 위로하기 위해 최선을 다했지만, 그동안에도 마음속에서 울리는 작은 목소리는 계속해서 어서 이곳을 떠나라고 재촉하고 있었다. 그녀에게 완전히 마음을 빼앗겨 버린 것이 분명한 이 남자에게서 어서 빨리 벗어나라는 것이었다. 마침내 마크가 마음을 가다듬고 진정했다. 자신의 두서없는 넋두리를 들어줘서 고맙다고 말하면서, 그가 손으로 그녀의 뺨을 쓰다듬었다. 말을 대신한 부드러운 감사의 인사였다. 그리고 그가 키스하려고 몸을 기울여 왔다.

헬렌은 문을 향해 걸어갔다. 마크가 사과하며 뒤를 따라왔다. 그녀가 떠나기 위해 문을 열었을 때, 그가 그녀의 팔을 움켜잡고는 뒤로 끌어당겼다. 헬렌은 불에라도 덴 듯이 팔을 잡아뺐다.

"제발, 헬렌, 내가 잘못한 게 있으면……."

마크가 말을 더듬었다.

"사과하지 마, 마크. 당신은 잘못한 거 없어."

"대체 무슨 일이에요, 난 이해할 수가……."

"아무 일도 아니야."

"난 당신과 내가…… 그러니까 우리가……."

"아니, 틀렸어. 우린 그저 섹스를 한 거야. 그게 다야."

"나 지금 차인 거예요?"

"어린애처럼 굴지 마."

"그럼 대체 뭔데요? 난 헬렌도 날 좋아한다고 생각했어요."

헬렌은 대답할 말을 신중하게 생각하며 잠시 아무 말 없이 서 있었다.

"마크, 지금은 이 말만 할 테니까, 제발 들어봐. 나와 사랑에 빠지지 마, 알았지? 난 그러고 싶지 않으니까, 마크도 그러지 마."

"왜요?"

"그냥."

그러고 나서 헬렌은 현관을 나섰다. 아래로 내려가는 동안, 그녀는 자신의 멍청함을 저주했다. 첫 직감이 옳았다. 그녀는 이곳에 오지 말았어야 했다.

55

찰리 브룩스는 하품하고 기지개를 켰다. 관절이 삐걱거리며 아우성치는 소리가 들렸다. 같은 자세로 너무 오랫동안 앉아 있었던 탓이었다. 그녀는 좀 더 자주 일어나서 걸어 다니고, 스트레칭을 하고 운동도 해야겠다고 마음먹었다……. 바로 그때 자동차의 낮은 금속 천장이 머리를 쿵 하고 때렸다.

찰리는 잠복근무를 좋아하지 않았다. 답답한 차 안에 앉아서 패스트푸드를 먹는 것도 싫었고, 그녀를 어떻게 해보려고 안달이 났거나, 너무 지저분하거나, 아니면 둘 다에 해당하는 남자 경찰들과 가까이 붙어 앉아 있어야 한다는 사실도 싫었다. 때로는 잠복근무가 결실을 보기도 했지만, 근무를 서고 있는 장본인은 어딘가 다른 곳에서는 정말 재미있고 진정한 치안유지에 도움이 되는 활동이 벌어지고 있음을 알고 있었다. 정말이지 헬렌은 이 임무를 맡길만한 다른 원숭이를 찾을 수 없었던 것일까? 찰리는 아무 생각 없이 한 곳만 멍하니 바라보는 맞은편의 그라운즈 수사관을 바라보며 기분이 더 가라앉는 듯한 느낌이 들었다.

찰리는 지금 자신이 벌을 받고 있다는 인상을 강하게 받았다. 하지만 그렇다고 그녀가 무슨 말을 할 수 있겠는가. 확실히 헬렌은 요즘 그녀를 멀리했다. 찰리는 대체 뭐가 잘못된 건지 단도직입적으로 묻고 싶은 충동을 여러 차례 느꼈지만, 자신이 피해망상에 빠진 것은 아닐까 걱정이 돼서 마지막 순간에 마음을 접곤 했다. 그러나 찝찝한 기분은 계속 남아 있었다. 어쩌면 자신이 헬렌을 짜증스럽게 만들어서 해나 미커리의 집을 감시하는 임무를 맡게 됐을지도 모르는 일이었다.

해나 미커리는 경찰서에서 집으로 돌아간 후 집 밖으로 거의 나가지 않았다. 두어 번 식료품점과 신문가판대에 다녀왔지만, 그게 다였다. 집 전화는 전혀 사용하지 않았고, 휴대전화를 통해서도 간단하게 일상적인 대화만 나누다가 끊었다. 그리고 좀 전에 고객 한 명이 찾아온 것으로 보아, 확실히 그녀는 의혹의 그림자가 자신의 경력을 무너뜨리게 허락할 의사는 없는 모양이었다. 두 사람은 벌써 한 시간 동안이나 집 안에서 나오지 않고 있었다. 찰리는 대체 어떤 심리적 장애나 불안, 혹은 사소한 잘못 같은 것이 논의되고 있을지 궁금했다.

그때 갑작스럽게 움직임이 나타났다. 찰리는 바짝 허리를 펴고 앉아 카메라를 제자리에 올려놓았다. 하지만 곧 실망하고 말았다. 고객이 상담을 끝내고 돌아가는 모양이었다. '발랄한' 노란색 우산으로 쏟아져 내리는 비로부터 자신의 몸을 보호하며 집을 나서고 있었다. 찰리는 투덜거리며 뒤로 기대앉아 그녀가 가는 모습을 바라봤다.

저런 차림새로 밖을 돌아다니려면 정말 강심장이어야 할 거야, 찰리는 몰인정한 평가를 했다. 보라색 베레모에 빨간 우비? 자기가 프린스 뮤직비디오에서 막 튀어나오기라도 한 줄 아는 모양이지? 게다가 하이힐까지. 심지어 그건 스트리퍼들이나 신는 바닥이 투명해서 다 비치는…….

바로 그 순간 찰리는 방금 집을 나간 여자는 하이힐을 신고 있지 않았다는 사실을 알아차렸다. 그녀는 플랫슈즈 차림이었다.

찰리는 바람처럼 승합차에서 뛰어내리며 그라운즈에게 집 안으로 들어가라고 명령을 했고, 자신은 고객을 뒤쫓기 시작했다. 소리 없이 조용히, 그렇지만 빠르게 찰리는 여자를 따라잡았다. 하지만 그때, 겨우 40미터쯤 남겨두고, 여자가 반쯤 뒤를 돌아봤다. 아주 잠깐이었지만, 찰리는 그녀가 고객의 옷으로 갈아입은 해나 미커리라는 사실을 단번에 알아봤다. 미커리가 즉시 전력 질주하기 시작했고, 찰리는 해나 미커리를 따라잡지 못해 놓쳤다고 하면 헬렌이 뭐라고 말할지 생각하며 죽기 살기로 그 뒤를 쫓기 시작했다.

찰리는 추적이 쉬울 것으로 생각했지만, 미커리는 실력이 좋았다. 전혀 주저치 않고 복잡한 거리로 뛰어들었고, 빠르게 달려오는 자동차들 사이로 이리저리 길을 찾아 빠져나갔다. 찰리는 절대 놓치지 않으리라 다짐하며 그 뒤를 쫓았지만, 모퉁이마다 차들이 급브레이크를 밟으며 그녀의 길을 방해했다.

그들은 골목길로 파고들었다. 둘 사이의 거리는 이제 100미터 정도로 벌어져 있었지만, 골목이 한산하고 조용한 덕에 찰리는 사냥감과의 거리를 차츰 좁혀갈 수 있었다. 80미터, 60미터, 50미터. 점점 더 가까워졌다.

그때 복잡한 도로가 다시 전면에 등장했다. 해나 미커리가 먼저 도로로 뛰쳐나가 길을 건너갔다. 베레모는 이미 바람에 날려가서 적갈색 머리칼이 등 뒤로 늘어져 있었다. 그녀가 길 반대편에 도착하더니 조금도 주저하지 않고 마랜즈 쇼핑센터의 거대한 정문으로 다이빙하듯이 뛰어들었다. 찰리는 몇 초쯤 뒤처져 있었다.

한가하게 시시덕거리는 학생들의 거대한 무리가 보였다. 경비원은 이를 쑤시고 있었다. 뉴올리언스 세인츠 팀 셔츠를 입고 흐느적대듯 걸어오는 청년 두 명도 보였다. 그러나 미커리의 흔적은 어디에도 없었다.

그때 적갈색 머리칼이 눈에 들어왔다. 멀리 승강기 위였다. 찰리는 다시 한번 그쪽으로 달리기 시작했다. 화분과 아장거리며 걷는 아이들을 이리저리 피하면서 속도를 올렸다. 빠르게, 더 빠르게, 그녀는 전력질주를 했다. 숨이 차서 폐에 불이 붙은 것 같았다. 느리게 걸어가는 중년 여성을 거칠게 밀치면서, 찰리는 쇼핑몰 중이층에 올라섰다.

붉은색 우비가 눈에 들어왔다. 톱숍으로 들어가는 중이었다. 들어간 길 외에 출구가 없는 곳이었다. 찰리는 안으로 돌진했다. 보안요원이 그들 쪽으로 다가오기 위해 몸을 일으키기도 전에 신분증을 꺼내 보여주었다. 마침내 찰리는 헬렌의 눈을 똑바로 바라볼 면목이 생겼다는 사실에 기뻤다. 이제 이 맛좋은 먹잇감을 그녀에게 배달하기만 하면 그만이었다.

하지만 붉은색 우비는 해나가 아니었다. 같은 색이었지만, 입고 있는 사람이 달랐다. 데이트할 상대에게 줄 선물을 사러 나온 독신 여성이었다. 땀을 뻘뻘 흘려대는 여자 경찰관이 자신을 거칠게 끌어당기자 그녀는 놀라서 물었다.

"왜 이러는 거예요?"

"젠장!"

찰리는 놀란 여성을 내버려 두고 이미 몸을 움직이고 있었다. 그녀가 근처에 서 있는 보안요원의 옷깃을 움켜잡았다.

"빨간 우비 입은 여자 하나가 이 앞으로 달려가는 거 봤어요? 누구 빨간 우비 입은 여자 본 사람 없어요?"

찰리는 멍한 표정의 얼굴들을 바라보다가 이미 때가 늦었다는 사실을 깨달았다. 미커리는 사라졌다.

56

그들은 며칠째 전혀 움직이지 않고 있었다. 절망에 짓눌리고 무너져 내린 탓이었다. 굶주림이 해방구가 되리라는 생각이 들었다. 구조될 가능성이 없다는 것이 너무도 명백했기 때문이다.

우선 캐롤라인은 영양실조에 걸린 사람 같았다. 기아의 희생자처럼 갈비뼈가 당장에라도 피부를 뚫고 나올 것처럼 위협을 가하고 있었다. 마티나는 그나마 좀 더 근육질이었기에 며칠의 굶주림에도 두 발로 일어설 수 있을 정도였다.

"다시 해보자."

마티나가 있는 힘을 다 그러모아 목소리에 희망을 담아내려 애를 쓰며 말했다. 그러나 캐롤라인은 그저 신음소리만 낼 뿐이었다.

"제발, 캐롤라인, 어떻게든 다시 해봐야 해."

그 말에 캐롤라인이 고개를 들어 마티나의 말이 진심인지 살펴봤다. 소용없는 일인데, 뭐 한다고 자신을 고문하려 하는 걸까? 아무리 두드려봐도 문은 꿈쩍도 하지 않았다. 그들의 어깨는 온통 멍이 들었고, 손톱은 다 부러졌다. 이제 할 수 있는 일이란 없었다.

"누군가 우리 소리를 들을지도 몰라."

"밖엔 아무도 없어."

"시도라도 해봐야 해. 캐롤라인, 제발, 난 아직 죽을 준비가 안 됐어."

긴 침묵이 흐르고 나서 캐롤라인이 천천히, 그리고 마지못해 힘없는 몸뚱이를 바닥에서 들어 올렸다. 절망이 희망보다 훨씬 쉬운 선택이었다. 희망은 잔인했다. 그것은 캐롤라인이 앞으로 다시는 경험하지 못하게 될까 봐 두려워하는 사랑과 온기, 위안과 행복 같은 것들을 약속했다. 그 중 어느 것도 그녀에겐 가능하지 않았다. 모두 꿈에 불과했다. 자신은 이 무덤 속에 그대로 매장돼 버릴 것이 분명했다. 지금 캐롤라인이 원하는 모든 것은 자신의 절망 속에 그냥 홀로 있도록 남겨지는 것이었다. 그래서 그녀는 일어섰다. 헛되이 몇 분 동안 문을 몇 번만 두드려 대면 마티나도 입을 다물게 될 테고, 그럼 자신이 원하는 대로 될 터였다.

캐롤라인은 자신을 포기하고 있는 힘을 다해 돌진해서 문과 충돌했다. 고통은 엄청났다. 어깨에 느껴지는 타는 듯한 고통이 천천히 가학적인 둔한 쑤심으로 변해갔다. 그녀는 화가 나서 돌아섰다.

"날 안 도와주고 혼자……."

캐롤라인의 목소리가 잦아들었다. 총구가 그녀를 향하고 있었다. 마티나가 그녀를 속인 것이다. 저 악마 같은 년이 날 속였어.

"정말 미안해."

이렇게 중얼거리며, 그녀가 끔찍한 광경을 바라보지 않기 위해 눈을 감고 방아쇠를 당겼다. 총성이 벽돌을 쌓아 만든 지하실 속에 울려 퍼졌다.

그러나 비명은 들리지 않았다. 살점이 튀는 소리도 나지 않았다. 탄환이 문 속에 박히는 소리가 둔탁하게 들려왔을 뿐이었다. 총알이 빗나간 것이다.

그녀는 방아쇠를 다시, 그리고 또다시 당겼다. 그러나 탄환은 단하나뿐이었음을 그녀도 알고 있었다. 구원을 위한 단 하나의 탄환이었다.

캐롤라인이 공중으로 몸을 날려 마티나를 바닥으로 쓰러트렸다. 그들은 흙바닥에서 맹렬하게 뒤엉켜 싸웠지만, 마티나가 방어하는 쪽이었기에 곧 캐롤라인이 그녀의 위에 올라탔다. 캐롤라인이 무릎으로 마티나의 가슴을 무겁게 짓누르고 있다가 곧 두 다리를 벌려 마티나의 양팔을 제압했다. 그리고 이제 캐롤라인의 피 묻은 손가락이 마티나의 목을 감싸 짓누르기 시작했다.

그녀는 맹렬하고 불안정했다. 그럼에도 그녀의 승리였다. 캐롤라인은 젊은 매춘부의 숨통을 끊어 놓는 동안 기쁨에 날뛰며 고래고래 소리 질렀다. 그녀가 이겼다.

57

"그 여자 어디 있어요?" 찰리가 소리 질렀다. 마사 리브스는 해나 미커리의 실내복을 입고 거실 의자에 차분하게 앉아 있었다. 찰리가 차고 있는 총기를 빤히 바라보고 앉아 있기는 해도, 전혀 후회하는 기색이 아니었다. 그녀가 하고자 하는 말의 요점은, 경찰이 제대로 알지도 못하고 무고한 여성을 부당하게 괴롭히고 있으니 자신은 그만 돌아가도 되지 않겠느냐는 것이었다.

"해나 미커리는 지금 **살인사건** 용의자로 조사받는 중이에요. 그런데 당신이 지금 무슨 짓을 저질렀는지 알기나 해요? 자신을 공범으로 만들었어요. 그래서 당신한테 돌아가는 게 뭘 것 같아요? 10년형. 홀로웨이에서 10년을 썩게 되는 거라고." 마사 리브스의 얼굴에 냉담하고 노골적인 반감이 드러났다. "그건 그렇고 대체 여긴 왜 온 겁니까?"

"나 참, 이봐요, 내가 여길 왜 왔는지 그걸 정말 몰라서……."

"당신 뭐요? 변태? 약쟁이? 이런 돌팔이 사기꾼한테 시간당 300파운드나 내면서 제대로 바로잡고 싶은 인생의 실수가 대체 뭐냐고요?"

그라운즈 수사관은 이때가 기회다 싶어 밖으로 나갔다. 그는 분란이 일어나는 상황을 좋아하지도 않을뿐더러, 지금 찰리 브룩스는 정도를 넘어서고 있었다. 대체 누구 좋으라고 저러는지도 알 수 없었다. 이유야 뭐가 됐든 간에, 저런 식으로 해봐야 얻을 건 아무것도 없었다. 그래서 그는 혹시라도 운 좋게 해나 미커리의 꼬리를 밟은 대원은 없는지 알아보기 위해 무전이나 쳐봐야겠다고 생각했다.

소식은 이미 다 전해져 있었고, 모든 경찰병력이 그 지역을 수색하고 있었지만, 어디에도 해나 미커리의 흔적은 없었다. 명민한 치안보조관 한 명이 마랜즈 쇼핑센터 밖에 버려져 있는 붉은 우비 하나를 발견하기는 했지만, 그게 다였다. 그녀는 공중으로 사라져 버렸다. 욕설을 퍼부으며, 그라운즈는 집 안으로 들어갔다.

"아니, 아무리 경찰이라도 그렇지 정말 이래도 되는 거예요?"

그라운즈가 안으로 들어서자 마사가 그를 향해 소리를 질러댔다. 찰리는 마사의 핸드백을 뒤지고 있었다.

"예, 물론입니다. 저분이 필요하다고 느끼면 언제든 가능해요. 그러니 가만히 앉아 있는 게 본인에게도 좋을 겁니다."

두 여자가 동시에 그를 보며 인상을 찌푸렸다. 휴대전화, 립스틱, 콘돔, 사탕, 또 콘돔…….

"결혼했어요?"

처음으로 마사가 대답을 잠시 주저했다. 그러나 찰리는 이미 마사의 전화기를 들고 전화번호부를 훑어내리는 중이었다.

"아담? 아니에요? 그럼, 크리스? 콜린? 데이비드? 그레이엄? 그럼 그레이엄에게 걸어봅시다…….."

그리고 찰리가 전화걸기 버튼을 눌렀다.

"톰, 남편 이름이…… 톰이라고요."

여자의 다급한 목소리에 찰리는 전화를 끊었다.

"당신이 여기 와 있는 거 알아요? 남편도 아느냐고요?"

마사는 자신의 구두만 내려다봤다.

"모르는군. 그럼 남편한테 이리로 와서 당신을 데리고 가라고…….."

"그만해요."

"신호가 가고 있어요."

"그만하라고 했잖아요!"

"전화 좀 받아요, 톰, 어서요!"

"밸리요."

"뭐라고요?"

"아까 그렇게 말하고 나갔어요……. 밸리에 다녀온다고."

톰의 의아한 듯한 목소리가 수화기에서 울려 나오는 동안 찰리는 전화기를 껐다.

"계속해봐요."

"그게 정확히 어딘지는 나도 몰라요. 그렇지만 자기 입으로 베보이스 밸리에 간다고 하면서 거기 갔다가 곧장 돌아오면 한 시간 이상은 안 걸릴 거라고 했어요."

찰리는 문을 박차고 나가 차로 달려갔다. 그라운즈는 그녀의 방법을 탐탁지 않게 생각할지도 몰랐지만, 그 방법이 효과적이지 않다고 말할 사람은 아무도 없었다. 추적이 다시 시작되어 정점으로 치달아가고 있었다. 해나 미커리는 베보이스 밸리에 갔다. 사우샘프턴의 악명 높은 홍등가인 임프레스 로드의 친정격인 곳이었다.

58

캐롤라인은 지옥 속으로 깊게 깊게 떨어져 내리고 있었다. 앞에서 그녀를 이끌어 가는 악마는 바로 숨이 끊어진 마티나의 시체였다. 아무리 눈을 질끈 감아도, 등을 돌리고 비명을 지르고 흐느끼고 통곡을 해도, 마티나의 조용한 비난의 소리를 차단해버릴 수는 없었다.

더 끔찍한 것은 웃음소리였다. 이 모든 걸 계획해 놓은 그 사악한 마녀의 웃음소리. 그 여자가 그들에게 약속을 강요했다. 만약 둘 중 한 명이……. 캐롤라인은 더 크게 울었다. 하지만 이제는 눈물도 말라 나오지 않았다. 이제 더는 포기할 것도 없었다.

모든 게 속임수였다. 그 마녀는 사라진 지 오래였다. 그렇다면 캐롤라인은? 캐롤라인은 사람을 죽였다. 아무 죄도 없는 가여운 여자를 죽였다. 그러니 이제 자신이 받을 보상은 무엇일까? 죽음이리라.

자살이라도 해야 할까? 기묘한 기쁨이 전신을 강타했다. 그녀는 자신의 목숨을 끝낼만한 도구를 찾아 저장고를 천천히 걸어 다녔다. 마티나의 옷으로 목을 맬 수도 있을 테지만…… 천을 걸 만한 게 아무것도 없었다. 천장은 매끄럽게 마감돼 있었고, 방에 가구라고는 없었다. 날카로운 모서리도 무기로 사용할 만한 도구도, 아무것도 없었다. 문득 캐롤라인은 자신이 문에 박힌 탄환을 빼내려 손톱으로 구멍을 긁어대고 있다는 사실을 깨달았다. 나와, 어서 나오라고, 이 빌어먹을 총알 같으니라고! 모든 걸 포기하고 다시 한번 절망 속으로 추락해 들어가기 전 마지막 시도였다.

그때 아무런 경고도 없이 열쇠 구멍에서 키 돌아가는 소리가 들리더니 문이 활짝 열렸다.

"잘했어, 캐롤라인."

여자의 목소리는 들렸지만, 모습은 보이지 않았다. 잠시 동안 캐롤라인은 그 자리에 얼어붙어 있었다. 고문자가 다시 나타난 것이다. 그녀는 두려움에 완전히 사로잡혔다.

하지만 아무 일도 일어나지 않았다. 그 여자가 아직도 여기 있는 걸까? 그런 것 같지는 않았다. 아무 소리도 들리지 않았기 때문이다. 갑자기 캐롤라인은 두 발로 일어서서 문밖으로 걸어나갔다. 아직 여자가 밖에 서 있다면, 목을 비틀어 죽여버리리라. 어디 덤빌 테면 덤비라 그래! 그러나 자유를 향해 달려나가다가 캐롤라인은 갑작스럽게 멈춰 섰다. 그리고 돌아섰다.

마티나. 안에 그녀가 있었다. 숨이 끊어진 채로 쓰러져 있었다. 둘이 함께 이곳에 도착했지만, 이제 한 명만이 그곳을 떠나려는 참이었다. 캐롤라인은 문지방에 멈춰 섰다. 안에 그대로 남아 있는 한은 그녀도 희생자였다. 그러나 문밖으로 나서는 순간, 그녀는 살인자가 된다.

하지만 지금 그녀에게 무슨 선택의 여지가 있겠는가? 살고자 한다면 캐롤라인은 자신의 죄를 끌어안아야만 한다. 그래서 그녀는 비틀거리며 문을 나섰다.

그녀는 층계 맨 아랫단에 서 있었다. 위쪽의 해치문처럼 보이는 곳에서 쏟아져 들어온 빛이 일시적으로 눈을 멀게 했다. 다시 한번 그녀는 주저했다. 납치범이 위에서 기다리고 있는 건 아닐까? 캐롤라인은 천천히 조심스럽게 삐걱거리는 층계를 걸어 올라갔다. 그리고 마침내 밝은 세상 속으로 나갔다.

그녀는 혼자였다. 다 허물어져 가는 집 안에 홀로 서 있었다. 큰 집이었다. 캐롤라인이 늘 그래 왔듯이 사랑받지도 못하고 아무도 원치 않아 버려진 채로 서 있는 집이었다. 그러나 지금 이 순간 캐롤라인은 이 집을 사랑했다. 그 안에 비쳐드는 햇살도, 그 텅 빈 공허함도, 그리고 다시 얻은 자유도. 그녀는 아무런 두려움이나 강요 없이 어느 방향으로든 걸어갈 수 있었다. 이제 캐롤라인은 다시 한번 자기 운명의 주인이 되었다.

그녀는 키득키득 웃기 시작했다. 그리고 오래지 않아 포효하듯이 웃어젖혔다. 거칠고 요란하고 미친듯한 웃음이었다. 그녀는 살아남았다!

여전히 웃으면서 캐롤라인은 현관문 쪽으로 성큼성큼 걸어갔다. 손잡이를 비틀어 문을 열고 길지 않은 정원길을 힘들게 걸어가서 정문을 통과해 나갔다. 그리고 마침내 복잡한 도시의 거리 속으로 돌아갔다.

59

찰리는 15분 만에 베보이스 밸리에 도착했다. 경광등을 켜고 사이렌을 울리고 달렸더라면 10분이면 도착할 수 있었을 테지만, 그건 있을 수 없는 일이었다. 미커리를 겁먹게 하고 싶지는 않았다.

그라운즈 수사관은 해나 미커리의 집에 남아, 화가 나서 폭발하기 일보 직전인 마사 리브스를 지키고 앉아 있는 임무를 맡았다. 그녀가 미커리에게 연락을 취해 경고해줄 가능성을 완전히 배제할 수 없었기 때문이었다.

그 지역을 순찰 중인 정복 경찰들에게 미커리의 사진이 전달되었고, 찰리는 즉시 그들의 수색 활동을 진두지휘하기 시작했다. 베보이스 밸리는 낮은 임대료를 내는 슈퍼마켓과 산업용 부지와 창고 등이 모여 있는 영락한 지역이었다. 좁은 곳이라서 해당 지역을 도는 순찰 대원들은 거리를 흉측해 보이도록 만드는 수많은 불법 거주지와 버려진 주택에서 살아가는 매춘부나 마약 중독자들과 안면을 트고 지내는 사이였다. 바깥세상과 거의 접촉이 없는 이 폐쇄된 사회 속에서 웬만한 소식은 놀랄 만큼 빠르게 퍼져나갔기에 미커리의 소문도 그만큼 빠르게 번져 나갔다. 제대로 들어온 제보 하나면 사건 해결에 결정적인 단서가 될 수도 있었다. 미커리를 현장에서 체포할 수 있을까? 찰리는 맥박이 빨라지는 것을 느꼈다. 추적의 전율은 늘 그녀의 심장을 두방망이질 치게 했다. 그러나 이번에는 그 외에도 더 있었다. 개인적인 감정의 문제였다. 찰리는 두 번씩이나 미커리가 도망치게 내버려 두지는 않을 작정이었다.

5분. 10분. 15분. 여전히 아무런 징후도 없었다. 여러 창고와 차체 공장을 들락날락해도, 슈퍼마켓과 콜택시 사무실에서도 건진 게 없었다. 어디든 마찬가지였다. 모두 사진을 들여다보고는 정중하게 고개를 저었다.

그때 거리에서 소요가 일었다. 도움을 요청하는 소리가 들렸다. 한 여성이 바닥에 엎드려 있었다. 찰리는 몇 초 만에 그곳으로 달려가서 매우 흉측한 모습으로 쓰러져 있는 젊은 여성을 발견했다. 눈에는 광기가 서려 있었고, 얼굴에 난 상처에서는 피가 흘러내리고 있었다. 그러나 찰리가 관여할 일이 아니었다. 폭력적인 남자친구에게 폭행을 당해 잔뜩 독기가 서린 동네 여자에 지나지 않았다. 정복 경찰이 항의하는 폭행범을 데리고 갔고, 찰리는 다시 수색 임무로 돌아갔다.

20분. 30분. 여전히 무전기는 잠잠했다. 찰리는 자신의 운을 저주했다. 대체 어떻게 공기 중으로 사라져 버리듯이 흔적도 없이 종적을 감춰 버릴 수가 있을까? 그녀는 마사 리브스가 자신에게 거짓말을 한 것이 아님을 확신했다. 마지못해 짜내듯이 털어놓은 정보였기 때문이다. 그렇다면 대체 해나 미커리는 어디 있는 걸까? 찰리는 30분만 더 기다려 보기로 했다. 아니, 그보다 조금만 더 있어 보기로 했다. 뭐라도 나오지 않겠는가.

비가 내리기 시작했다. 처음에는 가랑비로 시작해서 점점 빗방울이 굵어지더니 어느 순간 굵은 우박이 쏟아져 내렸다. 얼음 조각이 찰리의 흠뻑 젖은 머리 위로 떨어져 내렸다가 되 튀었고, 그녀는 다시 자신의 운을 저주했다. 그러나 이제 상황은 더 안 좋아질 참이었다.

"수색 끝내도록 해."

찰리는 뒤를 돌아봤다. 헬렌이 도착해 있었다. 그리고 전혀 유쾌한 표정이 아니었다.

그들은 경찰서로 돌아가는 동안 한 마디도 나누지 않았다. 왜 수색이 취소되었는지에 관해 아무런 설명도 없었고, 유력한 용의자를 놓친 것에 대해서 당연히 돌아올 질책도 없었다. 찰리는 대체 무슨 일이 벌어지는지 몰라 기분이 좋지 않았다. 살면서 처음으로 그녀는 경찰에 체포되면 어떤 기분일지 깨달았다. 아마도 용의자가 되면 이런 기분일 듯했다. 찰리는 간절히 대화를 나누고 싶었다. 긴장감을 털어 버리고 무슨 일이 벌어지고 있는지 알아내고 싶었다. 그러나 아무래도 그건 그녀가 선택할 수 있는 일이 아닌 모양이었다. 그래서 가만히 앉아 침묵하며 수천 가지의 어두운 시나리오를 머릿속에 그려봤다.

그들은 아무 말 없이 경찰서 복도를 통과해 걸어갔다. 헬렌이 먼저 심문실로 들어가서 휴대전화 전원을 껐다. 두 여자는 서로를 빤히 바라보고 서 있었다.

"왜 경찰이 되기로 마음먹은 거지, 찰리?"

젠장, 조짐이 안 좋았다. 만약 이게 정말 헬렌이 묻고 싶은 질문이라면, 찰리는 상당히 큰 곤경에 빠져 있음이 분명했다.

"의무를 다하기 위해서요. 나쁜 놈들을 잡아서."

"그럼 자신이 좋은 경찰이라고 생각하나?"

"물론입니다."

긴 침묵이 흐르고 나서 헬렌이 다시 물었다.

"그럼 해나 미커리에 대해 얘기해보지. 어떻게 그 여자를 풀어 준 건지."

찰리는 이 정도 질문에 흥분하지 말자고 다짐했다. 어떤 비난이 쏟아지든 간에, 침착해야 했다. 모든 게 침착함에 달려 있을 수도 있었다. 그래서 찰리는 해나 미커리가 어떻게 자신을 속이고 집을 나섰는지 설명했다. 어떻게 그들이 해나 미커리를 놓칠 수밖에 없었는지에 관해서도. 그러나 이미 심각한 난관에 부딪혀 있음이 확실할 때는 괜히 이런저런 변명을 덧붙여봐야 소용없었다.

"해나 미커리와는 얼마나 오래 알고 지낸 사이야?"

"알고 지내요?"

"얼마나 됐어?"

"저 그 여자 몰라요. 우리가 같이 잡아와서 심문하고 컴퓨터도 뒤져 본 거잖아요……. 그게 다예요. 반장님이 아는 만큼만 저도 아는 겁니다."

또 침묵이 흘렀다.

"그 여자의 범죄 행각을 보니 기분이 좋은가?"

질문이 점점 산으로 가고 있었다.

"당연히 아니죠. 이 범죄는 비열하기 짝이 없어요. 혐오스러워요. 만약 미커리가 유죄라면, 다시는 바깥세상을 못보게 해야 해요."

"그러려면 일단 그 여자를 찾아야지."

치사한 대답이었다. 그러나 찰리는 자신이 당해도 싸다고 생각했다. 해나 미커리를 놓쳐버림으로써 모든 걸 망쳐버렸다는 사실에는 변함이 없지 않은가. 이러다가 또 다른 희생자가 생겨나는 건 아닐까? 정말 그렇게 된다면 이번 희생자들은 **찰리**의 양심에 무겁게 얹혀 있게 될지 몰랐다.

"피터 브라잇스톤이 자살했다는 소식을 들었을 때, 기분이 어땠어?"

"내 '기분'이 어땠느냐고요?"

"그가 약해 빠졌다고 생각했어?"

"아니요, 당연히 아니죠. 안됐다고 느꼈어요. 우리가 좀 더……."

"그럼 애나와 마리에 관해서는? 그 사람들도 안 됐다고 느꼈어? 아니면 당해도 싸다고 느꼈어? 그들은 확실히 약해 빠진 사람들이었지. 그 동네 불량배 애들이 그 모녀를 뭐라고 불렀었지? 똥개?"

"아니에요, 절대 아니에요. 그런 식으로 죽어도 되는 사람은 세상에 아무도 없어요. 그리고 정말 진심으로 하는 말인데……."

"돈이 필요한 거야, 찰리? 혹시 빚이 많아?"

"아니요."

"더 큰 집이 필요해? 더 좋은 차는?"

"아니에요. 돈 같은 건 더 필요 없어요."

"다들 돈이 필요해, 찰리. 자네만 그렇지 않은 이유가 뭔데? 혹시 도박해? 술 때문이야? 사채라도 빌려 쓴 거야?"

"아니요! 백번 천 번을 물어보셔도 아니에요."

"그럼 왜 그랬어?"

찰리가 망연자실한 표정으로 고개를 들었다.

"뭘요?"

"지금 털어놓으면, 내가 도울 수 있어."

"제발, 지금 반장님이 무슨 말을 하는 건지 난 하나도 못 알아 듣……."

"왜 그 여자가 찰리 자네를 이런 식으로 이용해 먹도록 내버려 두고 있는 건지 내가 다 이해하는 척은 하지 않을게. 그나마 최상의 시나리오라고 할만한 건 그 여자가 자네의 약점을 잡고 있는 거야. 그리고 최악의 시나리오는 그 여자처럼 자네도 뒤틀려 있다는 거지. 그렇지만 이거 하나만 기억하고 있으라고, 찰리. 지금 당장 나한테 사실대로 털어놓지 않으면, 그러니까 모든 사실을 하나도 남김없이 자백하지 않으면, 자넨 남은 평생을 감방 안에서 썩게 될 거야. 부정을 저질러서 갇힌 경찰관들이 교도소에서 어떤 수모를 당하는지 알고 있어?"

그제야 찰리는 모든 상황을 이해했다.

"제가 한 짓이 아니에요."

침묵이 흘렀다.

"반장님은 누군가 그 여자를 돕고 있다고 생각하시는 거네요. 경찰서 내부에 있는 누군가. 팀원 중에 누군가. 그렇지만 난 아니에요."

"그렇지만 난 이미 그게 자네라는 걸 알아."

"아니요, 저는 알리바이가 있어요. 반장님도 **알잖아요**, 저한테 알리바이가 있다는 거. 마침 그 시간에 제가 경찰서 안에 있기는 했지만, 그때 저는 실종자 수색 담당 부서에 있는 재키 타일러와 얘기 중이었어요. 실종된 커플들에 관한 자료를 찾아보느라 거의 40분 동안 거기에 머물러 있었어요."

"자네가 거기 없었다고 재키가 털어놨어."

"아니, 아니에요. 말도 안 돼요. 이미 제가 함께 있었다고 진술……."

"그 진술은 철회했어. 자기가 시간대를 착각했다고."

무겁고 당황스러운 침묵이 내려앉았다. 처음으로 찰리의 두 눈에서 눈물이 흘러내렸다. 헬렌이 말을 이었다.

"처음에는 중요치 않은 일이라고 생각해서 대충 대답했지만, 나중에 다시 생각해보니까 자네가 찾아온 게 이른 오후더라고……."

"아니요, 아니에요. 거짓말하는 거예요. 저는 거기 있었어요. 분명히 그 시간에 재키 타일러와 함께 있었어요. 심지어 그날 훑어본 실종 커플의 이름까지 다 댈 수……."

"자넨 날 실망시켰어, 찰리. 그리고 우리 모두를 배반했어. 자네가 조금이라도 부끄러워하는 기색이 있었다면, 조금이라도 정직하려 했다면, 내가 자네를 도울 수도 있었을 텐데, 이젠 부패방지국 소관으로 넘어갔어. 5분 후면 그쪽에서 이리로 올 거야. 그 사람들에게 사실대로 다 털어놓도록……."

찰리가 팔을 뻗어 헬렌의 손을 움켜잡았다.

"난 아니에요."

긴 침묵이 흘렀다.

"반장님이 날 좋아하지 않는 거 잘 알아요. 날 높이 평가하지 않는다는 것도 알아요. 그렇지만 맹세컨대 난 아니에요. 난……." 이제 찰리는 굵은 눈물방울을 뚝뚝 흘리고 있었다. "지금까지 한 번도…… 난 그럴 수가 없어요. 어떻게 내가 그런 짓을 저지를 거라고 생각할 수가 있어요?"

진심이 담긴 열정적인 말이었다. 그러고 나서 찰리는 깊은 곳에서 울려 나오는 소리로 흐느끼며 무너져 내렸다.

"난 정말 아니에요."

헬렌은 그녀를 바라보고 있다가 말했다.

"알았어, 찰리. 그 말 믿을게."

찰리가 고개를 들었다. 믿을 수 없다는 표정이었다.

"그렇지만……."

"부패방지국에서는 안 와. 그리고 재키도 진술을 철회한 적 없어. 그녀가 자네에게 확실한 알리바이를 제공한 거야. 이런 식으로밖에 할 수 없었던 거 정말 미안해. 하지만 다른 방법을 찾을 수가 없었어. 누가 한 짓인지 알아내야만 하거든."

"그럼?"

"자넨 깨끗해, 찰리. 우리가 이런 대화 나눈 건 아무도 알 필요 없고, 자네 문서에도 전혀 기록으로 남지 않을 거야. 얼른 눈물 훔치고, 자리로 돌아가."

그 말을 남기고 헬렌은 밖으로 나갔다. 찰리는 양 손바닥에 얼굴을 묻었다. 안도와 기진함이 역겨움과 동시에 밀려들었다. 지금 이 순간 찰리는 헬렌 그레이스가 더는 미울 수 없을 만큼 미웠다.

밖으로 나와서 헬렌은 한숨을 쉬었다. 뱃속이 뒤집히는 듯한 기분이었다. 찰리를 견디기 힘든 상황까지 몰고 갔던 일 때문이 아니었다. 그녀의 결백이 의미하는 결론 때문이었다. 이제 남아 있는 잠재적인 배반자는 단 한 명, 마크뿐이었다.

60

캐롤라인은 전신이 뻣뻣했다. 귀는 조그만 소음에도 바짝 긴장했다. 지하실에서 풀려난 지 나흘째였지만, 지금까지 그녀는 거의 한숨도 자지 못했다. 마티나의 모습이 머릿속에서 지워지지 않았다. 숨을 헐떡이며 컥컥이는 모습과 툭 튀어나온 두 눈이 자꾸 떠올랐다. 그러나 그녀를 잠 못 들게 하는 것은 두려움이었다. 목숨을 구했다는 기쁨은 신경을 갉아먹는 두려움에 서서히 그 자리를 내준 지 오래였다. 왜 풀어준 걸까? 그녀는 살인을 저질렀다. 이제 어떤 끔찍한 운명이 그녀를 기다리고 있을까?

캐롤라인은 병원에서 이제 퇴원해도 좋다고 허락하자마자 아파트로 서둘러 돌아왔다. 어딘가 친숙하고 안전한 곳에 있고 싶었기 때문이었다. 그러나 샤론은 그녀의 모습을 보자마자 자기 부모님에게로 도망치듯이 가버렸다. 제발 함께 있어 달라고 사정을 했지만, 소용없었다. 나중에 거울을 바라보고 나서, 캐롤라인은 왜 룸메이트가 그렇게 달아나 버렸는지 이해하게 됐다. 그녀는 완전히 정신이 나간 미친 사람이나 좀비 같았다. 생명이 다 빨려 나가버린 듯이, 창백하고 유령 같았으며, 말도 계속 횡설수설했다. 그녀는 자신이 겪은 고난을 설명할 단어를 찾아낼 수가 없었다. 끝없이 쏟아져 나오는 추잡한 이야기와 불합리한 추론은 아무런 논리도 형성하지 못했다.

홀로 남게 되자, 그녀의 의혹과 두려움은 갈수록 증폭되었다. 한참 동안 머리를 쥐어짠 덕에, 캐롤라인은 마침내 한 남자를 기억해냈다. 원하는 것은 무엇이든 구해주는 남자였다. 그녀는 5초마다 한 번씩 어깨너머로 두려운 시선을 던져대면서 그가 사는 불법 거주지로 달려갔다. 현금인출기를 사용하는 동안 손이 사시나무처럼 떨렸지만,

그래도 필요한 돈을 찾을 수 있었다. 그 남자에게 건넨 500파운드의 현찰이 그녀에게 총 한 자루와 탄환 여섯 발을 구해주었다. 총을 백에 집어넣고 집으로 걸어가는 동안, 캐롤라인은 안도감을 느꼈다. 이제 위험이 닥친다고 하더라도 무기를 가지고 있으니 안심이었다.

아무런 사건도 없이 하루하루가 천천히 지나갔다. 오래지 않아 그녀는 혼자만 갇혀 있는 상황이 미칠 듯이 답답해져서 다시 하던 일로 돌아갈 준비를 했다. 단골손님들은 그녀의 몰골을 보고 몹시도 놀란 모양이었다. 그들은 캐롤라인이 어딜 다녀왔으며, 왜 피골이 상접해 있고, 정신이 산만해져 있는지 알고 싶어 했지만, 그녀는 거짓말을 둘러댔다. 재미없는 거짓말을 늘어놓으며, 목전에 닥친 일에만 집중하려 애를 썼다. 그동안 내내 그녀는 취해 있었다. 캐롤라인은 보드카, 위스키, 맥주 등 가리지 않고 닥치는 대로 마셔댔다. 손이 시도 때도 없이 떨려대는 탓에 고객이 원하는 것을 손으로 해줄 수가 없었기 때문이었다.

이제 더는 죄책감이 느껴지지 않았다. 단지 두려울 뿐이었다. 신시아는 여전히 바깥을 돌아다니고 있을 것이다. 그녀의 목숨을 가지고 장난을 쳐서 결국에는 그녀를 살인자로 만들어버린 신과 같은 신시아가 지금도 여전히 돌아다니고 있었다. 바닥의 마루판이 삐걱거릴 때마다, 문이 쾅쾅 닫힐 때마다, 캐롤라인은 놀라서 펄쩍 뛰어 일어났다. 지난밤에는 폭죽 터지는 소리에 얼마나 소스라치게 놀랐는지, 고객 앞에서 울음을 터트리기까지 했다. 서둘러 밖으로 나가버리는 고객의 얼굴에 떠오른 당황스러운 표정을 보며 캐롤라인은 마음을 고쳐먹고 집으로 도망치듯이 와버렸다. 너무 일찍 일을 시작한 것 자체가 실수였다.

바로 그 때문에 지금 캐롤라인은 아파트로 돌아와 이불을 목까지 끌어 덮었다. 손은 옆에 놓인 탁자 위에 꺼내놓은 총 위에 올려놓은 채 앉아 있었다. 누군가 아파트 안으로 들어오려 하고 있었다. 시간은 새벽 5시였고, 밖은 아직 칠흑같이 어두웠다. 이게 신시아의 계획이었을까? 어둠을 틈타 은밀히 그녀를 다시 찾아오는 게? 캐롤라인은 침대에서 빠져나왔다. 가만히 앉아만 있는 게 뭔가를 하는 것보다 훨씬 더 무서웠다. 그녀는 방문을 열었다. 신시아가 기다리고 있으리라 예상했지만, 복도는 텅 비어 있었다.

그녀는 삐걱거리는 마룻바닥에 저주를 퍼부으며 살금살금 밖으로 나갔다. 거실도 비어 있었고, 복도에도 아무도 없었다……. 그러나 다시 소리가 들렸다. 부드럽게 긁는 듯한 소리였다. 마치 누군가 열쇠를 따려 애쓰는 듯한 소리 같기도 하고, 안으로 들어오려 시도하는 듯한 소리였다. 캐롤라인은 총을 단단하게 부여잡았다. 소리는 부엌에서 들려왔다. 마음을 단단히 먹고, 그녀는 발뒤꿈치를 들고 살금살금 걸어가 한 발로 천천히 문을 열었다.

부엌은 비어 있었다. 하지만 바로 그때 창문 쪽에서 소음이 들려왔다. 빵. 캐롤라인은 잠시도 주저하지 않고 총을 쐈다. 한 발, 두 발, 세 발. 그리고 산산이 부서져 버린 창문가로 달려갔다. 그녀는 자신을 괴롭히던 악마를 영원히 끝장내버리고야 말겠다고 작심하며 창밖으로 아래쪽 거리를 내다봤다……. 캐롤라인의 눈에 보인 것은 빠르게 달아나는 옆집 고양이였다. 그렇다, 고양이였다. 빌어먹을 멍청한 고양이.

캐롤라인은 바닥으로 무너져내렸다. 그리고 자신이 처해 있는 절망적이고 무력한 상황을 절절히 깨달으며 깊이 숨을 들이마셨다. 그녀는 명목만 살아남았을 뿐, 이제 더는 살아있는 사람이 아니었다. 끝나지 않을 공포에 완전히 사로잡혀 있었다. 마티나를 죽이고 얻어낸 승리는 공허하고 아무 가치도 없는 것이었다. 쓰레기통 속으로 총을 던져 넣은 후, 그녀는 경찰에 전화를 걸어 자신의 죄를 고백했다.

헬렌은 탁자 맞은편에 앉아 더듬거리며 자백을 하는 캐롤라인을 가만히 바라봤다. 캐롤라인은 처벌을 예상했고, 처벌받기를 바라고 있기도 했다. 따라서 **만약** 그녀의 자백이 사실이라고 밝혀진다면, 그리고 **만약** 그녀가 이 사건에 관해 조용히 입 다물고 있겠다고 약속한다면, 경찰이 그녀를 기소할 가능성은 희박하다는 말을 헬렌이 들려줬을 때는 거의 실망한 듯 보이기까지 했다.

캐롤라인은 자신이 감금당했던 집으로 경찰을 데리고 갔다. 한 사업가가 사들인 집이었지만, 경기침체로 그가 파산하면서 그냥 썩어가도록 방치되고 있는 주택이었다. 그리고 마티나도 역시 비슷한 상태였다. 그녀의 시체는 벌써 쥐와 파리들의 관심을 끌어모으고 있었다. 습기 찬 지하 저장고에서 썩어가는 시체의 악취가 구역질을 유발했다. 그럼에도 헬렌은 시체를 봐야만 했다.

헬렌은 자신이 대체 무엇을 기대하고 있었을까 생각하니 한심하기까지 했다. 벼락이라도 맞을 줄 알았을까? 헬렌은 이번에도 희생자들이 자신과 인연이 닿아 있을까 봐 두려웠지만, 한편으로는 그러기를 내심 바랐다. 그렇다면 수사에 도화선이 되어주리라는 기대감 때문이었지만, 캐롤라인은 헬렌이 평생 한 번도 본 적이 없는 여성이었다. 그리고 솔직히 말해, 그녀는 어디서나 흔히 볼 수 있는, 실리콘으로 가슴을 잔뜩 부풀리고 거리에서 생활하다가 결국에는 시궁창에 처박혀 버린 여느 매춘부나 다름없어 보였다. 대체 살인자는 왜 캐롤라인을 선택했을까?

캐롤라인이 신시아의 모습을 설명했다. 이제는 적갈색 머리로 그냥 돌아다니는 모양이었다. 캐롤라인은 자신과 마티나가 그녀를 기쁘게 하려고 공연했던 장면을 눈앞에서 벌어지는 일처럼 상세하게 설명했다. 전혀 신체적인 접촉이 없었고, 만남도 살인자의 승합차에서만 이루어졌다.

"여자가 연락은 어떻게 해왔어요?"

"온라인으로요. 마티나가 웹사이트를 갖고 있거든요. 신시아가 그리로 이메일을 보냈어요."

그들은 함께 웹사이트를 살펴봤다. 혹시라도 IP주소의 흔적을 남겨 놓았을지 찾아보려는 것이었다. 하지만 헬렌은 자신이 없었다. 그런 실수를 저지르기에는 살인자의 갑옷이 너무도 완벽했다. 그래서 그녀는 다시 희생자들에게로 관심의 초점을 돌렸다.

캐롤라인은 딱히 특이한 점을 찾아볼 수 없는 사람이었다. 그녀는 반항을 절대로 용납하지 않는 할아버지로부터 도망치기 위해 열여섯 살에 집을 뛰쳐나와 매춘부가 되었다. 그리고 잘 속아 넘어가는 고객들을 상대로 화대만 받아 가로채고 약속한 서비스는 제공하지 않은 채 도망치는 속임수를 쓰기 시작했다. 그러던 어느 날 그녀는 어떤 고객에게 붙잡혔고, 결국 며칠 동안 걷지도 못할 만큼 두들겨 맞았다. 일단 다시 걷게 되자, 그녀는 맨체스터를 떠나 남쪽으로 향했다. 처음엔 버밍엄으로, 그 다음에는 런던으로, 그리고 마침내 사우샘프턴에 도착했다. 슬픈 현실이지만, 그녀는 지극히 평범한 매춘부에 지나지 않았다. 가족에게 상처받고, 삶에 걷어 채이고, 자신의 꾀로 근근이 살아가는 매춘부. 우울하기는 해도 달리 특별할 것도 없는 흔한 스토리였다.

그렇다면 이번 게임에서는 마티나가 중요한 인물이었을까? 아니면 둘 다 그저 무작위로 선택된 것일까? 둘 중에는 마티나가 훨씬 흥미로웠다. 적어도 그들이 그녀에 관해 뭔가를 알고 있다면 그럴 것 같았다. 마티나는 겨우 두 달 전에 사우샘프턴에 도착했다. 친구도 가족도 사회보장번호도 없었다. 완전히 백지였다. 바로 그 사실 자체도 흥미로웠다.

헬렌은 혼자 인터뷰를 했다. 규정대로라면 누군가 한 사람이 동석해 있어야 했지만, 지금은 그런 규칙에 신경을 쓸 심적 여유가 없었다. 더는 정보가 새어 나가는 상황을 감당할 여력이 없었다. 그러나 인터뷰를 거의 마쳐갈 무렵 모든 것을 바꾸어 놓을 소식이 들어왔다. 마침내 누가 두 소녀를 그리 비참한 지경으로 몰아갔는지 확실히 알아낼 기회가 온 것이다. 미커리가 다시 수면 위로 모습을 드러냈다.

61

그는 정말 술이 필요했다. 지난 며칠은 거의 고문과도 같은 나날이었기에, 몸과 머리와 영혼이 전부 술을 갈구하며 쑤시고 아팠다. 언제나 처음 한 모금이 최고였다. 굳이 알코올 중독자가 아니더라도 그 사실은 충분히 알 수 있었다. 그는 근처에 있는 술집으로 걸어가지 않기 위해 젖먹던 힘까지 다 끌어내서 자신을 억제하고 있었다.

그는 추위 속으로 걸어나갔지만, 왜 나왔는지는 자신도 알 수 없었다. 나약하기 때문일까? 헬렌 앞에서 울음을 터트렸을 당시에는 그렇게 하는 게 너무도 자연스럽게 느껴졌었다. 솔직하게 마음을 열고 진심을 보여주는 것 같았다. 그러나 지금 헬렌은 허약해 빠진 그를 한심하게 생각하고 있을지도 몰랐다. 혹시 그와 잔 것까지 후회하고 있을까? 아니면 뭔가 다른 게 있는 걸까?

그는 며칠 동안이나 찰리도 헬렌도 만나지 못했다. 그들은 늘 외근을 나가 있거나, 아예 심문실에 틀어박혀 있었다. 게다가 그 두 사람 사이는 평소보다 훨씬 심각해 보였다. 헬렌은 찰리에게 내내 냉담하게 굴었다. 무슨 일이 있는 게 분명했다. 그러나 적어도 찰리는 마크보다 훨씬 크게 헬렌의 세계 속에 존재했다.

시간이 많이 늦기는 했지만, 마크는 찰리가 경찰 체육관에서 열리는 복싱 수업은 절대로 빠지는 일이 없다는 사실을 알고 있었다. 무슨 일이 있어도 수업에는 참석했다. 그게 바로 지금 마크가 지나는 사람들의 캐묻는 듯한 시선을 무시한 채 체육관 주차장에서 서성이고 있는 이유였다.

그리고 저기 그녀가 보였다. 마크는 찰리의 이름을 부르며 서둘러 다가갔다. 주차장을 가로질러 체육관 쪽으로 성큼성큼 걸어가던 찰리는 그가 부르는 소리에도 약간만 속도를 늦추었을 뿐 그냥 걸어갔다. 놀란 것일까? 그에게 어떤 말을 해야 할지 생각하느라 자신에게 약간의 시간을 주기 위해 그러는 걸까? 그러거나 말거나, 마크는 생각했다. 그리고 곧장 그녀 쪽으로 다가갔다.

"입장 곤란하게 만들고 싶은 생각은 없지만, 나도 대체 무슨 일인지 좀 알아야겠어, 찰리. 내가 뭘 잘못한 거야?"

찰리는 잠시 아무 대꾸도 하지 않았다. 그리고 곧 대답했다.

"나도 몰라요, 마크. 지금 반장님은 팀원들 모두에게 화가 난 것 같아요. 그렇지만 나도 이유는 몰라요. 알게 되면 얘기해줄게요, 약속해요."

그녀는 말을 더듬었고, 뭔가 열심히 말하고 있었지만, 내용은 거의 없었다. 마크는 그녀가 거짓말을 하고 있음을 알았다. 워낙에 연기력이 좋은 사람은 아니었다. 그런데 왜 거짓말을 하는 걸까? 그들은 늘 마음이 잘 맞았고, 좋은 친구처럼 지내왔다. 대체 헬렌이 그녀에게 무슨 말을 한 걸까?

"제발, 찰리. 아무리 수치스럽고 기분 나쁘더라도, 내가 뭘 잘못했는지 나도 알아야만 하잖아. 경찰직이 내가 가진 전부야. 이것마저 잃어버리면, 엘시도 영영 만나지 못하게 되고, 그나마 가지고 있는 모든 걸 잃게 될 거야. 그러니 그게 뭐든 간에 나도 알아야겠어."

찰리는 불신의 표정으로 바라보는 마크의 시선을 계속 이리저리 피하면서 다시 그에게 거짓말을 했다. 마크는 찰리를 놓아주었다. 솟구치는 분노를 가까스로 진정시키고 나니 그게 낫겠다는 생각이 들었기 때문이었다. 그는 깊이 상심한 채 경찰서로 돌아갔다. 지금은 어디로 향하든 간에 짙은 구름 속을 헤매다니는 것이나 다름없었기에 차라리 경찰서에 있는 것이 더 안전했다. 술의 유혹을 견디기에 훨씬 수월할 테니 말이다. 그리고 그가 마음속으로 자신의 이력서를 작성하며 책상에 막 자리 잡고 앉았을 때, 그 전화가 걸려왔다. 발신자는 부검실의 짐 그리브스였다.

"이건 알고 계셔야 할 것 같아서 전화했습니다. 그 여자는 남자예요."

"뭐라고요?"

"마티나, 그 매춘부 말입니다. 그 여자가 가슴도 풍만하고 보기에는 영락없는 여자지만, 태어나기는 남자로 태어났다는 사실에는 의심의 여지가 없습니다. 성전환수술을 한 지는 2년쯤 된 것 같지만, 항문을 관찰해보니 그전에도 그쪽 계통에서 계속 일을 해온 게 틀림없습니다. 물론 고객층이야 달랐겠죠. 제가 수사를 한다면 그쪽을 한번 파볼 것 같네요."

그렇다, 마티나는 사내아이로 태어났던 것이다. 즉시 마크는 기운이 샘솟았다. 잘만하면 이 정보가 헬렌의 마음을 해동시키는 데 계기가 되어줄지도 몰랐다. 갑자기 마크는 다시 게임으로 돌아갔다.

62

"말보로 골드 한 갑 주세요."

헬렌은 담배를 너무 자주 피웠다. 자신도 그 사실을 알았다. 그러나 미커리 맞은편에 자리 잡고 앉기 전에 미리 생각을 정리하고 싶었고, 흡연이야말로 마음을 진정시키는 데 항상 큰 효과를 나타냈다. 그래서 헬렌은 경찰서를 슬쩍 빠져나가 근처 신문가판대로 갔다. 주인이 뒤로 팔을 뻗어 믿음직스러운 흰색과 황금색 담배 한 갑을 잡아당겼다. 그리고 카운터 위로 담배를 던져 놓더니 무표정한 얼굴로 충격적일 만큼 비싼 가격을 알려줬다.

"내가 사줄게요."

에밀리아 개러니타였다. 또 걸렸네. 바짝 경계하고 다녀야겠는걸. 이렇게 자주 걸려봐야, 저 여자를 더 격려하는 꼴밖에는 안 되니까, 헬렌은 속으로 생각했다.

"아니요, 됐어요."

이렇게 말하고 헬렌은 10파운드짜리 지폐를 가판대 주인의 손 위에 올려놓았다. 주인은 노골적으로 에밀리아를 빤히 바라봤다. 신문에서 얼굴을 봐서 그러는 걸까, 아니면 그녀의 일그러진 얼굴 때문에 그러는 걸까? 잠시 동안 헬렌은 자신의 적에게 약간의 안쓰러움을 느꼈다.

"어떻게 지냈어요, 에밀리아? 좋아 보이네요."

"나야 잘 지내죠. 오히려 난 반장님이 걱정이에요. 세 건의 살인사건 수사를 어떻게 다 지휘하고 계세요?"

"전에도 말했듯이 벤 홀란드의 죽음은 사고⋯⋯."

"샘 피셔, 벤 홀란드, 마티나 로빈스. 모두 살해됐죠. 사우샘프턴에서는 전례가 없는 일이에요. 장소는 모두 여기서 멀리 떨어진 곳이었고, 살인은 예상치도 못했던 일이었어요. 대체 무슨 일이 벌어지고 있는 거죠?"

에밀리아의 손에는 녹음기가 들려 있었다. 확실히 심기 불편한 헬렌의 목소리를 담아가고 싶은 모양이었다. 아니, 그녀가 망신당하는 장면을 원하는 걸까? 헬렌이 대답하기 전에 잠시 둘 사이의 긴장감을 즐기면서 시선을 들어 에밀리아를 바라봤다.

"아직은 추측뿐이에요, 에밀리아. 그렇지만 나도 이른 시일 내에 좀 더 건네줄 만한 정보를 얻을 수 있기를 바라요. 지금 심문하기 위해 한 사람을 가두고 있기는 해요. 원한다면 그 사실 정도는 신문에 내도 됩니다. 그건 추측이 아니니까요. 사실이에요. 신문은 사실을 다루는 매체잖아요, 아닌가요?"

그러고 나서 헬렌은 자리를 떴다. 경찰서로 돌아가는 동안 헬렌은 날아갈 것 같은 기분이었다. 이번에는 자신이 이긴 것 같아 기분이 괜찮았다. 그녀는 담배를 깊이 빨아들이고 나서 앞으로 닥칠 일에 관해 천천히 생각해봤다.

63

미커리는 아무 말도 하지 않았다. 그녀와 헬렌은 거의 한 시간 동안이나 탁자를 사이에 두고 마주 앉아 서로를 바라보고 있었지만, 여전히 자신이 어디에 갔다 왔는지에 대해서는 털어놓지 않았다.

"난 아무 죄도 안 지었어요."

해나 미커리가 미소를 억누르며 말했다.

"그렇다면 왜 변장을 하고 나갔어요? 왜 경찰을 따돌리고 도망갔죠? 경찰이 멈추라고 소리 질렀지만 그러지 않았잖아요. 그 사실 하나만으로도 감옥행이에요."

"고객을 만나러 가는 중이었어요." 미커리가 대꾸했다. "그런데 경찰을 달고 가는 건 옳지 않다고 느꼈다고요. 심리상담을 받고 있다는 사실만으로도 내 고객들은 충분히 곤란한 입장이에요, 내 말 믿어요."

"그런데 바로 그게 문제예요. 난 그 말을 안 믿거든요."

미커리는 그저 어깨만 으쓱해 보였다. 확실히 헬렌이 어떻게 생각하는지 따위는 아무 상관이 없는 모양이었다. 그녀의 변호사가 똑같이 의기양양한 표정을 지으며 곁에 나란히 앉아 있었다. 시간은 여전히 흘러갔다. 침묵의 1분. 그리고 2분.

"그럼 처음부터 다시 시작해보죠. 어제 오후에 어디 있었나요? 누구를 왜 만났죠?"

헬렌이 으르렁대듯이 물었다.

"해야 할 말은 이미 다 했어요. 고객의 상담내용과 관련된 기밀은 발설할 수도, 하지도 않을 겁니다."

이제 헬렌은 정말 짜증이 났다.

"이게 얼마나 중요한 일인지 정말 몰라서 이러는 겁니까?" 두 여자가 서로를 향해 눈알을 굴렸다. "당신이 이 연쇄살인 사건의 유력한 용의자예요. 당신을 체포해서 기소하게 되면, 난 다섯 번의 종신형을 선고해 달라고 요청할 겁니다. 당연히 가석방도, 형량 축소 같은 것도 없을 테니 남은 평생을 철창 안에서 지내게 되겠지. 그러니 조금의 선처라도 받길 바란다면, 지금 이 자리에서 뭐라도 털어놔요. 바로 여기 이 방 안에서. 왜 그런 짓을 저질렀는지 나한테 털어놓으면, 그러니까 마티나와 다른 사람들을 왜 죽였는지 자백한다면, 내가 도울 수도 있어요."

"당신 지금 내가 정말 마티나를 죽였다고 생각하는 거예요?"

미커리가 물었다.

"지금 장난치는 거 아니에요. 난 정확한 답을 원해요. 그리고 만약 당신이 앞으로 5초가 지날 때까지 아무것도 털어놓지 않는다면, 난 당신을 체포해서 다섯 건의 살인 혐의로 기소할 거예요."

"아니, 당신은 못해요."

"뭐라 그랬어요?"

"당신은 날 체포 못 한다고. 기소도 못 할 거예요. 그래서 난 당신에게 아무 말도 하지 않을 거고."

헬렌은 그녀를 빤히 바라봤다. 이 여자 말이 사실일까?

"지금 우리 수사 선상에 다른 사람은 없어요, 해나. 당신이 유력한 용의자라고요. 그리고 당신은 기소될 거예요. 이번에는 절대로 도망 같은 거 못갈 테니 그런 줄 알아요."

"내가 보기에 형사님은 평소 포커 게임 같은 건 안 하시나 봐요. 포커를 좀 칠 줄 알면 허세도 좀 그럴듯하게 부릴 텐데. 내가 좀 도와드리죠."

헬렌은 앞에 앉은 여자의 두 눈 사이를 주먹으로 한 대 갈기고 싶었고, 해나 미커리도 그 사실을 잘 알고 있었다. 그녀가 말을 이었다.

"형사님은 지금 연쇄살인범을 추적하고 있어요. 괜히 다른 사건인 척하지 말자고요. 그건 그렇고, 어쨌든 연쇄살인범 중에서도 굉장히 특이한 자를 쫓고 있죠. 일단 여자예요. 그런데 여자 연쇄살인범 이름을 몇 명이나 댈 수 있을 것 같아요? 에일린 워노스, 로즈 웨스트, 마이라 힌들리. 그렇게 목록이 길지 않아요. 그래서 나타났다 하면 대박인 거죠. 모두가 여성 연쇄살인범을 **좋아해요**. 타블로이드, 영화 제작자, 거리에 지나다니는 남자들 할 것 없이 모두가 살인을 반복해서 저지르는 여자들에게 매혹돼 있어요. 그리고 이번에는⋯⋯." 그녀가 극적 효과를 내기 위해 잠시 말을 멈췄다. "⋯⋯이번에는 아주 제대로 최상급이에요. 왜냐고요? 그 여자는 정말 영리하고 조직적이면서 전혀 흔적도 남기지 않거든요. 그 여자가 어떻게 희생자들을 선택하죠? 그리고 왜 그들을 고를까요? 납치한 두 명을 다 증오할까요, 아니면 둘 중 한 명만 미워하는 걸까요? 누가 죽게 될지 결과는 어떻게 예측할까요? 누가 죽고 누가 살지 같은 사실에 신경이나 쓸까요? 그리고 왜 그들이죠? 그들이 그 여자에게 무슨 짓을 저질렀을까요? 그 여자가 혹시 자신이 죽인 희생자들을 통해서가 아니라, 자신의 범죄에서 살아남은 희생자들을 바라보며 쾌감을 느낀 역사상 첫 번째 연쇄살인범은 아닐까요? 그 여자는 정말 남달라요. 아마 엄청난 돌풍을 일으키게 될 거예요."

헬렌은 아무 말도 하지 않았다. 그녀는 미커리가 자신에게 미끼를 던지고 있다는 사실을 알았기에 원하는 반응을 보여 그녀를 만족하게 해주지는 않을 작정이었다. 미커리가 미소를 지으며 다시 말을 이었다.

"이 특별한 이야기에는 몇 가지 다른 결말이 있어요. 그렇지만 최고의 결말이자 모든 타블로이드 기자들과 독자가 원하는 결말은, 고

집불통 경찰이 마지막에 자기 여자친구를 범인으로 잡아들이는 거죠. 그러면 우리 모두 그 여자의 얼굴 사진을 자세히 들여다보면서 12면짜리 신문 특별판에 실린 끔찍한 세부사항과 '전문가'의 의견, 그리고 속이 빤히 들여다보이는 음란한 열정을 읽어 나가는 기쁨을 누릴 수 있을 테니까요."

미커리는 슬슬 자신의 주제에 열을 올리고 있었다.

"그리고 아무도 원치 않는, 특히 형사님이 원치 않는 결론은 어리석은 실수에서 시작하죠. 무고하고 존경받는 전문가를 체포한 실수." 미커리는 '전문가'라는 단어를 특히 강조해서 말했다.

"그게 살인범이 잡히기도 전에 사건에 대한 내용이 새나가는 결과를 만들어 내죠. 타블로이드는 격분해서 떠들어대고, 거리의 시민들은 겁에 질리고, 그러면 당신들은 갑작스럽게 수백만의 눈이 수백만의 얼굴을 자세히 관찰하는 모습을 발견하게 되는데, 그게 살인자를 지하로 숨어들게 하리라는 사실은 불을 보듯 훤한 일이죠. 그동안 당신의 사건 수사본부에는 셀 수도 없이 많은 가짜 단서들이 제보되겠죠. 살인자는 사라지고, 당신들은 허공에 매달린 채 남아 있을 테고, 나는 아주 큰 액수의 보상을 받게 될 테니까, 그걸로 늘 장만하고 싶었던 보트를 한 대 사게 될 거라고요."

그녀가 다시 극적인 효과를 주기 위해 말을 멈췄다.

"그러니 형사님이 자기 자신에게 물어봐야 할 질문은, '해나 미커리가 범인이라고 정말 확신하는가'예요, 안 그런가요? 그리고 확신한다면 그 사실을 증명할 수 있을까요? 왜냐하면, 만약 증명을 못 한다면, 그리고 만약 형사님이 앞으로 저지르게 될 엄청난 실수들을 미리 볼 수 있다면, 지금이라도 멈출 시간적 여유는 얼마든지 되니까요. 올바른 방향으로 나갈 시간은 충분하니까요. 그리고 날 풀어주고 제대로 수사를 시작할 시간도 얼마든지 되니까요. 난 결백해요,

242

헬렌 반장님."

헬렌은 자신의 이름이 이번처럼 정확하게 '엿 먹어'라는 소리처럼 들린 적은 없었다는 생각이 들었다. 의심의 여지 없이 훌륭한 연설이었다. 그리고 미커리의 이야기는 헬렌으로 하여금 몇 가지 관련된 의문을 품게 만들었다. 해나 미커리가 정말로 병적으로 정신이 혼란스러우면서, 동시에 저토록 확신에 차고 정확할 수 있을까? 다른 사람의 생각에 관해 정확히 파악하면서, 동시에 반사회적 인격장애자일 수 있을까?

"난 이제 가도 될까요?"

미커리는 그 질문을 하지 않을 수가 없었다. 헬렌은 그녀를 잠시 빤히 바라보다 대답했다.

"아직은 이 방에서 얘기가 나왔던 그 혐의들에 대해서 기소를 하지는 않을 겁니다. 사실 아직 수사가 진행 중이니까 기밀에 해당하는 그 내용을 당신에게 알려주면 안 되는 거였어요." 미커리는 미소를 지으며 소지품을 챙겼다. "그렇지만 경찰이 멈추라고 경고했을 때 멈추지 않았기 때문에, 구치소에서 적어도 하룻밤은 지내고 나가야 해요, 그건 인정하죠?"

헬렌은 할 말을 잃고 망연자실해 있는 해나 미커리를 남겨두고 방을 나갔다.

64

헬렌의 머릿속에는 셀 수도 없이 많은 질문이 소용돌이치고 있었다. 미커리는 진실을 말한 것일까? 어쩌면 그녀는 살인자가 아닐지도 모른다. 이 살인사건에 보이는 그녀의 집착은 어쩌면 완전히 다른 무언가, 즉 돈에 목적이 있는지도 모른다. 미커리는 이번 사건이 세간에 공개되면 전 세계적으로 돌풍을 일으키게 되리라는 사실을 알고 있었다. 그러기에 다른 무리보다 앞서 사건의 내부 정보를 사용하려 혈안이 되어 있었던 것이다.

헬렌은 그렇게 생각하면 할수록 점점 더 그게 사실처럼 느껴졌다. 해나는 이번 살인사건과 관련해서 살인자의 마음가짐에 관한 심리학적인 통찰력과 경찰 조사를 통해 나온 진짜 증거까지 완비한 권위 있는 설명의 초고를 이미 작성해두었는지도 모른다. 희생자 중 두 명과 개인적으로 알고 있었다는 행운이 그녀에게 사건을 추적하게 했을지도 모르지만, 해나는 야망이 큰 여성이라 좀 더 많은 것을 원했던 것이다.

해나가 언제 마크에게 처음 접근했을까? 왜 그였을까? 그리고 대체 얼마나 뻔뻔하기에 현직 경찰관을 매수해서 진행되는 수사에 관해 상세한 정보를 얻어낼 수 있었을까? 만약 그녀의 부패적 영향력이 살인자를 잡으려는 경찰의 시도를 조금이라도 방해한 정황이 드러난다면, 해나 미커리는 수감생활을 예상해야 할 터였다. 그 사실이 그나마 위안이 된다고, 헬렌은 냉정하게 생각했다.

해나가 구치소에 갇혀 있는 동안, 헬렌은 마음먹은 바를 행동에 옮길 잠깐의 기회를 얻을 수 있었다. 그러나 그녀는 신중해야 했고, 규칙대로 따라야 했다. 일단 헬렌은 휘태커를 만나러 갔다. 헬렌이 수사 진행과정을 정리해 들려주는 동안, 그는 인상을 찌푸리고 앉아 있었다. 그들이 마크를 수사해야 한다는 사실은 의심의 여지가 없었지만, 마크는 물론이고 다른 직원들의 의심을 사지 않고 은밀히 그 일을 진행해 나갈 수 있을까? 아니, 물론 아니었다. 그렇다면 그들은 마크를 정직시키고, 그를 기소해야만 했다.

그러면 그는 복수심과 금전적인 이익을 바라고 곧장 언론을 찾아 갈 가능성이 컸다. 하지만 휘태커는 적정한 보상, 다시 말해 경찰 연금과 대출 상환금이 그를 입 다물게 할 수 있을지도 모른다고 생각했다. 전에는 그게 효과를 나타냈고, 마크도 그리 부유한 집안 출신은 아니었다. 헬렌은 마크의 배반을 그런 식으로 보상해준다는 사실이 계속 마음에 걸렸지만, 휘태커는 그녀보다 훨씬 실용적인 사람이었다.

"이 건은 내가 맡아서 할까?"

그가 물었다.

"아니요, 제가 할게요."

"기강과 관련해서 문제가 생겼을 때는 자네 상관이 일 처리를 하는 게 관례적인……."

"네 알아요, 그리고 이번이 그런 경우에 해당한다는 것도 잘 이해하고 있습니다. 하지만 그가 어떤 정보를 유출했고, 누구에게 했는지 제가 알아야만 합니다. 제가 그를 혼자 심문하는 게 그런 정보를 얻어내기에 훨씬 유리할 것 같습니다."

휘태커가 두 눈을 휘둥그레 떴다.

"자네 혹시 마크에게 뭔가 특별한 감정이라도 품고 있는 건가?"

"아니요, 그가 저를 존경합니다." 헬렌이 빠르게 대답했다. "제가 헛소리 같은 거 하지 않는 사람이라는 것도 잘 알기 때문에, 뭔가 거래를 제안하면, 그게 진짜 옳다고 믿기 때문에 제안하는 거라는 걸 믿을 겁니다."

휘태커는 그 말을 믿는 듯했다. 그래서 헬렌은 그의 사무실을 나왔다. 그곳을 벗어났다는 사실이 오늘만큼 기쁜 적이 없었다. 하지만 돌이켜 생각해보면 휘태커를 상대하는 일은 쉬운 축에 들었다. 어려운 부분은 마크를 상대하는 일이었다.

헬렌은 자신의 차에 올라타서 문을 닫았다. 곧 세상의 모든 근심·걱정을 담은 주변의 소음이 잠잠해졌다. 그녀에게 끊임없이 돌을 던져대는 세상에서 도망쳐 들어와 얻은 순간의 평화였다. 왜 그녀는 마크가 자신에게 가까이 다가오도록 허락했을까? 그가 팀이 수사하는 모든 세부사항을 밖으로 빼돌리고 있는 것도 모르고, 어떻게 그가 자신에게는 더 없이 소중한 파트너라고 생각하게 됐을까? 헬렌은 그와 술집이나 수사본부에 앉아 이론을 정립하고 이런저런 용의자를 고려하면서 나누었던 대화를 떠올리고는 움찔했다. 이미 해나 미커리의 책 속에는 실력도 없으면서 이리저리 갈팡질팡하는 한심한 경찰관의 모습으로 묘사된 그녀의 모습이 실려 있을지 누가 알겠는가. 눈부신 환영 같은 살인범이 무지한 경찰에게 불운하게 쫓겨 다니는 모습이라니.

헬렌은 고통을 느끼며 비명을 지르고는 자신의 손을 내려다봤다. 손톱이 손바닥에 박혀 있었다. 자책과 분노 속에 자신도 모르게 피를 보고 만 것이다. 자신의 어리석음을 저주하면서 헬렌은 다시 정신을 집중하려 애를 썼다. 지금은 막연한 가능성에 정신이 산만해져서는 안 되는 시기였다. 상상 속의 전투에서 싸우고 있어서는 안 된다. 그런 오류는 과거에도 이미 충분히 범하지 않았는가. 이제는 마음을 차분하게 먹고 단호해져야 했다. 행동에 옮길 차례였다.

65

그의 첫 느낌은 안도감이었다. 마크는 종일 아무런 성과도 없이 마티나와 관련해 새롭게 알아낸 사실을 들려주기 위해 헬렌을 찾아다녔다. 그리고 지금 마침내 그녀가 여기, 그의 집 문앞에 기대 서 있었다. 헬렌이 사무실에서 그를 붙들고 이야기를 하는 대신 여기, 그의 집으로 다시 찾아왔다는 사실에, 그의 마음속에는 만족감보다 더한 무언가가 파도처럼 밀려들었다. 그게 무엇일까? 희망? 흥분? 어쩌면 그녀는 신비롭고 뜨겁고 차가우며, 다루기 힘든 그런 여자로 비치기를 좋아하는지도 몰랐다. 그러나 그녀의 표정에서 마크는 이번이 그런 상황은 아니라는 사실을 말해주는 무언가를 발견했다.

헬렌은 그가 문을 열어 안으로 들여보내는 동안 아무 말도 하지 않았다. 기꺼이 협조하는 것 외에는 별도리가 없으리라. 상황이 얼마나 나쁘게 돌아가는지 일단 두고 보는 것이다. 그래서 그는 의자를 하나 끌어당겨 그녀를 마주 보고 앉았다. 누가 먼저 입을 열까?

"우리가 이런 식으로 만나는 건 아마 이번이 마지막이 될 거야. 우리는 친구 사이였고, 그 이상의 관계이기도 했어. 그러니 괜히 고함을 지르거나 비난하거나 거짓말을 해서 상황이 더욱 고통스럽게 변하도록 하지 말아주길 바라."

말을 하는 동안, 헬렌은 그의 반응을 예의 주시하면서 눈을 반짝이며 그를 바라봤다.

"당신은 우릴 배신했어, 마크. 다른 식으로는 당신의 행위를 설명할 길이 없어. 나를, 우리 팀을, 그리고 경찰 전체를 배신해서 결국은 이런 상황에 부딪히게 된 거야. 그보다 더 끔찍한 건, 마크 당신이 그 끔찍한 살인자에게 살해당한 무고한 남녀 희생자들을 배반했다는 사실……."

"대체 무슨 말을 하는……."

"내가 이미 휘태커와 얘기를 했어." 헬렌이 그의 말을 끊었다. "그러니 어떻게든 빠져나가려고 거짓말을 둘러대 봐야 소용없을 거야. 우린 공식 절차를 밟을 예정이야. 그렇게 되면 마크는 모든 경찰력에서 축출당하게 될 거야. 경찰서에서 책상도 사라지고, 제한 구역에는 출입도 허락되지 않을 거야. 그리고 난 이 대화가 끝나면 당신의 신분증을 압수해야만 해."

마크가 그녀를 빤히 바라봤다.

"다른 동료들이 이런 일을 겪는 걸 지켜본 적이 있으니까, 이게 얼마나 불쾌한 과정인지 잘 알고 있으리라고 믿어. 그렇지만 당신 스스로 상황을 좀 쉽게 만들 수도 있어, 마크. 난 당신이 나쁜 사람은 아니라고 생각해. 속까지 썩어들어 갔으리라고는 생각지 않아. 분명히 뭔가 이유가 있었겠지. 왜 그런 끔찍한 짓을 저질렀는지 설명해줄 좋은 이유. 만약 그 이유를 내게 설명해줄 마음의 준비가 됐고, 내가 요구하는 대로 전적으로 협력할 준비가 됐다면, 협상의 여지는 있어. 완전히 맨손으로 나갈 필요는 없어."

긴 침묵이 이어졌다. 그리고 그가 말했다.

"여기 왜 왔어요?"

마크의 반응에 헬렌은 적잖이 놀랐다. 그는 열심히 부인하지도 않고 그저 게임 속에서 한 발자국 움직였을 뿐이었다. 진심으로 비통한 듯이 뱉어낸 질문이었지만, 그의 질문에는 뭔가 다른 것이 있었다. 어떤 대답을 듣고 싶은 것일까?

"왜 여기까지 와서 나한테…… 그런 얘기를 하는 거예요?"

그는 내뱉듯이 말을 했다. 그녀에 대한 도전이었다. 헬렌은 그를 올려다보고 대답했다.

"다른 사람보다 내 귀로 먼저 듣고 싶었거든. 정식 기록으로 남기기 전에 당신이 무슨 이유로 그런 짓을 했는지 알고 싶었어. 나한테 말해줘."

그녀의 목소리는 갑작스러운 감정적 동요에 흔들려 나왔다. 개인적인 배반이 주는 진정한 배신감이 마침내 전신을 훑고 지나갔다. 마크는 그녀를 빤히 바라보고만 있었다. 그는 헬렌이 알아듣지도 못할 외국어를 말하고 있다는 듯이 혼란스러워 보였다.

"내가 무슨 짓을 저질렀다고 생각하는 거예요, 헬렌?"

그의 어조는 차분했지만, 거의 조롱하듯이 들렸다.

"이러지 마, 마크. 심지어 지금도 난 당신이 이보다는 나은 사람이라고 믿어."

"말해봐요. 내가 무슨 짓을 저지른 건지 말해봐요."

다시 분노가 일어나면서 헬렌의 얼굴이 딱딱하게 굳었다. 그녀는 왜 이런 거만한 개자식이 자신에게 가까이 다가오도록 허락한 걸까?

"미커리에게 우리의 수사 내용을 알려줬잖아. 그걸 팔아먹었잖아." 마침내 진실이 탁자 위에 올라갔다. "그러니 왜 그랬는지 알아야겠어."

"엿 먹으라 그래요."

정확히 이유는 알 수 없었지만, 헬렌은 실실 헛웃음이 나왔다. 마크의 얼굴에 분노가 번뜩이더니 그가 마치 헬렌 쪽으로 다가가기라도 하려는 듯이 의자에서 벌떡 일어섰다. 헬렌은 움찔했지만, 마크는 이미 돌아서서 조용히 방 안을 걸어 다니고 있었다. 헬렌은 그가 폭력적으로 반응하거나 위험해질 수 있다는 상황 같은 것은 고려해본 적도 없었다. 대체 이 남자가 어쩌다 이렇게 된 걸까? 어쩌면 헬렌은 그에 관해 전혀 모르고 있는지도 몰랐다.

마크가 다시 입을 열었을 때, 그는 자신의 분노를 억누르기 위해 무던히도 애쓰고 있었다.

"대체 무슨 근거로 내가 그런 짓을 했을 거라고 생각하는 거죠?"

"다른 사람은 아무도 없어, 마크."

"당신도 접근 권한이 있고, 휘태커와 찰리와 기술직……."

"그 일이 벌어졌을 때, 오직 찰리와 마크만 이 경찰서 안에 있었어. 기술자들은 파업 중이었고, 휘태커는 자리에 없었고, 나는 현장에 나가 있었어."

"그래서 **나**라는 겁니까? 그렇다면 찰리는요? 찰리가 그랬을지도 모른다는 생각은……."

"찰리는 아니야."

"그걸 어떻게 **알아요**?"

"알리바이가 있거든. 그리고 내 눈을 똑바로 바라보면서 자기는 아니라고 말했어. 그런데 마크는 왜 그러지 않는 거야? 아슬아슬하게 줄타기를 하는 대신, 내 눈을 똑바로 바라보면서 나는 아니라고 왜 당당하게 말하지 못하는 거야?"

잠시 침묵이 흘렀다. 그리고 그가 대답했다.

"당신이 내 말을 믿지 않을 테니까요."

그의 슬픈 목소리가 참담하게 들렸다. 이유를 설명할 수는 없었지만, 헬렌은 일어나서 그를 위로하고 싶었다. 그 충동과 싸우느라, 그녀는 상처 난 손바닥으로 다시 손톱을 박아 넣었다. 고통이 전신으로 퍼져나갔고, 곧 마음이 진정됐다.

고개를 드니, 마크는 커다란 잔에 와인을 따르고 있었다.

"술은 참아서 뭐 하겠어요, 안 그래요?"

그리고 그가 단숨에 술을 들이켜고는 빈 잔을 탁자 위 헬렌 앞에 쿵 소리를 내며 내려놨다. 그리고 헬렌을 노려보면서 유리잔을 다시 한번 내려놨다. 그리고 다시, 또다시, 마침내 와인잔의 목이 부러져 유리가 사방으로 흩어질 때까지. 그가 손에 들고 있던 잔 밑바닥 부분을 방 건너편으로 던져 버리고는 피가 흐르는 손으로 머리칼을 쓸어넘겼다. 활활 타오르던 그의 분노가 이제는 다시 사그라든 듯이 보였다.

"이렇게 다 결론 내리기 전에 왜 나한테 와서 먼저 묻지 않았어요?"

"알잖아, 왜 그랬는지. 당신에게만 조금이라도 특혜를 주는 듯한 낌새를 보일 수는 없었어. 내가…… 그러니까 우리가……."

"서로의 뒤를 봐주는 것처럼 보일까 봐 그랬다는 건가요?"

"아니, 그런 게 아니야. 마크도 잘 알잖아."

"난 오랫동안 진심으로 내가 뭔가를 잘못했다고 생각했었어요. 헬렌의 심기를 건드렸다고. 우리 사이의 로맨틱한 감정을 거스르는 뭔가 끔찍한 실수를 저지른 게 분명하다고. 그러다가 또 이런 생각도 했죠. 혹시 계급의 차이 때문인가? 그래서 당신이 마음을 달리 먹은 건가? 하지만 진짜 그러리라고는 생각지 않았죠. 그래서 어쩌면 당신이 머리가 좀 이상한 사람일지도 모른다고 생각했어요. 아름답고 예측 불가능한 미친 사람. 그런데 그거 알아요? 당신이 그런 사람이었더라도 난 행복했을 거예요. 얼마든지 당신과 함께 헤쳐나갈 수 있었을 거라고요."

놀랍게도 헬렌은 웃음이 나왔다. 하지만 쓸쓸함이 배어나는 짧은 웃음이었다. 그녀는 뭔가 대답을 하려 했지만, 그가 다시 입을 열었다.

"그렇지만 난 이런 상황은 단 한 번도 생각해본 적이 없어요. 당신이 이런 이유로 날 멀리했으리라고는 짐작도 못 했거든요. 대체 뭘 보고 그렇게 확신을 한 거죠? 내가 왜 직장과 미래, 그리고 좋은 아빠가 될 기회와, 빌어먹을, 다시 사랑에 빠질 기회까지 그깟 뇌물 때문에 다 내던져 버릴 거라고 생각한 거냐고요?"

"뇌물에 관해서는 누가 얘기한 거야?"

"아둔한 척하지 말아요."

"난 돈 얘기는 꺼낸 적도 없어."

마크가 크게 숨을 내쉬었다. 그러고는 시선을 낮춰 피가 흐르는 자신의 손을 바라봤다.

"그 여자에게 돈을 받은 거야, 마크?"

긴 침묵이 흘렀다.

"지금 실수하고 있는 겁니다."

"그 여자가 돈을 줬느냐고 물었잖아."

"난 여기 이 자리에 사흘 밤낮이라도 앉아서 내가 그 여자와 한 번도 얘기를 나눈 적이 없고, 내가 그 여자와 한통속이 된 적도 없으며, 그 여자에게 매수당한 적도 없고, 또 내가 단 한 가지도 잘못한 게 없다는 사실을 당신에게 정확히 설명할 수 있어요. 하지만, 이제 와서 그래 봐야 무슨 소용 있겠어요? 기차는 떠났고, 다시는 돌아오지 않을 테니. 그리고 난 당신이 구체적인 증거 하나도 없이 내게 왜 이러는지 절대 알아낼 수 없겠죠. 이게 다 경찰이라는 신분 탓인지, 미쳐서 그러는지, 아니면…… 뭐가 됐든 난 알 길이 없을 테죠. 하지만 한 가지는 확실히 말할 수 있어요. 난 여기 가만히 앉아서, 그러니까 내 집에 변호사도 없이 무방비로 앉아서 당신 닦달에 못 이겨 하지도 않은 일을 했다고 털어놓지는 않을 거라는 겁니다. 당신은 규칙대로 하고 있잖아요. 물론 당연히 규칙대로 하고 있겠죠. 그러니 휘태커와도 상의하고 찰리와도 대화를 나누고 그 끔찍한 노란색 서류를 부패방지국에 보냈겠지. 그러니 나도 원칙대로 하겠어. 빌어먹을……. 범죄자 취급당하면서 시달림을 당하지는 않을 거라고. 변호사와 노조 대변인과 함께 심문실에 앉아서 천천히, 그리고 아주 신중하게 당신이 내게 불리하리라고 생각하는 그 사건을 하나하나 풀어나가 주지. 그렇게 해서 혐의를 벗고 당신이 얼마나 어리석은 인간인지 만천하에 공개해 주겠어." 그가 의자를 거칠게 뒤로 밀어내더니 현관문 쪽으로 다가가 문을 활짝 열었다. 헬렌은 나가는 수밖에 도리가 없었다. 그녀는 여기 머물러 있을 이유가 하나도 없었다.

"우리가 같이 자는 사이였다고 내가 털어놔도 될까?" 마크가 물었다. "그럼 좋은 '핑곗거리'가 돼 주지 않을까? 왜 당신이 내 경력을 망치려고 드는지에 관해 좋은 설명이 될 것 같은데. 어쩌면 내 섹스 실력이 형편없었는지도 모르겠군. 아니면, 당신이 자신을 실망시켰다고 느꼈을지도 모르지. 부하 직원과 자다니, 언젠가는 불이익을 당하게 될지도 모른다고 생각했겠지. 그리고 그 짐작이 이제 곧 현실이 되겠는걸."

이제 헬렌은 문 앞에 서 있었다. 어서 그곳을 벗어나고 싶었지만, 마크는 아직 할 말이 남은 모양이었다.

"내 입장이면 당신을 미워해야 할 거야. 그렇지만 미워하지 않겠어. 난 당신을 동정해."

헬렌은 거칠게 그를 밀치고 나가 서둘러 층계를 내려갔다. 왜 그의 동정이 이렇게 마음을 아프게 하는 걸까? 그는 부패한 경찰관이고 썩은 사과였다. 그런 인간이 하는 말에 뭐 하러 신경을 쓴다는 말인가. 그래서 헬렌은 자신을 이해시키려 애를 썼지만, 전혀 효과가 없었다. 심지어 분노하고 상처 입은 와중에도, 헬렌은 마크가 그녀를 불안하게 만들었다는 사실을 알고 있었다. 그는 너무도 분개했고, 자신의 결백을 완전히 확신했다. 모든 증거는 그를 손가락질하고 있었다. 그러니 헬렌이 전적으로 잘못 파악하고 있을 리는 만무했다. 아니, 그럴 수도 있을까?

66

나는 그날을 너무도 선명하게 기억한다. 고통과 폭력, 그 모든 것이 그날 시작되었다. 그전에도 상황이 그리 좋은 것은 아니었지만, 그래도 예상가 능한 범위 안에 있었다.

그날의 그것만큼은 도저히 예상할 수 없었다. 그날은 지미 삼촌의 생일 이라 우리 집에서 파티 비슷한 것이 열렸다. 모두가 종일 술을 마셨다. 누 군가 경마에서 돈을 땄던 까닭에, 다들 평소보다 더 흥청망청 취해 있었 다. 이웃 사람들이 두 번이나 찾아와 시끄럽다며 욕설을 퍼붓고 갔지만, 우리 가족은 신경 쓰지 않았다. 오히려 오디오의 볼륨을 한 단 더 키워서 스페셜스가 부르는 '마음껏 즐기세요(Enjoy Yourself)'가 터져나갈 듯이 집 안에 울려 퍼지고 있었다. 우리는 담배 몇 개비를 얻어내려고 어른들 주변 을 서성였지만, 전혀 환영받지는 못했다. 게다가 한 무리의 재수 없는 중년 남녀가 춤을 추며 식 미소를 지어 보이는 장면보다 더 우울한 광경은 없었 기에, 나는 그냥 방으로 자러 들어갔다. 그때쯤 엄마는 완전히 취해 의식 을 잃었고, 아빠와 아빠의 '친구들'은 인사불성으로 쓰러진 엄마를 상대로 더러운 장난들을 쳐댔다. 언젠가 한번은 아빠가 잠든 엄마에게 오줌을 갈 기자 모두가 그를 따라 했고, 나는 그 꼴이 보고 싶지 않아서 밖으로 나가 버렸다.

처음에 나는 그가 방을 잘못 찾아들어 왔다고 생각했다. 너무 취해서 자기가 어디로 들어온 건지도 모른다고 생각했다. 나는 화가 치밀어 올랐 다. 사실 그때까지 한숨도 못 자고 있었기 때문이었다. 그런데 이제는 그 가 내 옆에서 고주망태로 취해 쓰러져 있으니 어떻게 잠을 잘 수가 있다는 말인가? 하지만 그는 잠든 게 아니었다. 그리고 잠 같은 것에는 관심조차 없었다.

처음에 나는 움직이지 않았다. 그냥 너무 충격을 받았을 뿐이었다. 그의 오른손이 내 오른쪽 젖꼭지를 꽉 움켜쥐었다. 나는 그의 손을 밀쳐 버리려 했지만, 그럴 수가 없었다. 그가 손에 힘을 주고 움직이지 않았다. 그가 어쩌나 세게 움켜쥐고 있던지 정말 아팠던 기억이 난다. 이제 나는 몸부림치기 시작했다. 나는 이게 그냥 심한 장난에 불과하길 바랐지만, 마음은 절대 그렇지 않다는 사실을 이미 알고 있었다. 이제 그는 좁은 침대 위에 나를 찍어 누른 채 내 위에 올라와 있었다.

그쯤 됐을 때 나는 애원을 하기 시작한 것 같다. 제발 멈추라고, 하지만 그의 손가락은 이미 내 잠옷을 위로 끌어 올리고 다리 사이를 더듬고 있었다. 그의 손은 거칠고 털이 수북했다. 그가 내 안으로 주먹을 밀어 넣었을 때, 나는 고통에 움찔했던 기억이 난다. 나는 아직 처녀였고, 겨우 열세 살이었다. 그런 남자를 상대할 나이가 아니었다. 그의 다른 손이 베개로 내 머리를 찍어 눌렀다. 나는 눈을 감고 죽어버렸으면 좋겠다고, 얼른 끝나 버렸으면 좋겠다고 기도했다. 하지만 그렇게 되지 않았다. 그는 끈질기게, 내내 신음소리를 내뱉으며 계속해나갔다.

마침내 그가 지루해졌는지 기운이 빠졌는지 동작을 멈췄다. 청바지에 양손을 문지르더니, 그가 침대에서 내려가 문 쪽으로 걸어갔다. 나는 그가 정말 가는 건지 확인하기 위해 고개를 돌렸다. 그리고 바로 그때 나는 우리에게 청중이 있었다는 사실을 깨달았다. 지미와 두 명의 친구들이 서로 미소를 짓고 키득거리며 바라보는 중이었다. 아빠가 비틀거리며 그들 사이를 통과해 복도로 나갔다. 아빠가 나가고 난 후, 지미가 허리띠를 풀기 시작했다.

그리고 그제야 나는 이제 지미의 차례라는 사실과 이제 막 모든 게 시작했다는 사실을 깨달았다.

67

"미안해요, 당신에게 그런 식으로 말하면 안 되는 거였어요. 진심이 아니에요. 상처 주려 했던 것도 아니고요. 그날 일 정말 미안해요."

헬렌의 입에서 사과의 말이 홍수처럼 쏟아져 나왔고, 제이크는 가볍게 고개를 끄덕이면서 관대하게 그녀의 사과를 받아들였다. 헬렌이 나타났을 때, 그는 다시 받아들여야 할지 신중하게 생각해봤지만, 잠시 주저하다가 마침내는 그녀의 뜻에 동의하고 말았다. 사실 누군가를 자기 삶에서 완전히 잘라내 버린다는 것이 말로는 쉬운 일처럼 느껴지지만, 어느 날 그가 자기집 문 앞에 나타나서 도움을 청하게 된다면 매정하게 등을 돌리기란 절대로 쉬운 일이 아니었다.

"우리 다시 평범한 관계로 돌아갈 수 있는 거죠?"

헬렌의 사과는 눈변이기는 해도 진심이었고, 그 순간 제이크는누구나 '평범함'에 관한 자기만의 정의가 있다고 생각했다. 그리고 각 개인이 내린 정의는 다른 모두가 내린 정의와 마찬가지로 다 이상하고 엉망이라는 사실을 깨달았다. 따라서 헬렌의 분노와 언어폭력이 아무리 거칠고 부적절했다 하더라도, 그가 헬렌에 대해 그렇게 빨리 판단해 버린 것은 분명 옳은 일이 아니었다. 헬렌은 확실히 뭔가로 고통받고 있었고(물론 제이크는 언제, 그리고 왜 고통받았는지까지는 알지 못했다), 만약 그가 조금이라도 그녀의 기분이 나아지게 해주었다면, 그건 좋은 일이었다. 그가 현재 이끌어가는 자기 삶의 여정은 예측 불가능하고 지극히 사적이었다.

아이를 전혀 원치 않는 부모님에게서 태어난 제이크는 셀 수도 없이 여러 번, 그에게 전혀 관심도 없는 할머니와 이모와 숙모와 고모들에게 떠넘겨졌고, 결국에는 위탁가정에 넘겨져서 계속 떠돌아다녔다. 그동안 그는 내내 고통받았다. 심각하게는 아니었지만, 사랑받지 못하고 고통을 느끼지 못하는 삶은 결코 견뎌내기 쉽지 않았다. 그런 고통을 통제하고 이용하는 방식, 자신의 불안을 조절하고, 자기 안의 악한 마음을 본인은 물론이고, 다른 사람도 기쁘게 하는 방식으로 속죄하는 하나의 방식을 배운 것이 그의 성공 요인이었다.

처음에 그는 자신이 피지배자가 되길 시도해봤고, 초기의 두려움을 극복하고 나자 그것도 충분히 즐길 수 있게 되었다. 하지만 마음속 깊은 곳에서부터 그는 자신이 통제를 즐긴다는 사실을 알고 있었다. 그는 자신이 내리는 모든 결정은 가슴속에 뿌리 깊게 박혀 있는 근본적인 불안에서 비롯된다는 사실을 잘 알았다. 하지만 그것은 그가 안고 살아가야 할 짐이었다. 이제 그는 지배자였고, 그게 바로 중요한 사실이었다.

제이크는 삶에서 모든 것에 질서가 잡혀 안락해진 그런 시기에 도달해 있었다. 그런 까닭에 헬렌을 다시 받아들여야 한다는 사실을 알았다. 헬렌은 그에게 상처를 주었지만, 그 사실을 참회하고 있었다. 그녀에게 다른 사람이 있을까? 제이크는 그렇지 않다고 생각했다. 그리고 처음으로 그녀에게 자신이 필요하다는 사실을 깨달았다. 그녀를 거부하는 것은 너무 잔인하고 위험할 터였다.

"좋아요, 다시 평범한 관계로 돌아갈 수 있어요. 그렇지만 5분만 있으면 고객이 올 거예요, 그러니까……."

헬렌은 그의 말을 알아듣고 자리를 떴지만, 그 전에 방을 가로질러 와서 그를 꼭 껴안았다. 또 한 번의 규칙 위반이었지만, 제이크는 내버려 두었다. 사실 기분도 좋았다. 그는 헬렌이 나가는 모습을 지켜보다가 자신이 얼마나 마음이 편안해졌는지 깨닫고는 깜짝 놀랐다. 헬렌에게 그가 필요하다는 사실은 확실했다. 게다가 자신도 왠지 그녀가 필요하다는 사실을 이제 막 깨닫기 시작한 듯했다.

68

해나 미커리는 뜬눈으로 밤을 보냈다. 그녀는 심리치료사 자격으로 여러 번 교도소를 방문했었지만, 갈 때마다 혐오감을 느끼지 않은 적이 한 번도 없었다. 따라서 진심으로 두려워하며 감방에서 밤을 보내야 했다. 밤은 길고 춥고 우울했다. 함께 수감돼 있는 열일곱 살짜리 마약 중독자는 겁에 질려서 한밤중에 오줌을 지렸다. 오줌이 구치소 감방 구석으로 흘러가서 그대로 고여 있던 까닭에 밤새 오줌 냄새가 코를 찔렀다.

미커리는 어서 빨리 집으로 가서 샤워하고 잠들고만 싶었다. 그녀는 밤새도록 조용히 있었지만, 이제는 완전히 지치고 억울한 기분까지 들었다. 따라서 변호사 샌디가 그녀를 데리러 왔을 때, 미커리는 안도의 한숨을 깊이 내쉬었다. 그리고 전에는 한 번도 그런 적이 없었지만, 오늘은 그녀의 볼에 키스를 해주었다. 그러고 나서 집까지 태워다 달라고 부탁했다. 하지만 샌디는 다른 생각이 있는 모양이었다.

"해나가 만나봐야 할 사람이 있어요."

"그게 누구든 기다리라고 하세요. 지금은 집으로 곧장 가서 잠을 좀 자야 할 것 같아요."

"이번 한 번밖에 기회가 없어요, 해나. 이번에는 내 조언을 받아들이는 게 좋을 것 같아요." 해나가 발걸음을 늦추고 돌아서서 샌디를 마주 봤다. "내가 요구하는 건 딱 1시간이에요. 내가 해나 집에 가서 갈아입을 옷을 가져왔어요. 서두르면 샤워는 우리 집에 가서 할 수 있을 거예요. 미팅은 한 시간 안에 열릴 겁니다. 내 말 믿어요, 해나, 지금까지 당신이 손꼽아 기다리던 만남이에요."

샌디의 집에서 폭포처럼 떨어져 내리는 물줄기 아래 서자, 해나는 즉시 기운을 회복했다. 샤워가 마음을 진정시켜 주었어야 했지만, 그러기에는 긴장감이 너무도 컸다. 머릿속에는 질문이 가득했고, 기분은 어린 소녀처럼 들떠 있었다. 그녀는 잭팟을 터트렸다. 그녀와 샌디가 해낸 것이다.

차를 타고 오면서, 샌디는 해나에게 제안의 개요를 들려주었다. 그녀가 기대했던 것보다 훨씬 관대한 제안이었다. 물론 그들은 많은 것을 원했지만, 해나는 용의주도하게 준비를 해왔고, 필요한 모든 자료를 준비해 두었다. 신문사와의 거래가 잘만 된다면, 그들은 출판 쪽과의 거래를 매듭지을 참이었다. 신문이 계기가 되어 TV에도 출연하게 될지 모르고, 또 그 밖에도 무엇이 기다리고 있을지 모르는 일이기 때문이었다. 이제 그녀는 전국적으로 명성을 날리고 부자가 되고, 또 무슨 일이 있을지 누가 알겠는가? 어쩌면 미국으로 가게 될지도 몰랐다. 그곳에는 그녀를 평생 바쁘게 만들어줄 사악한 범죄가 수도 없이 일어나는 곳 아니던가.

해나 미커리는 만나야 할 상대가 여자이리라고는 상상치도 못했다. 게다가 그렇게 풍만한 글래머라니. 선입견이라는 게 참으로 무서운 것이 사람들은 타블로이드 기자라고 하면 모두 남자일 것으로 짐작하지 않는가. 게다가 그녀는 해나가 지금 이 시점에 도달하기 위해 해왔던 여러 탐정 놀이나 뻔뻔스러운 짓거리 등에 관해 놀랄 만큼 많은 사실을 알고 있어서 해나를 감탄하게 했다.

이런 일에서는 어떻게든 경쟁에서 앞서 나가는 게 관건이었다. 거래는 빠르게 타결을 봤고, 세 사람은 관대하게 합의를 보고 그 자리에서 악수를 하였다. 그러자 기자는 자신이 가지고 온 샴페인 한 병을 꺼내 놓았다. 혹시 몰라서 챙겨온 것이라고 했다. 다시 한번 해나는 그녀에게 놀라고 말았다.

샴페인도 상당히 고급이었다. 게다가 즉시 효과를 나타냈다. 해나는 술이 약한 편이 아니었다. 따라서 머리가 어지럽게 느껴지는 것은 거래의 성공적인 성사로 인해 흘러넘친 아드레날린 탓이 분명했다. 보아하니 샌디도 그녀와 마찬가지로 느끼는 모양이었다.

69

헬렌은 휘태커의 책상 앞에 마치 심부름 온 어린 소녀처럼 서 있었다. 자신이 왜 호출됐는지 잘 알고 있었다. 휘태커는 그녀가 어떤 사람인지 잘 알았다. 그러나 그는 이브닝 뉴스 페이지를 하나씩 넘기며 괜히 시간을 끌었다. 그러다가 신문을 접어서 책상 위에 가지런히 올려놓았다. 1면이 위로 향해 있었고 이렇게 쓰여 있었다.

'오리무중!'

헤드라인이 그녀를 향해 고함을 질러댔다. 헬렌은 오늘 아침 가장 먼저 에밀리아 개라니타의 기사를 읽고 즉시 그것이 상당한 소요를 불러일으키리라는 사실을 직감했다. 기사에는 에이미와 샘, 그리고 벤과 피터에 관한 핵심적인 세부사항 몇 가지, 그리고 마티나를 암시하는 듯한 몇 가지 묘사가 실려 있었다. 그런 다음 기사는 미커리의 석방과 '현재 수사에 참여하고 있는 한 경찰 간부의 정직'에 관한 이야기로 흘러갔다. 상황이 심각했다. 헬렌은 휘태커가 이미 상관에게 불려가 잔소리를 잔뜩 듣고 왔다는 사실을 직감했다. 그녀가 휘태커의 집무실에 들어섰을 때 그는 당장에라도 천둥을 내리칠 것 같은 표정을 짓고 있었다.

"제가 그 기자에게 전화 걸게요." 헬렌은 자신도 모르게 이렇게 말했다. "걸어서 이제 그만 좀 쑤시고 다니라고 할게요."

"소 잃고 외양간 고친다? 게다가 그럴 필요도 없어. 내가 이미 전화 걸었으니까. 5분만 있으면 도착할 거야."

에밀리아가 아주 흐뭇한 표정을 지으며 방으로 들어섰다. 차를 마실지 커피를 마실지도 농담까지 건네며 오래 뜸을 들여 결정했다. 경찰의 부름을 받고 성수나 다름없는 차 대접까지 받았으니, 확실히 기분이 좋은 모양이었다.

"덧붙이실 말씀 없으세요, 총경님? 아직도 이 사건을 지휘하는 헬렌 그레이스 수사관의 리더십을 믿으시는 거예요? 뭐 더 밝혀진 건 없나요?"

"난 사건 얘기를 하려고 여기 나온 게 아닙니다. 당신과 얘기를 나누려고 만나자고 한 거예요."

휘태커가 무뚝뚝하게 대꾸했다.

"그게 무슨 말씀⋯⋯."

"이 사건에 이제 그만 관심 꺼요. 당신의 개입이 사실을 호도하고 수사에 전혀 도움도 되지 않고 있으니 이제 그만두길 바랍니다. 진실을 보도할만한 시기가 되기까지 더는 기사를 쓰지 말아 주세요. 내 말 알아들었죠?"

헬렌은 상사의 대담한 접근방식이 마음에 들었다. 휘태커와 그의 진급 사이를 가로막을 수 있는 건 아무것도 없었다.

"이런 식으로 언론에 이래라저래라 명령을 하시⋯⋯."

"그게 바로 정확히 지금 내가 하는 일입니다. 그리고 내가 당신이라면, 지금 우리가 나누는 대화에 상당히 신중을 기할 거요."

에밀리아가 처음으로 쩔쩔매는 모습을 보였지만, 곧 평정을 되찾았다.

"진심으로 존중을 담아 말씀드리는데⋯⋯."

"당신이 존중에 관해서 뭘 알아?" 휘태커가 으르렁대듯이 말했다. "앤더슨 가족이 크나큰 슬픔으로 힘들어할 때, 당신이 그들에게 어떤 존중을 보여줬지? 우편함 구멍에 대고 고래고래 소리를 질러대고, 밤낮 안 가리고 그들의 집으로 전화를 걸고, 종일 그 집 문 앞에 죽치고 앉아 있고, 쓰레기통까지 뒤져댔잖아."

"너무 과장하시는군요. 제게도 임무라는 게……."

"그렇다면 나는? 여기 내 앞에는 일지가 하나가 놓여 있는데, 차량 번호가 BD50 JKR인 당신의 빨간색 피아트가 매번 그들의 집 앞에 주차될 때마다 그와 관련된 세부사항을 기록해 놓은 거야. 에이미의 부친이 작성한 일지인데, 장장 두 페이지나 되지. 살펴보면 당신은 새 벽 2시, 3시에 그 집 앞에 죽치고 앉아 있었는데, 그것도 하루 이틀이 아니고, 계속 그랬어. 이건 의도적인 괴롭힘이라고. 스토킹이야. 내가 리브슨 가족 수사 건에 관해 당신에게 다시 상기시킬 필요가 있을까? 그리고 지역 신문이든 전국지든 간에 모든 기자에게 해당하는 행동강령은?" 휘태커는 이 마지막 질문을 극도의 경멸을 담아 말했다. "기자가 되려면 준수하겠다고 동의해야 하는 강령 아니던가?"

처음으로 에밀리아가 아무 대꾸도 하지 못했다. 휘태커가 말을 이었다.

"당신이 기사에 올린 가족들에게 사과문을, 그것도 신문 1면에 올리라고 요구할 수도 있어요. 또 당신에게 벌금을 왕창 물릴 수도 있고. 젠장, 내가 원하기만 한다면 당신이 해고되게 손을 쓸 수도 있을 테지. 그렇지만 난 관대한 사람이니 자비를 베풀도록 하죠. 대신 당신의 일그러진 의견은 당신 혼자만 알고 있도록 해요. 안 그랬다가는 이 지역 신문사에서 전부 쫓겨나게 만들 테니 각오해요. 그러고 나면 다시 돌아올 길은 없어요, 그거 알죠?"

에밀리아는 잔뜩 약이 오른 채로 무기력하게 사무실을 떠났다. 헬렌은 할 말도 없었고, 상당히 감동을 받은 상태였다.

"정말 그런 일지가 있어요?"

헬렌이 물었다.

"당연히 없지." 그가 대답했다. "자, 이제 가서 일하라고. 그리고 헬렌, 제발 부탁인데, 수사에 뭔가 진전이 있어야 할 것 아닌가. 내가 자네에게 시간을 좀 벌어준 거니까, 꼭 갚으라고."

그 말과 함께 헬렌은 사무실을 나왔다. 그녀는 휘태커의 담력에 혀를 내둘렀고, 팀과 헬렌에게 보내는 무한한 신뢰에 감동했다. 그러나 복도를 따라 걸어가는 동안, 그녀는 단단히 결심하고 덤빈 기자를 향한 이 전면적인 공격이 그들에게 화살이 되어 되돌아오리라는 느낌을 떨쳐버릴 수가 없었다. 에밀리아는 이보다 더 안 좋은 상황에서도 살아남았고, 늘 다시 전장으로 돌아왔다.

70

수사본부로 들어가자마자, 찰리는 분위기가 달라졌음을 감지했다. 수사의 열기가 최고조에 달해 있을 때면, 수사본부는 시끄럽고 공격적이고 바쁜 장소였다. 그러나 오늘은 조용하고, 심지어 침울하기까지 했지만 왜 그런지 이유를 알 수 없었다. 마크의 책상은 깨끗이 비어 있었고, 그의 보드에 붙어 있던 개인 사진과 기념품도 싹 사라지고 없었다. 마치 그가 전혀 존재하지도 않았던 듯했다.

그러나 마크는 팀에서 인기 있는 대원이었기에, 모두가 그의 부재를 절감했다. 그가 상처 입기도 쉽고, 약간 얼간이 같을지도 모르지만, 그게 그의 매력이었고, 특히 여자들에게 인기 있는 이유였다. 길 잃은 어린아이처럼 보호 본능을 느끼게 했다. 그는 또한 성격도 밝고 재미있었으며, 열심히 일할 때는 좋은 경찰이기도 했다.

그러나 이제 모두가 은밀히 자신에게 질문하고 있었다. 지금껏 그들이 알아왔던 마크가 진짜 마크였을까? 그가 모두를 배신할 수 있는 그런 사람이었을까? 여태 그들이 수사한 내용이 다 새어나가서 쓸모없이 되어버린 걸까? 그가 재정적으로 너무 힘들어서 이런 식으로 모두를 배반하게 된 것일까? 특히 찰리는 지금껏 한결같이 마크를 좋아했었기에 그 사실이 마음에 걸렸다. 그래서 개인적으로 그에게 무슨 일이 생겼는지 확인해봐야겠다고 마음먹었다. 그리고 업무에 들어갔지만, 한쪽 구석에 놓인 그의 텅 빈 의자가 자꾸 마음에 걸렸다.

헬렌이 9시가 조금 지나고 수사본부로 들어서자 모두가 활기 넘치는 척하면서 평소와 다른 일은 아무것도 일어나지 않은 듯이 행동했다. 하지만 쉽지는 않은 일이었다. 늘 그렇듯이 헬렌은 전혀 동요하지 않았다. 그녀는 찰리를 불러 가장 최근의 수사 진행과정을 물었다. 그녀는 좀 불안해 보였고, 새로운 소식에 조바심을 냈다.

"마티나에 관해서 얘기해 봐."

"음, 원래 남자로 태어났고요, 성전환수술은 과거 3년에서 5년 사이에 받은 게 확실해 보여요. 반흔조직을 살펴보면 그 전에 수술한 건 아니거든요."

"자신을 성전환수술을 받은 트랜스젠더로 광고했었나?"

"아니요. 광고 문구를 보면, 자기가 파티를 좋아하고 어떻게 즐기는지 잘 아는 여자라고 돼 있어요. 즐길 줄 아는 매춘부, 뭐 그런 식이죠."

"왜지? 성전환자는 늘 더 많은 고객을 받을 수 있잖아. 훨씬 색다르고 전문적인 느낌을 주잖아. 그런데 왜 그 사실을 광고하지 않았을까?"

"어쩌면 그런 사실에 끌리는 고객은 원치 않았을지도 모르죠."

"그게 아니면, 혹시 뭔가를 숨기고 있던 건 아닐까?" 질문은 한참 허공에 매달려 있었다. "이 지역 출신인가?"

헬렌이 계속해서 물었다.

"아니요, 그런 것 같지 않아요. 다른 매춘부들 말이 마티나는 여기서 일한 지 두 달 정도밖에 안 됐다고 해요. 홍보 웹사이트를 봐도 그 사실을 알 수 있고요. 이 지역 IP주소를 가지고 있는데, 그게 8주 전에 만든 거예요."

"그럼 진짜 주소는?"

찰리가 고개를 저었다.

"지금까지는 없어요. 다른 여자애들과 비교해서 좀 수수께끼 같은 인물이에요. 자신을 전혀 드러내지 않았어요."

"자금 흔적은?"

"지역 내 은행을 뒤져보고 있지만, 그녀의 이름으로 개설된 계좌는 아직 못 찾았어요."

헬렌은 한숨을 내쉬었다. 이 사건에 관한 한 쉬운 일이란 없었다.

"음, 그럼 우리가 믿을 구석은 병원밖에 없네. 성전환수술을 할 수 있는 병원이 이 지역에 몇 군데나 돼?"

"열다섯 곳이요. 모두 찾아가서 얘기를 해봤지만, 다들 자기네 고객에 관해 얘기하기를 꺼리더라고요."

"음, 어떻게든 털어놓게 해. 마티나에게 무슨 일이 일어났는지 말해주고, 사진도 보여줘. 그녀가 누군지 반드시 알아내야만 해. 아니, 그가 누군지."

찰리는 쓴웃음을 억누를 수가 없었고, 오랜만에 헬렌도 마찬가지였다. 찰리가 자신을 속이고 있는 것인지, 아니면 헬렌이 그녀에게 시련을 겪게 한 이래로 조금이나마 그들의 관계가 개선된 것인지는 알수 없었다. 찰리는 그날의 대립 이후에 극도로 분개해왔다. 누군가 그런 식으로 자신의 진실에 의문을 품는다는 사실 자체가 치욕스러웠다. 그리고 심지어는 다른 팀으로 옮겨가겠다고 신청해볼까 곰곰이 생각해보기까지 했다.

그러나 찰리는 여전히 헬렌이 자신을 좋아해 주기를, 자신을 존중해 주기를 바랐다. 사실 경찰 내 모든 여성 대원들이 헬렌의 신임을 얻고 싶어 했다. 그녀는 햄프셔 경찰 중에 가장 젊은 여성 수사반장이였고, 지금껏 그녀의 진급은 따를 자가 없을 만큼 화려하고 빨랐다. 헬렌은 남편도 가족도 없었는데, 그것은 다른 여성 경찰의 눈에는 부당할 정도로 큰 이점이었다. 하지만 헬렌은 실력도 역시 타의 추종을 불허했다. 그녀는 모두의 우상이자 역할 모델이었다. 헬렌이 팀원들을 향해 돌아섰다.

"오늘은 브룩스 수사관이 지휘할 겁니다. 최우선으로 조사할 곳은 병원이에요. 인원이 한 명 빈다는 건 나도 알아요. 그리고 모두 그 점에 관해 궁금해 하고 있다는 것도. 때가 되면, 내가 직접 설명할게요. 그렇지만 지금은 모두 집중해주길 바랍니다. 아직 우리에겐 잡아야 할 살인자가 있어요."

이렇게 말하고 헬렌은 수사본부를 떠났다. 찰리는 즉시 샌더슨과 맥앤드루, 그리고 나머지 팀원들에게 임무를 분배했다. 그들 대다수가 찰리와 같은 계급이었음에도 모두 아무런 불평 없이 임무를 받아들었다. 진지하고 전문적인 모습으로 비치기 위해 찰리는 빠르게 요점만 짚었지만, 속으로는 빙그레 미소 지었다. 이것이 지금까지 헬렌 그레이스가 누군가 다른 사람에게 선박의 조종간을 넘긴 첫 번째 사례였기 때문이었다.

71

그녀는 결국 경찰서로 전화를 걸어야 했다. 하고 싶지 않은 일이었지만, 선택의 여지가 없었다. 처음에는 잔뜩 겁을 집어먹었다. 마침 오늘 밤에는 스티븐도 집에 없는데, 밖에서는 술 취한 불량배들이 현관문을 때려 부술 듯이 두드려대고 있었기 때문이었다. 그러나 문밖에서 무슨 일이 벌어지고 있는지 확인하고 난 후에는 두려움보다 역겨움이 더 크게 느껴졌다.

그녀는 마크가 취한 모습을 몇 달 만에 처음 봤다. 그는 한동안 술을 끊었었기에, 그녀는 마침내 그가 마음을 잡았다고 생각했다. 그러나 지금 그의 모습은 봐줄 수가 없을 만큼 형편없었다. 옷은 온통 얼룩투성이였고, 머리칼은 헝클어진 채로 혀가 꼬여 말도 제대로 하지 못했다. 그럼에도 자신의 불행에 관해 분노해서 열변을 토하는 동안 한심한 욕설이 입에서 마구 뿜어져 나왔다. 그는 크리스티나가 잠시도 가랑이를 닫고는 견디지도 못하는 여자이고, 스티븐은 무뇌아나 다름없는 걸어 다니는 성기구라고 온 동네 사람이 다 듣도록 떠들어댔다. 그가 문을 두드리는 소리는 갈수록 더 커졌다. 이러다가는 엘시를 깨우게 될 것이 분명했기에, 크리스티나는 뭐라도 해야만 했다.

그녀는 마크를 달래볼 생각으로 체인은 그대로 걸어 놓은 채 문을 열었다. 대화를 시작하고 싶었지만, 오히려 그 시도가 그를 더 분노하게 했다. 그녀가 무슨 권리로 그의 출입을 막는 거냐고, 그가 고래고래 소리 질렀다. 그가 원하는 것이라고는 오직 자기 딸을 만나는 것밖에 없었다. 그녀가 그에게서 빼앗아간 딸이었다. 크리스티나는 문을 닫아버리려고 했지만, 그가 문 안쪽으로 팔을 뻗어서 그녀를 밀처버리고는 문을 밀어 걸려 있는 체인을 뜯어내 버렸다.

그가 안으로 밀고 들어가 엘시의 방이 있는 위층으로 성큼성큼 올라가기 시작했다. 크리스티나는 전화기를 집어 들어 999에 전화를 걸었다. 그녀는 이혼 후에 자기 아이들을 살해한 미친 남자들에 관한 기사를 읽은 적이 있었다. 마크도 그런 짓을 할 만큼 무자비할까? 그녀는 그럴 리 없다고 생각하기는 했지만, 그래도 위험을 감수할 생각은 없었다. 크리스티나는 교환원에게 무슨 일이 일어나고 있는지 설명하고 주소를 알려준 후, 층계를 달려 올라갔다.

그녀는 방문을 열고 들어갔을 때, 어떤 장면이 기다리고 있을지 예측도 할 수 없었고, 여러 면에서 그 장면은 그녀가 상상했던 그 어떤 장면보다도 안 좋았다. 엘시는 침대 위에 일어서 있었다. 아이는 두려움에 온몸을 떨어대면서 충격과 공포 속에 소리 없이 울고 있었다. 마크는 바닥에 쓰러져 있었다. 그의 몸이 흐느낌으로 들썩였다. 크리스티나가 시작한 것을 엘시가 끝낸 것이다. 아이의 얼굴에 서린 두려움은 그의 심장을 멈추기에도 충분했다. 마침내 술이 그를 이겨서 그의 좋은 점을 모두 앗아가 버렸다.

마크는 만신창이가 된 남자의 전형적인 모습이었다. 이제 그에게 남은 것이라고는 평생에 걸친 자기 연민과 쏟아질 비난뿐이었다. 그리고 평생 처음으로 크리스티나는 지금까지 내내 부인해왔던 감정을 느꼈다.

죄책감.

72

그녀는 확신할 수 있어야만 했다. 이미 자신은 마크의 경력을 망쳐놓았고 어쩌면 더 많은 것을 망쳐놓게 될지도 몰랐다. 논리적으로는 그를 기소하는 게 당연해 보였다. 하지만…… 헬렌은 뭔가 미심쩍었다. 그는 너무 상처 입고, 너무 분개해 있었으며, 너무 적대적이었다. 물론 그런 척할 수도 있겠지만, 그가 정말 그럴 수 있을까? 처음에 헬렌은 팀 내에 스파이가 존재한다는 사실에 너무 놀랐지만, 그 후에는 그 배신자가 살인자에게 그들을 곧장 데리고 갈 수 있기를 기대했다. 하지만 오히려 그 일이 팀원들의 주의를 분산시키고 범인을 추적하는 일에서 옆길로 벗어나게 했다. 헬렌은 그냥 될 대로 되게끔 내버려두고 싶은 유혹을 느꼈다. 오른쪽으로 돌아서서 다시 사건 수사본부로 돌아가 버리고만 싶었다.

그러나 그러기에는 너무 늦었다. 그녀는 사형수에게 사형집행 서류를 건네주었고, 따라야 할 절차도 있었다. 그러기에 아직 도끼가 공중에 멈춰 서 있을 때, 헬렌은 그가 유죄라는 사실을 확신할 수 있어야 했다.

인사 파일을 검토하던 중에 헬렌은 뭔가 흥미로운 사실을 발견했다. 에이미의 증언이 불법으로 다운로드 되었던 날 헬렌은 법의학 연구실에 있었고, 휘태커는 풀(영국 남부의 항구이자 휴양도시 - 옮긴이)에서 요트를 타고 있었으며, 찰리는 알리바이가 있었다. 적어도 헬렌의 마음속에서는 그랬다. 따라서 남는 것은 마크와 정보처리 부서 직원들인 피터 존슨, 사이먼 애쉬워스, 제러미 랭뿐이었다. 그리고 마크를 제외한 나머지는 파업에 나가 있었다. 따라서 그들 중 한 명일 수는 없지만……, 사이먼 애쉬워스에게는 뭔가 흥미를 끄는 구석이 있었다.

지난번에는 헬렌이 간과하고 넘어간 사실이었다. 그는 런던의 국립범죄수사국에서 새로운 데이터베이스를 구축하는 일을 돕다가 진급과 함께 햄프셔 경찰서로 왔다. 그리고 이곳에서 잘 적응해 훌륭한 직원으로 근무했지만, 지금은 다시 런던으로 돌아가도록 다시 발령을 받아 놓은 상태였다. 그렇게 되면 햄프셔 경찰서에는 겨우 넉 달을 근무한 셈이 되었다. 하지만 런던 발령은 진급도 아닌 같은 계급으로 옮겨가는 것이며, 그가 포츠머스에 있는 아파트를 1년간 임대해 놓았다는 점을 고려해 보면 이상한 일이 아닐 수 없었다. 무슨 일이 일어난 것이다. 하지만 공식적으로는 아니었다. 뭔가 보이지 않고 해결되지 않은 어떤 문제가 그를 서둘러 런던으로 돌려보내는 것이다.

헬렌은 뭔가 냄새를 맡았다. 그녀의 의심은 애쉬워스가 어디에도 보이지 않는다는 사실 때문에 더욱 강해졌다. 병가를 받았다고는 하지만, 아무도 그가 어디가 아픈지 알지 못하는 듯했다. 아니, 뭔가 이상했다. 사람들은 그에게 문제가 생겼다는 사실을 확실히 알고 있었다. 단지 그가 아픈지 아닌지 그것을 모를 뿐이었다.

헬렌이 피터 존슨의 입을 열게 하는 데는 약간의 시간이 걸렸다. 그는 함께 일하는 동료에 관해 이러쿵저러쿵 이야기하고 싶어 하지 않았다. 하지만 마침내 헬렌은 그를 설득할 수 있었고, 곧 사이먼 애쉬워스가 동료들 사이에서 그리 인기 있는 직원이 아니라는 사실을 알게 되었다.

그는 파업에도 참여하지 않았다. 피터가 그 사실을 털어놨을 때, 헬렌은 목덜미의 머리칼이 모두 일어서는 듯한 느낌이 들었다. 애쉬워스는 노조에 가입하지 않았지만 그래도 상사의 지시를 따르는 것이 관례였다. 따라서 원래대로라면 하루 동안 파업에 참여했어야 한다. 하지만 그는 그러지 않았다. 그는 천성적으로 외톨이였고, 사회 부적응자였으며, 가끔은 일부러 사람들을 불쾌하게 만들었다. 당연히 팀원으로서는 빵점짜리가 분명했다.

그러니 미커리 같은 여자가 이용하기에 딱 좋은 표적이 아니었을까? 피터 존슨은 애쉬워스를 향한 자신의 반감을 노골적으로 드러냈지만, 그의 전근에 어떤 영향을 미쳤다는 사실은 시인하지 않았다. 그와 그의 동료들이 애쉬워스에게 냉담하게 대했을 수는 있었다. 그건 어디까지나 노조 배신자들을 향한 전형적인 대우라 할 수 있었다. 하지만 그 이상은 아니었다. 동료를 괴롭히거나 왕따시켰다는 비난에 휩싸이고 싶지 않았기 때문이었다. 그러니 전근은 애쉬워스가 직접 지원한 것이 분명했다.

"그렇지만 반장님이 직접 물어보세요."

피터 존슨이 결론지었다. 헬렌은 물론 그렇게 할 작정이었다. 그러나 일단은 그를 찾는 게 우선이었다. 몇 주 동안 그의 머리카락 한 올 본 사람이 없었다.

73

그녀는 입속에서 토사물의 맛을 느꼈다. 토사물과 말라붙은 피맛. 입 안이 바짝 말라 있었고, 목구멍은 쩍쩍 갈라졌으며, 머리는 쿵쿵 울리며 지끈지끈 쑤셨다. 며칠 동안 아무것도 먹지 못했기에 위 속에 궤양이 형성되는 걸 느낄 수 있었다.

하지만 배고픔은 괴롭지 않았다. 그녀가 정말 원하는 것, 정말 **필요로 하는 것**은 물이었다. 보통 그녀는 하루에 몇 리터나 되는 물을 마셨기에, 필요한 수분을 전혀 공급받을 수 없게 되었다는 사실을 갑작스럽게 깨닫자 서서히 초조함이 느껴지기 시작했다. 갈증으로 목숨까지 위협받게 생긴 마당에 약간의 굶주림이 무슨 대수란 말인가. 그녀는 갈증으로 죽을 수도 있다는 사실 같은 것을 한 번도 생각해본 적이 없었지만, 지금은 그게 어떤 의미인지, 그리고 어떤 느낌인지 확실히 알 수 있었다. 절망감이 내려앉았다. 도망칠 방법이 전혀 없다는 사실을 그녀는 직감적으로 깨달았다.

샌디는 제발 자는 도중에 죽기라도 했으면 좋겠다고 바라면서 맞은편에 무기력하게 누워 있었다. 이 끔찍한 악몽을 끝낼 평화로운 죽음을 간절히 바랐다. 그들은 갇혀 있었다. 그게 다였다. 미커리의 눈이 한쪽 구석에 수북이 쌓인 배설물 위를 날아다니는 파리들을 바라보느라 왼쪽으로 빠르게 움직였다. 파리는 처음에는 없었다. 대체 어떻게 들어온 것일까? 이 깡통 같은 곳에 있는 가느다란 틈새를 뚫고 들어온 것일까? 저 작은 녀석들은 원하면 언제라도 들어오고 나갈 수 있을 터였다.

인사불성 상태에서 처음 깨어났을 때, 미커리는 현기증도 나고 정신도 없었다. 너무 어두워서 시간이 몇 시인지 가늠도 되지 않았고,

자신이 어디 있고, 무슨 일이 일어난 것인지도 알 수 없었다. 그녀는 샌디가 움직이는 소리를 듣고는 소스라치게 놀랐다. 그전까지 미커리는 자신이 꿈을 꾸고 있다고 생각했던 탓이었다. 그러나 샌디의 고통스러운 신음소리가 그들이 어떤 상황에 처해 있는지 그 끔찍한 현실을 충분히 강조해 주었다.

두 사람은 즉시 그들이 감금된 장소를 탐험해보기 시작했다. 벽을 두드려보고, 금속의 이음매 부분을 손으로 더듬어 보고, 마침내는 천천히 저주받은 결론에 도달했다. 그들은 일종의 거대한 금속 상자 안에 갇혀 있었다. 혹시 화물 컨테이너일까? 그럴지도 모르지만, 종류가 무슨 상관이 있겠는가. 단단하고, 철통같았으며, 빠져나갈 문이라고는 없는데 말이다. 그것이 그들이 알아야 할 전부였다. 잠시 후, 두 사람은 우연히 총과 전화기를 발견했다. 그리고 바로 그 순간, 명백한 사실을 부인해왔던 미커리의 용감한 시도가 무너져 버렸다.

"우리가 그 여자한테 당한 거예요, 샌디."

"아니, 아니, 아니, 아니, 아니에요. 뭔가 다른 설명이 있을 거예요. 반드시 있어야만 해요."

"전화기 화면의 메시지를 읽어봐요. 우리가 당했어요."

샌디는 전화기를 바라보려 하지 않았다. 그쪽으로 고개도 돌리려 하지 않았다. 그러나 곧 궁금해졌다. 뭐라고 적혀 있을까? 빠져나갈 쉬운 방법이 없다는 사실은 명백했다. 굶어 죽거나 살해되거나, 둘 중 하나였다. 이 두 가지 끔찍한 선택사항을 탁자 위에 올린 것은 미커리였다. 샌디는 겁 많고 약하고 그들의 상황을 직면하고 싶어 하지도 않는다는 사실을 이미 증명해 보였다. 그러나 미커리는 그도 함께하게끔 하였다.

그들은 행동을 취하기로 했다. 기다리고만 있는 것은 더 힘들 게 뻔했다. 절망은 저주나 다름없었다. 그들의 목숨은 천천히 고통받고 있었기에, 이제는 결단을 내려야만 했다. 그래서 그들은 제비뽑기를 하기로 했다. 아니, 지금 당장 구할 수 있는 건 파리밖에 없었기에 파리 뽑기를 하기로 했다. 이제 미커리는 양팔을 뻗고 샌디를 마주 봤다. 양손 중 한 곳에는 죽은 파리가 쥐어져 있었고, 나머지 손은 비어 있었다. 만약 샌디가 파리를 뽑는다면, 그는 살 것이다. 그러지 못한다면, 그가 죽어야 했다.

샌디는 주저했다. 자신의 시각이 피부 속도 꿰뚫어 볼 수 있기를, 그래서 미커리의 손바닥 안에 놓인 그 보물을 발견해 낼 수 있기를 간절히 바랐다. 왼쪽, 아니면 오른쪽? 죽음, 삶?

"어서 해요, 샌디. 젠장, 어서 끝내버리자고요."

미커리의 목소리는 절망적이었고, 애원하는 듯했다. 그러나 샌디는 아무 감정도 느낄 수 없었다, 가여운 마음도 들지 않았다. 그는 잠시 얼어붙은 듯이 서 있었다. 근육 하나도 움직일 수가 없었다.

"난 못하겠어요."

"지금 해요, 샌디. 아니면, 하늘에 맹세컨대, 내가 당신 대신 결정 내릴 거예요."

미커리의 어조는 흉포했고, 그 소리에 샌디는 마비 상태에서 화들짝 깨어났다. 주기도문을 중얼거리면서, 그가 천천히 팔을 뻗어 미커리의 왼손을 단호하게 두드렸다.

길고 끔찍한 순간이 흘러갔다. 그런 다음 미커리가 천천히 손을 돌려 두 사람이 다 볼 수 있도록 손바닥을 펼쳤다.

74

정말 이상한 날이었다. 지금까지 겪어온 중에 최고이자 최악의 날이었다. 찰리는 모든 상황을 이해해보려 애쓰면서 침대에 누워 있었다.

헬렌이 나가고 난 후, 팀원들은 찰리의 에너지와 열정에 자극받아 바쁘게 서두르기 시작했다. 찰리는 애매하게 답변을 하거나 환자 기밀사항이라는 안전함 뒤로 숨어들려고 하는 병원 관계자들은 거칠게 다루는 게 효과적이라고 팀원들을 부추겼다. 팀원들은 햄프셔 지역에서 성전환수술 분야에 특화된 의사들의 이름을 하나하나 짚어가며 그들과 인터뷰를 해나갔다. 하지만 목록에 나온 이름을 다 만나봤음에도 아무런 성과가 없었다. 모두 심문을 받았지만, 아무도 마티나를 알아보지 못했고, 그녀가 남자였을 때는 어떻게 생겼었으리라는 추측도 해내지 못했다.

그러니 이제 수사를 확대해야 할 시점이었다. 전국적으로 성전환수술을 시행할 수 있는 병원은 수십 군데에 달했고, 팀원들은 그들 모두와 접촉해봐야 했다. 그들은 제발 마티나가 외국에서 수술한 것이 아니기를 기원했다. 제한된 자원으로는 외국까지 수사 범위를 확대하기란 불가능했다. 그들은 수사를 제 위치에 되돌려 놓아줄 단하나의 단서가 절실하게 필요했다. 일단 찰리는 팀원들이 남은 문제를 해결하게 했다.

그녀는 피로에 절어 있었기에 잠시라도 한숨 돌릴 여유가 필요했다. 집으로 운전해 돌아가는 동안, 찰리는 남자친구와 애완 고양이와 함께 맛있는 음식을 먹으며 잠시나마 소중한 시간을 보낼 것을 상상했다. 심지어 잠도 잘 수 있겠다는 생각에 점차 기분이 좋아지는 것을 느낄 수 있었다.

도로공사가 진행 중이었다. 덕분에 길이 막혀 있었다. 찰리는 짜증이 났지만, 그 이상은 아니었다. 하지만 평소 다니지 않던 길로 돌아가야 한다는 걸 의미했다. 그쪽으로 가면 마크의 아파트로 곧장 나아가게 되어 있었다. 갑작스러운 죄책감에 마음이 아파왔다. 자신이 잠시나마 그를 완전히 잊고 있었다는 사실도 불현듯 떠올랐다. 그녀는 자신이 팀을 이끌 수 있다는 사실을 스스로에게(그리고 헬렌에게) 입증해 보이는 데만 너무 열중해 있었다. 그럼으로써 자신이 형편없는 리더이자 무책임한 친구라는 사실만 증명해 보였다. 전쟁에서 이기고자 한다면 절망감에 빠진 보행이 불가능한 부상자들을 잊어서는 안 되는 법이었다.

그런 자신을 냉혈한이라 비난하면서, 찰리는 차를 세우고 밖으로 내렸다. 이게 좋은 생각일까? 분명히 아닐 것이다. 하지만 찰리는 오늘 밤 잠들 수 있기를 바랐다. 그러기 위해 자신의 양심을 침묵시킬 유일한 방법은 마크의 상태를 확인하는 것뿐이었다. 경찰서 내에서 그 일을 할만한 다른 사람은 아무도 없었다. 그건 확실했다.

찰리는 대체 무엇을 기대했던 것일까? 그가 놀랄 만큼 잘 견뎌내고 있다는 증거? 그는 엉망이었다. 땀과 술 냄새가 코를 찔러왔다.

"그녀를 믿어?"

뜬금없는 질문이 찰리를 놀라게 했다.

"누구를요?"

"헬렌. 내가 정말 팀원들을 배신했을 것 같아?"

긴 침묵이 흘렀다. 공식적인 답변은 나와 있었지만, 그가 원하는 것은 진실이었다. 결국, 찰리는 후자를 택했다.

"아니요."

마크는 정말로 숨을 참고 있기라도 했는지 크게 한숨을 내쉬었다.

그러고는 감정을 숨기기 위해 바닥을 내려다봤다.

"고마워."

그가 고개를 들지 않고 중얼거렸지만, 목소리는 감정을 그대로 드러내고 있었다. 찰리는 본능적으로 그에게 다가갔다. 그리고 옆에 자리 잡고 앉아 그의 어깨에 팔을 둘렀다. 그가 기댈 어깨가 있다는 사실에 기쁨을 느끼며 고개를 얹어왔다.

"슬픈 사실은 내가 그녀와 사랑에 빠졌다고 착각을 하고 있었다는 거야."

우와. 찰리는 이런 고백이 나오리라는 예상은 전혀 하지 못했다.

"그럼 둘이……?"

마크가 고개를 끄덕였다.

"어쩌면 헬렌은 선택의 여지가 없었을지도 몰라요. 아니면 정말로……."

찰리는 머뭇거렸다. 이 문장을 기분 상하게 하지 않고 끝낼 방법 같은 것은 없었다. 부패했다고 말하는 것은 경찰관에게 던질 수 있는 최악의 비난이었다.

"경찰서에서 다들 이 얘기를 하고 있으리라는 거 어렵지 않게 짐작할 수 있어. 그렇지만 나는 결백해, 찰리. 난 아무 짓도 하지 않았어. 다시 돌아가고 싶어. 나, 정말 간절히 돌아가고 싶어……. 그러니……, 찰리가 해줄 만한 게 있으면……, 뭐가 됐든 헬렌이 이런 짓을 그만두게끔 영향을 미칠 방법이 있으면……."

마크의 목소리는 점점 작아졌다. 찰리는 무슨 말을 해야 할지 알수 없었다. 두 사람 다 이제는 돌이킬 수 없다는 사실을 알고 있었다. 행여 앞으로 혐의를 벗는다고 할지라도, 누가 부정부패와 관련해 문제가 있었던 그를 받아주려 하겠는가? 더군다나 요즘처럼 고용시장이 침체해 있을 때는 아무도 가능성에 도박하려 들지는 않을 것이다. 특히 신뢰와 관련해 부정직한 면이 의심되는 사람에게는 거의 기회가 없을 터였다. 그러니 찰리라고 무슨 말을 할 수 있겠는가? 지금 한 말이 괜히 달래주려 하는 말이 아니라 사실이라고?

"어떻게든 이겨내야 해요. 난 마크가 그럴 수 있다는 거 알아요."

찰리는 자신이 그 사실을 믿고 있는지 확신할 수 없었다. 그리고 마크가 그 말을 믿어줄지도 알 수 없었다. 그녀는 곧 다시 들르겠다는 약속을 하고 그의 아파트를 나섰다. 마크는 다시 한번 자기 안으로 침잠해 들어가서 그녀가 떠나는 것도 알아차리지 못했다.

집으로 운전해 가는 동안, 찰리의 머릿속에는 의구심이 가득 들어앉았다. 마크는 절대로 어리석은 짓을 할만한 사람이 아니었다. 아니, 할만한 사람인가? 그녀는 아니라고 생각했다. 하지만 누가 진실을 알 수 있지? 그는 엄청난 충격에 휩싸여 있었다. 집에는 아내도 아이도 없었고, 일할 직장도 없었으며, 술버릇만……. 갑자기 찰리의 머릿속이 여러 생각으로 뒤죽박죽되어버렸다. 골이 지끈지끈 쑤시기 시작했고, 속은 울렁거렸다. 구토가 올라올 것 같았다. 찰리는 서둘러서 차를 긴급대피구역에 세우고 구역질이 막 올라오기 시작할 때 차에서 내려, 포장도로 위로 속에 든 것을 다 쏟아냈다. 그리고 심하게 한 번, 두 번, 더 구역질을 했다.

나중에 집에서, 남자친구 스티브의 따뜻한 품속에 폭 안겨 있는 동안, 그녀는 다른 종류의 의심에 휩싸였다. 그래서 조용히 남자친구의 품을 빠져나와 발뒤꿈치를 들고 욕실까지 살금살금 걸어가 약장 문을 열었다. 작은 임신테스트기를 여는 동안 기대와 두려움이 뒤섞여 밀려왔다.

5분 후, 그녀는 원하는 답을 얻었다. 임신이었다. 그동안 두 사람은 헛되이 오랫동안 임신을 시도해왔지만 아무런 기쁨도 얻지 못했었는데, 이제야 그 결실을 얻었다. 작은 푸른색 선이 가로질러 생겨나 있었다. 두 번째 테스트도 결과는 같았다. 이런 작은 물건이 우리의 삶을 이렇게 커다란 방식으로 바꿔 놓을 수 있다니. 찰리가 여전히 충격 속에서 변기 위에 계속 웅크리고 앉아 있는 동안에도, 스티브는 아무것도 모르고 잠에 빠져 있었다. 오늘 또다시 찰리의 두 눈에 눈물이 차올랐다. 그러나 이번에는 슬픔의 눈물이 아니었다. 기쁨의 눈물이었다.

75

잠시 동안 그녀는 현관 문구멍을 통해 그의 안구를 가만히 쳐다 봤다. 그러고 나서 그것은 곧 사라졌다. 헬렌은 도심에 있는 사이먼 애쉬워스의 아파트를 찾아가 점잖게 초인종을 눌렀다. 문을 쾅쾅 두드려대고 싶은 마음이 굴뚝같았지만 참기로 했다. 한참을 기다려도 안에서는 움직임이 느껴지지 않았다. 그래서 그녀는 다시 초인종을 눌렀다. 그리고 다시 눌렀다. 그리고 기다렸다가, 귀를 기울였다. 이게 마룻바닥 삐걱대는 소릴까? 발자국 소리가 맞나? 그러고는 문구멍에 눈동자가 나타났다. 헬렌은 이 상황을 기대하고 있었다. 아니, 간절히 바라고 있었다고 해야 옳을 것이다. 그래서 그녀는 자신도 문구멍을 빤히 바라봤다. 눈동자가 즉시 화들짝 놀라더니 시야에서 사라졌다. 명백히 발자국 소리가 멀리 사라지고 있었다. 헬렌은 미소를 지었다. 이제, 네놈은 끝장이야. 그런데 왜 발꿈치를 들고 걸어 다닐까?

이런 상황에서 경찰관은 여러 가지 선택에 직면한다. 영장을 신청한다든가 하는 공식 경로를 이용할 수도 있다. 하지만 혼자 수사를 진행하고 있을 때는, 바쁘게 정식절차를 진행하는 동안 백이면 백, 사냥감이 도망쳐 버리게 된다. 그러니 인내심을 가지고 행동해야 하는데, 우선 그냥 다시 떠나는 듯이 가장한 뒤, 아파트 아래로 나가서 지켜볼 수 있는 위치를 찾아 숨어 있어야 한다. 그것이 가장 효과가 좋다. 숨어 있던 도망자는 자신이 숨어 있는 걸 들켰다는 사실을 알 아차리면 절박하게 그곳을 벗어나고 싶어 하기 때문이다. 보통은 1시간 안에 모습을 드러내기 마련이다.

그러나 헬렌은 그다지 인내심이 좋은 편이 아니었다. 그래서 아파트 관리사무소로 성큼성큼 들어가 간단한 간식을 들고 있던 관리인을 놀라게 하고는 21호 문을 열어달라고 요구했다.

관리인은 얼마든지 수색영장을 요구할 자격이 있었지만, 참으로 우스운 것이, 사람들은 경찰 신분증만 봤다하면 거의 뇌가 멈춰버렸다. 겁이 나서 그러는지, 아니면 그 순간의 극적인 분위기에 흥분해서 그러는지는 몰라도, 대부분은 순순히 경찰의 요구에 따랐다. 그래서 이제 허둥대는 관리인은 조금도 주저하지 않고 21호의 문을 열었다. 그리고 헬렌이 그의 면전에서 문을 닫아버리자 다소 놀라고 실망한 듯 보였다. 살짝 지어 보이는 감사의 미소가 문을 열어준 수고의 보답으로 그가 얻은 전부였다.

애쉬워스는 도망칠 준비를 하고 있었다. 짐도 다 싸고, 자동차 키도 손에 든 채 막 움직이려던 참이었다. 그러나 헬렌이 방을 가로질러 다가가는 동안 그는 얼어붙어 서 있었다. 그러다가 겁을 잔뜩 집어먹은 표정으로 헬렌이 지금 저지르는 짓의 불법성에 관해 소리를 질러대기 시작했다. 하지만 확신 없는 목소리였고, 위협도 되지 않았다. 신분증을 다시 집어넣으며, 헬렌은 빈 금속 의자 하나를 손으로 가리켰다. 잠시 동안 벌어지는 상황을 가늠해보는 듯하더니, 곧 애쉬워스는 그녀가 시키는 대로 했다.

"왜 그랬어, 사이먼 애쉬워스?"

헬렌은 괜히 허튼짓하며 시간을 끄는 데는 재주가 없었기에, 늘 가차 없이 전면전에 돌입하는 경향이 있었다. 그녀는 빠르고 냉정하게 애쉬워스의 혐의를 늘어놓았다. 그는 기밀정보를 불법다운로드하고, 금전적인 이익을 위해 진행 중인 수사를 위태롭게 했다. 애쉬워스가 변명이나 빠져나갈 구실을 만들어내지 못하게 막으려는 의도였다. 놀랍게도 그는 자신의 행위에 대해 매우 적극적인 방어를 펼쳤다.

"내가 범인이 될 수가 없어요."

"왜지?"

"이런 사건에 관여하는 기술 자문들은 모두 독특한 접속 코드를 가지고 있어요. 그게 우리가 들어갔다 나올 수 있는 유일한 방법이에요. 그러니 우리가 언제 시스템에 접속했고, 그걸 어떻게 사용했는지는 단번에 알 수 있다고요."

"그것도 돌아나갈 방법이 있겠지."

"우리는 그렇지 않아요. 기술지원부 직원들은 여기저기 엄청나게 돌아다닙니다. 보통은 경찰 서버 내부에만 있지만, 가끔은 그 밖으로도 돌아다니죠. 접속 시스템은 수사를 위태롭게 하지 않기 위해서, 그리고 기술지원부 사원들의 이직시 보안을 관리하기 위해서 만들어 낸 겁니다. 만약 제 말을 확인……"

"그런데 왜 거짓말을 했지?"

헬렌이 불쑥 끼어들었다. 그의 긴 해명을 듣고 있을 기분이 아니었다.

"거짓말이라니 무슨 뜻입니까?"

"내가 수사 정보에 접근할 수 있는 모두에게 그날 자신의 이동 경로를 설명하라고 했을 때, 당신은 다른 기술직 직원들과 마찬가지로 파업에 참가했다고 주장했어. 그렇지만 실제로는 아니었지. 파업에 동참하지 않았잖아."

"그래서요? 난 파업에 동의하지 않았습니다. 그래서 잠깐 업무를 보러 들어갔을 뿐이에요. 그렇지만 오래 있지는 않았어요. 그 질문을 받았을 때, 난 다른 직원들이 내가 파업에 동참하지 않은 것을 모르게 하려면 거짓말을 둘러대는 게 낫겠다고 생각했을 뿐이에요."

"그런데 효과가 없었군, 안 그래? 누가 그들에게 말했을까?"

처음으로 애쉬워스는 당황하는 표정을 지어 보였다. 마침내 범인을 잡았군, 헬렌은 생각했다.

"나도 몰라요, 어떻게 알아냈는지."

그가 자기 신발을 내려다보며 중얼거렸다.

"자넨 야망이 큰가, 애쉬워스?"

"그런 것 같아요."

"그런 것 같다고? 자네 급여 등급을 보면 젊은 나이치고는 꽤 높더군. 상당히 높게 평가받는 거라는 증거지. 얼마든지 더 성장해 나갈 수 있을 거야. 사실, 햄프셔 경찰서로 온 것도 상당히 크게 진급한 거잖아, 안 그래?"

애쉬워스가 고개를 끄덕였다.

"그런데 이 대단한 자리에서 겨우 넉 달을 근무하고 다시 예전에 하던 일로 돌아간다는 거군. 그런데 말이야, 자네가 햄프셔 배치 근무를 지원했던 지원서에 적힌 내용이 사실이라고 믿는다면, 자네는 이미 완전히 숙달해서 더는 계속할 수 없을 만큼 지루하게 느끼던 일로 다시 돌아가길 원한다는 말이 되거든."

"원래 그런 말은 인사과와 상담할 때는 누구나 하는 말입니다."

그가 또 자신의 신발만 뚫어지게 바라봤다.

"무슨 일이 있었던 거야?"

긴 침묵이 흐른 후에 그가 대답했다.

"그냥 마음이 변했어요. 사우샘프턴에 잘 적응을 못 한 거죠. 마음을 나눌 친구도 없는데다가, 또…… 내가 노조원이 아니라고 다른 직원들이 날 왕따시키기 시작했거든요. 그래서 그냥 다시 돌아가는 게 낫겠다고 느꼈어요."

"그런데 문제는 당신이 전근을 요청한 시점이 다른 직원들이 당신의 배신행위를 알아내기 전이었다는 거지. 다른 직원들은 이 사실에 대해 매우 확신하고 있더군. 18일에 램 & 플래그 술집에서 부서 회식을 하던 중에 당신이 파업에 참가하지 않았다는 사실을 알게 됐다고 하더라고. 그런데 당신이 이전 직장으로 다시 돌아가겠다고 전근 요청을 한 건 16일이야."

"다들 착각하고 있는……."

"그날 술집에서 나눴던 대화를 기억하는 증인이 한둘인 줄 알아? 그 사람들이 다 거짓말을 할 수는 없어."

긴 침묵이 흘렀다.

"사실은…… 사실은 그냥 여기가 싫어서 가려는 거예요. 사람들도 싫고, 업무도 싫고, 완전히 지쳤다고요."

"거참 흥미롭군, 애쉬워스. 왜냐하면, 석 달간 적어낸 근무 평가서에서 당신은 이곳에서 자신이 얼마나 행복하게 잘 지내고 있는지 말하고 있거든. 막중해진 책임을 당신이 얼마나 기쁘게 생각하는지도 적혀 있지. 업무 평가점수도 최고점이야. 게다가 심지어는 1년 정도만 이 상태로 해 나간다면 승진도 할 수 있으리라는 암시도 적혀 있어. 읽어 보고 싶을까 봐 내가 여기 복사본을 한 부 준비해 왔어."

헬렌이 그에게 서류를 내밀었지만, 애쉬워스는 아무 말도 하지 않았다. 엄청나게 비참한 표정만 짓고 있었다. 헬렌은 그 사실이 기뻤다. 그가 무너지기 시작했다는 의미였다. 그녀는 좀 더 비난을 퍼부어 대기로 했다.

"당신은 경찰 훈련을 받았어, 애쉬워스. 그러니 당신이 살인사건을 수사하는 경찰에게 거짓말을 한 것을 마지못해 인정하게 될 경우 그게 당신의 경력에 어떤 영향을 미치게 될지 구구절절이 읊어대지는 않을 거야. 경찰 기밀을 누설해주는 대가로 돈을 받았다는 사실을 억지로 털어놓게 될 경우에 말이야."

애쉬워스는 가만히 앉아 있었지만, 손은 심하게 떨고 있었다.

"당신의 경력은 그대로 끝이 나겠지. 완전히 끝나는 거야, 그런데 난 그게 당신에게 얼마나 중요한지 잘 알고 있어."

헬렌이 어조를 누그러뜨렸다.

"난 당신이 재능을 타고난 사람이라는 걸 잘 알아, 애쉬워스. 맘만

먹으면 어디서든 일할 수 있는 사람이라는 것도 알아. 하지만 지금 내게 거짓말을 하면, 난 당신을 무참히 망가뜨려 버릴 거야. 그러면 돌이킬 방법은 전혀 없을 거라고."

애쉬워스의 어깨가 구부러지더니 떨리기 시작했다. 울고 있는 걸까?

"나한테 왜 이러는 겁니까?"

"난 진실을 알아야 할 필요가 있으니까. 당신이 해나 미커리에게 인터뷰 파일을 넘겨줬지? 그리고 정말 그렇다면 왜지? 당신이 날 도와야만 나도 당신을 도울 수 있어."

긴 침묵이 흘렀다.

"이미 알고 계신 줄 알았어요." 그의 목소리는 꽉 잠겨 갈라져 나왔다. "그분이 반장님도 이미 알고 있다고 했거든요."

"그분이 누구야?"

"휘태커."

휘태커. 그 단어가 공중에 걸려 있었지만, 헬렌은 그게 사실이라고는 도저히 믿을 수가 없었다.

"그가 뭐라 그랬는데? 내가 뭘 알고 있다고 했는데?"

애쉬워스는 고개를 저었다. 그러나 헬렌은 그냥 넘어가지 않을 작정이었다.

"말해. 지금 당장 말해. 안 그러면 배신자와 공모한 혐의로 지금 당장 체포……."

"휘태커가 인터뷰 파일을 다운로드했어요."

"그날 휘태커는 경찰서에 없었어."

"내가 그를 봤어요. 난 사무실에 들어갔었으니까요. 파업 때문에 안에는 아무도 없었어요. 그런데 휘태커가 안에 있더라고요. 혼자요. 수사 자료를 살펴볼 예정이라고 말하더라고요. 그리고 나중에 보니까, 그가 인터뷰 파일을 다운로드해 갔더라고요. 그 당시에는 별생각

없었어요. 그가 책임자잖아요, 그러니 파일 다운로드가 무슨 대수겠어요? 하지만 나중에 반장님이 직원들의 이동 노선을 물어보고 다니는 걸 보고 휘태커가 뭔가 실수를 했다는 걸 알게 됐어요. 날짜를 착각하고 있는 것 같더라고요. 그래서 그를 만나러 갔었어요. 그가 단순한 실수를 저지른 것 때문에 크게 비난받거나 그러는 걸 보고 싶지는 않았거든요."

"환심을 사려 한 거군."

"이를 테면요. 휘태커는 절 좋아했고, 미래가 촉망받는 직원이라고 생각하고 있거든요. 그래서 그 사실을 언급했죠. 난감한 상황에 빠지느니 안전한 게 낫잖아요. 그런데 휘태커는 썩 달가워하지 않았어요. 아니, 완전히 기분 나빠했어요. 내가 날짜를 잘못 알고 있는 거라고 하더라고요. 하지만 난 그렇지 않다는 걸 알았거든요."

그가 잠시 말을 멈췄다. 계속 털어놔도 좋을지 걱정이 되는 모양이었다.

"계속해봐. 그리고 무슨 일이 있었지?"

"전화 한 통화면 자기가 내 경력을 완전히 망쳐버릴 수도 있다고 했어요. 내가 무슨 일에 말려들었는지 전혀 이해를 못 하고 있다고도 했어요. 우리는…… 아니, 그가 그 자리에서 바로 결정을 내렸어요. 내가 가능한 한 이른 시일 내에 런던으로 다시 전근을 가게 될 거라고요. 보나 마나 내가 파업에 참여하지 않았다는 사실을 누설한 것도 바로 휘태커일 겁니다. 내가 떠나는 이유가 있어야 할 테니까요. 그가 반장님은 이미 알고 있는 사실이라고 말했어요. 다운로드 받는 것도 반장님 생각이었다고요."

헬렌은 분노가 치밀어 올랐지만, 빠르게 감정을 다스렸다. 지금은 침착하게 집중해야만 했다. 이게 정말 다 사실일까?

"내가 관련됐다고 말했다고?"

"네, 반장님이 주도하는 일이니 일부러 찾아가서 말할 필요도 없다고 했어요."

"그래서 그 다음에는 어떻게 했지?"

"어떻게든 견뎌보려고 했는데, 도무지 안 되더라고요. 뒤에서 수군대는 동료들 때문에도 더는 견딜 수가 없었어요. 그래서 병가를 낸 거예요. 그때부터 여기 계속 숨어 있었어요. 전근날짜까지 시간을 죽여볼 생각이었죠……"

그는 현실이 공격해오자 상황에 밀려 꼬리를 감추고 숨어 버린 것이다. 그날 처음으로 헬렌은 애쉬워스를 달래기 시작했다.

"이 일이 꼭 나쁘게 끝날 필요는 없어, 애쉬워스. 오늘 내게 들려준 얘기가 사실이라면, 내가 상황을 바로잡을 수 있어. 자네는 예정대로 전근을 가고, 인사기록은 전혀 더럽히지 않은 채 이 일에서 교훈을 얻어 새롭게 출발할 수도 있잖아. 그러니 하고자 하는 일을 하고, 원하는 성공을 거두면 되는 거야."

애쉬워스가 희망과 불신이 뒤섞인 표정으로 그녀를 바라봤다.

"하지만 내가 그럴 수 있도록 도와주면, 자네도 날 도와줬으면 좋겠어. 이제 자네는 나와 함께 내 아파트로 갈 거야. 그리고 거기 도착하면 진술서를 작성하도록 해. 좀 전에 내게 털어놨던 얘기를 하나도 빠짐없이 다 적는 거야. 그런 다음 기다리고 있으면 돼. 전화도 받지 말고, 다른 곳에 전화도 걸지 마. 이메일, 문자, 트윗, 아무것도 날리면 안 돼. 그냥 가만히 조용히 앉아만 있으면 돼. 적당한 때가 될 때까지 나머지 세상은 우리가 나눈 얘기를 알 필요가 없으니까. 내 말 이해했나?"

애쉬워스가 고개를 끄덕였다. 지금 상황에서라면 그는 헬렌이 요구하는 것은 뭐라도 할 작정이었다.

"좋아, 그럼 가지."

76

이제 철회는 불가능했다. 거래가 성사됐으니, 좋든 싫든 간에, 끝을 봐야만 했다.

미커리가 손이 비어 있다는 사실을 인식한 채 왼손을 펼쳐 보였을 때, 샌디는 신음소리와 함께 바닥으로 쓰러졌다. 미커리는 가만히 지켜보고 있었고, 감정이 소용돌이치듯 들끓었다. 기쁘기도 하면서 끔찍하기도 했지만, 가장 크게는…… 안도감이 느껴졌다. 그녀는 살 것이다.

잠시 후 샌디가 애원하기 시작했다. 자신은 진지하게 생각하지 않았다고, 이건 미친 짓이라고, 우리는 함께 힘을 모아야 한다고, 절대로 **그 여자**가 이기게 해서는 안 된다고 간청했다.

"샌디, 당신이 이겼으면 어쩌려고 했어요? 나를 살려줬을 것 같아요?"

미커리가 물었다. 샌디는 대답할 수 없었고, 그 사실이 더 많은 것을 말해주었다. 그는 방아쇠를 당겨 자신의 목숨을 구했으리라. 샌디는 가슴 밑바닥부터 이기적인 쓰레기였다.

"제발, 해나. 내게는 아내가 있어요. 두 딸도 있어요. 해나도 그 애들 알잖아요. 만나도 봤잖아요. 제발 우리 가족에게 이런 짓 하지 말아요."

"우린 선택의 여지가 없어요, 샌디."

"있어요. 우리에겐 늘 선택의 여지가 있어요."

"굶어 죽는 거? 그게 당신이 원하는 거예요?"

"어쩌면 여길 나갈 수 있을지도 모르잖아요. 문을 부수고……."

"맙소사, 샌디, 이미 충분히 안 좋은 상황을 더 안 좋게 만들지 말아요. 빠져나갈 방법 같은 건 없어요. 도망갈 수 없다고요. 다른 방법은 없어요."

이 시점에서 그는 울기 시작했다. 그러나 이제 미커리는 연민 같은 건 느끼지 않았다. 만약 샌디가 이겼다면, 그녀는 이미 죽은 목숨일 터였다. 갑자기 마음속에서 증오가 일었다. 자기는 전혀 베풀지도 않았을 자비를 감히 어떻게 애걸할 수 있다는 말인가. 샌디가 그녀에게 매달려 왔을 때, 미커리는 거칠게 그를 밀쳐버렸다. 그는 비틀거리다가 쓰러졌고, 더러운 금속 바닥에 무겁게 주저앉았다.

"내가 이렇게 애원할게요, 해나, 제발 이러지 말아……."

그러나 미커리는 이미 총을 집어 들었다. 지금까지 한 번도 총을 쏴본 적도, 다른 사람을 다치게 하는 것도 생각해본 적이 없었지만, 지금 그녀는 한때 친구라고 칭했던 누군가를 살해할 준비를 하는 동안에도 지극히 태연자약했다.

"미안해요, 샌디."

그 말과 함께 그녀는 방아쇠를 당겼다.

딸각.

총신은 비어 있었다. 젠장. 조금 전만 하더라도 다가오는 고통에서 어떻게든 자신을 방어해 보겠다고 헛되이 두 팔을 들어 미친 듯이 앞을 가로막았던 샌디가 움직임을 멈췄다. 그리고 벌떡 일어섰다.

딸각. 딸각.

미커리는 두 번 더 방아쇠를 당겼지만, 결과는 마찬가지였다. 어느 시점인가 총이 바닥에 떨어지면서 탄창의 위치가 돌아가 버린 게 분명했다. 이제, 샌디가 그녀에게 달려들었다.

딸각. 딸각.

그는 미커리에게 거칠게 달려들어 그녀의 손에서 차가운 총을 떨어뜨렸다. 미커리는 뒤로 나가 떨어져 딱딱한 바닥에 머리를 세게 쩔었다. 고개를 들었을 때, 샌디가 총을 손에 쥐고 있었다. 그녀는 그에게서 증오를 보게 되리라 기대했지만, 그의 얼굴에는 믿을 수 없다는 표정이 떠올라 있었다.

"비어 있어. 젠장, 탄창이 비어 있다고."

그가 총을 그녀에게 던져 주었다. 지금 그가 뭐라고 한 거지? 미커리의 머리가 굴러가는 상황을 따라가지 못하고 있었다. 그러나 그가 옳았다. 약실은 비어 있었다. 처음부터 탄환은 들어 있지도 않았던 것이다.

왼쪽에서 들려온 갑작스러운 웃음소리에 미커리는 소스라치게 놀랐다. 그러나 바닥을 구르며 웃고 있는 사람은 샌디였다. 어찌나 심하게 웃어대는지 그의 양 볼에는 눈물까지 흘러내리고 있었다. 미친 사람 같았다. 행복해서 미친 사람. 이게 다 무슨 미친 짓이란 말인가.

미커리가 비명을 질렀다. 피가 얼어붙고 목구멍이 찢어질 듯한 비명이었다. 고통으로 내지르는 커다란 비명이 길게 울려 퍼졌다. 모든 게 괜한 헛수고였다니. 납치범이 그들을 속이고 동물보다 못한 인간으로 만든 것이다. 그러나 미커리는 범인의 승리를 인정하고 싶지 않았다. 게임은 이런 식으로 진행되는 게 아니었다. 이런 방식으로 나아갈 리 없었다. 그녀는 생존자가 되어야 했다. 살고 싶었다.

미커리는 바닥에 무릎을 꿇고 앉았다. 온몸의 기운이 빠져나가고 있었다. 그녀는 좌절하고 비탄에 잠겼다. 조롱하는 듯한 샌디의 끔찍한 웃음소리가 종처럼 울려댔다.

77

다음 날 아침 찰리가 수사본부에 들어가니, 헬렌이 다시 조종간으로 돌아와 있었다. 찰리는 살짝 짜증스러움을 느꼈다. 자신의 팀 지휘권이 단 하루밖에 지속되지 않았다는 사실 때문이었다. 그러나 그녀는 곧 수사본부가 몹시도 부산하다는 사실을 알아차렸고, 즉시 분개한 마음은 눈 녹듯이 사라져 버렸다. 무슨 일이 일어난 것이다.

실은, 두 가지 새로운 일이 생겼다. 좋은 일 하나, 나쁜 일 하나. 그들은 '마티나'를 찾았다. 에섹스에 있는 성전환수술 전문 병원에서 그녀와 일치한다고 주장하는 수술 기록을 찾은 것이다. 그러나 그들은 해나 미커리를 잃었다. 미커리와 그녀의 변호사 샌디 모튼이 벌써 며칠째 실종된 것이다.

"왜 나한테 보고가 안 들어 온 거야?"

헬렌이 화가 나서 물었다.

"우리도 몰랐어요." 찰리가 대답했다. "샌디 모튼은 며칠 전에 실종 신고가 들어왔는데, 해나 미커리는 아무도 신고를 하지 않았거든요. 샌디 모튼의 이메일을 확인해 보는 과정에서 그가 캐서린 콘스터블이라는 여성과 미커리와 함께 삼자미팅을 하기로 예정돼 있었다는 사실을 알게 되면서 미커리의 실종 사실도 드러났어요. 캐서린 콘스터블은 자기가 선데이선에서 일하는 기자라고 주장했는데, 확인해본 바로는 선데이선의 급여명부에는 그런 이름이 없었습니다."

"콘스터블? 우릴 가지고 노는군."

헬렌은 분노가 솟구쳤다. 자기 자신과 벌어진 상황 둘 다에 화가 났다. 그녀는 경찰서 내의 스파이를 쫓아 배신자를 가려내는 데만 너무 혈안이 되어 있던 탓에 정작 미커리를 감시하는 일에서는 손을 놓고 있었다. 만약 미커리를 계속 주시하고 있었다면, 지금쯤은 마침내 살인자와 대면할 수 있었을지도 모르는 일이었다.

그녀는 샌디 모튼의 집으로 찰리와 나머지 팀원들을 모두 파견했다. 과잉 대응일지도 모르지만, 그곳이 '캐서린 콘스터블'이 미커리와 모튼을 만난 장소였다. 그러니 모두 함께 출동한다면, 어떤 실마리나 법의학적 단서, 증인의 진술 같은 것을 찾게 될지도 몰랐다. 그동안 헬렌은 에섹스를 향해 동쪽으로 차를 달렸다.

다시 수사에 돌입하니 기분이 좋았다. 사우샘프턴 경찰서를 벗어났다는 사실만으로도 좋았다. 생각할 시간이 필요했기 때문이었다. 지금 애쉬워스는 위험을 피해 그녀의 아파트에 숨어 있었고, 그의 진술서도 받아 서명까지 해놓은 상태였다. 그를 심문해서 위험한 진술을 들은 이래로 헬렌은 몇 가지 사항을 더 확인해봤다. 그전에는 휘태커의 알리바이에 의문을 품어본 적이 없었기에, 그 점도 다시 확인해봤다. 자세히 조사해보니, 그의 알리바이는 설득력이 없었다. 비록 풀에서 요트를 타기에는 그날의 여건이 좋기는 했다. 날씨도 맑았고, 유람선도 대부분 항구에서 나가 있었다. 하지만 몇 척의 선박은 부두에 그대로 남아 있었고, 그중에는 휘태커가 지나칠 만큼 정성과 관심을 기울여 관리하는 8미터 길이의 선박 **그린페퍼**도 포함돼 있었다.

휘태커는 자신의 행적에 관해 헬렌에게 거짓말을 함으로써 다른 부하 직원을 자신의 범죄 현장에 데려다 놓는 짓을 한 것이나 다름없었다. 게다가 애쉬워스는 휘태커의 협박과 강압 때문에 어쩔 수 없이 거짓말을 해서 법 실현을 방해한 사실까지 털어놓으며 그를 비난했다. 그동안 내내 휘태커는 자기 자신의 이익만을 보호하고 있던 것이다. 그가 에밀리아 개라니타를 뭉개버린 것은 연쇄살인에 관한 내용을 누설하지 못하게 막으려던 것이지 헬렌이나 팀원을 보호하는 일과는 하등의 관련도 없는 일이었다.

상당히 위험하기 짝이 없는 상황이었기에, 헬렌은 매우 조심해서 신중하게 사건을 다루어 나가야 했다. 앞으로 헬렌의 경력은 말할 것도 없고, 수사의 성공 자체가 얼마나 올바른 선택을 하는가에 달려 있었다.

로턴에 있는 포터 하우스 병원은 매우 고급스럽고 전문적인 느낌이 물씬 풍겼다. 안으로 들어가니 로비는 티 하나 없이 깔끔했고, 직원들도 마찬가지였으며, 전체 공간이 뚜렷한 안정감을 주었다. 병원은 다양한 종류의 수술을 시행하고 있었지만, 성 정체성 갈등과 관련된 문제에 특화돼 있었다. 약물치료는 십중팔구 성전환수술로 이어지는 긴 여정의 첫 단계에 해당했다.

팀원들은 마티나의 행적을 수사하는 동안 매우 상세한 정보를 여기저기 보내 두었다. 그러나 기간이 너무 방대한 까닭에 수사는 쉽지 않았다. 수술이 최근 3년에서 5년 사이에 행해진 것으로 추정하고 있었기에 예상 후보자의 수가 너무 많았다. 그러나 사실 성전환수술은 흔하게 시행되는 수술이 아니었다. 그리고 마티나의 키와 혈액형, 눈동자 색깔, 거기에 '그녀'의 병력까지 제공해줄 수 있었기 때문에 일치하는 수술환자를 찾아낼 확률은 상당히 높았다. 그럼에도 헬렌은 병원 사무장에게로 안내되어 가는 동안 무척이나 긴장되었다. 이 만남에 많은 게 달린 까닭이었다.

사무장은 손에 놀랄 만큼 털이 많은 사근사근한 성격의 의사였다. 그는 자기 병원은 어떤 식으로든 '이 매춘부 살인사건(그의 표현을 그대로 빌려 쓰자면)'과 관련해 불쾌한 매스컴의 관심에 노출되고 싶은 생각이 추호도 없다는 사실을 명확히 했다. 따라서 헬렌은 그의 협조를 끌어내기 위해 적잖은 노력을 기울여야 했다. 그녀는 이토록 중대한 사건의 경우 자발적 협조가 없으면 강압적인 방법도 얼마든지 동원될 수 있다는 사실을 조용히 상기시켰다. 그러자 마침내 그의 태도가 변했다.

"우리가 도와드릴 수 있을 것 같네요." 그가 파일 하나를 꺼내면서 말했다. "5년 전에 20대 중반 남성 한 분이 우리 병원을 찾아왔습니다. 육체적이든 정신적이든, 그동안 얼마나 힘든 삶을 살아왔는지 딱 보기만 해도 알 수 있겠더라고요. 우리는 성전환수술을 받기 전에 일단 그가 처해 있는 상황에 대처할 수 있도록 돕는 차원에서 심리상담을 먼저 받아보도록 제안했습니다. 그리고 수술을 하더라도 일단은 추가적인 치료 목록을 좀 줄여보자고 조언했죠. 결국에는 두 가지 절차 정도를 그가 포기하게 만들 수 있었지만, 그게 다였습니다. 그는 완전히 모든 걸 다 바꿔버리겠다고 단단히 마음을 먹고 있었거든요. 그래서 성전환수술에 더해 엉덩이 확대수술과 팔다리 성형도 하고, 얼굴도 거의 다 손을 대서 뜯어고쳤습니다."

"구체적으로 어떤 걸 했나요?"

"광대뼈도 깎고, 입술도 부풀리고, 콧날도 유선형으로 바꾸고, 피부 색소며 필러며……."

"비용은 얼마나 들었나요?"

"많이 들었죠."

"그가 왜 그 정도까지 자신의 외모를 바꾸려 했는지 혹시 그 이유를 알고 계신가요?"

"물론 우리도 물어봤습니다. 수술 들어가기 전에는 늘 환자와 수술 절차를 충분히 논의하거든요……. 그게 꼭 필요한 수술인지 그걸 보려는 거죠. 그런데 그는 대화 자체를 거부했어요. 그렇다고 우리도 강요할 수는 없었고요."

이제 그의 목소리에는 방어적인 기미가 묻어나기 시작했다. 헬렌은 바로 본론으로 들어가기로 마음먹었다. 그녀가 파일 쪽을 가리키며 물었다.

"제가 좀 봐도 될까요?"

그가 파일을 넘겨 주었다. 그리고 그의 이름을 보는 순간, 헬렌은 가슴 속에 커다란 덩어리가 내려앉는 듯한 기분이 들었다. 그의 사진……, 젊고 생기있고, 희망에 들뜬 그 사진이 그 사실을 확인해주었다. 그녀가 예상했던 가장 끔찍한 두려움이 현실화된 것이다. 이것은 모두 헬렌 자신 때문이었다. 지금까지 계속 그녀 자신과 관련돼 있었다.

78

그녀는 죽었다. 죽은 게 틀림없었다. 이곳에는 인간은 고사하고 파리 한 마리도 제대로 숨 쉴 수 있을 만한 공기가 없었다. 그녀의 몸속에는 아무런 기운도 생명도 남아 있지 않았다. 주위에 무엇이 있는지 알아볼 기력도 더는 없었다. 그녀는 어둠 속에 완전히 묻혀 있었다. 열기는 참을 수 없을 만큼 지독했다. 공기라고는 없었다.

해나 미커리는 자신을 이해시키려 애를 썼지만, 자신이…… 아직은 죽지 않았다는 사실을 알았다. 죽음은 이 천천히 가해지는 고문으로부터 달콤한 해방을 의미할 것이 분명했다. 게다가 지금은 아무런 위안도 고통의 약화도 느껴지지 않았다. 그녀는 자신의 비참함과 배설물을 꾸역꾸역 집어삼키는 동물의 상태로 전락해 있었다.

샌디의 목소리를 마지막으로 들은 지 얼마나 오래됐을까? 아, 맙소사, 만약 그가 죽었다면 앞으로 이곳에서 어떤 냄새를 맡게 될까? 썩어가는 배설물은 그렇다 치고, 썩어가는 시체라고? 아직도 그녀에게 흘릴 눈물이 남아 있다면, 지금 바로 이 순간 울고 싶었다. 그러나 눈물은 이미 말라버린 지 오래였다. 그녀는 빈껍데기였다. 그래서 그저 누워서 저승사자가 자신을 데려가기만을 바라고 있었다.

바로 그때 그 일이 일어났다. 아무런 경고도 없이, 눈을 멀게 할 듯한 밝은 불빛이 비쳐들었고, 미커리는 두 눈에 불이 붙은 듯한 느낌이었다. 그녀는 고통에 비명을 질렀다. 마치 레이저를 뇌 속으로 쏘아대는 것 같았다. 두 손으로 눈을 가렸다. 갑작스럽게 차가운 바람이 밀려들었다. 얼어붙을 듯이 차지만 축복처럼 느껴지는 바람이 그녀의 전신을 휘감아왔다. 하지만 그것도 잠시 동안이었다.

그녀는 끌려나갔다. 지금 자신이 어떤 감각을 느끼는지 이해하는

데 좀 시간이 걸리기는 했지만, 확실히 그녀는 끌려가고 있었다. 누군가 그녀의 팔에 쇠붙이 같은 것을 끼우고 바닥을 가로질러 끌고 가서 환한 빛 속으로 데리고 갔다. 혹시 구조되는 걸까? 헬렌 그레이스 형사일까?

그녀는 뭔가 금속 같은 것에 부딪히면서 비명을 질렀다. 이제 두 손이 그녀의 밑으로 들어와 그녀의 몸을 끌고 있었다. 직감적으로 해나는 이것이 구조가 아니라는 사실을 알았다. 이곳에서 구원 같은 게 있을 리 없었다. 그녀는 사방이 막힌 작은 공간에 쿵 소리와 함께 내동댕이쳐졌다. 천천히 조심스럽게 손으로 주변을 더듬어봤다. 그리고 눈을 떴다.

빛은 여전히 벌이라도 내리는 듯이 밝았지만, 그녀는 누군가의 그늘 속에 누워 있었다. 따라서 잠깐 흘깃 쳐다보는 정도는 얼마든지 참아낼 수 있었다. 그녀는 자동차 트렁크 안에 누워 있었다. 트렁크 안에 무기력하게 널브러져 있었다.

"안녕, 미커리. 날 다시 보니 놀랍지?" 캐서린 콘스터블의 목소리였다. 그녀를 고문하고 가둔 여자였다. "그럴 필요 없어. 난 그렇게 가학적인 사람은 아니거든. 그래서 널 구해주기로 했어."

미커리는 멍한 상태로 아무 말도 이해하지 못한 채 시선을 들어 여자를 바라봤다.

"그렇지만 네가 날 위해 뭔가 작은 일 하나를 먼저 해줘야겠어."

미커리는 기다렸다. 현기증을 느끼는 와중에도, 그녀는 캐서린이 원하는 것은 무엇이든 하리라고 다짐했다. 지금까지 살아오며 한 번도 느껴보지 못한 절실함으로 그녀는 살고 싶었다.

차가 움직이는 동안, 미커리는 자신이 웃고 있음을 알아차렸다. 정확히 뭔지는 모르지만, 무슨 일인가 생긴 것이다. 그리고 지금 그녀는 지옥에서 구출되었다. 이제는 어떤 값이라도 치를 각오가 돼 있었다.

그리고 그녀는 샌디의 안부 같은 것은 잠시 떠올려보지도 않았다. 이제 그녀의 세상 속에 샌디라는 사람은 더는 존재하지 않았다.

79

범인이 그들을 비웃는 것을 멈추기나 할까? 미커리와 샌디 모튼은 다섯 번째로 납치된 희생자들이었고, 지금까지 범인은 단 한 건도 실패한 적이 없었다. 샌더슨, 그라운즈, 그리고 맥앤드루 형사는 가장 최근의 납치와 관련해 목격자를 확보하기를 희망하면서 바쁘게 호별 방문 수사를 지휘했다. 휘태커는 그들에게 정복 경찰을 함께 배정해 주었지만, 그래 봐야 아무 소용도 없었다. 찰리와 브리지스 수사관은 그날 내내 샌디 모튼 가족이 사는 집에서 범죄 현장을 감식했지만, 단 한 건의 법의학 증거도 찾아내지 못했다.

범인과 두 명의 피해자들은 샴페인을 마시고 있었음이 분명했다. 진정제 성분이 남아 있는 길쭉한 샴페인 잔 두 개가 바닥에 쓰러진 채로 남아 있었고, 마지막 세 번째 잔 자국은 커피 탁자 위에서 발견됐지만, 그 잔과 샴페인 병은 사라지고 없었다. 찰리는 잔뜩 화가 난 휘태커의 전화를 받았고, 그에게 보고할 만한 낙관적인 수사 내용이 전혀 없다는 사실을 울며 겨자 먹기로 인정해야만 했다.

범인은 피해자의 집으로 직접 찾아가 그들을 납치할 만큼 대담했다. 샌디 모튼의 아내는 친척 집을 방문 중이라 집에 있지 않았지만, 있었다 하더라도 달라질 것은 없었을 터였다. 이 살인마에게는 도저히 접근할 수 없는 것일까? 이제는 정말 그런 식으로 보이기 시작했다. 샌디 모튼의 집은 어수선하고 긴장감이 흘러넘쳤다. 법의학 서커스단이 마을에 들어와 있었고, 그 배경에는 친구 집에 가서 머물러 있으라는 조언을 거부한 샌디의 아내 쉬라가 버티고 서 있었다. 그녀는 자신이 뒤늦게라도 집으로 돌아와 가족의 보금자리를 떠나지 않겠다고 고집을 부리고 서 있으면 남편의 안전한 귀환이 조금이라도 더 보장될 것이 분명하다고 느끼는 듯했다. 하지만 결코 그럴 리 없었다.

물론 그 비슷한 얘기도 피해자의 아내에게 들려줄 수야 없었지만, 어쨌든 찰리는 그 사실을 알았다. 샌디 모튼은 시체 가방에 실려 돌아오거나 심각한 심리적 외상을 입어 완전히 제정신이 아닌 채 돌아올 터였다. 현장의 분위기는 너무도 침체돼 있었다. 다시 구역질이 올라왔을 때, 찰리는 서둘러 밖으로 나갔다.

그녀는 가까스로 사람들의 눈을 피해 나와서 배 속에 있는 것을 게워냈다. 아침으로 먹은 음식이 온통 구토로 다 튀어나왔다. 찰리는 종일, 여러 방식으로 입덧을 했다. 이 암울한 세상 속으로 또 하나의 새로운 생명을 데리고 와야 한다는 사실이 지극히 이상하고 불안한 느낌이었다. 그녀와 스티브는 가정을 이루기를 손꼽아 기다려왔다. 그런데 이제 와서 찰리의 마음속에는 회의가 가득 차 오르고 있었다. 무슨 권리로 자신이 아기를 이 세상 속에 던져 놓으려 한다는 말인가? 폭력과 잔혹함과 악이 만연한 이런 곳에 말이다. 이런 생각 자체가 너무도 암울해서 찰리는 다시 구역질이 올라오는 것을 느꼈다.

막 입을 닦아냈을 때, 전화벨이 울렸다. 그녀는 경쾌한 벨 소리가 마뜩잖았지만, 그래도 서둘러 전화를 받았다.

"찰리 브룩습니다."

"살려주세요."

"누구세요?"

긴 침묵이 흘렀다. 발신자가 말할 기운을 그러모으기라도 하는지 숨을 길게 들이마시고 있었다. 그리고 말했다.

"난…… 해나 미커리예요."

찰리는 감전된 듯이 벌떡 몸을 일으켰다. 확실히 미커리의 목소리처럼 들리기는 했다. 정말 그녀일까?

"어디 있어요, 해나 미커리?"

"서튼 거리에 있는 파이어 스테이션 식당 바깥이에요. 지금 데리러 와 줘요."

그 말만 던지고 미커리는 전화를 끊었다. 몇 분 후에 찰리는 도로를 따라 차를 달리고 있었다. 브리지스와 샌더슨, 그리고 그라운즈도 전술 지원팀을 이끌고 그 뒤를 따랐다. 누가 보더라도 함정일 수 있었다. 그러나 임신 중이든 아니든 간에, 찰리는 자신이 직접 작전에 뛰어들 참이었다. 서튼 거리에 가까워지자, 모두 경광등과 사이렌을 껐고, 늘 그래 왔듯이 전술 지원팀은 은밀히 상황을 지켜보기 위해 그 블록 뒤로 숨어들었다.

해나 미커리는 똑바로 서 있기도 힘든 상태로 보였다. 머리는 온통 떡이 져 있었고, 붉은색 코트는 시체처럼 창백한 피부와 대조되어 너무도 야하게 도드라져 보였으며, 그녀는 벽에 겨우 몸을 지탱하고 서있는 듯했다. 찰리는 그녀의 변신에 충격을 받았다. 혹시나 주변에 위험이 도사리고 있지는 않은지 살피느라 찰리는 시선을 좌우로 바쁘게 돌리면서 서둘러 미커리 쪽으로 다가갔다. 이상하게도 그녀를 마주 보고 서 있는 동안 찰리는 그 어느 때보다도 자신이 나약하게만 느껴졌다. 몸속에서 아기가 자라나고 있다는 생각이 머릿속에 번뜩 스쳤지만, 찰리는 억지로 그 생각을 억눌렀다. 사건에 집중해야 했다.

미커리는 그녀의 품속으로 무너졌다. 찰리는 잠시 그녀를 안고 서서 찬찬히 그 모습을 살펴봤다. 형편없는 모습이었다. 대체 무슨 일을 겪었기에 이런 모습이 되었을까?

찰리는 구조대에 전화를 걸고 그녀와 함께 구급차가 도착하기를 기다렸다. 그동안 두려움에 사로잡힌 심리치료사에게서 조금의 정보라도 얻어내려 시도해봤지만, 미커리는 그녀에게 아무 말도 하지 않으려 했다.

마치 어떤 지시사항을 받아서 한 치의 오차도 없이 그 사항을 지켜나가려는 사람 같았다. 그토록 자신만만하던 해나 미커리가 지금은 그저 겁에 질려 있을 뿐이었다.

"그레이스."

미커리의 목소리는 너무도 작았고 갈라져 나왔다.

"뭐라고요?"

"헬렌 그레이스에게만 말할 거예요."

그게 대화의 마지막이었다.

80

전화는 꺼져 있었고, 문은 잠겨 있었다. 그녀는 완전히 혼자였다. 수사를 이끌어가는 상급 수사관이 이런 중요한 수사가 진행 중인 동안 팀원들과 완전히 연락을 끊는 것은 표준 수사 규정에 어긋나는 일이었다. 그러나 헬렌은 잠시나마 혼자 있고 싶었다. **생각**할 시간이 필요했다.

그녀는 인사부 자료에서 자신의 파일을 꺼내왔다. 그리고 자신의 직업 이력을 훑어봤다. 동시에 지역 신문인 '사우샘프턴 이브닝 뉴스'와 햄프셔 경찰에서 매달 발행하는 잡지 〈프론트라인〉의 보관 자료도 조사했다. 지금 헬렌은 빠진 고리를 찾고 있었다. 즉, 범인이 그녀를 표적으로 삼고 있다는 사실을 최종적으로 확인해줄 단서를 찾는 중이었다.

살인자가 희생자를 선택하는 기준이 경찰로서 성공해온 헬렌의 과거 행적에 의해 지배되고 있다는 사실에 더는 의심의 여지가 없었다. 과거 그녀는 훗날 벤 홀란드로 이름을 바꾸는 제임스 호커를 죽음에서 구해냈다. 그의 미친 아버지를 제압한 덕이었다. 하지만 살인자는 제임스이자 벤이 영원히 행복하게 살 수 없도록 손을 썼다. 헬렌은 십 대 방화범들의 손에서 애나와 마리도 구해냈지만, 살인자는 그들의 목숨도 앗아갔다. 마티나는 매티 암스트롱으로 태어나 브라이튼에서 남창으로 살고 있었지만, 어느 날 끔찍한 상황에 내몰려 인생이 옆길로 새게 되었다. 당시 그는 어느 지하 아파트에 감금되어 한 무리의 남자들에게 고문과 폭행을 당하고 있었다. 그러던 중에 우연히 그의 비명을 듣게 된 헬렌과 한 동료가 문을 부수고 들어가 그의 고난이 끝나게 해주었다. 그리고 또다시 살인자는 그가 살아

날 수 없도록 계략을 짰다. 해나 미커리는 그저 헬렌을 괴롭히기 위해 작은 농담처럼 던진 보너스 같은 피해자일 수 있다. 어찌 됐건 그것은 시간이 말해줄 터였다. 그렇게 되면 에이미와 샘만 남았다. 그들이 바로 끊어진 고리였다. 그들은 헬렌과 어떻게 연결돼 있는 걸까? 대체 그들은 무슨 짓을 저질러서 살인자의 관심을 끌게 된 것일까?

헬렌은 제임스와 마티나의 사건에서 보여준 용감한 행동 덕분에 표창을 받았다. 〈프론트라인〉의 과월호에는 그녀가 표창받는 사진이 실려 있었는데, 그건 컴퓨터로도 누구든 쉽게 찾아볼 수 있었다. 애나와 마리를 도운 사건으로는 공식적인 표창을 받지는 않았지만, 그 이야기는 사우샘프턴 지역 신문 '에코'에 실렸었다. 전역에 널리 알려졌었기에, 이 지역에서 헬렌은 유명인사나 다름없었다. 역시 그 기사도 온라인상에서 쉽게 찾아볼 수 있었다. 그런데 에이미와 샘은 대체 어디서 인연이 되었던 걸까? 헬렌은 그동안의 경력에서 두 사람 나이대의 사람들과 관련된 주요 사건에 개입했던 기억을 전혀 떠올릴 수 없었다.

표창은 두어 번 더 받은 적이 있었는데, 그중 가장 기억할 만한 것은 심각한 교통사고에서 그녀의 빠른 판단이 큰 도움이 되었던 사건이었다. 하지만 그건 벌써 20년 가까이 된 일이었고, 에이미와 샘이 태어나기도 전이었다. 헬렌은 좌절감을 느끼며 그 해의 〈프론트라인〉 과월호를 모두 되짚어가서 그 사건 기사를 찾아냈다. 세부사항도 모두 어제 일처럼 생생하게 떠올랐지만, 그녀는 다시 한번 꼼꼼하게 내용을 살펴봤다.

한 버스 기사가 소프 공원에서 돌아가던 길에 운전대를 잡고 깜빡 졸기 시작했다. 결국, 포츠머스 인근에서 버스가 흔들리며 차선의 중앙 분리대를 박차고 나가 반대편에서 질주해온 차량과 충돌했다. 버스 기사뿐 아니라 반대편 차선에서 달려오던 몇몇 차량의 기사들과 몇 명의 승객까지 그 자리에서 즉사했다. 다중 연쇄 충돌과 함께 화재가 발생했다. 그리고 그날 현장에 가장 먼저 도착한 두 명의 교통경찰의 영웅다운 행동이 아니었다면, 더 많은 승객과 다친 운전사들이 목숨을 잃었을 터였다. 그 두 명의 경찰 중 한 명이 젊은 시절의 헬렌이었다. 사고가 일어났을 때는 3개월 차 교통경찰이었다.

그리고 그 일을 마음에 들어 하지 않았다. 그래서 다른 직무를 맡아 보고 싶다고 강경하게 표현하기도 했지만, 규칙은 규칙이었기에 순환근무 기간을 채워야만 했다. 그래서 그녀는 사고 현장을 수습하는 데 최선을 다했다. 그 과정에서 끔찍한 장면들을 수도 없이 목격했지만, 그곳보다 그녀의 실력과 용기를 더 확실해 증명해 보일 기회란 다시 없을 듯이 열심히 뛰어 다녔다. 불길이 번져 나가는 동안, 동료 루이즈 테너와 함께 헬렌은 사고 현장에서 충격받고 부상입은 피해자들을 끌어냈다. 그리고 잠시 후, 소방대가 도착해 불길을 잡았다. 하지만 그곳에 모여 있던 모든 사람이 보기에 헬렌과 그녀의 동료 루이즈의 신속한 판단이 수많은 사람의 목숨을 구했다는 사실은 부인의 여지가 없었다.

헬렌과 루이즈의 이름이 〈프론트라인〉에 언급되었고, 지역 희생자들의 이름은 '사우샘프턴 이브닝 뉴스'와 '포츠머스 에코'에 실렸다. 하지만 생존자에 관한 세부사항은 어디에도 실리지 않았다. 모두가 죽은 사람들의 비극에 더 관심을 보였다. 헬렌은 의자에 등을 기대고 앉았다. 또 막다른 길이었다. 에이미와 샘도 그저 무작위로 선택된 희생자들일까? 어쩌면 그럴지도 몰랐다. 하지만 살인자는 헬렌과 관련된 희생자들을 찾아내는 데 몹시도 공을 들였다. 그러니 그들도 반드시 관련이 있을 게 분명했다.

헬렌은 그날 다중 연쇄 충돌사고에서 목숨을 잃은 많은 사람이 휴가를 시작하기 위해 포츠머스를 향해 가던 여객선 승객들이었다는 점을 기억해 내고는 전국지의 예전 기사를 인터넷으로 검색해보기로 마음먹었다. 그녀는 '가디언', '타임스', '메일', '익스프레스', '선', '미러', '스타' …… 등 유수의 언론 보도를 검색해봤다. 그러나 흥미로운 점은 전혀 없었다.

헬렌은 이제 마지막으로 신문 하나만 더 검색해보고 포기하려던 참이었다. '투데이'는 전국지로 잠깐 발행이 되다 말았지만, 거의 타블로이드나 마찬가지로 그런 종류의 기삿거리를 특히 좋아했다. 그래서 헬렌은 그날의 '투데이' 기사를 살펴보기로 마음먹었다.

그리고 바로 거기서 헬렌은 찾던 것을 발견했다. 두 페이지에 걸쳐 실려 있는 그날의 참사에 관한 기사 한가운데 젊은 교통경찰 한 명이 한 여성을 안전한 장소로 인도하는 사진이 실려 있었다. 사진 아래 신문사의 사진부 기자 이름이 올라 있지 않은 것을 보면 구경꾼 중의 하나가 찍어서 신문사에 판 것이 분명했다. 그래서 다른 신문에는 전혀 실리지 않았으며 지금까지 헬렌 자신도 전혀 본 적이 없었던 것이다.

잘 찍은 사진이었다. 헬렌에 관한 모든 것을 설명해주고 있었다. 그녀의 얼굴뿐 아니라 그녀가 돕고 있는 젊은 여성의 얼굴도 선명하게 잘 찍혀 있었다. 그제야 갑자기 모든 것이 이해가 되었다.

81

헬렌은 초인종을 누르고 기다렸다. 늦은 시간이라 환영받지 못할 게 분명했지만, 그래도 참고 기다렸다. 예상대로 다이앤 앤더슨은 적대적인 태도로 불청객을 맞이했다. 하지만 헬렌이 순순히 물러날 사람이 아니라는 사실을 깨닫고는 안으로 들어오게 했다. 다이앤과 가족들은 그들의 집 앞에서 벌어지는 일들을 멍하니 넋 놓고 바라보는 이웃 사람들의 모습을 더는 참고 견딜 수가 없을 지경에 달해 있었다. 따라서 더는 그들이 즐겨 바라볼만한 구경거리를 주고 싶지 않았다.

"남편을 불러올게요."

다이앤 부인이 층계 쪽으로 걸어가며 어깨너머로 말했다. 더는 헬렌의 질문 공세를 참아낼 기분이 아니었다.

"그전에 이 사진 좀 먼저 봐주세요."

헬렌이 그날 일찍이 경찰서에서 복사해 두었던 '투데이'에 실린 사진의 복사본을 내밀었다. 다이앤이 짜증스러운 듯이 걸음을 멈추고는 거실을 가로질러 돌아와서는 헬렌의 손에서 종이를 받아 들었다. 사진을 들여다보는 동안, 그녀의 얼굴에 서려 있던 짜증이 놀라움으로 변했다.

"사진 속의 사람들, 알아보시겠어요?"

헬렌이 물었다. 괜히 에둘러 말하고 떠볼 시간이 없었다. 다이앤은 아무 말도 하지 않았다. 충격이 불안감으로 바뀌고 있었다. 리처드가 2층에 있으니 당장에라도 내려올지 몰랐다.

"어때요?"

"나예요."

다이앤이 웅얼거리며 대답했다.

"그러니까 우리가 전에 **만난 적**이 **있다**는 거네요."

다이앤이 바닥만 내려다보며 고개를 끄덕였다.

"혹시 그때도 이미 알고 있었나요? 에이미가……, 샘의 사망 이후에 날 만났을 때, 그때도 우리가 전에 만난 적이 있었다는 사실을 알고 있었어요?"

"처음에는 몰랐어요. 그때는 너무 많은 일이 한꺼번에 일어나고 있었으니까요. 그렇지만 나중에……, 그런 것 같다는 생각이……. 그렇지만 확신은 못 했어요."

"젠장, 그럼 왜 나한테 아무 말도 하지 않았어요?"

헬렌은 분노가 치밀어 올랐다.

"그게 무슨 상관인데 이래요? 그건 이 사건과 아무 상관 없잖아요."

"있어요. 당신이 경찰과 인연이 있었다는 걸 알려주니까……. 구체적으로 말하자면, 나와. 왜 내게 아무 말도 안 한 건가요?"

다이앤은 말하고 싶지 않다는 듯이 고개를 저었다.

"난 알아야 해요, 다이앤. 지금 날 도와주면, 샘의 살인자를 잡을 수 있다고 약속할게요. 그렇지만 돕지 않으면……."

다이앤은 울음을 참으려 애쓰고 있었다. 그녀가 계단 쪽을 흘끗 바라봤다. 리처드가 내려오는 기척은 들리지 않았다. 아직은.

"그날 난 리처드와 함께 있지 않았어요. 다른 사람과 함께 솔즈베리로 운전해 돌아가는 중이었어요."

이제야 헬렌은 무슨 말인지 알 수 있었다.

"연인과 함께?"

다이앤이 고개를 끄덕였다. 그녀의 두 눈에서 굵은 눈물방울이 빠르게 흘러내리고 있었다.

"그날 그를 만난 이유는…… 임신 때문이었어요. 그의 아이였죠. 에이미는…… 그의 딸이에요. 그는 내가 리처드와 헤어지고 그와 함께 살기를…… 하지만…… 돌아가는 길에 사고가 난 거죠. 그는 그 자리에서 죽었어요. 난 다리가 끼어서 빠져나갈 수가 없었어요. 그냥 불에 타 죽겠구나 생각하고 있었는데……."

"내가 당신을 꺼내 주었군요."

헬렌은 다시 사진으로 눈길을 돌렸다. 자세히 들여다보면 다이앤의 배가 살짝 불러 있는 것을 알아볼 수 있었다. 헬렌이 다이앤의 목숨을 살린 것이다. 하지만 더 중요하게는 그녀가 에이미의 목숨을 구했던 것이다. 거기에 생각이 미치자 헬렌은 구역질이 날 것만 같았다. 그들의 살인자는 헬렌의 짐작보다 훨씬 기만적이고 뒤틀려 있었다.

"그런데 그게 다 무슨 상관이죠? 왜 그날의 일에 관해 알아야 하는 건데요?"

6백만 불짜리 질문이었다.

"지금 당장은 말해드릴 수가 없어요, 다이앤, 그렇지만 이제 왜 에이미가 납치됐었는지 그 이유를 거의 짐작할 수 있게 됐어요. 완전히 밝혀지면 알려 드릴게요. 하지만 지금 우리 둘이 나눈 대화는 비밀로 해주셔야 합니다."

다이앤이 고개를 끄덕였다. 비밀로 하는 데야 그녀도 아무런 이의가 없었다.

"우린 샘의 살인자를 반드시 잡을 겁니다." 헬렌이 계속 말을 이었다. "그리고 에이미도 떳떳하게 만들어 드릴게요. 제 말 믿으셔도 돼요. 나머지 문제는 다이앤에게 달려 있어요. 우린 다른 사람의 결혼 생활을 망치는 것 같은 일에는 아무 관심도 없으니까요."

다이앤이 그녀를 문밖까지 배웅했다. 헬렌은 곧장 전화기를 켰다.

찰리에게서 여러 통의 메시지가 도착해 있었다. 헬렌이 전화를 걸자 찰리는 해나 미커리 관련 상황을 빠르게 그녀에게 전달했다. 매번 사건이 터질 때마다 게임이 갈수록 이상하게 꼬여가는 듯했다. 헬렌은 이 사건이 완벽하게 계획된 절정을 향해 한 단 한 단 층계를 밟아 올라가고 있는 듯한 무시무시한 느낌이 들었다. 경찰관 생활을 해오는 동안 헬렌은 수도 없이 많은 불쾌한 인간들과 마주쳤었다. 이제 그녀는 이번 연쇄살인 사건의 범인을 찾아내기 위해 그 불쾌한 인간들 하나하나를 탐색해 보기 시작했다.

"금방 갈게, 찰리. 그렇지만 자네가 날 위해 해줘야 할 게 있어."

"예, 말씀하세요."

"루이즈 테너의 행방을 확인해줘."

82

해나 미커리는 한 번도 손톱을 물어뜯어 본 적이 없었다. 그러나 지금 그녀는 손톱 밑의 속살까지 물어뜯어 놓았다. 이 얼마나 역설적인 일인가. 그녀가 하는 일의 대부분은 자기 머리카락을 꼬아 잡아당기거나 손톱을 물어뜯는 사람들을 이성적이고 안정적인 인간으로 변하게 하는 데 초점이 맞춰져 있었다. 하지만 지금 그녀의 모습을 보라. 완전히 제정신이 아니었다. 끔찍한 고통에 자아를 통제할 수 있는 능력이 모두 침식되어 버리고 없었다.

헬렌 그레이스는 어디 있는 거지? 기다림 자체가 너무 느리게 가해지는 고문이었다. 그녀가 자신의 납치범과 거래를 맺었을 때는 모든 것이 너무 간단해 보였다. 자신은 납치범이 시키는 대로만 하면 자유의 몸이 될 터였다. 거래가 이루어진 후 아주 잠시 동안은 그 사실을 생각만 해도 차오르는 기쁨에 흥분이 되었고, 두려움과 절망을 넘어선 찬란한 삶의 비전을 볼 수 있었다. 자유를 얻게만 된다면, 그녀는 지금까지 겪은 시련을, 좀 더 정확히 말하자면, 그 시련에서 회복해 나가는 과정을 매우 유용하게 이용해 먹을 수 있을 것 같았다. 다른 사람도 돕고, 자기 자신도 도우면서.

그런데 지금은 모든 게 다 헛소리 같았다. 전혀 실현될 가망성도 없는 일이고 정신착란 증세의 결과물인 것처럼 느껴졌다. 어쩌면 아예 헬렌 그레이스를 만나지도 못하는 건 아닐까? 그래서 실패하게 되는 걸까? 고통은 아직 끝나지 않았다.

그런데 갑자기 헬렌이 방 안에 나타났다. 그녀는 미커리의 모습에 말 그대로 경악을 한 듯했지만, 미커리는 넘치는 기쁨에 어쩔줄 몰라 했다. 헬렌은 안타까운 표정을 지어 보이려 애를 쓰고 있었지만, 미커리가 보기에 그녀의 모습은 파충류 우리 앞에서 입을 쩍 벌린 채 놀라고 혐오스러운 표정을 짓고 있는 사람과 다를 바 없었다.

헬렌의 입장에서는 눈앞에 보이는 대상의 모습이 도저히 믿기지 않았다. 지난번 심문에서 그토록 냉혈한처럼 굴어대던 미커리가 지금은 무료 급식소 앞에서 매일 볼 수 있는 미친 여자 중의 한 명처럼 보였다. 거리에서의 삶에 너무도 시달리고 찌들어서 완전히 정신이 나가버린 노숙하는 여자들처럼 보였다.

"저 여자는 내보내 줘요." 미커리가 찰리 쪽으로 비난하는 듯한 시선을 흘낏 쏘아 보내며 빠르게 말했다.

"절차에 따라 찰리 브룩스 수사관도 여기 있어야……."

"저 여자는 여기 있으면 안 돼요. 제발."

이제 해나 미커리의 목소리에서는 비탄이 묻어났고, 눈에서는 금방이라도 눈물이 쏟아질 듯 보였다. 그녀는 온몸을 떨고 있었다. 헬렌이 고개를 끄덕이자, 찰리가 방을 나갔다.

"대체 무슨 일이 있었던 거예요, 해나? 말해줄 수 있겠어요?"

"나한테 무슨 일이 있었는지 알잖아요."

"짐작은 할 수 있지만, 당신이 직접 말해줬으면 좋겠어요." 미커리가 고개를 저으며 바닥을 바라봤다. "당신은 체포되지 않을 거예요. 강요당하는 상황에서 어쩔 수 없이 저지른 일에 혐의를 부여해서 체포할 생각은 전혀 없어요. 당신이 샌디를 죽였다면……, 그게 어딘지 말해줘요……."

"샌디는 죽지 않았어요." 미커리가 끼어들었다. "적어도 난 그가 죽었다고 생각지 않아요. 그리고 나도 그에게 아무 짓 안 했어요."

"그럼 지금 샌디는 어디 있어요? 그에게 구조 인력을 보내주면 되니까……."

"나도 몰라요. 우린 금속 컨테이너 같은 곳에 갇혀 있었어요. 화물

용 컨테이너 같은 거요. 아마 부두 근처에 있는 게 아닐까 싶어요. 밖
으로 끌려 나올 때, 바다 냄새를 맡을 수 있었거든요."

"누가 당신을 밖으로 끌어냈죠?"

"그 여자요. 캐서린."

"다시 한번 확인할게요. 그 여자가 당신을 밖으로 끌고 나와서 구
해줬다. 심지어 샌디가 살아 있고 아무런 해도 입지 않은 상황인데
도 그랬다는 건가요?"

미커리가 고개를 끄덕였다.

"탄창이 비어 있었어요. 처음부터 우릴 죽일 의도는 없었던 것 같
아요. 전부 다 무슨 빌어먹을 장난 같아요."

헬렌은 의자에 등을 기대고 이 새로운 전개 과정을 머릿속으로 곰
곰이 생각해봤다.

"왜죠, 해나? 왜 당신을 구해줬대요?"

"당신에게 가서 메시지를 전하라고 했어요."

"메시지?"

"연락은 찰리 브룩스 경찰에게 하고, 대화는 당신하고만 하라고 했
어요. 오직 당신하고만."

"그럼 메시지가 뭔데요?"

"내가 널 표창한다."

헬렌은 계속 기다렸지만, 더는 아무 말도 들을 수 없었다.

"그게 다예요?"

미커리가 고개를 끄덕였다.

"내가 널 표창한다."

그녀가 다시 반복해 말했다. 이 메시지를 전하지 않고는 배길 수가
없었겠지, 헬렌은 속으로 생각했다.

"대체 그게 무슨 뜻이에요?"

해나 미커리가 절박한 표정으로 물었다. 마치 헬렌의 대답 여부에 따라 그녀가 겪은 끔찍한 시련이 전부 이해되기라도 한다는 듯했다.

"우리가 살인자에게 점점 가까이 다가가고 있다는 뜻이에요."

"그 여자가 누구예요?"

헬렌은 아무 대답도 하지 않았다. 대체 뭐라고 말해준단 말인가?

"나도 아직은 확신 못 해요, 아직은."

미커리가 콧방귀를 뀌었다. 만면에 불신의 표정이 번져 있었다.

"그럼 당신이 도둑 잡기 놀이나 하고 있는 동안 나는 뭘 하고 있으면 되는 거예요?"

"원한다면 안전가옥을 제공하고 개인 경호를 붙여 줄게요……."

"신경 쓰지 마요."

"진심이에요, 해나. 우리는 당신이 안전……."

"당신이 정말 그 여자를 멈출 수 있으리라고 생각해요? 그 여자는 절대 무너지지 않아요. 그 여자가 이길 거라고요. 그게 안 보이는 거예요?"

미커리의 눈에서 불길이 일었다. 완전히 미친 사람 같았다.

"의사를 불러줄게요, 해나. 난 정말……."

"당신이 밤에 잠을 이룰 수 있기를 바라요."

미커리가 그녀의 팔을 잡더니 아프게 살점을 꼬집었다.

"당신이 무슨 짓을 저질렀든 간에, 부디 밤에 잠을 잘 수 있기를 바라요."

헬렌은 경찰서 상주 의사에게 연락하기 위해 방을 나왔다. 미커리의 말이 여전히 귓속에서 울려댔다. 그녀의 비난은 앞으로의 일을 예언하는 듯이 매우 아프게 다가왔다. 헬렌은 생각의 고리에 몰두해 있던 까닭에 처음에는 누군가 자신의 이름을 부르고 있다는 사실을 알아차리지 못했다. 휘태커였다. 그가 오리라고 예상하고 있었어야 했다.

마음속으로 헬렌은 이 불편한 상황을 대비해 전투 계획을 미리 짜놓지 못한 자신에게 저주를 퍼부었다.

"피해자는 어떤가? 그래, 뭐 쓸만한 정보라도 얻어 냈어?"

그의 어조는 완벽하게 사무적이었지만, 헬렌은 그 속에서 긴장감을 읽어낼 수 있었다. 그는 훌륭한 정치인이자 뛰어난 연기자였지만, 난처한 상황에 처해 있었다. 미커리가 어떤 상태인지, 또 무슨 말을 할 예정인지 전혀 감도 잡지 못한 상태였다. 미커리는 단 몇 마디만으로도 그가 지금껏 쌓아온 명성을 완전히 끝장내 버릴 수 있었다.

"상태가 몹시 안 좋습니다. 그렇지만 잘 견뎌내고 있고, 협조적이에요."

"좋아, 아주 좋아."

별로 확신하지 못하는군, 헬렌은 생각했다.

"그 변호사는 어떻게 됐나?" 휘태커가 계속 질문했다. "그는……?"

"아직은 확실히 파악하지 못했습니다. 현재 상황으로는 범인이 피해자를 둘 다 풀어준 것 같아요."

이 사실이 확실히 그를 불안하게 만든 모양이었다.

"음, 계속 진행 상황을 보고하도록 해. 사건이 사건인지라 얼마나 더 언론에 입을 다물고 있어야 할지 확신할 수 없으니까."

그 말을 남기고 휘태커는 사라졌다. 이제 뭘 하면 되지? 헬렌은 자신에게 선택사항이 거의 없다는 사실을 알았다. 경찰서에서 사적인 공간, 즉 자유롭게 대화를 나눌만한 공간을 찾아내기란 쉬운 일이 아니었다. 하지만 구내식당 뒤쪽이 바로 그런 공간 중의 하나였다. 헬렌은 그리로 가서 부패방지국에 전화를 걸었다.

"지금 내가 하는 얘기는 절대 이 방 밖으로 나가서는 안 돼, 알겠나?"

헬렌은 다시 사건 수사본부에 돌아와 있었다. 찰리, 브리지스, 그라운즈, 샌더슨, 맥앤드루, 이들 모두가 팀 브리핑에 호출되어 긴장되고 기대하는 마음으로 헬렌의 이야기를 듣고 있었다. 그들은 헬렌의 질문에 합동으로 고개를 끄덕이고는 다시 그녀의 말을 기다렸다.

"지금까지 우리의 살인자는 다섯 커플을 표적으로 했다. 그들 모두가 이런 식이든 저런 식이든 나와 관련이 되어 있어."

웅성거림이 일었지만, 이런 분위기에서는 아무도 헬렌의 말을 방해할 준비가 되어 있지 않았기에, 그녀는 계속 말을 이었다.

"마리와 애나 스토리. 그들은 내가 십 대 방화범들에게서 구해낸 모녀야. 벤 홀란드. 그의 어릴 적 이름은 제임스 호커였고, 난 그가 위험한 아버지에게 살해당할 뻔한 순간에 처했을 때 사건 현장에 개입해서 그를 구해냈지. 그리고 우리의 매춘부 마티나는 사실 남창 일로 생계를 이어가던 매티 암스트롱이라는 소년이었는데, 어느 날 일단의 남자들에게 고문당하고 학대당하던 중에 나와 내 동료가 그를 구해냈어."

다시 한번 웅성거림이 일었다.

"그리고 다이앤 앤더슨은 임신 중에 포츠머스 근처에서 일어난 다중 연쇄 충돌사고 현장에서 사고를 당했지. 당시 교통경찰로 근무하고 있던 루이즈 테너와 내가 그 산모와 뱃속에 있던 아이, 에이미를 구조했어. 그런데 다이앤은 당시 남편과 함께 차 안에 있던 게 아니라서 그 사실을 전혀 입 밖에 내지 않았던 거지. 그렇지만 지금은 내게 시인한 상태야."

"그럼 미커리는요?"

마침내 누군가 앞으로 나서 질문을 던졌다. 맥앤드루가 이번에는 용기를 낸 모양이었다.

"우리 입장에서 보든 그들 입장에서 보든 그냥 짓궂은 장난 같은 거지. 살인자는 우리가 자기가 생각했던 것만큼 수사에 빠른 진전을 보이지 못한다고 생각한 모양이야. 그래서 우리에게 메시지를 보내기로 마음먹은 거지. 미커리는 나를 찾아내서 '내가 널 표창한다'라는 메시지를 전달해 주는 조건으로 풀려난 거야."

살인자의 메시지가 공중에 걸려 있었다. 아무도 반응을 보이지 않았다.

"방금 언급한 그 사건 모두에서 나는 경찰 표창장을 받았어. 우리의 살인자는 의도적으로 내가 도왔던 사람들을 표적으로 삼아서 그들을 파괴하는 데 노력을 기울인 거야. 그들이 살해하든 살해를 당하든, 그건 아무 상관도 없었던 거지. 어느 쪽이든 간에 그들의 삶은 파괴되고 말 테니까. 살인자는 바로 그 미지수의 결과를 즐기고 있는 거야. 그녀 입장에서는 그게 전체 쇼에 놀라움의 요소를 부여해 주니까."

이제 남아 있는 명백한 질문 한 가지는 '살인자는 누구인가?'였다. 따라서 헬렌은 찰리의 반응에 감명을 받았다.

"다른 표창을 받은 적은 없나요?"

다시 팀원들 사이에 소요가 일었다. 헬렌이 대답했다.

"하나 있었어. 스테파니 빈스라는 젊은 호주 여성. 사우샘프턴의 바에서 종업원으로 일하고 있던 여성이었어. 그녀가 부둣가에서 일어난 총격 사건을 목격하고, 법정에서 증언을 하기로 되어 있었는데, 얼마 후 그녀를 살해하려는 시도가 있었던 거야. 바로 그날 우리가 그녀를 보호하고 있다가 범인을 체포했는데, 그 체포 덕분에 갱단 전부를 감옥에 보낼 수 있었지. 내가 이미 그녀의 최근 주소지로 정복 경찰을 파견했지만, 팀원 중에 두 명이 그쪽으로 곧장 가줘야 할 것 같아. 찰리, 자네는 남고."

찰리는 헬렌이 다른 두 명의 팀원을 지명하는 동안 다시 자리에 앉았다. 얼마 후 헬렌이 그녀 옆에 자리 잡고 앉았다.

"찰리, 자네는 다른 일을 좀 해줬으면 좋겠어. 가능한 한 조용하고 신중하게 처리해야 해. 이해했지?"

찰리는 고개를 끄덕였다.

"루이즈 테너는 그날 우리가 버스 사고 현장에서 에이미와 다른 아이들을 구해내는 동안 나와 함께 일하고 있었어."

헬렌은 잠시 주저했다. 이게 옳은 방식일까? 하지만 그녀는 곧 다시 말을 이었다.

"그녀는…… 루이즈는 후에 그 사건의 여파를 잘 견뎌내지 못했지. 다시는 상근직으로 돌아오지도 못했고, 얼마 후에는 완전히 사라져 버렸어. 자네가 루이즈에 관해, 어디 살고 있고, 그동안 뭘 하며 살았는지 등에 관해 철저히 조사해서 내게 알려줘. 내게만 보고하는 거야, 알았지?"

"물론이에요, 반장님. 이미 착수했습니다."

"그리고 가기 전에 다른 건에 관해서 자네와 잠깐 얘기를 나눴으면 해. 잠시 후면 경찰서 내에서 최악의 사건 하나가 터질 거야. 내가 그걸 처리할 수 있도록 자네가 날 도왔으면 좋겠어."

"무슨 의민가요?"

"마크는 무고해. 그는 우릴 배신하지 않았어."

찰리는 눈을 크게 뜨고 그녀를 바라봤다. 헬렌은 그의 삶을 무너뜨린 장본인이었다. 그런데 이제 와서 그게 잘못된 거였다고?

"누가 우리 정보를 팔아넘겼는지 알아냈어. 이제 곧 그 사실이 여길 완전히 풍비박산 내버리고 말 거야. 모두가 침착하게 수사에만 집중할 수 있도록 자네가 내 옆에서 도와주길 바라. 부패도 부패지만, 우린 잡아야 할 살인자가 있잖아. 여기서 무슨 일이 일어나든 간에,

우리 사건이 해결될 때까지는 자네가 앞장서서 우릴 이끌어 가는 거야. 내가 자넬 믿어도 되겠지?"

"100퍼센트요."

그리고 헬렌은 찰리가 그렇게 하리라는 사실을 잘 알았다. 이번 수사는 지금까지 계속 악몽이었지만, 최악의 순간은 아직 다가오지도 않았다. 그러나 찰리는 수사가 진행돼 오는 동안 자신의 능력을 충분히 증명해 보였기에 헬렌은 그녀가 그곳에 있으리라는 사실이, 아니면 사건의 결론이 나는 그 장소에 있으리라는 사실이 기뻤다.

그래서 지금 헬렌은 의도적으로 찰리의 관심을 다른 곳으로 돌리도록 임무를 부여한 것이 너무도 마음 아팠다.

83

채찍이 빠르게 허공을 가르며 표적을 찾아 내려와서 여자의 단단한 살 속으로 파고들었다. 채찍이 몸을 내리칠 때 그 고통을 고스란히 견디느라 여자는 몸을 잔뜩 웅크린 채 경련하듯 펄쩍 튀어 올랐다. 찌르는 듯이 날카로운 통증이 그 뒤를 따랐다. 그러고 나자 여자의 몸에 긴장이 풀렸다. 그녀는 이미 15대의 채찍질을 당했기에 서서히 힘이 들 때도 됐지만, 입은 여전히 이렇게 말하고 있었다.

"다시."

제이크는 시키는 대로 했지만, 이제는 그만 멈출 때가 됐다는 사실을 잘 알고 있었다. 지금까지는 거의 예전과 마찬가지로 유쾌한 기분을 느낄 수 있었기에, 이쯤에서 마무리를 하는 게 현명하다는 사실을 둘 다 모르지 않았다.

"한 번만 더."

제이크는 안도감을 느끼며 채찍을 들어 올려서 평소보다 조금 더 빠르고 강하게 휘둘렀다. 그녀가 신음했다. 만족스럽고 행복한 신음 소리였다. 제이크는 뭔가 변화가 오고 있는 것은 아닐까 의아한 생각이 들기 시작했다. 그녀가 그의 형벌을 통해 성적인 만족감을 얻기 시작한 것일까? 그가 가하는 잔인하지만, 기분 좋은 형벌을 받아들이는 많은 여성이 부끄러운 줄도 모르고 그의 면전에서 거의 오르가슴에 가까운 절정에 도달하곤 했다. 헬렌이 그 지점까지 자신을 데리고 가려 할까? 혹은 그가 그녀를 데리고 갈 수는 있을까?

제이크는 자신이 점점 더 많은 시간을 그녀 생각에 바치고 있다는 사실을 깨달았다. 처음부터 늘 그녀가 궁금했지만, 사이가 틀어졌다가 다시 화해한 이래로는 그녀의 마음을 헤아려 보려는 시도를 도저

히 멈출 수가 없었다. 왜 그녀는 자기 자신을 그토록 미워할까? 마음
속에서 그는 그 주제를 끄집어내서 물어보는 상황을 수십 가지 방식
으로 미리 연습해보곤 했다. 그러나 결국 그 질문은 예기치 않은 상
황에서 툭 튀어나와 두 사람을 다 놀라게 했다.

"가기 전에, 혹시 나한테 할 얘기 같은 거 없어요?"

헬렌이 걸음을 멈추고 흥미롭다는 표정으로 그를 가만히 바라봤
다.

"그러니까 내 말은…… 여기서 일어나는 일은 전부 사적이고 완벽
하게 비밀유지가 된다는 거 알고 있잖아요. 그러니 혹시라도 대화 상
대가 필요하면 주저치 말고 털어놔도 된다는 거예요."

"내가 뭐에 대해서 얘기가 하고 싶을 것 같은데요?"

그녀의 반응은 흥미로웠지만, 애매했다.

"당신 자신이요, 내 생각에는 그래요."

"내가 왜 그래야 하는데요?"

"어쩌면 그러고 싶을지도 모르니까요. 왜냐하면, 여기서는 굉장히
편안해 하잖아요. 그러니 당신이 어떤 기분인지 털어놓기에는 여기
가 최적의 장소일지도 모르죠."

"내가 어떤 기분인지?"

"그래요. 여기 올 때면 기분이 어때요? 그리고 떠날 때는 기분이
어때요?"

그녀가 묘한 표정을 짓고 그를 바라보다가 소지품을 챙기기 시작
하더니 다시 말했다.

"미안해요. 이러고 있을 시간이 없네요."

그러고는 문 쪽으로 걸어갔다. 제이크가 성큼성큼 앞서 걸어가서
조심스럽게, 그러나 단호하게 그녀의 앞을 막아섰다.

"부디 내 말을 오해하지는 말아요. 사생활 같은 거 캐물으려 그러

는 건 아니에요. 그리고 상처 줄 의도 같은 것도 전혀 없어요. 단지 내가 당신을 도울 수 있을지, 그게 알고 싶어서 그러는 거예요."

"날 도와요?"

"그래요, 당신을 돕고 싶어요. 당신은 좋은 사람이에요. 베풀 것도 많은 강한 사람이기도 하고요. 그렇지만 자기 자신을 미워하잖아요. 난 그게 말이 안 된다고 생각하거든요. 제발 내가 돕게 해줘요. 당신은 이런 식으로 자신에게 형벌을 가할 이유가 전혀 없는 사람이에요. 그러니 내게⋯⋯."

제이크는 차마 말을 끝맺지 못했다. 그녀가 거의 흉포하게 느껴질 만큼 이글거리는 시선으로 그를 뚫어지게 바라보고 있었다. 분노와 증오, 그리고 실망감이 뒤섞인 눈빛이었다.

"엿 먹으시지, 제이크."

그 말과 함께 그녀는 남자를 밀쳐버리고 문을 나가 사라졌다. 제이크는 의자에 힘없이 주저앉았다. 그가 모든 것을 망쳐 버렸고 이제 그 대가를 치르게 될 터였다. 그는 이제 다시는 헬렌 그레이스를 볼 수 없게 되었다는 사실을 절대적으로 확신했다.

84

누구나 위태로운 정점에 도달할 때가 있는 법이다. 넘어서는 안 될 선을 넘는 때. 나도 다르지 않았다. 그 멍청한 개자식이 조금이라도 생각이라는 걸 할 수 있었다면, 이런 일은 아예 일어나지도 않았을 것이다. 그러나 그는 멍청하고 탐욕스러웠기에 나는 그를 죽이기로 마음 먹었다.

그때쯤 나는 완전히 절망해 있었다. 삶 자체를 포기해버린 상태였다. 만신창이가 되어 버려지는 게 내 운명이라는 사실도 알았다. 그 사실을 온전히 받아들인 참이었다. 사실 내 주변의 여자들은 거의 다 그런 삶을 살아가고 있었다. 그렇지만 아무도 그 삶에서 도망치지 않았다. 내 엄마를 보라. 참으로 비참하고 한심하기 그지없는 인간이었다. 바닥 깔개처럼 짓밟히고, 샌드백처럼 두들겨 맞으며 살았다. 하지만 그보다 더 끔찍한 점은 그 여자도 공범이라는 사실이었다. 그가 내게 어떤 짓을 저지르고 있는지 그 여자도 잘 알고 있었다. 지미와 나머지 인간들이 내게 무슨 짓을 저지르고 있는지. 그러나 아무런 행동도 취하지 않았다. 그저 아무 일도 없었다는 듯이 굴었다. 만약 남편이란 작자가 그 여자를 내쫓았다면, 아마 길거리에서 개죽음을 당하고도 남았을 것이다. 아무도 그 여자를 거두려 하지 않았을 테니 말이다. 그래서 그 여자는 쉬운 길을 택했다. 그런 까닭에 나는 아빠보다 엄마를 더 증오했다.

적어도 그날까지는 그게 바로 내 심정이었다. 그가 우리 침실로 들어와서 잠시 주저하는 모습을 보였던 바로 그날 말이다. 보통 그는 그냥 문을 벌컥 열고 들어와서 욕구를 채우고 나가버렸다. 빠르고 폭력적으로, 그게 그의 방식이었다. 그러나 그날 그는 멈춰서 있었다. 그리고 처음으로 2층 침대 위쪽을 바라봤다.

나는 그 시선이 무엇을 의미하는지 알았다. 어떤 악마 같은 생각이 그의 머릿속에서 맴돌고 있는지 잘 알았다. 이상하게도 그는 돌아서서 방을 나가버렸다. 어쩌면 아직은 그곳으로 올라갈 마음의 준비가 안 된 모양이었다. 그러나 나는 이제 모든 건 시간문제라는 사실을 알았다. 그리고 그 순간 나는 마음을 굳혔다. 그 자리에서, 그 순간, 그 개자식을 죽여버리겠다고 결심했다. 게다가 한술 더 떠서, 그 일을 즐기게 될 예정이었다.

85

"그렇게 어렵지 않아요. 어떻게 하는 건지 보여드려요?"

며칠 만에 처음으로 사이먼 애쉬워스의 얼굴에 혈색이 돌았다. 헬렌의 아파트에 숨어 지내는 동안 그는 내내 불안하고 초조해 하면서 거의 먹지도 않고 담배만 죽어라 피워댔다. 그러나 이제 헬렌이 그에게 일거리를, 심지어 수사와 관련된 정식 일거리를 가져다주었고, 그는 당장 기운을 차렸다. 애쉬워스는 자신의 전문지식을 드러내 보일 기회를 더없이 사랑했는데, 헬렌이 그 기회를 접시에 받쳐 가져다준 것이었다.

그는 느닷없이 헬렌이 집에 와서 깜짝 놀랐다. 그녀는 벌컥 문을 열고 들어와서 인사도 건네지 않고, 휘태커와 관련된 상황에 관해서도 전혀 언급하지 않은 채 그에게 질문을 퍼붓기 시작했다. 그녀는 불안하고 산만해 보였는데, 애쉬워스는 헬렌이 수사 진행사항을 세부적으로 설명하는 동안 그녀가 동요하는 이유를 알 수 있었다. 그는 조용히 그녀의 얘기를 듣고만 있었지만, 어쨌든 놀라지 않을 수 없었다. 확실히 수사에 커다란 진척이 있었다. 헬렌 그레이스 반장은 왜 희생자들이 범인의 표적이 되었는지 밝혀내기 위해 조사를 했고, 이제 그녀는 어떻게 범인이 그렇게 할 수 있었는지 알고 싶어 했다. 어떻게 살인자는 희생자들의 움직임을 정확히 파악해서 완벽한 순간에 차를 태워주겠다고 제안해 그들을 납치할 수 있었을까?

그 중 몇 명의 피해자는 일반적인 스토커도 쉽게 행적을 파악할 수 있을 정도였다. 예를 들어, 벤 홀란드의 미팅은 매주 열리는 것이라 쉬운 경우였다. 그리고 마리와 애나도 절대로 아파트를 떠나지 않았다. 그렇지만 에이미는? 마티나는? 그들의 움직임은 정해진 일정에 따른 것이 아니라 예측 불가능했다. 그런데 어떻게 그들의 마음속을 들여다 볼 수 있었을까?

"그들이 자신들의 일정을 미리 소셜미디어 사이트나 SNS 같은 곳에 올려놓지 않는다는 가정을 해봤을 때, 그들의 움직임을 감독하는 최고의 방법은 대화를 해킹하는 거예요."

애쉬워스가 설명을 시작했다. 집에 들어온 후 처음으로 헬렌이 조용해졌고, 그는 잠시 동안이기는 하지만 그 권력의 이동을 즐겼다.

"그들의 전화 통화 내용을 해킹하는 건 쉽지 않아요. 전화기를 빼내서 안에다가 칩을 심어둬야 하거든요. 그래서 위험부담이 크죠. 훨씬 쉬운 방법은 이메일을 해킹하는 겁니다."

"어떻게?"

"첫 번째 단계는 그들의 개인 정보를 빼낼 수 있는 페이스북이나 그 비슷한 사이트로 접속하는 겁니다. 보통은 그런데 접속하면 지메일이 됐든 핫메일이 됐든 그들의 이메일 주소를 얻을 수 있어요. 그뿐 아니라, 가족에 관한 정보, 생년월일, 휴가 때 자주 가는 장소 등등에 관해서도 정보를 구할 수 있죠. 그러면 그들의 이메일 서버 공급자에게 전화를 걸어서 비밀번호를 잊어먹어서 이메일에 접속할 수 없다고 말하는 거예요. 그러면 그 사람들은 보안과 관련된 몇 가지 일반적인 수준의 질문을 하게 될 겁니다. 엄마의 결혼 전 이름, 애완동물 이름, 기념일, 좋아하는 장소, 이런 정보들은 이미 숙제를 꼼꼼하게 해뒀다면 다 맞출 수 있는 질문들이죠. 그러면 서버 공급자는 당신에게 예전 비밀번호를 알려주고 계속 그 번호를 사용할 생각인지, 아니면 지금 새로운 번호로 바꿀지 물어볼 겁니다. 그럼 당신은 물론 그냥 사용하겠다고 대답하겠죠. 그래야 진짜 메일 주인이 이상하게 생각지 않을 테니까요. 그리고 그 말은 당신이 이메일 주인의 아이디로 접속해서 그들의 이메일을 몰래 훔쳐볼 수 있게 됐다는 의미가 되죠. 간단해요."

"그럼 누군가의 이메일 계정이 하나 이상의 장비에서 접속됐다는 사실도 증명할 수 있나?"

"물론이죠. 메일 계정 공급자를 설득할 수만 있다면 그들이 알려 줄 겁니다. 그 사람들이 엄청나게 까칠하게 굴기는 하는데, 살인사건 수사 때문이라고 하면 아마 협조할 거예요."

헬렌은 애쉬워스에게 감사를 표하고 다시 경찰서로 향했다. 그는 여러 가지 측면에서 헬렌이 전혀 예상치 못한 이번 사건의 핵심 인물이 자신임을 증명해 보였다. 에이미는 언제 자신이 차를 얻어 타고 집으로 돌아갈지에 관한 세부사항을 엄마에게 이메일을 보내 알렸다. 살인자가 그 이메일을 열어보고 그들이 나타나길 기다리고 있었을까? 비슷하게 마티나도 과거의 삶에서 인연이 닿아 지금까지도 연락하는 유일한 사람이었던 여동생에게 메일을 보내 사우샘프턴을 떠나 잠시 방문해도 좋겠느냐고 묻는 이메일을 보냈었다. 이게 살인자 '신시아'가 마티나를 추적한 방법이었을까? 매티, 즉 마티나가 런던에 사는 동생의 집으로 떠나버리면 그녀를 납치할 기회를 영영 놓쳐버리게 될까 봐?

아직은 많은 질문에 답을 얻을 수 없었지만, 헬렌은 마침내 자신이 진실에 가까워지고 있다고 느꼈다.

86

"가까이 오지 마."

미커리가 식식거리며 말했지만, 휘태커는 그 말을 무시하고 그녀 쪽으로 다가갔다.

"내 몸에 손가락 하나라도 댔다가는 건물이 무너져 버릴 정도로 비명을 지를 거야."

그녀는 경찰서 의무실에서 하룻밤을 보냈다. 그곳에서는 철통 보안 속에 편안히 쉴 수 있는 까닭이었다. 야간 근무를 서는 풋내기 경찰은 경찰서 총경이 가서 담배나 한 대 피우고 오라고 내보내 주는 상황에서 이상한 낌새 같은 건 전혀 알아채지 못했다. 총경이 얼마나 괜찮은 상사인지 말해주는 또 하나의 징표에 지나지 않기 때문이었다. 휘태커는 자신에게 기껏해야 5분 남짓한 시간밖에 주어지지 않았음을 잘 알았기에 그 시간 동안 원하는 모든 것을 얻어낼 작정이었다.

"당신이 앞으로 뭘 어떻게 할 생각인지 알아야겠어."

"내 말 함부로 듣지 마. 더는 가까이 오지 말라고."

"나 원 참, 해나. 난 당신 해치지 않아. 나라고, 마이클."

그가 여자를 위로하기 위해 팔을 뻗었지만, 미커리는 바로 몸을 빼냈다.

"이건 다 당신 잘못이야. 이게 전부 다……."

"바보 같은 소리 하지 마. 당신이 나한테 찾아왔잖아."

"왜 날 찾지 않았어?" 그녀의 목소리에서 느껴지는 상처에 그는 충격을 받았다. "난 지옥 속에 갇혀 있었어, 마이클. 왜 날 찾지 않았어?"

갑자기 모든 분노가 눈 녹듯이 녹아버렸고, 그는 안타까운 마음을 느꼈다. 목구멍으로 커다란 덩어리가 치밀어 오르는 듯하더니 갑작스런 슬픔이 밀려왔다. 그는 과거 실패한 총격전에서 입은 부상으로 최전선에서 뛸 수 있는 기회를 빼앗겨 버렸다. 그리고 그 상처를 치유하는 과정에서 심리치료사 해나 미커리를 처음 만났다. 그녀는 그를 상담하고 치유해 주었으며, 그 과정에서 두 사람은 사랑에 빠졌다. 그는 자신이 그 사고 이후 움츠러들었다는 사실을 세상이 알게 하고 싶지 않았기에 미커리의 존재를 비밀에 부쳤지만, 그녀에 대한 감정만은 진심이었다.

"모두 노력했어, 해나, 정말이야, 우리 전부 다 애쓰고 있었어. 당신을 찾기 위해 모든 걸 다 쏟아 부었어. 동원할 수 있는 정복 경찰은 모두 동원했어. 우리 관계를……."

미커리가 매서운 눈길로 그를 올려다봤다.

"우리 관계를 전혀 드러내지 않을 정도로만?"

그녀의 목소리에서는 짙은 쓸쓸함이 묻어났다.

"나도 노력했어, 믿어줘. 정말로 애를 썼다고. 그렇지만 당신의 흔적은 어디에도 없었어. 샌디도 마찬가지고. 당신은 그냥 땅속으로 꺼져버린 것처럼 흔적도 없이 사라져 버렸다고. 이 살인마가 인간이기는 한지…… 아니면 빌어먹을 유령인지, 난 그것도 잘 모르겠어. 어쨌든 우린 범인의 흔적을 전혀 찾을 수 없었어. 미안해, 정말 미안해. 내가 당신과 입장을 바꿀 수만 있다면, 기꺼이 그럴 거야. 진심이야, 내 말 믿어줘……."

"그런 말 하지 마. 감히 내 앞에서 그런 식으로 말하지 말라고."

"그럼 내가 무슨 말을 했으면 좋겠어?"

질문이 공중에 그대로 걸려 있었다. 시간이 얼마 없었다. 그는 이제 곧 방을 나가야 한다는 사실을 잘 알았다.

"난 당신이 이번 일이 절대 일어나지 않았다고 말해줬으면 좋겠어. 애초에 당신을 만나지 말았어야 했어. 당신과 사랑에 빠지는 게 아니었어. 당신의 살인마는 그냥 당신 혼자 차지하게 내버려 뒀어야 했어. 다 없던 일이 되어버렸으면 좋겠어. 내가 더는 여기 머물러 있지 않았으면 좋겠어. 내가 존재하지 않았으면 좋겠어."

휘태커는 소용돌이치는 해나의 절망 앞에서 말을 잃은 채 가만히 서 있었다.

"그렇지만 걱정할 필요 없어. 당신에 관해서는 한마디도 하지 않을 테니까. 입 꽉 다물고 있을게. 당신이 시키는 대로 할 거야. 그래야 내 목숨이라도 부지할 수 있을 테니까."

그녀는 침대로 돌아가서 벽을 보고 누웠다.

"고마워, 해나."

지금 그녀의 곁을 떠난다는 것은 말이 안 되는 것 같았다. 지독히도 말이 안 되는 일이었다. 하지만 시간이 없었기에 휘태커는 방을 빠져나갔다. 잠시 후, 젊은 경관이 싸구려 담배 냄새를 풀풀 풍기며 다시 나타났고, 휘태커는 그의 등을 두드려 격려해 준 뒤 그 자리를 떠났다. 사무실로 돌아와서, 휘태커는 한숨을 내쉬었다.

원래 계획은 은행에 몇백만 파운드를 함께 집어넣은 뒤 은퇴하는 것이었다. 그 계획은 끝장이 나버렸지만, 적어도 그가 의심받을 일은 없어졌다. 모든 게 틀어졌다. 그것도 아주 끔찍하게. 그러나 그는 앞으로도 무사할 것이다. 휘태커는 밤새 깨어 있었던 탓에 너무도 피곤했지만, 해가 떠오르자 다시 기운이 넘치는 듯한 기분이 들었고 다시 낙관적인 기분도 들었다.

바로 그때 문에서 날카로운 노크 소리가 들렸다. 들어오라는 대답도 하기 전에 헬렌이 안으로 들어섰다. 부패방지국 직원 두 명이 그녀의 양옆에 서 있었다.

87

스테파니 빈스의 행방은 어디에서도 찾을 수 없었다. 떠돌이 일용직 노동자들의 행적을 따라가기란 쉬운 일이 아니었다. 바에서 일하는 사람들이 특히 그랬다. 시급으로 몇 푼만 더 쳐준다고 하면 아무런 미련없이 일하던 곳을 당장 때려치우고 떠나갈 수 있는 쉬운 직업인 까닭이었다. 스테파니 빈스는 사우샘프턴의 거의 모든 바를 거쳐갔다. 그녀는 매력적이고 재밌었지만, 한곳에 오래 머물지 못하고 자주 옮겨 다녔다. 그리고 최근에는 그녀를 본 사람이 아무도 없었다.

그때의 법정 증언 사태 이후, 그녀는 고향으로 돌아갈까 고민해보기도 했다. 하지만 특별한 이유가 있어서 호주를 떠나 이곳으로 도망온 까닭에 여전히 빈털터리였다. 그런 상태로 혼자 꼬리를 다리 사이에 잔뜩 말아 넣은 채 다시 돌아간다는 생각을 하니 영 기분이 좋지 않았다. 그래서 스테파니는 사우샘프턴에서 포츠머스로 옮겨갔고, 가서도 늘 살던 대로 살아갔다. 일하고, 술마시고, 이 남자 저 남자 만나 잠도 자면서. 그녀는 남부 해안으로 떠밀려온 나무 한 조각이나 다를 바 없었다.

그녀의 최근 주소지에서도 아무런 흔적을 찾을 수 없었다. 샌더슨이 직접 방문을 했지만, 그곳은 한 주 단위로 방세를 지불하고 사는 임시 거처 같은 곳이었다. 스테파니가 그곳에 마지막으로 드나든 것도 벌써 오래전 일이었다. 경찰이라면 지레 의심의 눈길부터 보내는 그곳 주인은 자신의 싸구려 숙소에서 누가, 그리고 무엇이 발견될지 모른다는 생각에 그리 협조적이지 않았다. 그는 방문을 열기 전에 영장부터 봐야겠다고 고집을 부렸다. 팀원들은 곧장 영장을 청구했지만, 시간이 좀 걸릴 일이었다. 그래서 그들은 도심의 클럽과 바, 지역 병원들, 그리고 택시 회사 같은 곳을 탐문 수색하기 시작했다. 하지만 그럼에도 그녀의 흔적은 없었다.

스테파니는 사라졌다.

88

휘태커는 눈을 부라리며 헬렌을 바라봤다. 둘 다 아무 말도 하지 않았지만, 헬렌은 그에게 심문을 받는 듯한 기분이었다. 부패방지국 직원들이 공식적으로 그의 혐의 사항을 설명했다. 휘태커의 이글거리는 두 눈이 마치 헬렌의 생각을 간파하기라도 하려는 듯이 그녀의 두개골에 박혀 있었다.

"자네가 날 놀라게 했다는 말은 꼭 하고 넘어가야겠군, 헬렌. 그래도 이보다는 생각이 있는 사람인 줄 알았거든."

그의 앞으로 움직여 가던 부패방지국 소속 레스브리지 경사가 그의 갑작스러운 반응에 놀라 동작을 멈췄다.

"난 이 문제에 관해서는 명확하게 결론이 났다고 생각했는데," 휘태커가 말을 이었다. "어떻게 그 혐의가 다시 내 방문 앞에 떨어져 있는 건지 알 수가 없군. 내가 굳이 상기시켜 주지 않아도 지금 자네에게는 **전력**을 다해도 모자랄 살인사건 수사가 있지 않은가?"

헬렌은 조금도 굴하지 않고 그의 시선을 그대로 맞받았다. 레스브리지가 다시 움직이기 시작했지만, 휘태커는 계속 말을 이었다.

"내가 보기에 지금 이 상황은 야망과 관련이 있는 것 같군. 어쩌면 자넨 성공의 사다리가 원하는 만큼 빨리 올라가지 않는다고 느꼈는지도 모르지. 내가 자네를 이 경찰서가 생긴 이래 최연소 여성 수사반장으로 진급시켰다는 사실도 충분한 보상이 되지 않았던 것 같군. 그렇지만 내가 한 가지 일러주지. 상사의 등 뒤에서 악의적으로 칼을 찔러 넣는 게 앞으로 나아갈 수 있는 최선의 방법은 아니야. 이제 곧 그 사실을 깨닫게 될 거라고."

그는 끝까지 헬렌의 시선을 피하지 않았다. 그녀가 먼저 시선을 내렸다. 양심과 죄책감이 느껴졌지만, 왜 그런 기분이 느껴지는지 스스로도 알 수 없는 일이었다. 이게 바로 전형적인 휘태커였다. 은근한 위협을 가하면서 상대가 그에게 빚진 것을 떠올리게 만드는 사람. 그는 누구든 간에 자신을 위협하는 사람은 적당한 범위 안에서 겁에 질리고 무기력하게 만드는 데 능숙했다. 휘태커가 그녀를 전도유망한 경장으로 '점' 찍고, 빠르게 진급의 사다리에 올려 태워 경위로 우뚝 설 수 있게 해준 것은 부인할 수 없는 사실이었다.

그런데 지금 그녀가 그에게서 등을 돌린 것이다. 하지만 그가 저지른 짓은 사악했다. 미커리와의 관계나 중요한 정보를 빼돌렸다는 사실 때문만이 아니라, 마크와 사이먼 애쉬워스를 희생양으로 삼은 것은 절대 용서할 수 없는 일이었다. 그 점에 대해서 헬렌은 경멸 외에 아무것도 느끼지 않았다.

헬렌은 겨우 20분 만에 심문이 끝나자 안심이 되었다. 그들은 휘태커의 경찰 대리인과 변호사를 동석하고 다시 모일 터였다. 이제부터 헬렌은 그 진행과정에서 배제되었다. 휘태커는 예상대로 모든 혐의를 부인했고, 거의 아무 말도 하지 않았다. 그가 결국에는 무너질까?

이번 사건에는 불길은 일지 않고 연기만 너무 많이 피어올랐다. 찰리는 결백해 보였다. 가슴에 손을 얹고, 마크의 입장도 역시 충분히 이해할 만했다. 사이먼 애쉬워스의 해명도 상당히 설득력 있었다. 모든 증거가 휘태커의 유죄를 가리키고 있었다. 그러나 헬렌은 고위직 경찰들의 비리가 대중에 공개되는 일이 거의 없다는 사실을 잘 알았다. 게다가 이번 경우에는 더욱 그럴 수밖에 없었는데, 휘태커가 위태롭게 만들어 버린 이번 살인 사건 자체가 너무나도 충격적이었기 때문이었다. 따라서 이 부패 사건은 닫아 놓은 문 뒤에서 비밀리에 몇 달, 심지어는 몇 년 동안 질질 끌려가게 될 조짐이 보였다. 그러다가 결국 휘태커는 아무런 비난이나 처벌도 받지 않은 채, 조용히 명

예퇴직을 하게 될 것이 분명했다. 헬렌은 그런 식의 현실정치가 정말 혐오스러웠다.

휘태커를 수사하는 과정은 결론을 맺기까지 오랜 시간이 걸릴 테지만, 이미 두 가지 사실만은 명확해졌다. 첫째, 헬렌은 직무대행 자격으로 휘태커의 역할을 맡게 될 것이다. 그리고 둘째, 그녀는 마크가 팀으로 돌아오기를 바란다는 점이다.

헬렌은 깊이 숨을 들이마시고 초인종을 눌렀다. 쉽지 않은 만남이 될 테지만, 주저하고 있을 시간이 없었다. 찰리는 여전히 루이즈 테너를 추적 중이었고, 스테파니 빈스의 행방은 묘연했다. 따라서 악몽이 끝날 기미 같은 건 전혀 보이지 않았다. 지금 헬렌은 동원할 수 있는 모든 최정예 요원이 필요했다.

"어서, 제발, 문 좀 열어."

헬렌은 인기척이 들리는지 귀를 기울이는 동안 중얼거렸다. 1분이 흐르고 또 1분이 흘렀다. 그냥 포기하고 막 돌아서려던 참에, 안에서 자물쇠를 덜그럭거리는 소리가 들렸다. 그녀는 막 문이 열리는 순간 돌아섰다. 눈앞에는 마크가 서 있었다. 아니, 적어도 마크라는 사실은 알아볼 수 있는 한 남자가 서 있었다.

쳐다보고 있기 안쓰러운 모습이었다. 면도도 하지 않고, 눈은 충혈돼 있었으며, 두 발로 서 있기도 힘든 듯한 모습이었다. 대낮부터 술독에 빠져 사는, 가진 게 아무것도 없는, 혹은 곁에 아무도 없는, 그래서 술도 끊을 수 없는 그런 사람 같았다. 운동복을 걸치고 있었지만, 결코 운동을 하고 있었을 리는 없었다. 그는 자기 자신을 외부와 단절시켰다. 헬렌은 자책감이 밀려왔다. 그녀는 마크를 구해주겠다고 제안하고는, 그가 전보다 더 심하게 술을 마시도록 몰아갔다. 그는 놀라움과 경멸이 뒤섞인 표정으로 헬렌을 빤히 바라봤다. 헬렌은 바로 본론으로 들어갔다.

"마크, 지금 내가 에둘러 말하기에는, 또 괜한 변명을 해대기에는 우리가 함께해온 시간이 너무 길어. 그러니까 그냥 단도직입적으로 말할게. 내가 지난번에 뒤집어 씌웠던 혐의에서 마크가 완전히 결백하다는 사실을 알게 됐어. 알아, 내가 정말 미친 짓을 했다는 거. 그래서 마크가 다시 팀으로 돌아와 줬으면 좋겠어. 그럴 기력도 없고, 같은 방에서 내 얼굴을 마주 보고 있을 자신이 없다면, 그런 건 얼마든지 이해해. 그렇지만 어떻게든 마크를 다시 되돌려받고 싶어. 이런 식으로 폐기처분 되기에 당신은 너무 뛰어난 경찰이야. 내가 실수했어. 그렇지만 이번에는 진짜 범인을 찾았어. 당신에게 그 보상을 해주고 싶어."

긴 침묵이 흘렀다. 마크는 놀란 듯한 표정이었다. 그가 물었다.

"누군데요?"

"휘태커."

마크가 휘파람을 불더니 웃음을 터트렸다. 믿을 수가 없는 모양이었다.

"아직은 그와 미커리가 뇌물을 주고받은 사이였는지, 서로 사랑하는 사이인지에 관해서는 잘 몰라. 그렇지만 그가 범인이라는 사실만은 확신하고 있어. 자기 알리바이를 조작했고, 다른 직원에게 거짓말을 하도록 협박도 했어……. 엉망진창이지."

"그럼 누가 직무대행을 해요?"

"내가."

"음, 축하해요."

지금까지 마크는 줄곧 예의를 차리고 있었지만, 헬렌은 축하한다는 말 속에서 조소의 기미가 묻어나는 것을 감지했다.

"내가 마크를 불쾌하게 만들었다는 거 알아. 그리고 우리의 관계도…… 우정도 배반했다는 것도 알아. 그렇지만 상처 주고 싶은 마음은 없었어. 그냥 정당한 이유로 그렇게 했을 뿐이야. 정말, 정말 잘못했어."

헬렌은 길게 숨을 들이마시고 다시 말을 시작했다.

"그렇지만 이제 진실이 드러났으니, 제발 돌아와 줘. 이제는 살인자가 나에 대한 개인적인 증오 때문에 계속 희생자들을 납치하고 있다는 사실을 알게 됐어. 우린 이제 거의 다 왔어, 마크. 하지만 마지막 결승점을 통과하려면 마크가 날 도와줘야 해."

헬렌은 희생자들과 표창의 관련성을 빠르게 설명했다. 처음에는 아무런 반응도 없이 조용히 듣기만 하던 그는 차츰 질문을 던지며 헬렌의 설명에 몰두하기 시작했다. 타고난 형사본능이 깨어나고 있군, 헬렌은 생각했다.

"나머지 팀원들에게도 얘기했어요? 내가 결백하다는 사실?"

마크가 헬렌의 주도권을 빼앗아 반격을 가해왔다.

"찰리는 알아. 나머지 팀원들에게는 오늘 오후에 말할 거야."

"당신이 오늘 내게 부탁한 내용을 내가 다시 한번 고려해 보기 전에, 적어도 그 정도는 미리 처리해 둬야 할 것 같네요."

"물론이야."

"그리고 난 당신의 사과도 받아야겠어요. 사과 같은 거 잘 못하는 사람이라는 거 나도 잘……."

"미안해, 마크. 진심이야. 진심으로 미안해. 결코, 당신을 의심해서는 안 되는 거였어. 내 직관이 하는 말을 믿었어야 했는데, 그러지 않았어." 마크는 진심에서 우러난 헬렌의 사과에 놀라 그녀를 빤히 바라봤다. "내가 마크를 이 지경으로 몰아왔다는 거 잘 알아. 그렇지만 보상을 해주고 싶어. 얼른 들어가서 씻고, 살인자를 잡으러 가자. 부탁이야."

마크는 그 자리에서 당장 어떤 약속을 하지는 않을 터였다. 헬렌은 그가 답을 주지 않으리라는 사실을 알았다. 물론 마음속으로는 그가 그러겠다고 답해주기를 바랐지만, 그럴 리 없었다. 즉각적인 용서가 가장 이상적인 일이기는 했지만, 일어날 가능성이 거의 없다는 게 문제였다. 따라서 헬렌은 그가 깊이 생각해 보고 다시 그의 자리로 돌아와 주길 기대하며 마크의 집을 나왔다. 상처가 곪아 터질 때까지 너무 오래 방치한 것은 아니었을까? 시간이 말해줄 터였다.

89

찰리 브룩스는 술을 좋아하지 않았다. 절대 마시지 않았다. 그리고 아침 9시에 문을 연 술집은 그녀의 '자연 서식지'가 아니었다. 그러나 오늘 찰리는 색다르고 어두운 세상 속으로 한 발 내디뎌 그런 술집을 살살이 뒤지고 다니는 중이었다. 술집마다 특색이 있었다. 연인에게 구애를 하기에 적당한 장소가 있는가 하면, 테이블 위에 올라가서 노래를 불러젖힐 수 있는 곳도 있었다. 그리고 또 어떤 곳은 홀로 앉아 죽을 때까지 퍼마실 수 있는 그런 곳이었다. 아직 이른 아침 시간이었지만, 이미 앵커에는 기초생활수급자, 알코올 중독자, 그리고 혼자 있느니 아무 데라도 가 있는 게 낫다고 생각하는 사람 등으로 꽉 차 있었다.

금연정책에도 불구하고 술집 안에서는 강한 담배 냄새가 풍겨왔다. 찰리는 이 불결한 장소 안에서 사람들이 흡연 외에 또 무엇을 보고도 못 본 체 눈감아 줄지 궁금했다. 여러 해 동안 시의회는 항구에 있는 술집들이 문을 닫게 하려고 애를 써왔다. 그러나 맥주의 힘은 막강했다. 도수 높은 맥주 1파인트를 단돈 1.99파운드에 판매하는 이런 술집들은 언제까지라도 고객들에게 한결같은 사랑을 받게 될 것이다.

술집을 돌아다니는 수색은 늘 사람을 지치게 하였다. 사우샘프턴 부두 근처에는 뭔가 의심스러워 보이는 술집들이 널려 있었고, 찰리는 그런 장소들을 모두 방문해야 했다. 술집에 들어서는 순간 그녀는 두 귀를 쫑긋 세우고, 두 눈을 좌우로 빠르게 움직였다. 간단히 차려입었음에도 찰리는 그런 장소를 드나들기에는 너무도 젊고 매력적이었기에, 대개의 손님이 즉시 관심을 보였고, 개중에는 경계심을 보이는 부류도 있었다. 어느 누구도 그녀를 따뜻하게 환영하지 않았고, 마침내 잠시 쉬어갈 기회를 잡았을 때 찰리는 의기소침해지는 기분이었다.

루이즈 테너, 또는 지역 내에서 루이로 알려진 그녀는 앵커의 단골손님이었다. 그러니 언젠가는 이곳에 나타날 터였다. 찰리가 해야 할 일이라고는 그저 앉아서 기다리는 것뿐이었다.

이것도 수사의 진척이라고 할 수 있을까? 아무것도 얻지 못한 것보다는 나을 터였다. 그래서 찰리는 음료 하나를 사서 뒤쪽 구석에 자리 잡고 앉았다. 정체를 드러내지 않고 출입구 쪽을 훤히 볼 수 있었기에, 명당자리라 할 만했다.

그녀는 루이즈의 외모를 상상해보려 애를 썼다. 경찰 협회에 공식적으로 올라가 있는 사진을 확인하긴 했지만, 그것도 상당히 오래전에 찍은 것이었다. 당시 루이즈는 근육질에 금발 머리를 질끈 올려 묶은 모습이었고 앞니 사이가 살짝 벌어져 있었다. 결코, 예쁜 얼굴은 아니었지만, 당당하고 인상적인 모습이었다. 그녀와 헬렌이 사고 현장에서 사람들을 안전한 곳으로 끌어갈 때, 그녀의 강인한 체력이 상당히 큰 도움이 되었지만, 사고의 후유증을 견뎌내지 못한 것을 보면 정신력은 강하지 못했던 것이 분명했다.

충격적인 경험 앞에서 자신이 어떤 반응을 보일지 그 누구도 확신할 수 없는 법이다. 그러나 헬렌 그레이스가 그 후유증을 극복하고, 혹은 상처를 안으로 억누르고, 또는 어떤 방식으로든 처리할 수 있었던 것에 반해, 루이즈 테너는 그러지 못했다. 어린 사고 피해자들이 입게 된 화상 때문이었을까? 버스와 기둥 사이에 끼어 사망한 운전기사 때문이었을까? 열기와 냄새, 두려움과 어둠 때문이었을까? 그게 무엇 때문이었든 간에, 루이즈는 사고 후유증을 떨쳐 버리지 못해 애를 먹었다. 그녀는 심리상담도 받고, 근무 시간을 반으로 줄

이기도 했으며, 기대할 수 있는 모든 지원도 받았지만, 1년 후 결국에는 경찰직을 그만두고 말았다.

동료들과 친구들은 계속 연락을 하고 지내려 애를 썼지만, 루이즈는 갈수록 공격적이고 신랄해졌다. 사람들은 그녀가 술을 너무 많이 마신다고 수군댔으며, 심지어는 그녀가 사소한 범죄에 연루되어 있을지도 모른다는 추측이 나돌기 시작했다. 그리고 하나둘씩 그녀와 연락을 끊었고, 마침내 아무도 남지 않았다. 심지어는 그녀의 상태가 나아지리라 낙관적으로 기대하고 있던 가족들마저도 등을 돌렸다. 루이즈의 삶은 헬렌의 삶과 비교할 수 없을 만큼 심하게 안 좋은 방향으로 나아가기 시작했다.

헬렌은 경력의 정점을 향해 빠르게 솟아올라 경위의 직급에 맞는 수입과 지위를 즐기며 살아갔다. 루이즈는 자신의 추락해버린 신세를 어느 정도는 헬렌의 탓으로 돌렸고, 그런 까닭에 그녀는 이따금씩 사우샘프턴 경찰서로 증오 메일을 보냈다. 헬렌은 그 편지의 내용을 마음에 담아 두지는 않았지만, 이제는 그것이 수사에 중요한 역할을 하고 있었다. 사우샘프턴 우체국 소인이 그녀가 아직 근처에 살고 있음을 암시했기 때문이었다. 사우샘프턴에서 이따금 그녀의 모습이 목격되었고, 헬렌의 직감은 루이즈가 자신이 아는 지역에서 멀리 떨어져 헤매고 있을 리 없다고 말해주었다. 때문에 지금 찰리는 살면서 한 번도 발을 들여놓은 적이 없는 불쾌한 느낌의 술집 깊숙이 자리 잡고 앉아 미지근한 오렌지 주스를 홀짝이고 있었다.

시간은 느리게 흘러갔다. 찰리는 혹시 자신의 신분이 노출된 것은 아닐까 의구심이 들기 시작했다. 그래서 술집 주인이 루이즈에게 미리 귀띔을 해준 것이 아닐까? 어쩌면 그들은 멍청한 수사관 하나가 잠복근무를 한답시고 괜히 시간만 낭비하고 앉아 있는 모습을 함께 비웃고 있을지도 모른다. 하지만 그때 출입문에서 움직임이 느껴졌다. 두꺼운 외투에 운동복 하의를 입은, 반쯤 남자처럼 보이는 여자 하나가 술집 안으로 들어섰다. 단골이 분명했다. 언뜻 보이는 얼굴과 긴 금발 머리, 루이즈일까?

그녀는 뽐내듯이 바 쪽으로 걸어가서 주인에게 농담을 건넸다. 몇 마디 대화가 오가고 나서 그녀가 즉시 찰리 쪽을 돌아봤다. 주인이 무슨 말인가 해준 것이 분명했다. 그녀가 희미한 불빛 속에서 바 뒤쪽을 뚫어지게 바라보는 동안 찰리는 그녀가 루이즈라는 사실을 확신했다. 루이즈의 눈이 찰리의 시선과 만났고, 눈 깜짝할 사이에 상황을 판단한 루이즈 테너는 돌아서서 달리기 시작했다.

찰리도 쏜살같이 그녀를 뒤쫓았다. 루이즈는 30미터쯤 앞서서 거의 목숨을 건 도주를 하고 있었다. 한때 중세풍의 거리였던 복잡한 자갈길을 따라 내려가다가, 큰 길을 건너 서쪽 부둣가에 있는 화물창고 쪽으로 향하는 중이었다. 찰리는 평소의 몇 배쯤 되는 속도로 전력질주 했기에 이미 폐가 타들어 가는 느낌이 들기 시작했다. 루이즈는 확실히 제 실력을 발휘하지 못하고 있었다. 예전에 입은 상처 때문인지 이상하게 비틀거리는 모습으로 달려갔다. 그럼에도 절박감 때문인지 놀랄 만큼 빨랐다.

루이즈가 갑자기 오른쪽으로 방향을 틀어 24번 창고 안으로 뛰어들었을 때, 찰리는 10미터쯤 뒤처져 있었다. 24번 창고는 폴란드에서 들여온 화물 저장고로 컨테이너 상자가 천장까지 포개져 쌓여 있는 곳이었다. 찰리는 방향을 틀어 창고 안으로 뛰어들었다. 그러나 루이즈의 모습은 보이지 않았다.

찰리는 욕설을 내뱉었다. 루이즈는 거의 손이 닿을 만치 가까운 거리에 있는 게 분명했다. 하지만 컨테이너 사이사이로 좁은 골목과 몸을 숨기기에 좋은 모퉁이가 사방에 널려 있는 이 안에서 대체 무슨 수로 그녀를 따라잡는다는 말인가. 찰리는 왼쪽으로 달리다가 갑자기 멈춰 섰다. 그러고는 귀를 기울였다. 그렇다, 그 소리가 다시 들려왔다. 입을 틀어막고 하는 기침 소리. 루이즈는 골초였다. 그리고 흡연자의 기침에 전력질주가 결코 도움이 될 리 없었다. 찰리는 감추려고 애는 쓰지만, 끊임없이 터져 나오는 기침 소리를 따라 가장 가까운 컨테이너 상자 뒤로 숨어들어 살금살금 걸음을 옮겨 놓았다. 그리고 이제 찰리 쪽으로 등을 돌린 채 서 있는 루이즈가 보였다. 독 안에 든 쥐나 마찬가지라서 찰리는 그저 그쪽으로 움직여 가기만 하면 그만이었다.

루이즈가 눈을 커다랗게 뜨고 절박한 표정으로 돌아섰을 때, 찰리는 약 10미터 정도 떨어져 있었다. 그리고 바로 그때, 찰리는 루이즈가 앞으로 내밀고 있는 뭉툭하지만 날카로워 보이는 칼을 보았다. 찰리는 본능적으로 한 발 물러서며 처음으로 자신이 스스로를, 그리고 아직 태어나지도 않은 아기를 어떤 위험에 노출 시켰는지 깨달았다.

이제 루이즈는 한 발 한 발 앞으로 걸어 나왔다. 찰리는 침착하자고 자신을 다독이며 빠르게 뒷걸음질 치기 시작했다.

"그냥 몇 마디 대화만 나누면 돼요, 루이즈."

그러나 그녀의 사냥감은 아무 대꾸도 하지 않았고, 추적자로부터 자신의 정체를 감추려는 듯이 후드를 끌어당겨 머리에 썼다. 가까이, 더 가까이, 찰리의 눈은 다가오는 칼날에 못 박혀 있었다.

쾅! 찰리는 컨테이너의 금속 벽에 가서 부딪혔다. 빠르게 돌아섰지만, 이미 때가 늦은 듯했다. 그녀는 자기 자신을 막다른 길로 몰아넣었다는 사실을 깨달았다. 이제 돌아서서 항복의 의미로 양팔을 들어 올릴 시간밖에 없었다. 루이즈가 그녀의 멱살을 잡아 벽으로 밀쳤다. 칼날로 찰리의 목을 겨눈 채로 루이즈는 소지품을 빼앗기 위해 그녀의 몸을 뒤졌다. 경찰 배지와 무전기를 발견한 순간 분노의 표정이 역겨움으로 변했다. 루이즈는 배지와 무전기를 바닥으로 던지고 그 위에 침을 뱉었다.

"누가 보냈어?"

루이즈가 소리 질렀다.

"지금 우린 수사를 진행 중이라서……."

"누가 보냈냐고?"

"헬렌 그레이스……, 그레이스 반장."

잠시 아무 말 없던 루이즈가 벌어진 앞니를 드러내며 식 미소 지었다.

"좋아, 그럼 내 메시지 좀 전달해 주겠어?"

"물론이지."

그 순간 루이즈가 칼로 찰리의 가슴을 그어버렸다. 목을 아슬아슬하게 비껴간 자리였다. 젖가슴 바로 위쪽으로 길게 생긴 상처에서 피가 배어 나왔다. 찰리는 충격으로 꼼짝도 못 한 채 서 있다가 루이즈의 야비한 웃음소리에 정신을 차렸다.

"이 정도로는 충분치 않겠지?"

바로 그때 갑자기 바닥에 떨어져 있던 찰리의 경찰 무전기에서 치-익거리는 잡음이 크게 울려 나왔다. 뜻밖의 방해에 두려움을 느꼈는지 루이즈가 곁눈질을 했고, 찰리는 그 순간을 놓치지 않고, 왼팔을 위로 빠르게 들어 올려 루이즈의 손에 들려 있던 칼을 쳐서 떨어트렸다. 그리고 앞으로 몸을 빼냈지만, 루이즈의 왼쪽 주먹이 더 빠르게 그녀의 목을 강타했다. 잠시 동안 찰리는 후두가 으스러져 버렸다고 생각했다. 목이 메어 숨을 쉴 수도 없어서 그녀는 벽에 몸을 기대야 했다. 고개를 들어보니 이미 루이즈는 문을 빠져나가 자유를 향해 달아나는 중이었다. 찰리는 그녀를 뒤쫓기 위해 출발했지만, 곧 다시 멈춰 서서 구토를 했다. 한 걸음도 더 나아갈 수 없을 것 같았다.

찰리는 지원을 요청하는 무전을 치고, 천천히 출구 쪽으로 걸어나 갔다. 충격이 다시 밀려와서 신선한 공기가 필요했다. 깊이 숨을 들이 마셔 폐 속에 공기를 채워 넣으니 일시적이나마 훨씬 기분이 나아졌 다. 그리고 나서 시선을 들어 올렸을 때, 찰리는 정복 경찰들이 이미 자신 쪽으로 서둘러 다가오고 있는 모습을 보고는 깜짝 놀랐다.

그런데 그들 너머 보이는 1번 창고 인근에서 경찰들이 모여 있는 또 다른 사건 현장이 보였다. 1번 창고는 몇 년 동안 전혀 이용된 적 이 없거나, 혹은 그렇다고 여겨지는 장소였다. 그 안에서 뭔가 사건 이 벌어진 듯했다. 찰리에게 달려온 정복 경찰들이 그녀에게 자세한 내용을 들려주었다. 그날 아침, 학교에 무단결석한 꼬마 몇 명이 한 중년 남성을 그 안에서 찾아냈다. 죽지는 않았지만, 거의 죽은 것이 나 마찬가지로 배설물이 범벅된 화물 컨테이너 안에서 혼수상태로 누워 있었다.

경찰은 그의 신원이 샌디 모튼이라는 것을 알아냈다.

90

사우샘프턴 지역 보호관찰 시설은 서덤 거리에 있는, 한때 학교 건물이었던 곳이었다. 네틀리에서 경찰 훈련을 받던 시절 친한 동료로 지냈던 사라 마일스가 그곳에서 일하고 있었다.

지금 헬렌은 그리로 서둘러 가는 중이었다. 좋은 친구를 속여야 한다는 사실이 마음에 걸렸지만, 달리 방법이 없었다. 확신이 생기기 전까지는 품고 있는 의심을 드러내 보일 수 없는 까닭이었다. 나중에 설명할 기회는 얼마든지 있을 터였다. 물론 나중이 있기만 하다면.

헬렌은 상습 잡범인 리 제롯이 보호관찰 의무조항을 위반한 것 같으니 그에 관해 보관하고 있는 자료가 있으면 보여 달라고 요청했다. 사라에게 이런 식의 속임수를 쓰자니 야비한 사람이 된 듯한 기분이었다. 그리고 리 제롯 역시 헬렌이 아는 한도 내에서는 잘못한 것이 전혀 없기에 그에게도 죄를 짓는 듯한 기분이었다.

하지만 어쩔 수 없는 일이었다. 사라가 지하에 있는 자료 보관실로 들어갔을 때, 헬렌도 뒤따라갔다. 관계자가 아니면 들어갈 수 없는 구역이었지만, 헬렌은 종종 사라와 수다를 떨기 위해 그곳에 들어가곤 했었다. 그들이 자료 보관실에 들어가 끝도 없이 길게 늘어서 있는 'ㅈ'열 파일 보관대를 중간쯤 걷던 중에 헬렌은 자신이 차에 전화기를 두고 내려왔다는 사실을 깨달았다.

"난 24시간 상시 대기 중이어야 하니까, 혹시 자기가 파일 찾아서 위로 가져다줄 수 있겠어?"

사라가 눈을 휘둥그레 떠 보이더니 계속 걸음을 옮겨 놓았다. 그녀는 쓸데없이 시간 낭비하는 것을 가장 싫어하는 무뚝뚝한 성격이었다.

다시 말해 그건 헬렌이 빠르게 움직여야 함을 의미했다. 뒤돌아서서 출입구 쪽으로 움직여가다가 헬렌은 빠르게 왼쪽으로 방향을 틀었다. 눈으로는 정신없이 사방을 둘러봤다. 대체 'ㅋ' 열이 어디야? 사라의 구두 굽이 또각거리는 소리가 점차 느려지고 있었다. 제롯의 파일에 가까워지고 있다는 신호였다.

ㅋ.

저기 있다. 빨리, 빨리, 헬렌은 급하게 파일을 뒤적였다. 캐스퍼, 코트릴, 크라울리……. 사라가 뒤돌아 걸어가는 소리가 들려왔다. 이제 헬렌에게 주어진 시간은 단지 몇 초밖에 되지 않았다. 그때…… 파일이 보였다. 다른 상황이었다면, 헬렌은 파일에 손대기를 잠시 주저했을 터였다. 손을 댄다는 생각만으로도 충격이 밀려오는 듯했다. 하지만 지금 헬렌은 그것을 움켜잡아 가방 속으로 밀어 넣었다.

사라가 입구로 돌아왔을 때, 헬렌은 그녀를 기다리고 있었다.

"계속 가방에 가지고 있었지 뭐야. 아마 난 머리를 어디에 내려놓고 다닐 수 있었으면, 그것도 매일 잊어먹고 다녔을 거야."

사라 마일스가 다시 한번 눈동자를 굴려 보였고, 두 사람은 문밖으로 나갔다. 헬렌은 짧게 안도의 한숨을 내쉬었다.

91

　찰리의 부상은 그리 심각하지 않은 것으로 밝혀졌다. 그러나 그녀의 임신 사실 때문에 의사들은 상태를 정밀하게 살펴보기 위해 일반적인 경우보다 훨씬 오랫동안 그녀를 잡아 두었다. 결과적으로 경찰서 내의 모든 직원이 이제 그녀의 임신 사실을 알게 되었다. 찰리가 수사본부 안으로 들어서자 팀원들이 구름처럼 주변으로 몰려들어 기분이 어떤지 물었다. 집으로 돌아가서 쉬는 게 좋지 않겠느냐고 조언했지만, 찰리는 계속 남아서 팀을 돕겠다고 단호하게 주장했다.

　모두가 그녀의 완고함에 깊은 감명을 받았지만, 솔직히 찰리는 루이즈 테너의 공격으로 상당히 충격을 받은 상태였다. 그녀의 머릿속에는 자신이 너무도 어이없게 위험에 빠트려 버린 뱃속의 아이 걱정뿐이었다. 만약 이번 일로 아이를 잃게 되었다면 어떻게 스티브의 얼굴을 볼 수 있었을까? 두 사람 다 그토록 오랫동안 간절히 바라온 아기였는데 말이다. 그녀가 원하는 것이라고는 집에 가서 스티브의 품에 웅크리고 안겨 실컷 우는 것뿐이었다.

　그러나 찰리는 경찰서라는 곳이 아무리 좋은 말로 둘러댄다 하더라도 여전히 여성혐오증이 난무하고 여성의 연약함에 극도로 예민하게 반응하는 장소라는 사실을 잘 알고 있었다. 따라서 지금 집으로 돌아간다면 남자 동료들에게 즉각 물어뜯을 거리를 던져주는 계기가 될 것이 분명했다.

　그리고 그렇게 된다면 그녀는 팀 내에서 약점 같은 존재가 되어 그에 걸맞는 취급을 당하게 될 것이 뻔했다. 일보다 아기를 중요시한다고? 말도 안 될 일이었다. 동료들이 당신을 어미 닭 같은 존재로 간주하게 되는 순간, 그들은 당신을 포기하게 된다. 만약 당신이 출산

휴가를 연장하거나 시간제 근무를 하겠다고 신청하게 되면, 당신은 당장에 행정직으로 옮기는 게 어떻겠느냐는 제안을 받게 된다. 현장 수사요원이 시간제 근무라니, 그걸 반길 사람은 아무도 없다.

그러니 감상에 젖어 있을 여유가 없었다. 완벽하게 똑같이 해내거나 다 그만두거나 둘 중 하나였다. 바로 그런 이유 때문에 모두가 헬렌 그레이스를 존경했다. 그녀는 생전 쉬지도 않았고, 가정사가 근무에 영향을 미치게 하는 법도 없었다. 한 마디로 완벽한 여성 수사관이었다. 그녀의 완벽함이 나머지 대원들을 더 힘들게 만들었다. 헬렌때문에 다른 대원들에 대한 기대치도 덩달아 높아졌다. 하지만 어쩌겠는가? 돌아가는 상황이 그러한걸. 따라서 찰리는 그대로 남아 있었다. 충격으로 뿌리까지 흔들렸지만, 이 자리에 오기까지 그토록 고생을 해놓고 겨우 이깟 일로 다른 사람들이 그녀를 무시하게 만들지는 않을 작정이었다.

마크는 방을 가로질러 갔지만, 찰리를 안아 주기 위해 모여 있던 사람들이 흩어지기를 기다리며 한쪽 구석에 서 있었다. 그녀는 마크가 왜 뒤로 물러나 있는지 잘 알았다. 수사본부 안에는 아직도 마크에게 의심의 시선을 보내는 사람들이 있었다. 그들이 마크를 다시 신뢰하기까지는 어느 정도 시간이 필요할 터였기에, 줄 맨 앞으로 나가서 있는 것은 자신에게 별 도움이 안 되리라 생각한 것이다. 다들 엿먹으라지, 찰리는 생각했다. 그리고 힘차게 마크를 껴안고는 필요 이상으로 오랫동안 그를 부둥켜안은 채 서 있었다. 나머지 팀원들에게 자신의 견해를 확실히 알리고 싶었던 까닭이었다. 어쩌면 그녀의 숭고함이 마크에게 좋은 영향을 미쳐서 그의 구원 속도를 빠르게 해줄지도 모를 일 아닌가.

머지않아 그들은 마크에 대한 의심을 거두고 빈정거리는 말과 태도 또한 끝내게 될 예정이었다. 미커리가 입을 열 작정이기 때문이었다. 물론 찰리는 그 사실을 모르고 있어야 정상이었지만, 낮말은 새가 듣고 밤말은 쥐가 듣는다고, 미커리는 구조된 이후로 경찰서 의무실에서 거의 한 걸음도 떼지 않고 있었다. 그곳이 그녀의 안식처였기에, 그곳에서 부패방지국 직원들과 모든 대화를 나누었다. 그리고 찰리는 미커리의 병실을 지키는 지루한 임무를 맡고 있는 수다스러운 여경 중에 친구가 많았다. 그들이 하나 둘씩 엿들은 이야기를 옮기고 있었고, 휘태커가 미커리에게 상담을 받게 된 이후 두 사람이 연인 사이로 발전하게 됐다는 이야기도 전해 주었다. 살인 사건이 시작했을 때에도 두 사람이 잠자리를 함께하는 사이였을까? 그렇다면 그 사건을 통해 자신들의 삶을 풍요롭게 만들려는 계획은 대체 누구의 머리에서 나온 것일까? 물론 그거야 아무 상관이 없었다. 이제 마크는 혐의를 벗고 결백함을 증명하게 되지 않았는가. 중요한 것은 바로 그것이었다.

더 중요한 것은 헬렌이 수사본부 안으로 들어오면 마크가 어떤 식으로 행동할까였다. 만약 그들이 자연스럽게 어울릴 방법만 찾을 수 있다면, 마크의 부활도 확실해질 터였다. 하지만 그 반대의 상황이 벌어진다면, 마크는 상당히 곤란한 처지에 처하게 될 예정이었다.

때맞춰서 헬렌이 안으로 들어왔다. 그녀는 마크가 돌아온 것을 알아차리지 못했고, 대신 임무를 할당하기 위해 모두를 불러모았다.

"자, 이제 모두가 샌디 모튼이 뇌졸중을 일으켰다는 사실을 알았을 거야." 그녀가 말을 시작했다. "미커리는 그를 해치지 않았어. 그의 몸이 상황에 대처할 수 없었을 뿐이지. 지금 그는 집중치료실에 입원해서 살기 위해 열심히 애쓰고 있는 중이야. 물론 믿거나 말거나지만, 그는 운이 좋았다고 할 수 있지. 만약 그 소년들이 샌디를 찾아내지 못했다면, 우리는 지금쯤 또 한 구의 시체를 찾아냈을 테니까.

의사들은 그의 회복을 낙관하고 있어. 이게 우리에게 말해주는 사실이 뭘까?"

"그는 계획에 포함돼 있지 않았다는 거죠."

브리지스 수사관이 대답했다.

"바로 그거야. 범인은 미커리와 모튼의 목숨을 살려줬어. 그들을 살해할 의도는 없었던 거야. 그냥 심한 장난 정도에 불과했던 거지. 게임을 지속해 나가는 동안 우리를 자극할 의도로 계획한 장난."

헬렌은 방 안을 천천히 둘러보며 팀원들의 분노가 의지와 뒤섞이는 모습을 만족스럽게 바라봤다. 경찰은 그런 식의 장난을 무엇보다 싫어했다.

"그러니 이제는 우리가 속력을 내야 할 때야. 범인보다 한 걸음 앞서 갈 수 있어야 한다고. 가장 먼저 할 일은 스테파니 빈스를 찾는 거야. 그녀가 다음번 희생자라는 사실은 명백해. 난 진심으로 그녀의 죽음을 바라지 않아. 찰리, 자네가 이번 작전을 지휘해 주겠나? 필요한 인력이든 자원이든 뭐라도 다 이용해서 반드시 그녀를 찾아내야 해. 마크, 자네는 루이즈 테너를 찾는 데 집중해 줘. 굉장히 위험한 여자야. 나한테 유난히 적개심을 품고 있고, 이미 우리 팀원 중 한 명을 살해하려 시도까지 했어. 그러니 다른 대원 두 명과 함께 움직이도록 해, 알겠지?"

마크가 고개를 끄덕였고, 모두의 시선이 그에게로 향해 있었다. 그가 잘해내고 있다고 헬렌은 생각했다. 전혀 당황하지도 않았고, 꿋꿋하며 단호한 모습이었다. 그는 아무일 없었다는 듯이 동료들과 어울리기 위해, 형편없는 외모를 어떻게든 감추기 위해(물론 그의 모습이 한심할 만큼 초췌하기는 했지만, 깔끔했으며 맨정신이기도 했다), 그리고 헬렌을 자연스럽게 대하기 위해 거의 초인적인 의지력을 보여주고 있었다. 헬렌은 그에게 무한한 감사의 마음을 느꼈고, 그가 다시 한번 그녀를 믿어보기로 마음먹었다는 사실이 무척 기쁘기도 했다.

수사본부 내에 다시 활기가 흘러넘쳤다. 헬렌이 사령관이 되어 지휘를 하니, 대원들은 그녀의 인정을 받기 위해 더 적극적이 되었다. 누구든 선두에서 살인자를 잡아 대령하는 사람은 헬렌의 뒤를 이어 수사반장에 등극하게 되리라는 예상이 팽배했다. 따라서 모두가 영광의 향기에 취해 노력을 배가하고 있었다.

헬렌은 휘태커의 사무실로 혼자 들어갔다. 현재 그가 정직 상태에 있으며 다시는 이 자리로 돌아오지 못하리라는 게 현실이었음에도, 웬지 헬렌은 아직도 이곳이 그의 사무실인 듯이 느껴졌다. 따라서 아직은 그의 의자에 앉지 않고, 책상 옆에 선 채로 좀 전에 슬쩍 빼내온 파일을 다시 한번 뒤적이기 시작했다.

그녀는 수화기를 집어 들어 사회복지국으로 전화를 걸었고, 곧 필요한 주소를 얻을 수 있었다.

나머지 팀원들은 스테파니 빈스와 루이즈 테너를 잡으러 나가고 없었기에, 헬렌은 몇 시간 정도 혼자만의 시간을 누릴 수 있었다. 하지만 아직 가야 할 길이 멀었기에, 그 정도 시간으로는 충분치 않았다. 따라서 헬렌은 오토바이의 시동을 걸고 빠르게 달리기 시작했다. M25 도로는 평소와 마찬가지로 무척이나 혼잡했다. 헬렌은 M11 도로로 빠져나갈 수 있게 되자 약간의 안도감마저 느낄 수 있었다. 곧 그녀는 A11 도로로 올라섰고, 노포크를 향해 달려갔다.

베리세인트에드먼즈 표지판을 따라가다 보니 어느덧 익숙지 않은 지역에 들어와 있었다. 목적지에만 온 신경을 집중해서 달려가는 동안, 그녀는 자신이 긴장해 있음을 깨달았다. 이곳은 헬렌에게 편치 않은 장소였다. 그곳으로 다시 돌아가고 있자니 마치 판도라의 상자 뚜껑을 여는 것만 같은 기분이었다.

집은 잘 손질된 정원이 딸린, 바닷가를 바라보는 아늑한 주택이었다. 사실 가정집은 아니었고 호스텔이었지만, 일반적인 호스텔보다는 훨씬 근사해 보였다. 지역 주민들은 그 집을 경계해야 한다는 사실을 알았지만, 외부인들은 그곳이 매우 매력적이고 자신을 환영하는 듯한 장소라고 느낄지도 몰랐다.

헬렌은 미리 전화를 걸어둔 터였기에 즉시 안으로 안내되어 호스텔 매니저를 만날 수 있었다. 그녀는 자신의 사진이 박힌 신분증을 제시하고, 자신이 찾아온 이유를 태연하게 설명했다. 물론 미리 지어낸 이유였다. 별 승산이 없는 일이라고 예상하고 있었음에도 수잔 쿡이 거의 1년 이상 모습을 드러내지 않았다는 말을 듣는 순간 실망감이 밀려왔다. 매니저가 털어놓은 사실에 따르면 수잔은 호스텔의 프로그램에 전혀 관심도 보이지 않았고 다른 사람들과도 잘 어울리지 못했다. 그리고 호스텔에서는 수잔이 사라진 이후 당연히 법무부 보호관찰 담당부서에 그 사실을 통보했다. 하지만 예산 삭감과 조직 개편 탓에 아무리 연락을 취해도 같은 직원과 두 번 이상 통화할 수 없었다. 당연히 수잔의 실종에 관해 적절한 조치는 취해지지 않았다.

"어떻게든 해보려고 했지만, 사실 우리가 할 수 있는 일이 별로 없습니다. 여기 일만 해도 일손이 너무 부족하거든요."

매니저가 말을 마쳤다.

"예, 이해합니다. 힘드실 거예요. 수잔에 관해 조금만 더 얘기해 주세요. 여기 있을 때는 주로 뭘 하면서 지냈나요? 친구는 있었나요? 속을 털어 놓을만한 사람이 있었을까요?"

"제가 아는 한은 없었습니다. 거의 모든 프로그램에 참여를 하지 않았거든요. 그냥 대부분의 시간을 혼자 지냈어요. 운동하는 데 거의 시간을 소비했죠. 그래서 체력도 좋고 근육질에다가 운동신경도 좋았어요. 보디빌딩을 엄청나게 했는데 체육관에 있지 않을 때는, 사냥감 운반 작업을 도우러 나갔죠. 사실 수잔은 웬만한 남자들보다 힘이 좋다고들 했거든요."

"운반작업이요?"

"셋퍼드 숲에서 했어요. 여기서 3킬로미터쯤 떨어진 곳인데, 매년 이 마을에서는 원하는 사람은 여름 사냥철에 그 운반 작업에 참여할 수 있거든요. 물론 총기를 소지해야 하기 때문에 엄격한 관리 하에 치러지는 일이기는 합니다만, 어쨌든 그 일을 좋아하는 사람들이 있더라고요. 힘든 육체노동이기는 해도 하루 종일 신선한 공기를 마시며 일할 수 있으니까요."

"어떻게요?"

"대부분 셋퍼드에 서식하는 붉은 사슴을 옮기는 일이에요. 보통 아침 일찍이 숲 속 멀리 떨어진 지역에서 사냥당한 사슴들이죠. 차량이 들어갈 수 없는 외진 지역이라, 사람이 직접 걸어 들어가서 차에 실을 수 있도록 인접한 도로 쪽으로 끌어내야 하거든요."

"어떻게 끌어내는데요?"

"사슴에 채울 수 있도록 만든 일종의 마구 같은 장비를 이용하는 거죠. 일단 사슴 다리를 다 모아 한데 묶은 다음에 캔버스 천으로 만든 끈에 고리를 장착해서 다리를 묶은 줄에 그 고리를 걸어 끼우는 거죠. 암벽 등반가들의 장비와 비슷하다고 생각하면 될 거예요. 왜 어깨에 메는 것 있잖아요. 그런 다음 사슴을 끌고 가는 거죠. 그러면 그냥 운반하는 것보다 훨씬 쉬워져요."

또 한 조각의 직소 퍼즐 조각이 제자리를 찾아 들어갔다.

92

찰리는 컴퓨터 화면을 뚫어지게 바라봤다. 긴장감으로 뱃속에 돌 덩이가 들어앉아 있는 것만 같았다. 화상통화를 위한 스카이프는 새가 지저귀는 듯한 벨소리를 울려대고 있었고, 찰리는 제발 누구라도 응답을 해주기를 간절히 기도하는 중이었다. 스테파니 빈스의 운명이 위기에 처해 있었다.

너무도 고된 수색이었지만, 찰리는 한 번도 희망의 끈을 놓아 버린 적이 없었다. 브리지스, 그라운즈 수사관과 함께 그녀는 사우샘프턴과 그 인근에 있는 모든 싸구려 술집과 카페, 그리고 나이트클럽을 샅샅이 훑고 돌아다녔다. 대화는 늘 똑같은 방식으로 흘러갔다.

"예, 물론 스테파니가 누군지 알죠. 몇 달 전에 여기서 일했거든요. 남자들한테 정말 인기가 많았어요."

"지금 어디 있는지 알아요?"

"모르죠. 어느 날부터 예고도 없이 가게에 나타나지 않았거든요."

처음에는 이런 대답이 찰리를 극도로 긴장하게 했다. 갑작스런 실종의 기미가 조금이라도 느껴지는 말은 모두 다 같은 반응을 하게 만들었다. 하지만 찰리는 시간이 지나면서, 자기 자신의 존재에 편안함을 느끼지 못하고 타인과 유대감을 형성하지 못한 채 그저 무작정 떠돌아다니는 한 젊은 여성의 이미지를 머릿속에 그릴 수 있게 되었다. 그녀는 남부연안에 닻을 내린 여행객이었지만, 어쩐 일인지 찰리는 그녀의 정박이 단지 일시적인 것이었으리라는 직감이 들었다.

그래서 거리를 수색하는 일을 그만두고 수사본부로 돌아가서 국제 여행객 명단을 확인하기 시작했다. 사우샘프턴에 남은 스테파니의 마지막 행적은 9월로 끝나 있었다. 찰리는 그곳에서부터 시작했다. 두 수사관의 도움을 받아 그녀는 퀸타스 항공, 브리티시 에어라인, 아랍에미레이트 항공 등에 전화를 돌렸다. 그리고 마침내 싱가폴 에어라인에서 잭팟을 터트렸다. 10월 16일, 스테파니 빈스는 호주 멜버른으로 가는 편도 항공권을 끊었다. 좀 더 파고들어 보니, 스테파니에게는 멜버른 교외 지역에 사는 여동생이 하나 있었고, 추적해보니 현재 무사히 동생의 집에 도착해서 머물고 있는 듯했다.

그러나 찰리는 신중해야만 했다. 그리하여 지금 스카이프로 화상통화를 거는 중이었다. 상대를 현혹해 위험에 빠트리는 살인자의 능력을 고려했을 때, 찰리는 스테파니의 안위를 자신의 눈으로 확인하기 전까지는 안심할 수 없었기 때문이었다.

그리고 지금 그녀가 수화기 건너편에 있었다. 전보다 훨씬 그을리고 훨씬 밝은 금발로 변해 있었지만, 어쨌든 스테파니가 분명했다. 찰리와 헬렌, 팀원들의 작은 승리였다. 그들은 적어도 한 명의 예비 희생자의 목숨을 구했다. 스테파니가 갑작스럽게 고향으로 돌아가기로 작정한 것이 살인자가 가장 공들인 계획을 망쳐 버린 것은 아닐까?

스테파니가 다시 여행을 떠나게끔 설득하는 데는 그리 많은 노력이 필요치 않았다. 집에 도착한 지 몇 주밖에 지나지 않았음에도, 그녀는 이미 숨이 막힐 듯한 기분에 자신이 하찮은 인간이 되어버린 듯한 좌절감을 느끼고 있었다. 찰리는 재빨리 대응해야 했다. 그녀는 스테파니가 돕기로 했던 갱단 재판과 관련해 약간의 보안 문제가 생겼다고 둘러댔다. 찰리는 침착했고, 안심시키는 말투였다. 하지만 그래도 경찰이 진상을 규명하는 동안 스테파니와 가족이 퀸즐랜드를 포함한 호주의 내륙부로 잠시 여행을 떠나 있는 것이 안전하지 않겠냐고 제안했다.

찰리는 낙관적인 기분으로 스카이프 화상통화를 마쳤다. 어쩌면 살인자는 결코 무적이 아니었는지도 모른다.

그녀는 문득 마크가 수사본부 저편에서 자신을 향해 손짓하고 있다는 것을 알아차렸다. 찰리는 서둘러 그쪽으로 걸어갔다.

　"경찰서로 신고 전화가 한 통 걸려왔어. 루이즈 테너가 스파이어 거리에 있는 옛날 아동병원 근처에서 구걸을 하고 있대."

　"언제요?"

　"5분 전에. 유모차를 밀고 가던 어떤 아기 엄마가 전화를 걸었나 봐. 테너에게 1파운드짜리 동전 하나를 건네줬다가 거의 지갑을 통째로 소매치기 당할 뻔했대."

　그들은 밖으로 나가 도심으로 향했다. 루이즈 테너가 그 살인마일까? 곧 알게 되리라. 찰리는 맥박이 빨라지는 것을 느꼈다. 마크는 현장을 향해 빠르게 차를 달렸다. 다시 현장으로 돌아와 경찰차를 타고 범인 쪽으로 한 걸음 다가가고 있다고 생각하니 기분이 좋았다.

93

일반적으로 사람들은 살면서 수도 없이 여러 번 자신을 완전히 드러내야 할지, 아니면 아예 깊숙이 묻어버려야 할지를 결정해야 하는 순간을 맞이하게 된다. 사랑하는 연인 간에, 직장에서, 가족과 친구 관계 속에서 우리는 자신의 진정한 자아를 드러낼 준비가 되었는지 결정해야만 한다.

헬렌은 의도적으로 자신의 정체를 수수께끼로 만들어버렸다. 두꺼운 갑각류의 껍질로 몸을 감싼 채 세상 속으로 나갔고, 그 모습이 그대로 그녀의 정체가 되어버린 까닭이었다. 그녀는 강인하고 회복력이 뛰어났으며, 회의나 의구심 같은 것은 전혀 품지 않았다. 물론 그것은 진실과 동떨어진 정체성이었다. 하지만 모두가 그 껍질을 그녀라고 믿어버리는 모습을 보면 놀라지 않을 수가 없었다. 우리는 늘 자기 자신에 관해 다른 사람이 품는 것보다 훨씬 큰 의문을 품는다.

헬렌의 경찰 동료들은 물론이고 가끔 그녀의 삶 속으로 들어오는 연인들도 그 강인하고 책임감 넘치며, 놀라거나 겁먹지 않고 충격도 받지 않는 그녀의 경찰관 이미지를 곧이곧대로 믿어버리곤 했다. 그녀가 오랫동안 그런 외양을 고집할수록, 점점 더 많은 사람이 그것을 진실로 받아들였다. 덕분에 헬렌은 마치 다른 세상 사람인 듯한 기운을 내뿜었는데, 특히 정복 경찰들 사이에서 헬렌을 그런 시선으로 바라보는 사람이 많았다.

헬렌은 이 모든 사실을 알고 있었기에, 자신이 만들어낸 우상의 이미지가 곧 산산조각이 나버릴 위기에 놓여 있음을 직감했다. 이제는 삶 속으로 다른 사람을 받아들이고 위험에 처한 목숨을 구해내야 할 때였다. 하지만 그로 인해 과거 속에 깊이 묻어 두었던 악몽 같은 사건과 결정들을 끌어냄으로써 커다란 희생을 치르게 될 예정이었다.

브리지스 수사관이 들어와서 깊은 생각에 빠져있던 헬렌을 깨워놓았다. 그의 손에는 헬렌이 요청한 사건 파일이 들려 있었다. 브리지스와 함께 사무실에 은밀히 틀어박혀서 파일을 세심하게 검토해 가는 동안, 헬렌은 자신의 추정을 두 번 세 번 확인하며 관련 사건의 각 연결 고리를 끊임없이 분석했다. 의심의 여지란 전혀 없었다. 그때, 갑자기 헬렌은 심장이 멎는 듯한 기분이 들었다.

"다시 돌아가 보지."

"개별 특성으로요? 아니면……?"

"과학수사 보고서. 모튼의 집에서부터."

샌디 모튼의 실종 초반에 과학수사대는 그의 집을 샅샅이 수색했다. 그들은 모튼의 집에 살인자가 들어가서 모튼과 미커리와 함께 샴페인을 마셨다는 사실을 알고 있었기에, 범인의 흔적을 찾기 위해 오랫동안 공들여 수색을 했다.

"아무것도 없습니다, 반장님. 과학수사대는 해나 미커리, 그리고 모튼과 그의 아내의 DNA만 수도 없이 찾아냈습니다. 모든 주요……."

"두 번째 페이지."

"우리가 제외시켰던 불완전한 샘플밖에는……."

헬렌은 그의 손에서 보고서를 낚아채 빤히 들여다봤다. 이제 의심의 여지는 없었다. 헬렌은 누가 범인인지 알았고, 왜 그녀가 살인을 저지르는지도 알았다.

루이즈 테너는 어디에도 보이지 않았다. 그러나 빙 둘러 판자를 쳐놓은 아동병원 근처에 핸드백 하나가 버려져 있었다. 그것이 그녀가 최근에 그 자리에 있었으며, 어쩌면 자신이 원하던 것을 손에 넣었을

지도 모른다는 사실을 말해주었다. 그들이 막 그곳을 떠나려던 찰나에, 두 사람은 무슨 소리를 듣고 그 자리에 멈춰 섰다. 마치 무언가를 떨어트린 듯한 날카로운 금속성의 딸그락거림이 버려진 건물 안에서 들려왔다.

마크가 찰리에게 손짓을 해 보였다. 그들은 본능적으로 무전기와 전화기를 꺼버리고는 건물 쪽으로 조용히 다가가기 시작했다. 창문을 막아놨던 판자 하나가 헐겁게 떨어져 나와 있었다. 아무의 눈에도 띄지 않고 조용히 들락거리고자 하는 사람이 숨어 있기에는 최적의 장소가 될법했다.

찰리와 마크는 창문을 타고 위로 기어올라 썩은 창틀을 지지대로 삼아 최대한 조용히 안으로 들어갔다. 안쪽에서 보니 병원은 다 무너져 가는 낡은 건물이었다. 한때는 바쁘고 활기 넘치던 장소였지만, 도심에 새로 생긴 신축 병원이 그 운명을 결정지어 버린 후에는 그 껍데기만 남아 낡아 가고 있을 뿐이었다. 찰리는 허리에서 경찰봉을 꺼내 들고 공격의 준비를 마쳤다. 그녀의 손은 덜덜 떨렸다. 정말 준비가 되기는 한 것일까? 돌아서기에는 너무 늦었다. 그들은 당장에라도 누군가 달려들지 모른다는 예상을 하며 조심스럽게 앞으로 움직였다.

그때 갑작스런 움직임이 감지됐다. 후드 셔츠와 운동복 바지를 입은 테너가 숨어 있던 장소에서 스윙도어를 밀치며 갑자기 튀어나왔다. 마크와 찰리는 복도로 들어서서 자신들의 목표물을 뒤쫓아 사력을 다해 달리기 시작했다. 쾅! 문을 밀치고 나갔지만, 이미 테너는 20미터쯤 앞서 있었다.

층계로 달려 올라가면서, 그들은 테너가 한 번에 세 단씩 층계를 밟고 올라가는 모습을 올려다봤다. 두 사람은 전력을 다해 뒤쫓았다. 마크가 범인을 사로잡겠다는 일념으로 앞서 달려갔다. 위로, 위로,

위로. 그때 또 한 번의 쿵 소리가 들렸다.

테너를 거의 따라잡았을 때쯤, 두 사람은 4층에 도달해 있었다. 테너는 왼쪽으로 갔을까, 오른쪽으로 갔을까? 왼쪽의 스윙도어가 살짝 흔들렸다. 왼쪽이다. 마크가 문을 열었고, 그들은 조용히 안으로 들어갔다.

비어 있었다. 반대편 벽에 두 짝짜리 문이 있었지만 움직임은 느껴지지 않았다. 그리고 방 네 개가 보였다. 네 개의 방 중 하나에 들어가 있을지 몰랐다. 만약 그렇다면, 테너는 독 안에 든 쥐었다. 그들은 첫 번째 문을 열어보고, 두 번째도 열어봤다. 그리고 또 하나를 열어 안쪽을 살폈다. 이제 하나가 남아 있었다.

쾅! 너무 갑작스럽게 일어난 일이라 찰리의 머리는 벌어진 상황을 이해조차도 할 수 없었다. 금속 파이프가 마크의 머리를 뒤쪽에서 강타했고, 그는 바닥으로 쓰러졌다. 찰리는 테너를 향해 경찰봉을 휘둘렀다. 그것은 금속파이프에 가서 강하게 부딪쳤다. 테너가 자신을 방어하는 동안 찰리는 계속해서 경찰봉을 휘두르고 또 휘둘렀다.

그러나 상대는 테너가 아니었다. 추격전을 하는 동안에 층계를 뛰어 올라가는 모습을 봤을 때는 테너가 확실했다. 그렇다면 그녀는 이리로 숨어들기 전에 교활한 간계를 통해 찰리와 마크가 다른 복도를 선택하도록 꾸민 것이 분명했다. 상대는 테너가 아니었다. 바로 살인자였다. 이제 찰리는 그녀를 정면으로 마주하고 있었다.

이제 적과 맞서 싸울 시간이었다. 헬렌은 놀란 브리지스 수사관에게 팀원들을 소집하라고 명령한 후, 휴대전화를 꺼내 들어 찰리의 번호를 눌렀다. 음성메일. 욕설을 내뱉으며, 그녀는 마크에게 전화를 걸었다. 역시 음성메일로 넘어갔다. 대체 어디서 뭘 하고 있는 거야? 헬렌은 급하게 메시지를 남기고 수사본부 쪽을 향해 갔다. 두 명의 최정예 수사관 없이 추적을 시작해야 한다는 사실이 영 마음 내키지 않았지만, 선택의 여지가 없었다. 그들이 없어도 팀에는 스무 명의 뛰어난 대원들이 있었고, 팀을 효율적으로 지휘하기 위해 맥앤드루, 샌더슨, 브리지스 수사관에게도 얼마든지 의지할 수 있었다.

헬렌은 가능한 한 빠르게 이번 사건의 매듭을 짓고 싶었기에 조금도 주저하지 않고 즉시 작전을 지시하기 시작했다.

"우리가 추적할 여성의 이름은 수잔 쿡이다."

방 안의 모두가 확인할 수 있도록 수잔의 사진이 옆으로 전달되었다.

"사진 뒤쪽에 첨부된 서류는 사건 기록부야. 수잔은 두 명을 살해한 죄로 25년간 복역했어. 그리고 나서 12개월 전에 법무부 보호관찰 호스텔에서 무단이탈했지. 원래는 노포크 지역에 있었지만, 지금은 햄프셔 지역에 있는 게 확실하고, 나는 그녀가 이번 살인사건의 범인일지도 모른다고 생각하고 있다."

사건 수사본부가 술렁거렸다. 헬렌은 잠시 말을 멈췄다가 다시 시작했다.

"난 범인이 자신이 선택한 희생자들을 통해 의도적으로 날 표적으로 삼고 있다고 확신한다. 스테파니 빈스는 현재 무사하지만, 그래도 난 공식적으로 호주 수사국의 도움을 받아 마지막까지 그녀의 안전을 지킬 수 있길 바라고 있다. 그녀는 목록에 남은 마지막 납치 가능한 대상이지만, 미커리의 납치 사건에서 볼 수 있었듯이, 수잔은 얼마든지 상상력을 발휘해 자신의 계획에서 이탈해 나갈 가능성도 충분하다. 그러니 나는 가능한 인력을 모두 동원할 생각이야. 언론은 내가 상대할 테니, 여러분은 범인을 찾는 데 집중해 주길 바란다. 브리지스 수사관, 자네가 정복 경찰을 지휘하지. 모두 거리로 나가서 탐문수사를 하게 하라고. 수잔 쿡이 이제 우리에게는 가장 유력한 용의자야. 그러니 이 지역의 모든 눈이 그녀를 찾아 나서야 해, 알겠나?"

"왜 반장님입니까?" 그라운즈 수사관이 모두가 궁금해 하는 사항을 질문했다. "왜 의도적으로 반장님을 목표로 하는 거죠?"

헬렌은 잠시 주저했다. 이제 비밀로 담아 두기에는 때가 너무 늦었지만, 그럼에도 헬렌은 대답을 하기 전에 깊이 숨을 들이마셨다.

"왜냐하면, 범인이 내 친언니거든."

찰리는 죽음을 불사하고 싸울 작정을 하며 몸을 긴장시켰다. 그러나 적은 그녀 쪽으로 움직일 생각이 전혀 없는 모양이었다. 대신 파이프를 움켜쥐고 있던 손에 힘을 풀었다. 파이프가 시끄러운 소리를 내며 바닥으로 떨어졌고, 쨍그랑 소리가 텅 빈 건물 안에 메아리쳤다. 찰리는 범인이 속임수를 쓰고 있을지 모른다고 의심하며 얼어붙었다.

그러나 살인자는 머리에 쓰고 있던 후드를 벗어, 굳어 있지만 매력적인 얼굴을 드러내 보였다. 아주 잠깐이지만 찰리는 이상하게 어디선가 본 듯한 얼굴이라는 익숙한 느낌을 받았다. 그러나 그런 느낌은 불쑥 나타났다가 빠르게 스쳐 지났다. 대체 이 여자는 누구지? 살인자는 건강한 몸매에 어깨 근육이 특히 발달해 있었다. 하지만 얼굴은 화장도 안 한 맨얼굴이었음에도 섬세하고 매력적이었다. 아마도 그래서 루이즈와 닮아 보였을지도 모르겠다는 생각이 들었다.

"당신이 우리를 왜 이리로 데리고 왔는지는 모르겠지만, 지금이라도 협조를 한다면 이 상황을 평화롭게 마무리 지을 수 있을 거야. 돌아서서 벽에 양손을 짚고 서."

"난 당신과 싸울 생각 없어, 찰리. 그러려고 우리가 여기 있는 게 아니거든."

살인자의 입에서 자신의 이름이 흘러나오는 것을 듣고 있자니, 찰리는 심하게 불안한 기분이 들었다. 그러나 더 끔찍한 일은 그다음에 일어났다. 만면에 미소를 지은 채, 살인자가 주머니에서 총을 꺼내 찰리를 겨냥했다.

"이게 어떤 용도에 쓰이는 건지는 잘 알 거야, 그렇지? 내 기억이 맞다면, 당신은 스미스 & 웨슨 사용법을 훈련받았을걸, 내 말이 맞지?"

찰리는 자신도 모르게 고개를 끄덕였다. 이 여자에게는 이상한 힘이 있었다. 그게 여자의 성격에서 나오는 힘일까, 아니면 찰리에 관해 모든 것을 꿰뚫고 있다는 사실 때문에 그렇게 느껴지는 것일까?

"그러니 경찰봉 내려놓고 벨트 풀어봐. 저 남자 동료를 아래층으로 끌고 내려가려면 몸이 가벼워야 할 거 아냐."

살인자가 일종의 마구 같은 장비를 찰리에게 던지고는 그걸 착용하라고 지시했다. 찰리는 그저 바라보고만 있었다. 움직일 수가 없었다.

"어서!"

살인자가 소리 질렀다. 친절하던 표정이 분노로 바뀌었다. 찰리는 경찰봉을 바닥으로 떨어트렸다. 그들은 거대한 함정 속으로 제 발로 걸어 들어온 것이다. 경찰서로 전화를 걸어 테너를 '목격'했다고 말한 제보자도 살인자였음이 분명했다. 그들은 아무런 의심도 없이 그 말을 곧이곧대로 믿은 것이다. 테너를 마주 보고 서 있던 상황이 안 좋았다면, 이 상황은 그보다 훨씬 더 끔찍했다.

팀원들은 헬렌에게 질문 공세를 퍼부었다. 일부는 분노하고 일부는 호기심을 드러내 보였지만, 헬렌은 동요하지 않고 성심성의껏 정직하고 차분하게 답해주었다.

"얼마나 오랫동안 수잔이 범인이라고 의심해 왔습니까?"

"사실을 안 지는 얼마나 오래됐죠?"

"그녀가 원하는 게 뭡니까?"

"범인이 반장님을 직접적인 목표로 삼고 있을까요?"

그러나 여전히 헬렌이 모르는 사실이 너무도 많았고, 아직은 그녀도 추측만 할 뿐이었다. 그렇게 정신없이 30분이 지나고, 헬렌은 이제 질문은 그만 받겠다고 선을 그었다. 우선은 모두 밖으로 나가 수잔을 찾는 것이 급선무였다.

기자들이 기다리고 있는 곳을 향해 복도를 따라 내려가는 동안, 헬렌은 손이 부들부들 떨리는 것을 깨달았다. 그녀는 자신의 과거를 너무도 오랫동안 묻어두고 있었기에, 이제 와서 그것을 만천하에 공개한다는 것은 마치 오래된 상처를 다시 벌려 놓는 것이나 다를 바 없을 터였다. 그 이후에도 여전히 팀원들이 자신을 따라줄까? 헬렌은 그러하기를 기도했다. 하지만 가장 끔찍한 일은 아직 벌어지지도 않았다는 불길한 예감이 머릿속을 떠나지 않았다.

94

"시민들도 위험에 처해 있는 건가요, 형사님?"

에밀리아 개라니타가 경쟁이라도 하듯이 가장 먼저 질문을 던져왔다. 전국판 타블로이드 신문기자와 주요 일간지 기자들도 참석해 있는 상황이었다. 그러니 그녀가 헬렌을 제대로 공격할 기회를 놓칠 리없었다. 지난번 겪은 휘태커의 공격이 아직도 에밀리아의 마음속에 선명한 상처로 남아 있을 터였다.

"일반 시민들이 위험에 처해 있다고는 생각지 않지만, 그래도 시민들은 용의자 근처에 접근하지 말아 주기를 당부드립니다. 용의자는 무장을 하고 있을 가능성이 크고, 어떤 식으로 행동할지 전혀 예측할 수 없는 상황이니까요. 수잔 쿡을 목격하는 분은 누구라도 즉시 999로 신고해 주시기 바랍니다."

"최근 사우샘프턴에서 일어난 사망 사건이 그녀와 어떤 관련성이 있는 겁니까?"

'타임스' 기자의 날카로운 질문이었다.

"그 상황과 관련해서는 아직 사실을 규명하기 위해 노력하고 있습니다." 헬렌은 자신의 대답과 함께 에밀리아의 냉소적인 눈썹이 치켜 올라가는 것을 알아차렸다. "그렇지만 범인이 샘 피셔와 마티나 로빈스의 살인을 선동하는 데 적극적으로 가담했을 가능성이 크다고 믿고 있습니다."

헬렌은 다시 한번 마음을 단단히 먹었다. 언론 브리핑에서 마티나에 관해 언급할지 여부를 결정하는 일은 이만저만 힘든 일이 아니었다. 만약 언론이 마티나의 죽음에 관심을 두고, 캐롤라인의 존재를 추적해 밝혀낸다면, 그 순간 게임은 끝이었다. 더는 이번 살인사건에서 수잔이 했던 악마 같은 역할에 관한 모든 진실을 털어놓지 않고 비밀로 남겨둘 방법이 없었다.

"이번에 승진하셨다고 하던데, 사실인가요, 반장님?" 에밀리아 개 라니타가 다시 질문 공세에 끼어들었다. "소문에 따르면 휘태커 총경 이 정직을 당했고, 부패 혐의로 기소될 처지에 놓여 있다고 하던데 요."

방 안이 소란스러워지더니 질문이 쏟아져 나오기 시작했다. 물론 참아낼 수 있을 만한 정도의 공격이었다. 하지만 그렇지 않다 한들, 즉 질문의 수준이 아무리 힘들고 자극적이라 할지라도, 헬렌은 그저 견뎌내는 것 외에 할 수 있는 게 없었다. 그녀는 시민들이 경각심을 느끼게끔 해야 했다. 따라서 언론이 제 역할을 해주기를 바랐다. 당 연히 삼키기에 쓴 약이었지만, 지금 상황에서는 반드시 필요한 조치 이기도 했다. 사람은 가끔 자신을 뜯어먹으려 혈안이 된 입에 자신 을 먹잇감으로 던져 넣어주어야만 할 때가 있는 법이다.

95

통증이 온몸을 휩쓸고 지나갔다. 마크는 고통에 두 눈을 감고 바닥으로 쓰러졌다. 제기랄, 대체 무슨 일이 일어난 거지? 손이 본능적으로 뒤통수로 올라갔다. 깊이 패어 피가 흐르는 상처를 손으로 더듬어 보는 동안 그는 온몸을 움찔거렸다. 머리가 죽을 듯이 아팠지만, 사실 나머지 몸뚱이도 아프기는 마찬가지였다. 마치 잔인한 매질을 오랫동안 견뎌온 듯한 기분이었다.

그러는 동안 천천히 정신이 들기 시작했다. 루이즈 테너를 추적하는 중이었고, 그들은 병원 건물로 그녀를 쫓아 들어갔다. 그러다가…… 완전히 암흑이었다. 그는 희미하게나마 찰나의 순간에 느꼈던 두려움을 떠올렸다. 무언가, 혹은 누군가 뒤에 다가와 서 있다는 사실을 감지했을 때였다. 멍청한 자식, 그는 테너에게서 등을 돌리고 서 있다가 그 대가를 치른 것이 분명했다.

그는 주변을 둘러봤다. 소독제 냄새가 풍겨왔지만, 퀴퀴한 느낌이었다. 그는 두 눈이 어둠에 익숙해지는 동안 다시 고개를 쳐들어 보려 애를 썼다. 자신이 보일러실 비슷한 곳에 누워 있는 듯했다. 병원의 지하실일까? 만약 그렇다면, 누가 자신을 이곳에 내려다 놓은 것일까?

"마크."

찰리의 목소리. 안심이었다. 한시도 떠나지 않고 마크를 괴롭히는 찌르는 듯한 통증을 무시한 채, 그는 목을 쭉 빼고 천천히 소리 나는 곳으로 고개를 돌렸다. 찰리가 구석진 곳에 웅크리고 앉아 있었다. 손에는 다 낡은 캠핑용 손전등이 들려 있었는데, 주변에 빛이라고는 그게 전부인 듯했다.

이 말도 안 되는 상황이 이해가 되는 바로 그 순간, 그의 머릿속에 경종이 울리기 시작했다.

"그 여자가 우릴 감금했어요, 마크."

"루이즈 테너가?"

찰리는 고개를 젓더니 양손에 얼굴을 묻었다. 그리고 잠시 후 다시 입을 열었다.

"덫이었어요. 범인이 우릴 잡기 위해 놓은 덫."

갑자기 마크가 비틀거리며 두 발로 일어서더니 방 안을 둘러봤다. 그러나 너무 급하게 일어선 까닭에 눈앞에서 별을 보며 다시 쿵 소리와 함께 바닥으로 쓰러졌다.

다시 정신을 차렸을 때, 그의 머리는 찰리의 무릎을 베고 있었고, 그녀는 그의 얼굴에 바람을 불어주는 중이었다. 마크는 덥다가 추워지기를 반복하며 식은땀을 흘려댔고 목도 심하게 아팠다. 그는 찰리의 손길에서 위안을 느낄 수 있었다. 하지만 고마운 마음을 표하기 위해 시선을 들어 올렸을 때, 그녀는 울고 있었다.

"우린 죽은 목숨이에요, 마크."

이건 악몽에 불과했다. 여기에 위안이란 존재하지 않았다.

96

글록이 손에 꼭 맞게 쥐어졌다. 헬렌은 오랜만에 권총을 손에 잡았지만, 왠지 강력하고 안심이 되는 듯한 기분이었다. 그녀는 서명을 하고 총기를 받아든 후, 할당된 총알을 가지러 가기 위해 움직였다. 그녀는 신청서에 목숨을 위협하는 잠재적 위험으로부터 자신을 방어하기 위한 용도라고 적어 넣었다. 하지만 정말 그 용도일까? 혹시 그녀가 자기 자신을 무장하게 만드는 뭔가 훨씬 비밀스러운 목적이 있는 것은 아닐까?

정해놓은 규정에 따르자면 위협의 정도만 놓고 봤을 때, 헬렌은 절대 혼자 움직여서는 안 되는 상황이었다. 하지만 이번 여행은 절대 누군가와 동행해서는 안 되는 종류였기에, 헬렌은 수사 진행상황을 브리핑하기 위해 본부에 다녀와야 한다고 거짓말을 했다. 팀원들은 그 말을 곧이곧대로 믿었지만, 쉽게 속일 수 없는 사람도 있었다. 다시 말해, 북쪽으로 속력을 높이는 동안, 헬렌은 에밀리아 개라니타의 빨간색 피아트가 뒤에 따라붙은 것을 알아차렸다. 그녀도 아마추어는 아니었으니 드러내놓고 뒤따르는 것은 아니었지만, 어쨌든 헬렌이 보기에는 명백했다. 헬렌은 속에서 분노가 치밀어 오르는 것을 느꼈고, 동시에 오토바이의 속도를 올렸다. 그녀는 자신을 뒤쫓는 민간인 추적자에게 도전장을 내밀면서 시속 60킬로미터 구간을 110킬로미터가 넘는 속도로 달렸다. 다행히도 에밀리아는 경찰을 미행하느라 교통법규를 위반하는 일이 얼마나 위험한 일인지 깨달았는지, 추적을 포기해버렸다. 일단 그녀를 따돌린 후, 헬렌은 유턴을 해서 시 외곽 순환도로로 다시 돌아가 런던을 향해 달렸다.

헬렌이 어린 시절 자주 가던 장소의 목록은 짧았기에, 일단 채텀 타워가 철거예정이라는 사실을 알게 되자마자 가장 먼저 그곳에 가보기로 했다. 수잔의 범행수법에 따르면 그곳이 이용하기에 가장 완벽한 장소이기도 했다. 중요한 의미가 있는 장소여야 했기 때문이다. 헬렌은 자신이 범인을 계속 수잔이라는 이름으로 떠올리고 있다는 사실을 깨달았다.

우습기 그지없었다. 헬렌은 그동안 마치 그녀의 진짜 이름을 부르면 끔찍함이 훨씬 더 고통스럽게 다가오기라도 한다는 듯 굴지 않았던가. 하지만 헬렌은 이제 새로운 이름에 완전히 적응해 살고 있었다. 그녀가 그레이스라는 성을 선택한 이유는 그것이 구원의 느낌을 주기 때문이었고, 헬렌이라는 이름은 외할머니의 이름에서 가져온 것이었다. 그리고 이제 그녀는 누군가 자신의 본명을 부른다면 몹시도 기분이 이상하고 불안한 느낌까지 들 것 같았다.

헬렌은 자신이 시속 150킬로미터가 넘는 속도로 달리고 있음을 깨닫고는 가속페달에서 발을 떼었다. 지금은 가능한 한 침착함을 유지하려 애를 써야 하고, 또 침착해져야만 했다. 헬렌은 이 게임이 어떤 식으로 끝나게끔 계획이 짜여 있는지 전혀 알지 못했다. 하지만 범인이 아닌 헬렌 자신이 의도한 대로 끝나게끔 하려면 반드시 침착하게 대응해야만 했다.

이제 그녀는 자기가 이번 연쇄살인 사건에 언니가 관련돼 있다는 생각을 너무도 오랫동안 밀어내고 또 밀어내면서 계속 진실을 부인해왔다는 사실을 깨달았다. 그녀는 언니와 20년 넘게 인연을 끊은 채 살아왔고, 그것이 오히려 마음 편했다. 눈에서 멀어지면 마음에서도 멀어지는 법 아닌가.

그러나 샌디 모튼의 집을 수색한 과학수사 보고서를 검토했을 때, 헬렌은 이제 더는 부인할 수 없다는 사실을 깨달았다. 과학수사대는 불완전한 지문 한 조각을 발견했고, 거기서 손상된 DNA 하나를 찾아낼 수 있었다. 그리고 그 DNA를 분석했는데, 그것이 헬렌의 DNA 배열과 일치하는 듯했기에 증거물에서 제외해 버렸다. 범죄 현장에서 경찰의 부주의함으로 인해 촉발되는 부질없는 헛수고를 피하기 위해 늘 그렇게 해온 일이었다. 하지만 한 가지 문제가 있었다. 헬렌은 샌디 모튼의 집에는 발도 들여놓은 적이 없었다. 과학수사대는 그 사실을 간과해 버렸지만, 보고서를 검토하던 헬렌은 즉각 이상한 점을 발견했고, 그동안 억눌러왔던 최악의 두려움을 확신하기에 이르렀다.

헬렌은 이제 런던 남부의 영락한 교외 지역에 도달했다. 잠시 후 채텀 타워가 시야에 들어왔다. 60년대에는 유토피아를 꿈꾸며 설계한 건물이었지만, 이제는 철거가 예정되어 있는 장소였다. 유토피아의 꿈은 이제 먼 과거지사가 되어버렸다. 헬렌은 건물 보안을 맡은 에로우 시큐리티 보안회사와 미리 연락을 취해 두었지만, 그래도 누군가 열쇠를 들고 나타나기를 한참 기다리고 있어야 했다. 퉁명스러운 보안요원이 건물부지로 들어가는 목재 문을 열었고, 그동안 헬렌은 그에게 낡은 건물을 나무판자로 빙 둘러막아 놓은 것만으로는 보안상 문제가 생기지는 않는지 질문했다. 그는 보안상 문제 같은 것은 전혀 없다고 주장했다. 불량배 청소년 같은 아이들은 시내 쇼핑센터에 나가서 칼로 서로를 찔러대느라 너무 바빠 이곳까지 나와 볼 시간이 없다는 것이었다.

하지만 그럼에도 헬렌은 건물을 둘러 쳐놓은 판자 울타리 중에 벌어진 틈이나 허술하게 떨어져 나온 곳은 없는지 확인하기 위해 전체 부지를 빙 둘러 보았다. 그리고 마침내 그녀는 판자 울타리가 안전하게 막혀 있다는 사실을 확인했고, 보안요원과 함께 안으로 들어갔다. 혹시 누군가 사다리를 놓고 울타리를 뛰어넘어 들어올 수는 없을까? 물론 그럴 가능성은 충분했다.

승강기 쪽은 출입금지였기에, 그들은 11층까지 걸어 올라가야 했다. 헬렌이 앞장섰고 보안요원은 터벅이며 그 뒤를 따랐다. 스스로 깨닫기도 전에, 헬렌은 어느새 112호 문밖에 서 있었다. 보안요원이 문을 따는 동안 그녀는 몸을 지탱하기 위해 손으로 벽을 짚고 섰다. 문은 잠겨 있지 않았기에 손을 대자 부드럽게 활짝 열렸다. 보안요원이 안으로 들어서려는 찰나 헬렌이 그를 막아섰다.

"여기서 기다려요."

보안요원은 놀란 듯했지만, 헬렌의 말에 순순히 따랐다.

"그럼 들어갔다 나오세요."

헬렌은 아무런 대꾸도 하지 않고 아파트 안으로 발을 들여놓았고, 금세 시야에서 사라졌다. 안쪽의 어둠이 그녀를 집어삼켰다.

97

"우리 약해지면 안 돼요, 마크. 강하게 마음먹고, 서로 의지하면, 범인도 우릴 이기지는 못할 거예요." 마크가 고개를 끄덕였다. "범인은 절대 우리를 못 이겨요. 내가 그렇게 되도록 가만두지 않을 거예요."

찰리가 계속 말을 이었다. 마크는 찰리의 도움을 받아 비틀거리며 일어섰고, 두 사람은 함께 주변을 살펴보기 시작했다. 만약 그들이 병원 안에 있는 거라면, 아무도 그들의 소리를 들을 수 없을 터였다. 여러 해 동안 시의회는 이 건물을 개발업자에게 팔아넘기려 애를 쓰고 있었지만, 아무런 성과도 내지 못했다. 이 낡은 건물은 잊혀져 가는 도시의 한쪽 구석에 홀로 서서 나날이 풍파에 닳아 갈 뿐이었다.

그들은 콘크리트 벽에 에워싸여 있었다. 창문이라고는 전혀 없었고, 문짝은 다 허물어져 가는 방에 어울리지 않을 만큼 튼튼해 보였다. 최근에 수리가 된 듯 보였다. 그들은 경첩을 떼어내려 애를 써봤지만, 연장 없이는 도저히 해낼 수가 없는 일이었다. 그럼에도 경첩을 떼어내는 것이 가장 그럴듯한 방법이었다. 경첩을 조금만 느슨하게 벌려 놓을 수만 있다면……

경첩을 풀기 위해 애쓰는 동안 마크는 머리가 쿵쿵 울려대고 온몸에 열이 나는 것을 무시했다. 찰리는 주먹으로 문을 두드려댔다. 그녀는 쉼 없이 문을 때리고 또 때렸다. 세게, 더 세게, 매번 폐부 깊숙한 곳으로부터 끌어내는 목소리로 도와달라고, 거기 누구 없느냐고 소리를 질러대면서. 그녀는 죽은 사람도 깨워놓을 만큼 엄청나게 큰 소리로 비명을 질러댔다. 하지만 누가 그 소리를 들을 수 있기는 할까?

이미 먼지가 뿌옇게 피어올라 두 사람을 두껍게 에워싼 채 그들의 눈과 귀, 목구멍에 쌓여가고 있었다. 찰리의 목소리는 갈라지기 시작했지만, 그녀는 포기하지 않았다. 그들은 서로에게 포기하지 말라고 격려하면서 계속 문을 두드리고 경첩을 떼어내려 애를 썼다. 그러나 아무런 결실도 얻지 못한 채 1시간쯤 흘렀을 때, 그들은 결국 지쳐서 바닥으로 무너졌다.

찰리는 울지 않았다. 그들은 얼마든지 예상이 가능했던 끔찍한 악몽 한가운데 발이 묶여 있을 뿐이었다. 그러니 용기를 잃지 말고 정신을 똑바로 차리고 있어야 했다. 살아나길 원한다면, 그 점이 가장 중요했다.

"앤디 파운딩 기억해요?"

찰리가 최선을 다해 밝은 태도로 물었지만, 갈라진 목소리가 쾌활한 어조를 배반했다.

"물론이지."

마크는 혼란스러움을 느끼며 대답했다.

"그가 햄프셔 경찰을 고소했어요. 자기가 여자 상사의 성추행 피해자라고 주장하고 있더라고요."

마크는 비웃음이 섞인 짧은 웃음으로 대답을 대신했다. 앤디 파운딩은 앤디 폰들링('파운딩Founding'이라는 성을 사랑하는 자식이나 애완동물을 일컫는 표현인 '폰들링Fondling'으로 바꿔 부른다는 의미 - 옮긴이)이라는 애칭으로 불리는 포츠머스 지역의 내근 경사였다. 그는 부하 여직원들 사이에서 거의 전설에 가까운 몹쓸 손버릇으로 유명했다. 찰리는 자신의 경험담을 계속 들려주기 시작했지만, 마크는 쓰러져 잠들고만 싶었고 조용히 있고 싶었다. 하지만 그도 역시 절망에 빠져서는 안 된다는 사실을 잘 알고 있었기에 찰리의 이야기에 계속 반응을 보였다.

이런저런 이야기를 나누는 동안에도, 두 사람은 그들 사이 바닥에 놓여 있는 총에 관해서는 한마디도 언급하지 않았다.

98

　나는 그들이 중간에 깨어나서 내 즐거움을 끝장내버리고 말리라는 사실을 알고 있었다. 하지만 과일주 7파인트가 해낼 수 있는 일은 참으로 대단하기 그지없었다. 아빠는 평생 주정꾼이었다. 맥주든 과일주든 가리지 않고 손에 잡히는 술은 뭐가 됐든 전부 들이마셨고, 엄마도 술에 있어서는 남편과 별로 다르지 않았다. 과일주 7파인트는 매질을 더 참을만하게 만들어 주기도 했고, 취하면 생각이라는 것을 할 필요도 없었기 때문이다. 맨정신으로 너무 오래 깨어 있게 되면, 엄마는 자신의 삶이 얼마나 오물통 같은지 깨닫게 될 테고, 그러면 자기 머리를 뜨거운 오븐 속에 처박아 버릴지도 모를 일이었다. 물론 나는 어떤 식으로든 엄마가 그렇게 했으면 좋겠다고 생각했다.

　난 이 순간을 매우 다양한 방식으로 준비해왔다. 꿈속에서는 늘 칼을 사용했다. 특히 동맥을 끊어 피가 벽으로 온통 튀어 흩뿌려지는 모습은 상상만 해도 행복했지만, 현실에서는 그렇게 할 용기가 없었다. 결정적인 순간에 모든 걸 망치게 될까 봐 걱정됐다. 충분히 세게 끊지 못한다든가 동맥을 놓쳐버린다든가 해서 말이다. 실행에 옮기게 되면 무슨 일이 있어도 제대로 해야만 했다. 안 그러면 난 그 자리에서 죽은 목숨이었다. 그 개자식은 날 오랫동안 두고두고 괴롭힐 것이다. 그 인간이 내게 무슨 짓을 저지를지는 신만이 아실 테지. 그러니 하려면 단번에 제대로 해치워야만 했다.

　나는 관리인 사무실에 보관돼 있던 강력 청테이프를 찾아내서 세 롤을 슬쩍 가지고 왔다. 결국, 한 롤밖에 쓰지 못했지만, 당시에는 너무 긴장을 하고 있었기 때문에 중간에 테이프가 다 떨어져 일을 망치게 될까 봐 걱정됐었다. 나는 그의 팔목을 들어 올려 테이프로 부드럽게 돌려 감기 시작했다. 누가 보면 마치 상처를 치료하기라도 하듯이 상당히 애정 어린 손길로 보살피고 있다고 착각할 정도였다. 나는 계속해서 돌리고 또 돌렸다. 그 다음에는 그의 팔을 들어 올려서 철제 침대 머리판 옆에 내려놓았다. 그리고 금속기둥 둘레를 테이프로 칭칭 감아 그의 팔과 침대 기둥이 거의 하나로 연결되게 해놓았다. 그러고는 똑같은 과정을 반복해서 다른 팔도 침대 기둥에 묶어 두었다.

심장이 거의 터져버릴 정도로 두근거렸다. 아빠는 벌써 팔이 불편한지 뒤척이기 시작했다. 어서 속도를 내야만 했다.

나는 엄마의 왼쪽 팔도 빠르게 테이프로 감았지만, 오른팔을 감는 동안 엄마가 깨어났다. 아니 적어도 난 그렇게 생각했다. 엄마가 눈을 뜨고는 나를 뚫어지게 바라봤다. 나는 엄마가 무슨 일이 벌어지고 있는지 자신의 눈으로 확인하고 상황에 굴복했다고 생각하고 싶다. 내 생각에 동의했던 것이다. 사실이야 어떻든 간에, 엄마는 다시 빠르게 눈을 감았고, 그 후로 나는 엄마를 묶는 데 아무런 어려움도 겪지 않았다.

이제 그들은 둘 다 묶여 있었다. 나는 재빨리 부엌으로 달려갔다. 이제는 시끄러운 소리를 내도 상관없었다. 문제는 속도였다. 나는 요리용 랩을 집어 들고 다시 그들의 침실로 뛰어들어갔다. 언젠가 영화 속에서 본 장면이었기에 실제로는 어떨지 늘 궁금했었다. 나는 랩을 길게 길게 풀어서 튼튼하게 만들기 위해 두 겹, 세 겹, 아니 그 후로도 몇 번을 더 접었다. 그런 다음 침대로 올라가 잠든 아빠의 상체 양옆에 두 발을 짚고 서서 그의 고개를 조심스럽게 들어 올렸다. 그리고 랩을 그의 얼굴 위로 미끄러트린 다음 재빨리 뒤로 감아서 돌리고 또 돌렸다. 그의 눈과 코와 입이 그 탄력 있고 단단한 비닐 속에 완전히 감겨 들어갈 때까지.

그리고 이제 그는 경기를 하듯이 온몸을 뒤틀기 시작했다. 그가 눈을 뜨고는 미친 사람을 바라보듯이 나를 노려봤다. 그러고는 고함을 지르려고, 손을 비틀어 빼내려고 요동을 쳤다. 그의 몸이 펄쩍펄쩍 튀어 오르는 동안 나는 그의 몸을 누르고 있기 위해 젖먹던 힘까지 다 쏟아부어야 했다. 어차피 결국 승리는 나의 것이 될 예정이었다. 나는 온 힘을 다해 그의 몸을 눌렀다. 이제 그의 눈알이 튀어나올 것 같았고, 얼굴은 암갈색으로 변해 있었다. 곁에 있는 엄마도 이제 천천히 정신이 돌아오는 듯했다. 아직 잠에 취해 있었지만, 뭔가 짜증스러움을 느끼고 있었다.

마침내 그가 싸우기를 멈췄다. 나는 아까보다 더 힘껏 그의 몸을 눌렀다. 얼마나 세게 누르고 있었던지 손이 쑤실 정도였다. 그러나 그가 멈춘 것이 속임수가 아니라는 것을 확인해야만 했다. 어떻게든 이 인간의 목숨을 끝장내야만 했다.

그때 갑자기 그가 움직임을 완전히 멈췄다. 이제 엄마는 깨어나서 완전히 어안이 벙벙한 표정으로 나를 바라봤다. 나는 싹 미소를 지어 보이고는 랩을 들어 올려 그녀의 얼굴을 눌렀다. 이번에는 한 겹짜리 랩이면 충분했다. 그녀가 무리하게 반항을 하리라는 예상은 할 필요도 없었으니까.

꽤 빨리 모든 것이 끝났다. 나는 자리에서 일어났고, 온몸은 땀으로 흠뻑 젖어 있었다. 나는 부들부들 떨기 시작했다. 왠지 기쁨이 느껴지지 않았다. 무척이나 행복하리라 기대하고 있었기에 실망스러운 일이 아닐 수 없었다. 그러나 어쨌든 모든 게 끝났다. 그게 다였다.

99

그녀는 주위의 황폐함을 바라보며 침실에 서 있었다. 방 안을 장식했던 누렇게 색바랜 포스터와 중고 가구들은 오래전에 사라지고 없었다. 남은 것이라고는 건물이 철거처분을 받은 이후 스쳐 간 부랑자와 마약 중독자들이 남기고 간 쓰레기 더미뿐이었다.

이 방 안에는 참으로 많은 추억이 서려 있었다. 좋고 나쁘고 끔찍한 추억들. 마음속의 눈으로 이 방을 그려볼 때마다 헬렌은 자리에 쥐 죽은 듯이 누워 침대 아래 칸에서 언니가 성폭행당하는 소리를 듣고 있을 때가 생각났다. 그때 느꼈던 두려움과 혼란스러움, 그리고 한없는 무력감이 다시 떠올랐다.

그런 생각이 다시 헬렌의 주변을 휘돌아가기 시작했다. 어린 그녀는 너무도 무력하고 무기력했다. 그렇기에 지금 어른이 되어 그것도 한 손에 총을 쥔 성인 여성이 되어, 그 자리에 다시 서 있자니 참으로 묘한 기분이 들었다. 지금의 자아와 함께 **그때**로 돌아갈 수만 있다면 그녀는 과연 무엇을 할 수 있을까. 어쩌면 질서를 구현하고, 고통을 덜어주고, 정의를 실현할 수 있었을지도 모른다. 만약 그때 누군가, 부디 아무라도, 도움을 청하는 그녀의 목소리에 귀 기울여주기만 했다면 지금 벌어진 이 모든 불행은 다 피해갈 수 있지 않았을까?

당시 이층 침대는 방 한구석에 처박혀 있었다. 그러나 지금 그 자리에는 최근에 펜으로 낙서를 해 놓은 듯 보이는 너덜거리는 브리트니 스피어스 포스터 한 장 밖에 없었다. 헬렌은 무심결에 방을 가로질러 가 모서리가 온통 너덜거리는 그 포스터를 잡아 뜯어 버렸다. 그리고 그 뒤의 거친 회벽을 손으로 만져보다가 그제야 자신이 찾고 있는 것이 무엇인지 깨달았다. 'J. H.' 어린 시절 본명의 약자였다. 헬렌은 어릴 때 학교에서 나눠준 컴퍼스 촉으로 벽에 그 글자를 새겨 넣었다. 당시 느꼈던 끔찍한 절박감의 표시였고, 자신은 살아남지 못하더라도 부디 그 글자만은 끝까지 살아 남아주리라 기대하며 새겨놓은 흔적이었다.

헬렌의 머릿속으로 어두운 생각들이 구름처럼 밀려들었다. 그리고 도망치듯 침실을 빠져나갔다. 다른 방과 악취가 진동하는 부엌, 그리고 흰곰팡이가 잔뜩 피어 있는 거실을 돌아봤다. 그 곳에도 그녀를 위해 남아 있는 것은 아무것도 없었다. 헬렌은 이곳을 찾아오면 뭔가 성과가 있으리라 생각했었지만, 지금 그녀는 빈손이었다.

이번이 이 장소를 보는 마지막 기회이리라. 헬렌은 잠시 멈춰 서서 사방을 둘러봤다. 이곳을 거리낌 없이 다른 사람에게 세놓았다는 사실이 새삼 어이없었다. 그날 밤 그런 일이 일어난 이후였음에도 말이다. 하긴 당장 먹고 죽을 돈도 없는 가난한 사람들이 유난스럽게 미신에 사로잡힐 여유가 있겠는가. 몇 주 되지도 않아 이 집에는 새로운 가족이 이사왔다. 그리고 세월이 흐르면서 천천히 집 안의 벽지와 천이 낡아 너덜너덜 찢겨 나갔다. 그러다 결국 돼지우리처럼 변해버렸다. 어쩌면 이 장소에 어울리는 적절한 결말일지도 모를 일이다.

헬렌은 서둘러 아파트 블록에서 멀어졌고, 보안요원은 뚱한 표정으로 자신의 식어버린 찻잔을 향해 터벅이며 걸어갔다. 그녀는 잠시 오토바이 위에 앉아 다음에는 무엇을 해야 할지를 생각해봤다. 그녀의 직관은 웬만해서는 틀리는 법이 없었지만, 이곳에 관해서는 아무런 성과도 없는 듯했다. 다른 가능성을 찾아가는 수밖에 달리 도리가 없었다. 모든 관련 고리를 추적해 보리라. 전화기를 다시 켜자 즉시 여러 건의 부재중 메시지 알람 소리가 울렸다. 브리지스 수사관이 보낸 첫 번째 메시지를 들었을 때, 헬렌은 모골이 송연해졌다. 마크와 찰리의 실종 소식이었다.

100

잠시 그녀는 자유로웠다. 쇼핑몰에서 에스컬레이터 쪽으로 뛰어가는 중이었다. 엄마가 에스컬레이터 꼭대기에 서서 보안요원에게 그가 지켜야 할 책임감에 관해 잔소리를 잔뜩 늘어놓는 중이었다. 그녀는 엄마의 모습을 보고 이렇게 기뻤던 적이 없었기에, 그쪽으로 달려가기 시작했다. 거의 가까이 다가갔을 때, 보안요원이 그녀 쪽으로 돌아섰지만, 이상하게도 그는 아무 말도 하지 못했다. 그저 그녀를 빤히 바라보면서 앓는 소리만 낼 뿐이었다. 끙끙, 끙끙, 끙끙…….

찰리는 꿈에서 깨어나 눈을 번쩍 떴다. 암울한 현실이 그녀 위로 무너져 내렸다. 마크가 바닥에 누워 옆에서 신음하고 있었다. 끙끙, 끙끙, 끙끙……. 찰리는 분노를 억눌렀다. 이건 그의 잘못이 아니었다. 그의 머리에 난 상처는 무척이나 심각했고, 그들은 상처를 적절히 치료할 수도 없는 상태였다. 처음에 찰리는 상처에 침을 뱉은 후 셔츠 소매로 닦아내려 애를 썼다. 그러나 지금은 오히려 상처에 더러운 세균만 더 문질러 댄 것은 아닐까 걱정이 되기 시작했다.

사실 마크는 납치되기 이전에도 몸 상태가 그리 좋은 편이 아니었다. 오랜 과음에 불면의 밤을 보낸 까닭이었다. 그런데 지금은 출혈 때문에 상태가 훨씬 악화되어 있었다. 깊은 상처는 심각한 감염이 진행되는 중이었다. 따라서 온몸에 열이 펄펄 끓었다. 그가 정말 심각하게 아프기라도 하면 어떻게 해야 할까? 찰리는 이런 생각을 머릿속에서 밀어내려 애를 쓰며 시계를 확인해봤다. 대체 얼마나 오래 잤을까? 충분하다 싶을 만큼 오래는 아니었다.

희망을 포기하고 나면 시간은 너무 천천히 흐른다. 두 사람 다 아직 기운이 남아 있고 희망을 버리지 않았던 첫 번째 날 아침에, 그들은 이 무덤에서 빠져나갈 방법을 찾아내는 데 여념이 없었다. 두 번째 날 아침, 그들은 허리띠 버클을 이용해서 문에 박힌 무거운 경첩을 떼어내려 애를 썼다. 그러나 모든 노력이 거듭 헛수고로 돌아가는 상황에서 같은 일을 반복해 나가기란 쉬운 일이 아니었다. 결국, 버클은 망가져 버렸고, 감금된 지 이틀째 되는 날 오후에는 마침내 무기력과 절망감이 그들을 압도해버렸다.

찰리는 이처럼 더럽고 구역질 나며 말 그대로 무기력한 기분을 느껴본 적이 태어나서 단 한번도 없었다. 그들이 갇혀 있는 작은 감옥은 이미 역겨운 장소로 변해 있었다. 그들은 한 무더기의 배설물과 (찰리의 경우에는) 토사물을 방 한쪽 구석에 쌓아 두었고, 찰리는 입덧이 올라올 때마다 뱃속에 든 것을 게워내기 위해 거의 종교적인 열정으로 그 지독한 악취가 풍기는 구석자리로 달려가곤 했다. 마크는 이미 너무도 약해져 버렸거나 그들 간의 약속을 지키기에는 너무도 부주의한 듯 보였다. 그는 누운 채로 그냥 자신을 적셔버렸고, 그 악취가 찰리의 콧속을 완전히 채우고 있었다.

즉시 구역질이 올라왔고, 찰리는 더러운 구석자리로 바삐 움직여 가서 쓰디쓴 담즙을 길게 끌어올려 뱉어냈다. 그녀의 위는 마침내 안정을 찾을 때까지 여러 번 반복해서 경련을 일으켰다. 갑자기 목구멍에 타들어 가는 듯한 통증이 느껴지더니 견딜 수 없을 만큼 극심한 갈증이 찾아왔다. 찰리는 조금의 습기라도 찾아내기 위해 방 안을 미친 듯이 둘러보았고, 그 와중에 어떻게든 눈물이라도 흘려서 짠물이라도 마셔볼 요량으로 눈을 쥐어짜듯이 비벼댔다. 그러나 아무것도 나오지 않았다. 이미 너무 많이 울어 더는 흘릴 눈물이라고는 없었다. 모든 게 다…….

움직임. 한쪽 구석에서 그녀는 움직임을 감지했다. 돌아보기가 무서웠다. 어떤 끔찍한 것을 발견할지 몰라 두려움이 앞섰다. 하지만 그녀는 조금씩 조심스럽게 고개를 돌렸다. 마침내 그게 보였다. 커다랗고 살찐 쥐 한 마리.

난데없이 나타난 쥐였다. 찰리의 눈에는 마치 사막의 오아시스처럼 거의 기적 같은 희망의 계시로 보였다. 음식 아닌가. 이미 그녀는 상상 속에서 쥐의 몸뚱이 속으로 이빨을 박아넣고 그 뼈에서 살점을 뜯어먹고 있었다. 신음하는 위의 고통을 잠재우기 위함이었다. 크기로 봐서는 두 사람이 먹기에 충분해 보였다.

신중해야 한다. 너무 빠르게 움직여서는 안 된다. 이것이 삶과 죽음의 차이를 만들어낼지도 모를 일이었다. 찰리는 어깨에 두르고 있던 재킷을 아래로 떨어트렸다. 그물로 쓰기에 그리 마땅한 물건은 아니었지만, 어쨌든 사용할 수는 있을 터였다.

그녀는 한 걸음 앞으로 나갔다. 쥐가 갑자기 고개를 번쩍 쳐들더니 심각한 표정으로 그녀를 올려다봤다. 찰리는 그대로 멈춰 섰다. 쥐가 한 번 킁킁거리더니 다시 먹던 일로 돌아갔다. 탐욕이 이긴 것이다.

다시 한 걸음 더 움직였다. 이번에는 쥐도 움직이지 않았다.

다시 또 한 걸음. 이제 찰리는 쥐 옆에 가까이 있었다.

다시 한 걸음. 이제는 말 그대로 쥐 위에 서 있는 격이었다.

찰리는 쥐의 머리 위로 재킷을 덮으며 앞으로 펄쩍 뛰었다. 쥐가 미친 듯이 발버둥 쳤고, 그 버둥대는 몸뚱이 위로 찰리는 주먹세례를 퍼부었다. 마침내 움직임이 멈췄다. 해낸 것일까? 그녀는 확실히 하기 위해 재킷 위로 다시 주먹을 한 방 날렸다. 그러고는 확인하기 위해 잡고 있던 손아귀의 힘을 풀었다. 쥐가 살기 위해 코트 밖으로 필사적인 탈출을 감행했다. 찰리는 그 꼬리를 잡아챘고, 거의 잡아 뽑을 뻔했지만, 쥐는 그녀의 손을 빠져나가 달아나버렸다. 벽에 난 틈 사이로 안전하게 나가버렸다.

찰리는 자리에서 일어섰다. 너무 절박한 심정이라 웃음이 날 지경이었다. 그녀의 위는 음식을 갈망했고, 목구멍에는 불이 붙은 듯했다. 뭐라도 먹어야만 했다. 위안이 필요했다. 버텨나갈 힘이 필요했다.

그녀는 마침내 포기하고 그 짓만큼은 절대로 하지 않으리라 맹세했던 일을 했다. 바지를 벗고 오므린 양손에 오줌을 받아 그 따뜻한 액체를 입속으로 흘려 넣었다.

101

이게 그저 그녀의 착각에 지나지 않는 걸까, 아니면 정말 팀원들이 그녀의 탓을 하는 것일까? 찰리와 마크는 48시간이 넘게 실종 상태였고, 팀원들의 초조함은 충격과 불안으로 변해가고 있었다. 헬렌이 실종된 동료들을 찾는 수사를 진두지휘하고 있었기에, 그녀는 사방에서 비난의 시선을 받고 있었다. 마치 팀원들 모두가 이 모든 일이 다 그녀 때문에 일어난 것이라고 결론 내리기라도 한 듯했다.

발신지 추적으로 얻어낸 마크와 찰리의 마지막 장소는 스파이어 거리였다. 이것은 테너에 관한 익명의 제보전화 내용과 일치했다. 두 사람은 제보전화를 받고 그 지역으로 출발한 이후 흔적이 끊겼다. 그들은 전화기와 무전기를 꺼버렸고, 지금까지 다른 경찰 동료들과 전혀 연락을 취하지도 않고 있었다. 처음에 팀원들은 테너에 관한 제보전화가 진짜였고, 따라서 찰리와 마크가 어떤 식으로든, 그리고 어디서든 그 사건을 해결하는 중이길 소망했다. 그러나 그것이 거짓 제보전화였음이 갈수록 명확해졌다. 노상강도 같은 것은 아예 없었던 것이다. 마크와 찰리는 그 장소까지 의도적인 계획에 의해 인도된 것이 분명했다. 함정의 낌새가 느껴졌다. 모두가 같은 생각을 하고 있었다. 범인이 그들을 잡고 있는 것일까?

그들은 스파이어 거리에서 사방으로 흩어져서 빌딩이란 빌딩은 모조리 샅샅이 수색했고, 모든 상점 주인과 통행인을 상대로 탐문수사를 벌였다. 구 아동병원 건물을 두 번째로 수색했을 때는 예리한 순경 한 명이 창문에 대놓은 판자 하나가 헐거워져 있는 것을 발견해냈다. 창틀에는 최근에 누군가 기어 올라간 듯이 아직 굳지 않은 진흙이 묻어 있었다. 헬렌은 즉시 팀원들을 안으로 들여보내고 싶었지만, 위에서는 전술 지원부대 없이 단독으로 들어가는 것은 절대로 안 된다고 못박으며 그녀의 요청을 거절했다.

무장한 경찰 특수부대가 동원되는 데는 당황스러울 만큼 오랜 시간이 걸렸다. 헬렌은 출동한 대원들에게 불같이 화를 내고는 그들을 이끌고 낡은 병원 안으로 들어가기 위해 빠르게 움직였다. 병원 건물은 출구가 수도 없이 많은 낡고 거대한 빌딩이었다. 헬렌은 수잔이 그들의 손가락 사이로 빠져나가 버리는 사태를 만들고 싶지 않았다. 물론 그녀가 안에 있다면 말이다.

그들은 가능한 한 조심스럽게 조용히 건물 안으로 들어갔다. 경찰 특수부대가 위치를 잡았고, 헬렌과 브리지스 수사관, 그리고 십여 명의 순경이 바로 뒤에 자리 잡고 섰다. 수색하기에 몹시도 넓은 장소였지만, 무전으로 계속 연락을 취하며 넓게 흩어져서 찾아다니면 빠르게 돌아볼 수 있을 터였다.

헬렌은 전신이 경직됐다. 그녀는 마음을 진정시키려 애써야 한다는 사실을 잘 알았다. 너무 긴장하면 나쁜 결정을 내릴 수밖에 없었고, 손에 권총을 쥐고 있을 때는 특히 더 그랬다. 바람이 거세게 불어 깨진 유리창 사이로 휘파람 소리를 내는 까닭에 유령이라도 나올 듯이 으스스한 분위기였다. 정신 차려, 그녀는 생각했다. 존재하지도 않는 그림자나 유령 같은 데는 신경 쓸 겨를이 없었다.

그러나 위험이 목전에 닥쳐 위태로운 순간에 긴장을 늦추기란 쉬운 일이 아니었다. 헬렌은 모든 게 자신의 잘못 같았다. 단지 그녀가 살인에 영감을 주었다는 사실 때문만은 아니었다. 경찰서로 다시 돌아오도록 마크를 설득한 사람도 자신이 아니던가. 그냥 가만히 내버려 두었다면, 지금 그는 슬프기는 해도 안전한 얼간이로 남아 있지 않겠는가. 그는 아무런 비난이나 분노의 기미도 보이지 않은 채 다시 일터로 돌아왔다. 그가 하는 일을 믿었기 때문이고, 그 모든 잘못에도 불구하고, 헬렌을 믿었기 때문이었다. 그런데 그런 그의 헌신이 거둔 이 씁쓸한 성과란 대체 무엇이란 말인가.

헬렌은 규정을 어기고 지원팀도 없이 혼자 위층으로 살금살금 올라갔다. 그리고 첫 번째 방 안을 들여다봤다. 오래전에 잊힌 먼지 끼고 어두운 장소일 뿐이었다. 헬렌은 무기의 안전장치를 풀었다. 언니는 경찰 특수부대 앞으로 무턱대고 걸어 들어갈 만큼 부주의하지 않다는 사실을 직감이 말해주고 있었다. 수잔이 쫓는 사람은 바로 헬렌이었다. 그녀는 조만간 자신의 적과 정면으로 대면하게 되리라 확신하면서 두 번째 방문 안으로 고개를 들이미는 동시에 총을 높이 쳐들었다.

무전기에서 갑작스런 소음이 들려왔다. 브리지스 수사관이었다. 놀랐다기보다는 흥분한 듯한 목소리였다. 알 수 없는 소음을 들었다고 했다. 아래층에서 들려오는 듯한 소음이었다. 그는 소음의 정체를 확인하기 위해 서둘러 가는 중이었다. 헬렌은 즉시 층계를 달려 내려가 그 뒤로 따라붙었다.

쿵 소리가 들려오는 방향으로 빠르게 달려가던 브리지스 수사관은 헬렌이 그의 앞으로 치고 나가는 모습을 보고 소스라치게 놀랐다. 그는 늘 자신의 빠른 속도를 자랑스러워했지만, 지금 헬렌 반장은 뭔가에 홀려 있는 여자였다. 그녀는 어떻게든 감정을 억누르려 애쓰고 있었지만, 브리지스는 그녀가 시한폭탄이나 다름없다는 사실을 알 수 있었다. 지금, 두려움과 걱정과 분노에 사로잡힌 채, 그녀는 이 이야기를 자신의 것으로 만들고 있었다. 헬렌은 이 악몽을 자기 손으로 끝내고 싶었다.

그들이 층계 맨 아래에 도착했을 때, 복도는 네 갈래로 갈라져 있었다. 무전기가 다시 치익거렸고, 헬렌의 독기 서린 시선에 기가 죽은 브리지스는 무전기를 꺼버렸다. 그들은 소리가 들려오는 방향을 가늠하기 위해 귀를 긴장시켰다.

직진 방향이었다. 소리는 분명히 그들 정면에 있는 복도에서 들려왔다. 두 사람은 앞으로 달리기 시작했다. 첫 번째 문은 잠겨 있었다. 소리는 더 멀리서 들려오는 게 분명했다. 그들은 다시 움직였다. 소리는 계속 끊이지 않고 들려왔다. 쿵, 쿵, 쿵, 쿵. 바로 옆방이었다. 문은 잠겨 있었다. 그렇지만 열어야 했다. 반드시 열어야만 했다.

대답이 들려오기를 간절히 바라면서 헬렌이 문틈으로 소리를 질렀을 때, 순경 하나가 지렛대로 사용할만한 것을 찾아오기 위해 달려갔다. 그리고 채 1분도 되지 않아 더 많은 순경을 이끌고 돌아왔다. 그가 무거운 금속 문의 자물쇠를 따기 위해 온 힘을 다해 작업을 시작했다. 한참을 지렛대로 밀고 당기기를 반복한 후에 마침내 끼익 소리와 함께 문이 열렸다. 순경을 한쪽으로 밀치고, 헬렌과 브리지스가 안으로 들어갔다. 빈 방뿐이었다.

경첩에 반쯤 매달린 깨진 창문 한 짝이 마치 바람에 심하게 흔들리기라도 하듯이 금속 창문틀에 일정한 속도로 부딪치고 있었다.

102

그는 죽고 싶었다.

이제 마크에게 죽음은 축복이자 육신을 괴롭히는 통증에서 벗어날 수 있는 위안이 되어줄 터였다. 그는 끓어오르는 열과 싸우며 현재에 집중하려 애쓰고 있었고, 어떡하면 그와 찰리가 이 곳에서 탈출할 수 있을지 그 방법을 모색하려 노력했다. 하지만 그런 생각을 할수록 머리의 상처는 더 쑤셔왔기에 그는 그저 무기력한 상태로 늘어져 있었다.

굶어 죽기까지는 얼마나 시간이 걸릴까? 너무 오래 걸릴 것이다. 그는 시간 개념을 잃어버렸지만, 그들이 이 감옥 안에 적어도 사흘은 갇혀 있었다고 확신했다. 그의 위는 계속 경련을 일으켰고 목은 부어올라 아팠다. 그는 자기 몸을 들어 올릴 기운조차 낼 수 없었다. 시간을 보내기 위해 마크는 어린 시절의 기억을 떠올려보려 애를 썼지만, 학창시절의 추억은 그가 중학교 다닐 때 공부하느라 진절머리를 냈던 밀턴의 장편 서사시 〈실락원Paradise Lost〉의 시구로 자연스럽게 흘러가 버렸다. 그는 그 시 속에 등장하는 악몽 속의 주인공이 돼버린 듯한 기분이었다. 실락원의 주인공은 밤이면 얼어붙을 듯한 추위에 고문당했고, 한없이 길게만 느껴지는 낮 동안에는 쉼 없이 흐르는 땀에 흠뻑 젖어 고통받았다. 그 곳에 해방 같은 것은 없었다.

그는 몸의 열이 점점 더 심해지고 있음을 알았다. 가끔은 상태가 좋을 때도 있었지만, 대부분은 심각했다. 또 가끔은 정신이 명료해서 찰리와 대화를 나누는 순간이 오기도 했지만, 대개 마크는 자신이 앞뒤도 맞지 않는 말을 웅얼거리고 있음을 알았다. 이러다가 어느 시점이 되면 완전히 정신을 놓아버리는 것은 아닐까? 그는 마음속에서 그런 생각을 밀어냈다.

그의 손이 상처가 어느 정도인지 만져보기 위해 뒤통수 쪽으로 움직여갔다. 상처의 벌어진 정도는 상당히 넓고 깊었는데, 이제 그의 더러운 손가락이 그 안쪽을 더듬고 있었다.

"만지지 말고 그냥 둬요, 마크." 찰리의 목소리가 어둠 속에서 날카롭게 울려왔다. 지옥 속에서 사흘을 지냈음에도 그녀는 여전히 마크를 돌보고 있었다. "그러면 염증만 더 심해질 거예요."

그러나 마크는 그녀의 말을 무시하고 꿈틀거리는 뭔가를 향해 손가락을 움직여갔다. 그의 부상은 살아 있었다. 마크는 손가락으로 꼬집어 코앞으로 그것들을 가져왔다. 구더기였다. 상처에 구더기가 들끓고 있었다.

그는 손가락을 들어 입으로 가져가서 혀로 그 작은 벌레들을 쓸어 입 안으로 집어넣었다. 목구멍 속으로 구더기가 넘어가는 동안 기분이 묘했다. 이상했지만 좋은 기분이었다. 그는 상처에서 몇 마리를 더 집어올려 다시 입 안으로 집어넣었다.

찰리가 이미 근처로 다가와 있었다. 그녀가 그의 옆 바닥으로 몸을 낮추었다. 마크는 잠시 멈췄다. 두 사람의 우정과 상식적인 예의가 다시 한번 그 효과를 나타내고 있었다. 그는 애를 써서 고개를 옆으로 돌려 그녀에게 자신의 머리를 내놓았다. 주저하면서도 찰리는 두 손가락으로 그의 상처에서 구더기를 집어 들더니 입 안으로 떨어트려 넣었다. 그러고는 그것들이 혀 위에서 녹아내리도록 하며 천천히 그 맛을 음미했다. 그런 다음 다시 한번 두 손가락 양만큼 집어 들었다.

하지만 그것도 잠시였다. 구더기 식사는 너무도 빨리 끝이 났다. 이제 두 사람의 위는 굶주림으로 요동쳤다. 좀 전에 먹어치운 그 티

끌 같은 음식은 그들의 내장이 얼마나 심하게 텅 비어 있는지 더욱 절실히 깨닫게 해주었을 뿐이었다. 좀 더. 좀 더. 좀 더. 그들의 위는 좀 더 달라고 아우성이었다. 그들의 위는 더 많은 음식이 필요했다. 그러나 그들에게 줄 것이란 아무것도 없었다.

103

　수색대원들은 낡은 병원 건물 주위 3킬로미터 반경 내의 모든 땅을 이 잡듯이 뒤졌지만, 여전히 마크와 찰리의 흔적은 찾을 수 없었다. 찾아낸 것이라고는 병원 4층 복도에 남은 흘린 지 얼마 되지 않은 핏자국뿐이었다. 즉각적인 혈액 검사를 통해 그들은 그 피가 마크의 것임을 확인했다. 맥앤드루 수사관은 울음을 터트렸지만, 흥분해서 제정신이 아닌 듯 보이는 사람이 팀 내에 그녀 하나뿐은 아니었다. 헬렌은 마크가 팀 내에서 얼마나 인기가 많았는지 지금까지 전혀 깨닫지 못하고 있었다. 그러니 모두가 그녀를 미워하는 것도 놀랄 일이 아니었다.

　이제 마크와 찰리가 거짓 제보전화에 속아 병원까지 와서 공격을 받고 어딘가로 옮겨졌다는 사실은 확실해졌다. 병원 근처에는 CCTV라곤 없었다. 근처 붐비는 거리에 설치돼 있는 CCTV 속에는 그 시간 그 지역을 지나다닌 수많은 운송용 승합차의 모습이 찍혀 있었다. 하지만 어떤 것이 **그들을 태우고 간 승합차**였을까? 대체 수잔은 그들을 어디로 데리고 간 것일까? 인근에만 해도 사용하지 않는 건물이나 창고는 수도 없이 많았다. 정복 경찰들은 이미 헬렌의 주장에 따라 수색견을 대동하고 그런 건물을 수색하고 있었다. 그들은 잠재적인 목격자를 찾기 위해 가가호호 방문하며 탐문 수색도 벌였다. 조금이라도 의심스럽게 행동하는 사람은 집 안을 샅샅이, 필요한 경우 해체 수준으로 지붕 꼭대기부터 마루판 밑까지 수색당했다. 경찰은 어떻게든 그들을 찾아야만 했다.

　헬렌은 가진 것 모두를 걸고라도 그들이 아직 가까운 곳에 있으리라는 것을 단언할 수 있을 것 같았다. 물론 수잔은 그들을 다른 곳으로 데리고 갔을지도 모르지만, 그들은 경계의 고삐를 늦추지 않고 있던 두 명의 수사관이니, 다른 희생자들보다는 훨씬 다루기 힘든 대상이었을 것이다. 그러니 일을 망치고 싶지 않았다면, 분명히 안전한 방법을 택했을 터였다. 사우샘프턴과 포츠머스, 필요할 경우 그 너머까지 샅샅이 수색하려면 그들은 가능한 한 많은 인원이 필요했다. 헬렌은 이미 인근 경찰서에 추가 인력을 요청해 두었고, 지역사회 지원단체에도 도움을 요청했다. 사우샘프턴 중앙경찰서 직원들의 휴가도 모두 취소시켰다. 그럼에도 수색 인력은 충분치 않았다.

아직 한 가지 더 할 수 있는 일이 남아 있었다. 에밀리아 개라니타는 구 아동병원의 실패한 습격 작전에 관한 소문을 이미 듣고 있었다. 제때 소식을 듣지 못했다는 사실에 짜증이 잔뜩 난 그녀는 그 습격 작전이 대체 무슨 목적이었으며, 왜 그 이후에도 병원 주변에 그토록 많은 경찰 인력이 돌아다니고 있는지 알아내기 위해 헬렌에게 전화를 걸어 괴롭히는 중이었다. 그들이 수잔을 찾고 있는 것일까? 아니면 또 다른 희생자가 생긴 것일까?

위험천만한 결단이 아닐 수 없었지만, 헬렌에게는 선택의 여지가 없었다. 수색 사흘째였지만, 여전히 찾아낸 것이라고는 아무것도 없었다. 헬렌은 수화기를 들고 에밀리아의 전화번호를 눌렀다.

104

에밀리아 개라니타는 자기 일을 사랑했다. 근무시간은 길었고, 보수는 쥐꼬리만 했으며, 실세들은 쓰레기 같은 지역 신문의 기자들에게 대놓고 무례하게 굴었다. 하지만 에밀리아에게는 그 어떤 것도 문제되지 않았다. 그녀는 아드레날린, 예측 불가능성, 그리고 기자라는 직업이 거의 매일 제공하는 흥분에 중독돼 있었다.

그리고 권력도 있었다. 정치인과 경찰, 시의원들은 기자를 무시하는 만큼 두려워하기도 했다. 그들은 경력을 이어가기 위해 대중적 인기에 상당히 크게 의지했다. 그런데 대중에게 어떻게 생각해야 한다고 말해주는 사람은 바로 에밀리아 같은 기자들이 아니던가. 에밀리아는 헬렌 그레이스의 맞은편에 앉아 있는 이 순간 바로 그 힘을 느끼고 있었다. 만나는 장소를 택한 사람은 그레이스가 아니라 바로 에밀리아 자신이었으며, 지금 안건을 정하는 사람도 바로 그녀 자신이었다. 헬렌은 그녀의 도움이 필요했다. 그러니 더 이상의 거짓과 혼란은 없을 것이다.

"우리 수사관 두 명이," 그레이스가 불쑥 말을 꺼냈다. "그러니까 찰리 브룩스와 마크 풀러라고 아마 당신도 알고 있을 거예요. 그들이 납치당했어요. 그래서 그들을 찾는 데 당신의 도움이, 당신 독자들의 도움이 필요해요."

헬렌이 말을 이어나가는 동안, 에밀리아는 익숙한 짜릿함이 느껴졌다. 이것은 기자가 됨으로써 경험할 수 있는 또 하나의 근사한 상황이었다. 즉, 언제라도 단물이 뚝뚝 흐르는 **진짜** 이야기가 무릎 위로 뚝 떨어져 내릴 수 있었다. 이것은 그동안 힘들게 일해 온 그녀의 노력에 대한 보상이었다. 다시 말해, 공공기물파손죄나 싸움질, 도둑질 같은 경범죄를 약식 재판하는 법정에서 헛되이 낭비된 그 모든 시간은 바로 이 진짜 이야기를 얻기 위해 그녀가 지불해야 했던 값비싼 대가였을 뿐이다. 그러니 기자라면 누구나 마침내 진짜 이야기가 찾아 왔을 때, 제대로 준비가 되어 있어야만 했다. 이것이야말로 에밀리아 개라니타라는 이름을 만천하에 알리게 해줄 그런 이야기가 아니겠는가.

에밀리아는 속기로 적고 있었음에도 헬렌의 이야기를 빠르게 적어 나갈 수가 없었다. 이야기의 전개 상황이 너무 놀라웠으며, 이미 머릿속에서는 그것이 확산돼 나가는 모습을 볼 수 있는 탓이었다. 게다가 이런 이야기를 전국지보다 먼저 터트린다는 것은 거의 사금을 캐는 행운이나 마찬가지였다.

에밀리아가 자신이 할 수 있는 모든 일을 하겠다고 약속하자, 헬렌 그레이스는 자리를 떠났다. 그녀는 두 사람의 '대화' 결과가 매우 만족스럽다고 말했다. 그러나 에밀리아는 그녀의 안색이 다소 파랗게 질려 보인다는 생각이 들었다. 헬렌 그레이스는 쉽게 남의 도움을 청하는 성격도 아니었고, 다른 여성의 뒤치다꺼리를 할만한 여자도 아니었다. 이런 부탁은 여학생 사교 클럽에 속한 잘나가는 여자애 같은 사람이 선뜻 할 수 있을 만한 종류가 아니었다.

에밀리아는 서둘러 회사로 돌아갔다. 일찍이 느꼈던 긴장과 흥분은 이제 다 가라앉고 이상하게도 침착한 기분이었다. 그녀는 이제 자신이 무엇을 해야 할지 정확히 알고 있었다.

기자 생활을 해오는 동안, 그녀는 저널리즘을 하나의 무기처럼 사용해왔다. 당해도 쌀 만한 사람들의 비밀을 폭로하고 피해를 주고 파괴하는 일을 해왔다. 그리고 이번에도 그 역할은 전혀 달라지지 않을 터였다.

105

오전 6시 30분이었고, 아직 해는 떠오르지 않았다. 짙고 축축한 안개가 사우샘프턴을 휘감고 있는 것이 헬렌의 기분을 정확히 체현해 놓은 것 같았다. 그녀는 현관문을 쿵 소리가 나게 닫고 오토바이에 올라타 불필요할 만큼 세게 가속페달을 밟아 도심으로 질주해갔다.

그로부터 서른여섯 시간이 더 지나갔고, 여전히 아무런 소식도 없었다. 아니, 그건 사실이 아니지. '소식'은 수도 없이 많이 들려왔지만, 그 중 어느 하나도 희망적인 것은 없었다. 에밀리아와 헤어진 이후로, 헬렌은 자신이 끔찍한 실수를 저질렀을지 모른다는 두려움에 심한 자책감을 느꼈다. 언론을 끌어들이는 것 외에 그녀에게 남은 선택지는 거의 없었지만, 그럼에도 여전히 헬렌은 오히려 사태를 악화시켰다는 기분이 들었다. 그녀는 밤늦은 시간에 에밀리아를 만났었기에, 다음 날 아침 신문에 실린 내용은 충격적이기는 해도 그다지 상세하지는 않았다. 그러나 '이브닝 뉴스'에서 뭔가 대대적인 기사가 나가리라는 예고가 나온 상태였다.

경찰서에 도착하자 신문 한 부가 헬렌의 책상 위에 놓여 있었다. 팀원 누군가가 그녀의 수고를 덜어주기 위해 가져다 놓은 것일까, 아니면 누군가 헬렌에게 자신의 주장을 전달하고자 놓아둔 것일까? 헬렌은 선정적인 헤드라인은 건너뛰고 곧장 페이지를 넘겨 기사를 읽기 시작했다.

끔찍했다. 명목상으로는 아니었지만, 실제로는 고문 포르노 기사였다. 참으로 소모적이고 성적인 세부사항이 난무하는 기사 속에서, 그들은 독자들이 굶주림과 탈수의 여러 단계를 경험하게 하고 있었다.

심지어 어떤 수사관이 더 오래 버틸지 추측까지 하고 있었으며, 어떤 증상이 죽음의 원인이 될 가능성이 높은지 점치고 있었다. 멍청한 독자들의 이해를 돕기 위해, 심지어 찰리와 마크가 육체적, 정신적으로 어떻게 쇠퇴해 나가게 될지 세부적인 일정을 그래픽 도표로 그려 놓고 설명까지 곁들인 내용도 있었다. 첫날은 어떤 느낌이고, 둘째 날은 어떤 느낌인지. 사흘째, 나흘째, 닷새째는 또 어떤 느낌인지. 그리고 그 이후에는 커다란 물음표가 걸려 있었지만, 그게 의미하는 바는 딱 한 가지였다.

그리고 그 모든 천박하고 호색적인 기사 속에 경찰 긴급 직통 전화번호 하나가 알아보기도 힘들게 파묻혀 있었다. 철저한 사실 보도를 모토로 한다는 공공연한 구호와 함께였다. 그리고 예상대로 전화는 끊임없이 울려댔다. 쉽게 접하기 힘든 이 특별한 기삿거리에 의해 촉발된 흥분이 그 사실을 보장해주고 있었다. 걸려오는 전화의 대다수는 매우 절박하고 급하게 관심을 요하는 내용이었다. 그리고 그것이 헬렌을 분노로 끓어 오르게 했다.

찰리의 남자친구와 마크의 부모님을 마주 보고 앉았을 때, 헬렌은 그들을 위로할 말을 찾을 수 없었다. '이브닝 뉴스'의 자극적인 기사가 그들을 제정신이 아니게 만들었고, 그들은 헬렌에게 그 분노를 고스란히 퍼부었다. 그들이 사랑하는 사람들이 살아서 돌아올 가능성이 얼마나 되는지에 관해 헬렌은 솔직히 털어놓아야만 했다. 하지만 그럼에도 그들을 구해내기 위해 할 수 있는 모든 일을 하겠다고 약속했다. 가족들은 충격에 어쩔 줄 몰랐고, 마치 지금 벌어진 이 모든 상황이 악몽에 불과해서 잠시 후면 잠에서 깨어나기라도 할 것처럼 전혀 현실로 받아들일 수도 없었다.

헬렌은 그들의 불행을 끝맺게 해줄 무엇이라도, 약간의 좋은 소식이라도 전해줄 수 있기를 간절히 바랐지만, 지금 상황에서 거짓말은 아무 도움도 안 될 터였다. 그녀는 마크와 찰리가 강하게 버텨 주리라는 사실을 알았지만, 그들이 흔적도 없이 사라져 버린 지 거의 한 주가 다 돼가고 있었다. 지금 두 사람이 어떤 위험에 처해 있을지 그 누가 알겠는가? 그리고 대체 얼마나 더 버틸 수 있을까? 그들도 결국에는 인간 아닌가. 지금도 시간은 쉴 없이 흘러가고 있었다.

106

찰리는 몸을 일으키려 애를 썼다. 그러나 자리에서 일어서면 머리가 빙빙 돌았다. 마치 숙취처럼 두통도 느껴졌다. 결국, 그녀는 엉덩방아를 찧으며 다시 무너져 내렸다. 고개를 한쪽으로 돌리고 찰리는 다시 헛구역질을 했다. 그러나 아무것도 나오지 않았다. 그런지 벌써 이틀째였다.

배가 고파 죽을 것만 같았다. 이 말은 평소 그녀가 수시로 아무렇지도 않게 해오던 말이었다. 그러나 지금 찰리는 그 끔찍한 의미를 온몸으로 배우고 있었다. 이따금씩 쏟아지는 설사, 관절 경련, 상체를 온통 뒤덮은 붉은 부스럼, 입 주변과 팔꿈치, 무릎 주변으로 미친 듯이 갈라지는 피부. 찰리는 자신의 몸이 탈피를 하고 붕괴해 버릴 것 같은 기분이었다. 이제 얼마 안 있으면, 그녀의 몸은 말 그대로 뼈만 남게 될 터였다. 구더기도 오래전에 사라지고 없었다. 그리고 마크는 다시 구더기가 생겨나기 전에 숨이 끊어질지도 몰랐다.

방 건너편에서 마크가 반주에 맞춰 부르듯이 "내게는 작은 호두나무가 있어요"라고 흥얼거리는 중이었다. 그는 벌써 며칠째 자장가 하나를 엉망진창으로 불러대고 있었다. 어쩌면 그의 어머니가 마크에게 그 노래들을 불러주었는지도 모른다. 또는 마크가 자기 딸에게 그 노래들을 불러주고 있는 것일지도 몰랐다.

어느 편이든 간에, 가사는 다 틀리고, 곡조도 뒤죽박죽이었다. 사실 그는 그저 자신이 아직 살아 있다는 사실을 스스로에게 증명해 보이기 위해 소음을 만들어내고 있을 뿐이었다. 대체 마크는 누구에게 농담을 건네고 있는 걸까?

찰리는 수도 없이 여러 번 감방 안을 꼼꼼히 살펴봤다. 그러면 늘

서 있던 네 개의 벽이 그녀를 빤히 바라봤다. 방 안에 퍼진 냄새는 끔찍할 만큼 역겨웠다. 엿새 동안의 배설과 땀, 구토가 뒤섞여 흉측한 칵테일을 만들어냈다. 그리고 그들은 끔찍한 추위에 시달렸다. 찰리는 오한으로 이빨을 부딪치며 부들부들 떠는 마크를 보일러 단열재로 덮어주려 애를 썼지만, 마크는 가렵고 짜증스러워서 금방 그것을 밀쳐버리곤 했다.

찰리는 단열재라도 씹어 먹어볼까 한참 망설였지만, 그래 봐야 소화가 될 리 없다는 사실을 잘 알았고, 더는 불필요한 구토를 감당해낼 자신도 없어서 그만두었다. 그래서 그저 가만히 앉아 암울한 생각에 잠겨 있었다.

그녀는 단단하고 차가운 벽에 머리를 기댔다. 잠시 돌의 냉기가 위안이 되어 주었다. 이제 이곳이 곧 그녀의 무덤이 될 것이다. 다시는 스티브를 만나지 못하겠지. 부모님도 다시는 만나지 못할 게 분명했다. 그리고 그중 가장 슬픈 것은 뱃속의 아기도 절대 만나지 못하리라는 사실이었다.

여기에 구원이란 없었다. 이제 찰리는 구조팀이 오리라 더는 기대하지 않았다. 그녀와 찰리가 여기서 할 수 있는 일이라고는 죽기만을 기다리는 것이었다.

물론 만약에…… 찰리는 벽에 단단히 머리를 밀어붙인 채 앉아서 눈을 질끈 감아버렸다. 총이 가까이 놓여 있다는 사실은 알았지만, 그것을 바라보고 싶지 않았다. 그냥 그쪽으로 걸어가서 총을 집어드는 일은 무척이나 간단할 터였다. 마크는 그녀를 막아설 수도 없었다. 그러니 빨리 끝날 것이다.

찰리는 입술을 세게 깨물었다. 생각을 분산시키기 위해 뭐라도 해야만 했다. 그녀는 절대로 그것만은 하지 않으리라 다짐했다. 할 수 없었다. 하지만 갑자기 머릿속에 오직 그 생각밖에 떠오르지 않았다.

107

모든 노력이 아무 성과도 내지 못했다. 다른 경찰이라면 누군가 책임을 떠넘길 수 있을 만한 희생양을 내보냈을 것이다. 그러나 헬렌은 자신이 이 상황을 자초한 것이나 다름없다는 사실을 잘 알았다. 그러니 스스로 제물이 되는 것 외에 다른 선택의 여지란 있을 수 없었다.

마크와 찰리의 거대한 확대 사진을 양옆에 걸어 놓은 채, 헬렌은 전국지 기자들을 상대로 누구라도 제보할만한 의심스러운 상황을 목격하는 사람은 경찰서로 연락을 바란다고 촉구하면서 기자회견을 시작했다. '이브닝 뉴스'에서 에밀리아가 보도한 기사가 기자들 간에 경쟁을 불러일으켰다. 영국의 모든 주요 일간지와 타블로이드 기자들뿐 아니라, 유럽과 미국, 그 이외의 지역에서 날아온 기자들까지 기자회견장 안에 발 디딜 틈 없이 들어서 있었다.

이제 더는 숨길 거리도 없었다. 그들은 연쇄살인범을 뒤쫓고 있었다. 이것은 에밀리아 개라니타가 기다려온 장면이었기에 그녀는 일부러 상황을 더 골치 아프게 만들기 위해 헬렌의 사임을 요구하고 나섰다. 그녀는 이번 사건이 벌어지는 동안 헬렌의 주도하에 벌였던 공식 수사에 관해 강력히 따져 물었다.

'이브닝 뉴스'는 그들이 보기에 지금까지의 수사가 보여준 반쪽짜리 진실과 현실회피, 그리고 무능력 등을 줄줄이 나열해대는 또 한 편의 대박 기사를 연재하는 중이었다. 헬렌은 독자들로부터 사건 관련 제보만 받을 수 있다면, 모든 비난이 자신에게 쏟아져도 상관없었다. 지금 그녀에게 직업적으로 대가를 치르는 일은 전혀 중요치 않았다.

헬렌은 자신의 분노와 좌절감을 마주한 채 밤새 현장에 나가 있을 작정이었다. 하지만 팀원들은 그녀의 상태를 염려했고, 결국에는 그녀가 집으로 돌아가서 적어도 한두 시간이라도 쉬고 나오게끔 설득하는 데 성공했다. 팀원들도 모두 밤낮없이 수색에 임해오기는 했지만, 헬렌은 정말로 체력이 바닥나 있었다.

그녀는 오토바이를 타고 속도를 일정하게 유지한 채 집으로 향했다. 여전히 온몸이 떨렸고, 정서적으로도 불안정했다. 일단 집에 도착하자마자, 그녀는 샤워를 하고 옷을 갈아입었다. 깨끗해지니 즉시 기운도 넘쳤고, 어이없게도 희망까지 샘솟는 기분이었다.

아주 잠시 동안의 느낌이기는 했지만, 헬렌은 그들을 살아서 건강한 모습으로 다시 만날 수 있으리라는 기분이 들었다.

그러나 창밖으로 어두운 밤 풍경을 빤히 바라보고 있자니 좀 전에 느껴지던 그 낙관적인 기대감이 다시 수증기처럼 사라져 버리기 시작했다. 그들은 안 찾아본 곳 없이 **사방**을 다 찾아 돌아다녔지만, 여전히 빈손이었다.

햄프셔 경찰이 실종된 수사관들을 찾아다니느라 사우샘프턴 전역을 이 잡듯이 샅샅이 뒤지고 다니는 동안, 헬렌은 런던 경찰국에 근무하는 예전 동료들과 연락을 취했다. 어쩌면 그녀의 언니가 선택하는 장소에 뭔가 개인적인 사연이 있는 것은 아닐까? 또는 마지막으로 한바탕 웃어 젖히려고 그저 '재미'로 장소를 택하는 것은 아닐까? 예전에 그들이 재미삼아 창문을 깨트리기 위해 찾아갔던 버려진 창고가 몇 군데 있었고, 술을 마시기 위해 찾아가던 공동묘지도 있었으며, 수시로 무단결석을 일삼던 학교도 몇 군데 있었고, 남자애들이 스케이트보드 타는 모습을 보기 위해 찾아가곤 했던 지하보도도 있었다. 헬렌은 런던 경찰청 동료들에게 그런 장소들을 수색해달라고

요청했다.

그러나 지금까지는 아무 성과가 없었다. 참담할 정도의 침묵만이 있었다. 그리고 좌절감뿐이었다. 마크와 찰리가 저 바깥 어딘가에 있었지만, 그들을 돕기 위해 그녀가 할 수 있는 일은 아무것도 없었다.

헬렌은 아파트 안에서 10분 정도 더 머물다가 밖으로 나가서 다시 경찰서를 향해 오토바이의 속도를 올렸다. 어딘가에는 반드시 무슨 단서가 있을 터였다. 그리고 헬렌은 그것을 찾아내야만 했다.

108

아기는 잠시도 멈추지 않고 비명을 질러댔다.

찰리는 계속해서 자신 안에 있는 아이를 그려봤다. 이유는 알 수 없지만, 어쩐지 아이가 딸이라는 확신이 들었다. 그 모습을 그려볼 때마다, 아이는 한 뭉치의 세포 덩이가 아닌 이미 인격과 욕구를 가진 인간의 모습을 하고 있었다. 그녀는 아이가 왜 자신은 엄마에게서 아무것도 얻을 수가 없는지 당황해하고 좌절감도 느끼면서 먹을 걸 달라고 비명을 질러대는 모습을 그려봤다. 절대로 이런 식이 되어서는 안 되는 것 아닌가. 딸아이의 자그마한 배도 찰리의 배처럼 굶주림으로 경련을 일으키고 있을까? 아이에게는 아직 소화기관도 생기지 않았을지 몰라, 찰리는 생각했다. 하지만 그 이미지를 머릿속에서 몰아낼 수가 없었다. 내가 아기를 굶겨 죽이고 있어. 내가 내 아이를 굶겨 죽이고 있어.

마크와 찰리는 스스로를 그런 상황에 몰아넣었다. 그러니 자기 자신을 탓할 수밖에 없었다. 하지만 아기는 아무 죄도 없지 않은가. 아무것도 모른 채 순수하기만 했다. 왜 아기가 내 실수의 대가를 치러야만 하지? 자신의 어리석음에 대한 분노가 찰리의 영혼을 불태우고 있었다. 쇠약해지고 아무 쓸모없게 변해버린 몸뚱이와는 달리 그녀의 의지는 아직 약해지지 않은 채로 남아 있었다.

찰리는 분노를 삼키려 애를 썼다. 잠을 자려 노력도 했다. 그러나 밤은 너무 길었다. 게다가 추웠다. 조용하기도 했다. 찰리는 잠을 자려 애를 써봤지만, 아기는 멈추지 않고 비명을 질러댔다. 어서 총을 집어 들라고 고함을 질러대고 있었다.

109

헬렌은 브리핑을 마치고 팀원들을 내보냈다. 브리지스와 샌더슨과 나머지 팀원들은 카운티 전역은 물론이고 그 너머까지도 넓게 퍼져 수색을 하기로 했지만, 헬렌은 경찰서에 남아 있었다. 누군가는 안에서 이 대규모 수색작전을 지휘해야 했기 때문이다. 더불어 헬렌은 자신이 뭔가를 놓치고 있는 게 분명하다는 불안감을 쉼 없이 느끼고 있었기에 모든 증거를 다시 한번 검토해보고 싶었다.

그녀는 사소한 증거까지 모두 추적해봤다. 영국 남부의 모든 의회와 접촉해 철거 예정인 재개발 공업단지 목록을 확보했다. 모든 항구 책임자들과도 연락했고, 정박해 있는 선박 목록도 작성했다. 부두 창고 임대차 기록도 추적해 보았지만, 가장 최근 기록만 제한적으로 알 수 있었고, 그나마도 수잔의 임대 흔적은 몇 주 전부터 끊겨 있었다.

수색은 대대적이었고 광범위한 지역을 모두 아울렀다. 그럼에도 헬렌은 이 모든 게 헛수고가 분명하다는 느낌에 사로잡혀 있었다. 만약 그들의 감금 장소가 그저 무작위로 선택된 곳이라면, 그들을 찾아낼 수 있는 확률은 대체 몇 퍼센트나 되겠는가?

실패할지 모른다는 두려움과, 어쩌면 해답은 자신의 코 앞에 있을지도 모른다는 직감에 이끌려서 헬렌은 어린 시절 언니와 함께 자주 찾던 장소를 다시 떠올려봤다. 그녀는 자신보다 훨씬 강인한 언니 마리앤을 늘 우러러봤다. 그리고 그림자처럼 그녀를 따라다녔다. 사람들은 마리앤이 있는 곳에는 늘 조디가 함께 있다고 말하곤 했다. 조디에서 헬렌으로 이름을 바꾸고, 인생도 바꾸면서 그녀는 마리앤의 그림자 속에서 걸어 나오려 애를 썼지만, 지금 그 그림자는 다시 한번 그녀 앞에 드리워서 어둠과 절망을 들이밀고 있었다.

에로우 시큐리티 보안회사의 직원 명부 파일에서 언니의 프로필 파일을 찾아냈을 때, 헬렌은 처음으로 새로운 단서가 이끌어 오는 흥분과 기쁨에 온몸이 떨려오는 것을 느꼈다. 이 양성평등의 시대에 그들의 직원명부에 여성 보안요원 한 명이 끼어 있다고 해서 그게 뭐 그리 대수겠는가. 그러나 실생활에서 우리가 볼 수 있는 여성 경호원이나 여성 보안요원은 대체 몇 명이나 될까? 더 중요한 사실은, 이 여성 보안요원이 에로우 시큐리티에 입사한 지가 겨우 두 달밖에 되지 않았다는 점이었다. 그녀는 자신의 거주지이기도 한 크로이든과 브롬리 인근 부지의 보안을 담당하고 있었다. 그러나 그녀의 증빙서류는 위조된 듯 보였고, 경찰서 내근 직원들이 빠르게 확인해본 결과 집 주소도 거짓으로 드러났다.

헬렌이 마리앤의 범인 식별용 얼굴 사진과 컴퓨터가 만들어낸 '나이 먹은' 마리앤의 사진을 에로우 시큐리티 본사에 팩스로 보내자마자, 그 회사는 놀라서 즉시 답장을 주었다. 사진 속의 여자는 그들의 신입사원일 가능성이 컸는데, 그녀의 이름은 그레이스 실드였다.

그레이스라. 이제 의심의 여지가 없었다. 하지만 그레이스라는 이름이 '엿 먹어라'의 의미일까, '자, 이리로 와봐'의 의미일까? 헬렌은 후자라는 생각이 들었고, 이제 다시 한번 채텀 타워를 향해 속력을 내고 있었다. 그녀는 자신이 이 연결 고리를 풀어내리라는 사실을 언니가 이미 예상하고 있었는지, 그 사실까지는 확신할 수는 없었다. 하지만 헬렌은 이미 결심을 굳히고 있었다. 채텀 타워 어딘가에 마리앤이 있거나, 마크와 찰리가 있거나 둘 중 하나일 테고, 이제 자신은 그 사실을 밝혀낼 작정이었다.

헬렌은 속도를 내서 북으로 달려가는 동안 희망이 샘솟는 것을 느꼈다.

이제 종반전이 시작한 것이다.

110

그들이 날 데리러 왔을 때는 비가 내렸다.

그들이 나를 경찰차에 태우기 위해 밖으로 끌어냈을 때만 해도 나는 그 사실을 깨닫지 못했었다. 하지만 흔하디 흔한 범죄자들처럼 차량 뒷좌석에 자리 잡고 앉았을 때, 그제야 나는 거리의 물웅덩이 속에서 경찰차의 푸른 경광등이 고동치듯 번쩍이는 것을 알아차렸다.

나는 무감각했다. 심리학자들은 그것이 살인에 의한 충격 때문이라고 진단할 테지만, 난 그런 말을 한 번도 믿은 적이 없다. 그들은 내게서 무슨 말이라도 끌어내려 애를 썼다. 그러나 나는 아무 말도 하지 않았다. 아니, 할 수도 없었다. 이미 마음을 닫아버린 후였다. 그건 내 종말의 시작이었다.

난 고개를 들어 문간에서 나를 빤히 바라보는 그 애를 바라봤다. 담요로 몸을 감싸고 서 있는 그 애 옆에서 사회복지국 직원 하나가 부산을 떨어대고 있었지만, 그 애는 단지 앞만 빤히 바라보고 있을 뿐이었다. 마치 지금 벌어지는 일을 도저히 믿을 수가 없다는 듯한 표정이었다. 그러나 일은 벌어지고 있었고, 그 애가 이 일이 벌어지도록 한 장본인이었다. 가족을 갈기갈기 찢어 놓은 것은 내가 아니라, 바로 그 애였다.

나는 신문지상에서 온갖 혹평과 왜곡, 과장에 시달렸고, 사람들은 내게 침을 뱉어대며 비난해 댔다. 그러나 진짜 범죄를 저지른 건 그 애였다. 본인만은 그 사실을 알고 있을 것이다. 나는 경찰차가 날 싣고 떠나가는 동안 그 애의 눈을 볼 수 있었다. 그 애는 유다(예수가 손수 뽑은 12 사도 중 한 사람으로, 그는 예수를 적대시하는 제사장들에게 은화 30전으로 예수를 팔았다. - 옮긴이)였다. 아니, 유다보다 더 악랄한 년이었다. 유다는 단지 친구를 배신했을 뿐이지만, 그 애는 자기 언니를 배신했다.

111

어서 해버리자. 빨리 끝내 버리자고.

마크는 자신에게 빨리 움직이라고 재촉했다. 마지막 남은 힘을 모두 그러모아 어서 끝내버리자고 다독였다. 그러나 열이 너무 심해서 몸이 두드려 맞기라도 한 듯이 쑤셨기에, 다리를 움직이기가 너무도 힘들었다. 그러나 반드시 해야만 했다. 그는 어서 움직이라고 자신에게 의지를 북돋웠다.

찰리는 방 건너편에 누워 있었다. 누워서 울다가 비명을 질러대길 반복했다. 정신을 놓아버린 건 아니겠지? 평소 그토록 침착하고 따뜻하던 그녀가 지금은 분노로 가득 차 폭력적으로 변한 채 식식거리는 하피(고대 그리스 신화에 등장하는 여자의 머리와 몸에 새의 날개와 발을 가진 괴물로 잔인한 여성을 의미하는 표현으로 주로 사용된다 - 옮긴이)처럼 광기의 길로 나아가고 있었다. 지금 그녀의 마음속에서 무슨 일이 벌어지고 있는지 누가 알겠는가.

총은 그들 사이 정 중앙에 놓여 있었다. 마크는 그것에서 눈길을 뗄 수가 없었다. 모든 도주 시도가 허사로 돌아간 지금 시점에서 총은 그들에게 남은 유일한 해결책이었다.

그는 팔꿈치에 의지해서 상체를 들어 올렸다. 그러나 즉시 팔이 그의 몸 아래로 무너졌고, 그도 무너지며 턱이 차가운 바닥에 세게 부딪혔다. 분노한 채로, 그는 다시 시도했다. 뼈만 남은 몸을 바닥에서 일으키기 위해 그는 모든 근육을 긴장시켰다. 이번에는 성공이었다. 무릎을 위로 끌어당겨 가슴 아래 받침으로써 몸을 지탱하게 할 수 있었다. 날카로운 통증이 가슴과 두 다리와 팔에 화살처럼 가서 박혔다. 신체 각 부위가 반항하고 있었지만, 그들이 이기게 내버려 둘 수는 없었다.

그는 총 쪽으로 다시 한번 시선을 던졌다. 조심해야 했다. 갑작스럽게 움직여서는 안 된다. 그는 천천히 몸을 일으켜 엉덩이를 바닥에 댔다. 그렇게 함으로써 다시 상체를 일으켜 세울 수 있었다. 갑자기 몸을 일으키니 머리가 쿵쿵 울리기 시작했고, 초대하지 않은 추억 하나가 갑자기 떠올랐다. 새해 아침의 숙취를 해소해 주기 위해 그의 머리 위에 차가운 수건 하나를 접어 올려주던 엘시의 모습이었다. 딸아이는 언제나 작은 천사였다. 그의 작은 천사였다.

총은 1.5미터 정도 떨어져 있었다. 그는 얼마나 빨리 그곳에 닿을 수 있을까? 일단 총을 손에 넣기만 하면 다시는 돌이킬 수 없을 것이다. 잠시만 주저해도 결심이 무너지게 될지 몰랐다. 한순간의 우유부단함이 쇠약한 몸을 쓰러트릴지도 몰랐다. 그는 이제 결심했으니 막판의 회의가 자신을 멈추게 해서는 안 된다고 마음먹었다.

마크는 두 손과 무릎으로 엉금엉금 바닥을 가로질러 기어갔다. 통증이 극심했지만, 개의치 않고 계속 앞으로 나아갔다. 찰리가 그의 소리를 듣고는 빠르게 고개를 돌렸지만, 이미 때는 늦었다. 마크가 그곳에 도달해 있었다. 그가 총을 집어 들고 기울였다. 이제 죽음의 시간이었다.

112

비가 거세게 퍼붓고 있었다. 폭풍이 온 모양이었고, 타워를 향해 달려가는 동안 물줄기가 헬렌을 채찍처럼 내리쳤다. 그녀를 휘몰아 치는 분노와 조금도 다르지 않은 분노가 폭우를 가득 채우고 있는 듯했다.

헬멧의 바이저 위로 흘러내리는 물줄기가 시야를 뿌옇게 가리고 있는 탓에, 헬렌은 처음 그녀의 모습을 목격했을 때 거의 귀신이나 다름없어 보이는 그 모습이 그녀라고는 생각지도 못했다. 처음에는 에로우 보안회사 직원이 헬렌을 만나러 나와 있다고 생각했다. 그러 나 곧 상대가 여자라는 사실을 깨달았다. 긴장한 헬렌은 즉시 오토 바이의 속력을 낮추고 총기 쪽으로 손을 가져갔다.

그때 갑작스럽게 숨을 쉴 수 없었다. 눈을 질끈 감았다가 다시 떴 다. 자신이 잘못 본 게 분명하다고 생각했다. 그러나 잘못 본 게 아 니었다. 헬렌은 오토바이를 급정거하고 뛰어내려서, 그 흠뻑 젖은 채 반쯤 벌거벗은 차림새의 여자 쪽으로 달려갔다.

찰리는 그녀를 알아차리지 못한 것처럼 그냥 휘청이며 지나갔다. 헬렌이 찰리의 팔을 잡아 그녀 쪽으로 끌어당겼다. 찰리가 고개를 돌 렸다. 그러고는 두 눈 가득 흉포한 분노를 담고 헬렌의 얼굴을 물어뜯 으려 달려들었다. 헬렌은 그녀를 밀치고는 세게 한 대 때렸다. 그 손길 이 찰리를 놀라게 한 모양이었다. 그녀가 바닥에 무릎을 꿇고 주저앉 았다. 후줄근히 반쯤 벗고 있는 그녀의 모습은 헬렌이 한때 알고 지내 던 활기찬 수사관의 악몽 같은 버전이었다.

"어디야?"

헬렌의 질문은 무뚝뚝하고 무정했다. 찰리는 고개를 들어 그녀를 볼 수가 없었다.

"그가 했어요. 내가 아니에요. 그가 날 구하기 위해서⋯⋯."

"어디냐고?"

헬렌이 고함을 질렀다. 눈물이 찰리의 얼굴 위로 폭포처럼 쏟아져 내렸다. 그녀는 오른팔을 들어 올려 채텀 타워를 가리켰다.

"지하실."

그녀가 쩍쩍 갈라진 작은 소리로 말했다. 헬렌은 무릎 꿇은 찰리를 그대로 남겨 놓은 채 타워를 향해 달리기 시작했다. 그녀는 열려 있는 부지 출구를 통과해 달려가는 동안 총의 안전장치를 풀었다. 전략을 짜고 조심할 여유 같은 것은 없었다. 마크를 찾아야만 했다.

그녀는 그가 이미 죽었으리라는 가능성을 마음속 저 뒤편으로 밀어 넣어 버렸다. 아직은 그를 구할 시간이 있지 않을까? 반드시 그래야만 했다. 그 순간 헬렌은 자신이 마크에게 어떤 감정을 느끼고 있다는 사실을 깨달았다. 아직 사랑은 아닐지 모르지만, 뭔가 따스하고 좋은, 점점 더 자라날 수 있는 그런 감정. 어쩌면 그들이 만난 것에도 다 이유가 있었을지 모른다. 어쩌면 그들은 서로를 구해주고 과거의 상처에서 치유될 수 있도록 서로를 도울 운명이었을지도 모른다.

그녀는 문을 벌컥 열고 들어가서 미친 듯이 주변을 둘러봤다. 그러고는 앞마당을 가로질러 뛰어가서 승강기 옆에 있는 문을 발로 차서 열었다. 아래로, 아래로, 아래로, 헬렌은 한 번에 층계를 세 단씩 밟으며 계속 내려갔다.

이제 그녀는 지하실에 있었다. 첫 번째 문을 발로 차서 열어보니⋯⋯, 텅 빈 탕비실이었다. 아니, 여기는 아닐 거야. 문이 이렇게 허술해서는 아무도 가둬둘 수 없어. 적어도 사람을 가둬두려면⋯⋯. 그때 헬렌은 그것을 보았다. 강화된 금속문 한 짝이 경첩에 매달려 흔들리고 있었다. 헬렌은 복도를 빠르게 달려가 안으로 들어갔다.

안으로 들어서자마자 그녀는 무릎에 힘이 풀려 바닥에 주저앉고 말았다. 마크의 모습이 보였다. 지금까지 보아온 중에 가장 끔찍한 모습이었다. 헬렌은 천천히 머리를 들어올려 다시 마크의 모습을 바라봤다. 그러나 두 번째 바라봐도 그의 모습은 조금도 달라지지 않았다. 마크는 자기가 흘린 피 웅덩이 속에 누워 있었다. 그는 죽었고, 그를 죽인 총은 아직도 그의 손에 꽉 쥐어져 있었다. 헬렌은 더러운 바닥을 엉금엉금 기어 그의 곁으로 다가가서 그의 머리를 두 팔에 안아 들었다. 마크의 몸은 차갑게 굳어 있었다.

커다란 쿵 소리가 들렸고, 헬렌은 고개를 들었다. 대체 누가 온 거지? 찰리? 브리지스? 마리앤이었다.

"안녕, 조디." 그녀가 잠긴 문 앞에서 미소 짓고 서 있었다. "오래간만이야."

113

승리 같은 건 없었다. 행복도 없었다. 안도감조차도 없었다. 찰리는 살아났다. 이제 그녀는 살아갈 것이다. 아기도 살아갈 것이다. 그러나 과거의 찰리는 죽어서 매장되었다. 이제 과거의 찰리로 돌아가는 일은 절대 없을 터였다.

그녀는 포장도로 위에 누워 있었다. 비가 퍼붓듯이 쏟아져 내렸다. 두뇌가 천천히 돌아가기 시작하는 중이었다. 충격이 역겨움과 뒤섞였다. 서서히 피로가 엄습해왔다. 그녀는 눈을 감고 입을 벌렸다. 빗방울이 바싹 말라 피가 배어 나온 입속으로 흘러들어 갔다. 아주 잠시 동안 안도와 생기가 그녀 안으로 홍수처럼 밀려들었지만 이내 다시 망각이 밀려왔다. 눈은 저절로 감기고 머리는 어딘가를 둥둥 떠다녔다. 찰리는 자신의 몸이 물속으로 빨려드는 것 같은 기분을 느꼈다. 모든 걸 쇠약하게 만들기도 하지만 동시에 위안도 되어주는 어둠이 그녀를 끌어당기고 있었다.

그때 목소리가 들렸다. 이상하게 멀리서 들리는 듯한 기계 속의 목소리였다. 찰리는 심연에서 빠져나오려 애를 썼지만, 피로가 그녀를 잡아끌고 있었다. 다시 소리가 들렸다. 목소리였다. 다급하고 단호했다. 그녀는 가까스로 눈을 떴다. 하지만 주위에는 아무도 없었다.

"어디 있는 겁니까? 제발 대답 좀 하세요."

이제 그 필사적인 목소리는 매우 선명하게 들렸다. 찰리는 눈을 뜨고 젖먹던 힘까지 모두 짜내 바닥에서 고개를 들어 올렸다.

헬렌의 무전기가 아무렇게나 세워놓은 오토바이 옆 바닥에 떨어져 있었다. 그리고 목소리…… 브리지스 수사관의 목소리였다. 헬렌을 찾고 있었다.

어쩌면 아직 모든 게 끝나지 않았을지도 모른다. 어쩌면 찰리는 마지막으로 구원받을 기회를 얻었는지도 모른다. 그녀는 시도해봐야 한다는 것을 알았다. 찰리는 몸을 일으켜 세웠지만, 곧장 무릎이 꺾여 주저앉았다. 온몸이 사시나무 떨듯 떨리고 이빨도 덜덜 부딪쳤다. 사물이 두 개로 보였다. 그러나 어떻게든 무전기 쪽으로 움직여가야 했다.

114

"어떻게 이럴 수가 있어?"

마리앤이 웃음을 터뜨렸다. 조디의 질문에는 아름다운 역설이 담겨 있었다. 그것이 바로 수십 년 전에 그녀가 동생에게 했던 말과 정확히 일치하고 있었기 때문이었다. 마리앤의 얼굴에 크게 웃음이 번져갔다. 이렇게 완벽하게 자신의 작전이 맞아 들어가리라고 누가 짐작이나 할 수 있었을까?

"네가 생각하는 것보다 훨씬 간단해. 남자들은 쉬웠어. 그 인간들이 예쁜 여자만 보면 어떻게 변하는지 너도 잘 알잖아. 그리고 여자들, 그래, 여자들은 정말이지…… 사람을 너무 잘 믿어. 정말 어려웠다고 말하고 싶지만, 너도 짐작하듯이 난 힘든 일은 모두 다른 사람들이 하게 했거든."

그녀가 마크의 시체 쪽으로 시선을 던졌다.

"그건 그렇고 찰리는 만나봤어?" 그녀가 말을 이었다. "몰골이 어떻든? 문을 열자마자 바로 지나쳐 가버려서 난 제대로 살펴볼 겨를이 없었거든."

"네가 찰리를 처참히 파괴했어……."

"이런, 너무 그렇게 과장하지는 말자고. 찰리는 괜찮을 거야. 점점 좋아질 테고, 남자친구와 함께 아기도 낳고 잘 살겠지. 물론 아이의 눈을 똑바로 바라볼 수 있을지에 관한 건 완전히 다른 문제겠지만, 어쨌든 승리했잖아. 살아났어. 난 그 여자가 자기 손으로 마크를 해치울 거라고 예상했는데, 마크가 찰리의 손에서 그 기회를 앗아가버렸지 뭐야."

"왜 그냥 나한테 바로 찾아오지 않았어?"

헬렌이 물었다.

"네가 고통받길 바랐거든."

그래, 바로 그거였다. 대담하고 솔직한 대답이었다.

"난 옳은 일을 했어. 다시 그때로 돌아간다고 해도 똑같이 할 거야."

헬렌의 목소리는 분노가 차오름에 따라 점점 더 커져갔다. 그리고 처음으로 마리앤의 눈 속에 무언가가 번뜩였다. 분노인가?

"넌 내가 얼마나 고통받고 있는지 진심으로 걱정한 적이 한 번도 없었어, 그렇지?"

마리앤은 침을 뱉듯이 쏟아냈다.

"그렇지 않아."

"넌 내가 고통받길 바랐던 게 아니야. 단지 내가 고통을 받든 말든 아무 관심도 없었던 거지. 그리고 그게 더 끔찍한 거지."

"아니야. 난 절대로 그런 식으로 느낀 적도, 원한 적도……."

"난 25년 동안 감옥에서 썩었어. 소년원에 있을 때는 모두가 날 꺾어 놓으려 혈안이 돼 있었고, 홀로웨이로 옮겨가니까 그 일이 처음부터 다시 반복됐어. 난 너한테 편지를 썼어. 그러니 지금 내가 하는 말이 무슨 말인지 모르는 척할 생각은 꿈에도 하지 마. 그들은 깨진 병으로 날 쑤시고 학대하고 매질했어. 난 그 모든 걸 너한테 털어 났지. 그들이 어떻게 그 대가를 치렀는지에 대해서도 얘기했어. 다시 말해주자면, 홀로웨이에서 난 어떤 계집애의 안구에서 바로 눈알을 잡아뽑아 버렸어. 기억나? 물론 기억나겠지. 그런데도 넌 절대로 답장을 쓰지 않았고, 면회도 오지 않았어. 날 전혀 돕지 않았다고. 내가 그 안에서 썩길 바랐던 거지. 바짝 말라 죽어버리길 바랐던 거야. 네 친언니인데 말이야."

"넌 내 언니가 되길 오래전에 그만둔 인간이야."

"내가 그 인간들에게 저지른 짓 때문에? 적어도 나는 생각을 실행에 옮길 용기라도 있었어, 이 은혜도 모르는 더러운 암캐 같은 년아." 그녀의 말에서 독물이 뚝뚝 흘러내렸다. "내가 널 **구한 거야**. 다음은 네 차례였어. 너처럼 어린 여자애도 그 인간들이 다 **만신창이**를 만들어 놨을 거라고."

마리앤의 비난 속에 들어 있는 진실이 헬렌의 양심을 날카롭게 파고들었다.

"나도 알아. 네가 날 돕는 것처럼 느꼈다는 것도 알⋯⋯."

"우린 함께 **행복했을 수도** 있어. 너와 내가 함께. 어딘가로 떠나서 거리에서 먹고 자면서 뭔가 해볼 수도 있었어. 아무도 우릴 못 찾았을 거야. 우리가 함께 있기만 했다면, 지금까지도 우린 무사했을 거야."

"정말 그 사실을 믿는 거야, 마리앤? 정말로 그 말을 믿는 거라면, 넌 내가 생각했던 것보다도 훨씬⋯⋯."

갑자기 마리앤이 활활 타오르는 시선으로 헬렌을 쏘아보며 방을 가로질러 걸어오기 시작했다. 헬렌은 즉시 총을 들어 올렸고, 마리앤은 걸음을 멈췄다. 두 사람은 이제 1미터밖에 떨어져 있지 않았다.

헬렌은 언니의 얼굴을 찬찬히 바라봤다. 윤곽과 선은 친숙했지만, 그 안의 표정은 너무도 낯설었다. 괴물 한 마리가 그녀의 몸에 들어가 앉아서 몸속을 전부 파먹고 있기라도 한 듯했다.

"감히 날 조롱하려고 들지 마." 마리앤이 식식거렸다. "넌 감히 날⋯⋯, 날 판단할 수 없어. 지금 여기서 재판을 받는 사람은 내가 아니라, 너야."

"내가 옳은 일을 했기 때문에? 사리분별이 발랐기 때문에? 넌 우리 부모님을 살해했어, 마리앤. 넌 냉혹하게 그들을 살해했다고."

"그래서 그들이 그리워? 정말? 그동안 그 강간범들을 그리워한 거야?"

잠시 헬렌은 할 말이 없었다. 한 번도 자신에게 던져 본 적이 없는 질문이었다. 그 사건의 여파 속에서 헬렌은 마리앤의 행적을 따라가면서, 이리저리 위탁가정을 옮겨 다니고 사회복지국을 찾아다녀야 하는 힘겨운 자기 자신의 삶을 건사하느라 슬퍼할 사치 같은 건 전혀 누리지도 못했기 때문이었다.

"대답해봐, 그랬어?"

마리앤이 다시 물었다. 긴 침묵이 뒤따랐고, 한참 후 헬렌은 대답했다.

"아니."

마리앤이 미소를 지어 보였다. 승리의 미소였다.

"그래, 그럼 됐네. 그들은 우리에게 아무도 아니었어. 아무도 아닌 것보다 더 끔찍했지. 그리고 그들은 내가 선사한 운명보다 더 끔찍한 결말을 맞이해도 싼 그런 인간들이었다고. 내가 오히려 자비를 베푼 격이지. 혹시 넌 그 인간들이 우리에게 무슨 짓을 했는지 잊어먹은 거야?"

수잔이 쓰고 있던 금발 가발을 벗고 두개골을 드러냈다. 그들의 아빠가 벽난로 쇠살대에 지져버린 부위에서는 다시 머리칼이 자라지 않았고, 대신 두개골에 이상하고 흉측한 대머리 부위만을 남겨 놓았다.

"이게 네가 눈으로 볼 수 있는 유일한 상처야. 그는 결국 우리를 둘 다 죽였을 거야. 그러니 난 그렇게 할 수밖에 없었어. 넌 나한테 오히려 고마워해야 하는 거라고."

헬렌은 언니를 바라봤다. 몇십 년이 지났음에도 당시 재판이 진행되는 동안 언니의 얼굴에 서려 있던 분노와 적개심이 지금도 그대로 남아 있었다. 마리앤이 하는 말에는 진실이 담겨 있기는 했지만, 그럼에도 여전히 미친 여자의 헛소리처럼만 들렸다. 헬렌은 갑자기 이 끔찍한 방과 이 타는 듯한 증오에서 어서 빨리 벗어나고 싶다는 욕구를 강하게 느꼈다.

"이게 어떻게 끝나게 돼 있는 거야, 마리앤?"

마치 이 질문을 기다리고 있기라도 했다는 듯이 그녀가 미소 지었다.

"시작과 마찬가지로 막을 내려야지. 선택으로."

그제야 헬렌은 모든 게 이해됐다.

"몇십 년 전에도 넌 선택을 했잖아." 마리앤이 말을 이었다. "언니를 배반하기로 선택한 거지. 널 도와준 언니를. 널 위해 살인을 저지른 언니를. 넌 자기 자신만 구하고 언니는 늑대들에게 던져주기로 선택했던 거야."

"그래서 네 희생자가 전부 선택에 직면했던 거군."

마리앤이 짠 계략의 끔찍함이 명확히 그 정체를 드러내는 동안 헬렌이 말했다.

"넌 사람들이 근본적으로 선하다고 생각하잖아, 조디. 넌 낙천주의자니까. 그렇지만 사람들은 선하지 않아. 그들은 잔인하고 이기적이고 야비하지. 네가 그걸 증명해 보였잖아. 그리고 내가 납치했던 그 모든 이기적인 인간쓰레기들도 마찬가지고. 결국, 우리 모두는 살기 위해 서로를 해치는 동물에 지나지 않는 거지."

마리앤이 한 걸음 가까이 다가왔고, 헬렌은 본능적으로 총의 방아쇠를 움켜쥐었다. 마리앤이 걸음을 멈추더니 미소 지었다. 그러고는 헬렌의 눈높이로 스미스 & 웨슨을 들어 올렸다.

"자, 이제 넌 또 하나의 선택을 해야 할 순간을 마주했어, 헬렌. 날 죽일래, 네가 죽을래?"

그래, 이거였어. 헬렌과 마리앤이 바로 이 치명적인 게임의 마지막 주자가 될 예정이었다.

115

브리지스 수사관은 찰리를 그 자리에 남겨두고 타워를 향해 달려 갔다. 경찰 특수부대가 완전무장을 하고 이쪽으로 오는 중이었고, 구급차도 사이렌을 울리며 달려오고 있었지만, 그는 기다리고 있을 시간이 없었다. 헬렌이 살인자와 함께 있었다. 수잔이든 마리앤이든 이름이야 뭐가 됐든 간에, 그 연쇄 살인마와 함께 있었기에 그녀의 생존 가능성을 장담할 수 없는 까닭이었다. 이것이 바로 피투성이로 게임을 끝내기 위해 범인이 처음부터 짜 놓았던 계획이었다.

브리지스 수사관은 로비로 달려 들어갔다. 승강기는 멈춰 있었지 만, 지하로 연결된 문은 살짝 열려 있었기에 그는 달려 내려가기 시 작했다. 층계를 다 내려간 후 복도를 따라 갔다. 그는 무장도 하지 않 았지만, 그런 건 중요하지 않았다. 1분 1초가 아쉬운 상황이었다.

마침내 보였다. 잠겨 있는 금속 문. 그는 있는 힘껏 문을 두드렸다. 뒤로 물러나라고 경고하는 헬렌의 목소리가 선명하게 울려 나왔다.

웃기지 말아요, 그는 생각했다. 문을 열 연장을 찾기 위해 그는 주 변을 필사적으로 둘러봤다.

복도는 텅 비어 있었지만, 복도 끝 마지막 방은 청소 도구를 넣어 두는 탕비실이었고, 그 안에는 아직도 쓰다 남은 소독제와 살균제 병이 여기저기 흩어져 있었다. 그리고 바닥에는 쓰러진 소화기 한 대 가 있었다. 무겁고 큼지막한 70년대에 사용하던 구식 소화기였다. 브 리지스는 그것을 바닥에서 주워들었다.

복도를 달려가서, 그는 몇 초 만에 다시 금속 문 앞에 섰다. 잠시 숨을 참았다가 그는 이를 악물고 소화기로 자물쇠를 내리치기 시작 했다.

116

충격으로 문이 흔들리면서 포효하는 금속성 비명 소리가 복도에 메아리쳤다. 그러나 마리앤은 눈도 깜빡이지 않았다. 그녀의 눈은 동생에게 못 박혀 있었고, 손가락은 방아쇠를 만지작거리는 중이었다.

쿵. 또 한 번의 무거운 일격이 자물쇠 위로 내려앉았다. 밖에 있는 게 누구든 간에 단단히 작정한 모양이었다. 문은 공격을 견뎌내느라 신음을 내뱉었다.

"이제 결정의 시간이야, 조디." 마리앤은 미소 지으며 말을 이었다. "문이 열리는 순간 총이 발사될 테니 각오해."

"이러지 마, 마리앤. 꼭 이런 식이 아니어도 되잖아."

"여기서 멈추기에는 때가 너무 늦었어. 네 부하가 곧 문을 부수고 들어올 거야. 그러니 선택을 하도록 해."

"마리앤, 난 널 죽이고 싶지 않아."

"그럼 선택을 한 거네. 정말 안타까운걸. 난 네가 이 기회를 단번에 잡아채리라 생각했는데."

문이 음산하게 끽끽거렸다. 이제 몇 초밖에 남지 않은 듯했다.

"내가 도와줄게. 총을 내려놔."

"넌 네가 원하는 쪽을 선택했어, 조디. 그리고 나와 완전히 인연을 끊어 버렸지. 그리고 그 많은 사람을 구하고 돌아다녔잖아. 생판 모르는 사람들은 도우면서 나와는 인연을 끊어 버렸어."

"그럼 나는 그 일에 아무 죄책감도 느끼지 않았을 거라고 생각해? 네가 나한테 무슨 짓을 저질렀는지 잘 봐. 그리고 지금도 저지르고 있는 짓을 잘 보라고."

헬렌이 등의 흉터를 보여주기 위해 셔츠를 벗었다. 마리앤은 눈앞에 보이는 것에 충격을 받아 잠시 아무 말도 하지 못했다.

"나도 매일, 매시간, 매분, 죄책감으로 나 자신을 갉아먹고 있어. 그럴 수밖에 없잖아. 당연한 거라고. 그렇지만 그때 난 열세 살이었어. 넌 두 사람을 죽였어. 내 엄마와 아빠를 그들의 침상에서 살해했다고, 맙소사. 넌 우리 부모님을 죽인 거야. 내가 뭘 어떻게 했어야 하는데?"

"넌 날 보호해 줬어야 해. 기뻐했어야 마땅하다고."

"너한테 그들을 죽여달라고 부탁한 적 없어. 네가 그들을 죽였으면 좋겠다고 생각해본 적도 없어. 그런 비슷한 생각도 한 적이 없다고. 정말 모르겠어? 넌 순전히 널 위해서 살인을 저지른 거야."

"정말 그렇게 믿고 있는 거야? 진심으로 그렇게 믿고 있는 거냐고?"

"물론이야."

"그럼 더 할 말이 없겠군, 잘 가, 조디."

바로 그때 브리지스가 문을 벌컥 열고 들어왔고, 한 방의 총성이 울려 퍼졌다.

117

퍼붓는 빗줄기 사이로, 찰리는 두 사람의 형체를 어렴풋이 알아봤다. 타워에서 남자 하나가 여자 한 명을 이끌어 오고 있었다. 찰리는 전혀 종교적인 사람이 아니었지만, 지금 그녀는 제발 기적이 일어나 주기를 바라고 또 바라는 마음에서 10분째 기도를 올리는 중이었다. 그리고 이제 그녀는 기도의 응답을 얻었다.

기다리고 있는 구급대원을 옆으로 밀쳐 버리고, 찰리는 앞으로 달려나갔다. 그러나 10미터도 채 나가지 못하고 두 다리에 힘이 풀렸다. 그녀는 흠뻑 젖은 바닥에 무릎을 꿇고 주저앉았다. 내리는 비가 눈에 들어가지 않도록 손으로 가리면서 그녀는 어둠 속을 꿰뚫어 보려 두 눈을 긴장시켰다. 브리지스가 여자를 돕고 있는 걸까, 제압하고 있는 걸까?

그때 갑작스럽게 해가 나오면서 순간적으로 어둠이 걷혔다.

여자는 헬렌이었다. 그녀가 살아난 것이다. 이미 구급대원들이 그쪽으로 달려가고 있었고, 동료들이 헬렌을 에워싸는 중이었다. 그러나 그녀는 모두를 밀쳐냈다. 찰리가 소리쳐 불렀지만, 헬렌은 그 소리에 귀도 기울이지 않고 지나쳐 갔다.

브리지스의 손길을 뿌리치면서, 헬렌 그레이스 반장은 빗속을 홀로 걸어갔다. 모든 게 끝났다. 그녀는 살아났다. 그러나 이긴 것은 아니었다. 그녀의 시련은 이제 막 시작했을 뿐이었다. 마리앤이 너무도 잘 알고 있었던 것처럼, 가까운 이들의 피를 흘리게 만든 이들에게 평화란 없었다. 이제는 헬렌이 그 얼룩을 묻히고 살아갈 차례였다.

《이니 미니》의 저자 M.J.알리지와의 대화

TV 쪽에서 오랜 경력을 쌓아온 후에 첫 소설을 쓰기로 마음먹게 된 이유가 무엇인가요?

저는 예나 지금이나 범죄물과 탐정소설의 열혈 독자입니다. 특히 토마스 해리스 Thomas Harris와 퍼트리샤 하이스미스Patricia Highsmith, 제임스 패터슨James Patterson 같은 뛰어난 미국 스릴러 작가들의 작품을 좋아하죠. 저는 제 안에 소설가 기질이 있다고 느껴왔습니다. 하지만 작가가 되기를 열망하는 대개의 문인지망생들과 마찬가지로, 알고 보니 제게 재능이 없으면 어쩌나 하는 걱정에 마음속 신념을 다른 사람에게는 털어놓고 싶지가 않더라고요. 사실 TV 방송용 대본은 완전히 공동작업입니다. 그러나 소설은 전혀 그렇다고 할 수 없죠. 그건 다시 말해, 제가 아무도 몰래 첫 소설을 쓸 수 있다는 의미가 되기 때문에 소설에 마음이 끌리게 됐던 겁니다.

처음에 《이니 미니》의 어떤 측면이 가장 흥미로운 전제로 다가오던가요? 매력적인 여주인공, 아니면 다른 무언가가 있었나요?

작품의 주제요. 우리는 경쟁적인 문화 속에 살아가고 있습니다. 핫TV 에서는 《빅 브라더, 서바이버Big Brother, Survivor》를 방영하고 있고, 《더 엑스 팩터The X Pactor》라는 프로그램은 우리 사회가 다른 사람을 향해 끊임없이 자신의 잣대를 들이대도록 만드는 데 크게 기여했습니다. 누가 가장 매력적이지? 누가 가장 재능이 뛰어나지? 우리가 누구를 더 좋아할까? 우린 저 집에서 누굴 추방하고 싶어 하지? 나는 만약 연쇄 살인범이 그런 질문을 던지면서 도박을 하게 되면 그 자체로 삶과 죽음의 문제가 되니 상당히 흥미로울 것 같다는 생각을 했습니다.

스크린에 방영될 작품을 쓰는 것과 책으로 출간될 작품을 쓰는 것은 어떻게 다르던가요? 또 비슷한 점은 무엇인가요?

유사점은 명확하게 드러납니다. 어느 쪽이든 등장인물과 주제가 뛰어나야 하고, 마지막 한 방이 있어야 한다는 거죠. 차이점은 대체로 글을 쓰는 과정에 있습니다. 우선 소설은 창의적이면서도 상당히 통제된 글쓰기인 반면, TV 대본은 등장인물, 감독, 제작자의 견해와 재능 등을 동시에 고려해야 하거든요. 그리고 또 하나의 차이점은 독서 경험입니다. 아무리 태블릿 PC와 스마트폰 사용 인구가 늘어가고 영화나 TV를 시청하는 관객이 늘어가는 추세라 하더라도, 여전히 우리는 부부간이나 가족, 또는 친구들과 함께하는 단체 활동을 많이 합니다. 독서는 오롯이 혼자 하는 경험입니다. 작가가 독자에게 직접적으로 말을 거는 상황을 경험하는 거죠. 그게 바로 소설의 오래가는 힘이자 권력입니다.

헬렌 그레이스 경위는 거의 책 밖으로 튀어나오기라도 할 것처럼 강렬한 이미지를 보여주는 지적이고 매력적이며 복잡한 인물입니다. 대체 그녀는 누구이고, 무엇이 그녀를 움직이게 하는 원동력인가요?

자기 자신의 성장 배경 때문에, 헬렌 그레이스는 늘 약자를 위해 싸웁니다. 가난하고 아무 힘도 없고, 늘 빼앗기기만 하는 사람들을 위해 정의를 구현하는 데 열정적으로 헌신하는 사람이에요. 또한 과거의 죄를 속죄해야 한다는 생각에 무엇을 하든 더 열심히, 더 오래, 그리고 다른 누구보다도 더 뛰어나게 해내려 애를 쓰는 사람이기도 합니다.

헬렌 그레이스가 개인의 삶과 수사관으로 사는 삶을 이끌어가는 데 어떤 차이점이 있는지 설명해 주세요.

그 두 가지 세계는 잘 결합이 되지 않습니다. 헬렌은 팀원들이 최고의 기량을 선보일 수 있도록 영감을 불어넣으며 앞으로 몰아가는 매우 강인하고 뛰어난 리더입니다. 그런데 사생활 노출은 극히 꺼리는 사람이죠. 거의 강박적으로 자신을 숨길뿐 아니라, 아무도 곁에 다가오지 못하게 하거든요.

《이니 미니》를 쓰기 위해 어떤 조사 작업을 하셨나요? 책에 등장하는 버려진 수영장이나 석탄 사일로 같은 장소를 정말 돌아다니면서 탐험해 보신 건가요?

아주 좋은 질문이네요. 저는 워낙에 사전 조사 작업을 좋아합니다. 그래서 범인의 어두운 범죄 행각을 계획하느라 사우샘프턴을 돌아다니는 동안 매우 즐겁게 작업을 했습니다. 하지만 제가 아무리 사전 조사를 한다고 해도 결국 가장 기억에 남는 놀랄만한 사건들은 바로 독자들의 상상 속에서 일어나게 됩니다. 따라서 저는 단지 눈을 감고 마음이 여기저기 떠돌아다닐 수 있도록 허락하는 것으로 사전조사를 마쳤습니다.

일반적으로 사람들은 연쇄살인범이나 연쇄살인 사건에 상당히 큰 관심을 보이는데, 대체 그 이유가 무엇이라고 생각하세요?

사람들은 왜 인간이 부도덕하거나 해가 되는 줄 알면서도 어떤 특정한 행위를 저지르는지에 관심이 많습니다. 그런데 연쇄살인범은 바로 그런 인간 욕망의 한계를 넘어서는 가장 극단적이고 끔찍한 사례를 보여준다 할 수 있죠. 거기서부터 연쇄살인범에 대한 관심이 시작되는 겁니다.

《이니 미니》 플롯 속에서는 어머니와 딸, 남자친구와 여자친구, 직장 동료 같은 가까운 사이가 매우 중요한 역할을 합니다. 왜 희생자들 간의 관계를 그런 식으로 설정하셨나요? 그리고 그들의 관계가 어떻게 이야기를 형성해 가게 되나요?

저는 유대감의 끈끈한 정도가 다양한 커플을 선택하고 싶었습니다. 예를 들어, 어머니는 아무리 자기 목숨이 위태로워도 살기 위해 자식을 죽이지는 않을 겁니다. 그리고 사랑하는 사이에서는 결코 연인을 죽이고 싶지 않겠죠. 그렇지만 직장 동료 사이라면 어떨까요? 그때는 어떤 느낌이 들까요? 저는 독자들이 결코 답하기 쉽지 않은 질문을 자기 자신에게 끊임없이 던지도록 몰아가고 싶었습니다.

《이니 미니》는 많은 독자에게 도덕과 관련 있는 흥미로운 질문을 던집니다. 작가로서 당신은 '죽거나, 죽이거나'의 기로에 서게 되면 어떤 선택을 하겠습니까?

그건 내 앞에 누가 서 있느냐에 따라 다르겠죠! 우리는 모두 자기 자신이 올바른 선택을 하리라 믿고 싶어 합니다. 하지만 인간에게는 태어날 때부터 타고 나는 생존 본능이라는 게 있지 않습니까. 아무리 값비싼 대가를 치르더라도 살고 싶은 것이 바로 인간이죠.

당신과 헬렌 그레이스 형사에게 앞으로 독자들은 무엇을 기대할 수 있을까요?

헬렌 그레이스가 어떤 식으로든 계속해서 악과 싸워나가는 한, 독자들도 그녀에게 수없이 많은 것을 기대할 수 있을 겁니다. 저는 헬렌과 깊은 사랑에 빠져있기에, 앞으로 여러 해 동안 그녀에 관한 작품을 쓸 수 있기를 바랍니다. 헬렌은 제 안에 끊임없이 영감을 불어 넣는 주인공입니다. 따라서 처음에 출판 관계자를 만나 《이니 미니》에 관해 토론하기 시작했을 때, 저는 앉은 자리에서 헬렌 그레이스 시리즈 일곱 권 분량의 내용을 그들에게 말로 설명했습니다!

독서클럽 토론주제

1. 이 소설은 도덕적인 선택에 관해 매우 어려운 질문 몇 가지를 던집니다. 옳고 그름, 죄악과 순수 사이의 경계가 끊임없이 흐려지기도 합니다. 다양한 등장인물이 하는 선택에 관해 토론해보세요. 그들의 결정이 정당했다고 생각하나요? 만약 당신이 그 같은 입장에 처하게 된다면, 어떤 선택을 하겠습니까? 어떤 식이 됐든 그들과 다른 선택을 했을까요?

2. 주인공 헬렌 그레이스에 관해 논의해보세요. 누구는 그녀가 상처 입었다고 생각하고, 또 어떤 이는 그녀가 완벽하고 헌신적인 경찰이라고 생각합니다. 당신은 그녀를 어떻게 보나요? 또 그녀는 자기 자신을 어떻게 바라본다고 생각하나요? 소설 속에서 사건이 전개되어 가는 동안 더불어 그녀에 관한 당신의 견해도 바뀌었나요?

3. 이 작품 속에서는 여성 경찰에 관한 화제가 꽤 여러 번 등장합니다. 그 내용을 살펴보면 결혼과 출산이 여성의 직장생활에 미치는 영향에 관해, 그리고 사람들이 아내, 어머니, 미혼 여성 등에게 무엇을 기대하는지에 관해 이야기하는데, 당신은 그런 내용에 대해 어떻게 생각하나요? 다양한 여성 등장인물의 삶과 행위가 사회 속에서 어떻게 그들의 역할에 의해 영향 받거나 제한받는다고 생각하나요? 예를 들어, 찰리와 헬렌의 경험을 비교하거나 대조해 보세요.

4. 소설 전반에 걸쳐 여러 번, 헬렌은 끈질긴 신문기자 에밀리아 개라니타와 말씨름을 벌이게 됩니다. 그렇다면 에밀리아는 작품 속에서 어떤 역할을 하는 것 같은가요? 그녀의 존재가 헬렌의 수사에 어떤 영향을 미치나요? 에밀리아의 폭로 방식이 윤리적인가요? 언론이 범죄 해결에 도움이 된다고 생각하나요, 방해가 된다고 생각하나요?

5. 헬렌과 마크의 복잡한 관계에 관해 토론해 보세요. 그녀가 정말로 마크를 좋아했다고 생각하나요? 헬렌은 왜 마크가 팀을 배신했다고 그토록 빠르게 믿어버렸을까요? 만약 그녀가 마크를 믿기로 선택했다면 수사의 방향은 어떻게 달라졌을 것 같은가요?

6. 헬렌의 과거에 관해 토론해보세요. 그녀가 겪었던 일들이 그녀의 성격 형성에 어떻게 영향을 미쳤나요? 만약 과거에 그런 경험을 겪지 않았다면, 헬렌이 현재 뛰어난 수사관이 될 수 있었을까요? 과거의 경험이 그녀에게 다른 형사들은 가지고 있지 않은 감각이나 통찰력을 제공했다고 생각하나요?

옮긴이 전행선

연세대학교 영문학과를 졸업하고 영상 번역가로 활동했으며, 현재는 번역가 모임인 바른번역 회원으로 소속되어 출판전문 번역가로 일하고 있다. 옮긴 책으로는 《지하에 부는 서늘한 바람》, 《몽키스 레인코트》, 《템플기사단의 검》, 《살인을 부르는 수학공식》, 《아스라이 스러지다》, 《엄마와 함께한 마지막 북클럽》, 《무조건 행복할 것》, 《내게 힘을 주는 말들》, 《때로는 나도 미치고 싶다》, 《윈터스 테일》, 《존과 조지》, 《마이 블러드》 시리즈, 《소피》, 《레프트오버》 등이 있다.

이니미니

초판 2022년 3월 11일 개정판 2쇄
저자 M. J. 알리지
옮긴이 전행선
ISBN 979-11-90157-37-7 03840

출판사 도서출판 북플라자
주소 서울시 강남구 논현동 118-13 5층
홈페이지 www.bookplaza.co.kr